KB122152

홍효민 선생

1936년 백천온천(뒷줄 가운데 춘원 이광수, 앞줄 세번째 회월 박영희, 그 다음이 홍효민)

1940년 후반 홍효민의 가족

1949년 박두진 '해' 시집 출판기념을 마치고. 뒷줄 왼쪽 박용덕, ○○○, 박화목, 황순원, 구상 김동리
홍구범, 이정욱, 김광주. 중간 왼쪽 ○○○, 조연현, 이계무, 박두진, 조지훈, 박목월, 손소희.
앞 줄 왼쪽 ○○○, 유동준, 최정희, ○○○, 조애실, 홍효민.

1950년 왼쪽부터 이중섭, 구상, 박인환, ○○○, 홍효민, 조지훈, 마해송, ○○○, 김진수, 조연현

1954년 제1 창작집 〈머루〉 출판 기념회에서.
(오른쪽부터 홍효민, 김동리, 오상순, 오영수와 부인, 곽종원, 오영순)

1955년 박인환 '선' 시집 출판기념에 축사하는 홍효민.
(왼쪽 박인환 부부, 복혜숙 영화 배우, 오른쪽 백철 평론가)

1969년 외쪽부터 조연현, 김정한, 홍효민, 박화성, 김 송, 이경순, 조종현, 박기원, 박제삼

어느날 홍익대학교에서(왼쪽 홍효민과 오른쪽 문덕수).

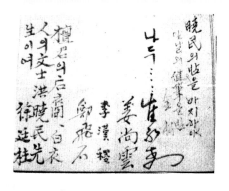
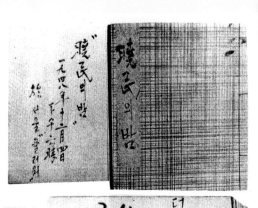
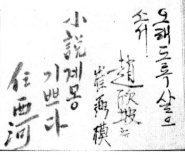
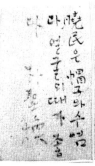
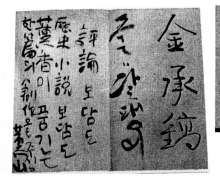

효민의 밤(1948년 12월 4일 오후 6시, 서울플러워)

정안이 멀리 듣는소리보이는 약한소리다. 무슨 말솜이 있나까, 이싸움에지면 우리는 죽는단 말이다. B
하론은 흥분해서 이렇게 소리첫다.
이런고리에 정안으로 령신이 확 엿다. 위로 불러스런 죽는
하이몬의 우렁 들은 군사들은
모다해 서우기시작했다.
이렇게 우리깨 鋼鉄로 넘어서 정안

시키어 백양산을 들러고 싸워오는것이다
태조는 더욱 노염이 치밀렀으나 어찌
할건이 없었다.
아가 나까지도 해라하는구나! B
이런생각이 나 별수가 없었다.
전세 戰勢 다시자와 불리하기시작하였
다.
백성들은 떨다시 방란적인태도로 돌라
가고, 정안군 군도아소
리를 지르며 따르기시작하였다.

의 군사에게로됐다.
구리깨중독에서 취우로 전투가버려
젖다.지금도 초전 ...이라고하는데가있다.
여기서 태조의군사가 전투
를시작하여 대전을 하였다.
그래서 혼전꼴. 대전꼴이라는 이곳이 생
겼다.지금은 초동(草洞)이란 부르소다.
백양산빌반 쓰이리!
정안의군사들의 군호다.
태조는 군왕이기깨문에 내시(內侍)들

진세에서 구경하다가 정안의 한사가 불러가는
것을보고 태조편으로부터 한성을 치면서
따라오고있었다.
하론은 이래서는 아니되겠다는 생각이
씬개길이 지내갓다.
고게말이나, 무엇을 이루어름과고 게시
오, 싸우자고 령을내시시오. B
이너에게 싸울한것은 재촉하였
다.
아예라 B 이렇게 싸우. B

홍효민의 육필(소설 태종대왕)

남양 홍씨 상수세장지

홍효민의 묘지에서. 왼쪽 연규석(위원장)과, 오른쪽 최현수(흥선문학회 회장)

홍효민 평론선집

失鄕의 그 意味

2011

연천향토문학발굴위원회

洪曉民 평론선집에 부쳐

정 종 명
(한국문인협회 이사장)

홍효민 평론선집 발간을 축하합니다.

홍효민(순준) 선생은 1904년 1월 21일(1975년 9월 27일)에 경기도 연천에서 태어났으며, 일본 도쿄세이소쿠 영어학교를 졸업했습니다. 그로부터 3년 뒤인 1927년에 한식, 조중곤, 김두용 등과 문예지 〈제3전선〉을 발간했고, 문예시 평지에 평론 〈개척〉을 발표하면서 본격적으로 활동했습니다.

귀국 후에는 동아일보와 매일신보, 그리고 조선일보 등 언론계에 몸담았고, 광복 후에는 동국대학교, 전시연합대학과 홍익대학교 국문학과장으로 교육계를 떠나셨다. 또 한국문인협회 평론분과 회장도 역임하면서 평론활동을 재개하셨습니다.

홍효민 선생은 역사소설 〈인조반정〉, 〈태종대왕〉, 〈민비애사〉를 집필할 정도로 역사소설에도 남다른 관심이 깊었습니다.

연천향토문학발굴위원회에서는 연천 출신 문인들을 재점검하는 문학활동을 해마다 전개하고 있습니다.

금년에는 홍효민선생의 문학적 업적을 기리는 작업으로 〈홍효민 평론선집〉을 기획하였다는 소식을 들었습니다.

자라나는 청소년은 물론이고, 연천 지역 주민들께도 자긍심을 심어 주는 큰 작업이라고 생각합니다.

거듭 축하의 말씀을 전합니다.

2011년 7월

모촌산방을 그리며

연 규 석

(위 원 장)

  홍효민 선생의 후손을 만나 내실있는 작품집으로 만들고 싶었습니다. 그래서 여러 달을 대농과 중대병원, 홍익대학교, 그리고 남양홍씨대종회와 남양군파 회장을 방문했으나 허사였고, 족보와 상수리 선영에 묻혀있는 묘만 확인하는 것으로 위안을 삼아야 했습니다.

  작품 선별과정에서는 편집위원들이 선생의 다양한 장르 중에서 많은 의견, 중론 끝에 평론 선집으로 정하였습니다. 또한 새로 발굴된 작품 중에 알아 볼 수 없는 것은 보류하고, 그렇지 않은 것은 뒤에 따로 실었습니다.

  모든 작품은 원문대로 하는 것을 원칙으로 하고, 이해가 어려운 부분만 괄호 속에 한자를 넣는 것으로

정하였습니다.

그리고 해마다 구석기축제 때 나눔의 행사를 함께 했던 회원과 군민 여러분에게 발간이 늦어 동참치 못한 점에 대해 죄송함을 전합니다.

경기문화재단과 위원들의 적극적인 도움으로 종전과 같이 발간할 수 있었음을 우선 지면을 통해 감사의 인사를 드립니다.

그리고 내년에는 보다 더 좋은 작품집으로 여러분과 만날 것을 약속합니다.

2011년 8월 15일, 광복절
연천의 명산, 군자산의 정기를 받으며

목 차

제7부 評說

제 1 부

失鄕의 그 意味

초기 프로문학 작품이 발표된 『개벽』

이광수가 주재해 발간한 순문예지
『조선문단』 창간호 (1924)

행동지성(行動知性)과 민족문학

　문학을 인생과 관조(觀照)하면서 살아온 나의 반생(半生)은 역시 행동주의문학의 체계 속에 들어간다고나 할까? 나의 인생은 분명히 기구한 것이었다. 나의 문학도 역시 그의 테두리에서 벗어나지 못하고 있었다. 그것은 우리나라가 일본 제국주의 치하에서 무릇 36년이라는 세월이 있었기 때문이다. 인생은 인생다워야 하고, 또한 문학도 문학다워야 할 것은 너무나 당연하다. 그러나 일본 제국주의 치하의 우리나라는 식민지에도 제 3류에 속하는 총독정치, 곧 군정 하에서 36년을 지내왔던 것이다. 인생이 이런 정치 하에서는 너무나 무력하다. 그러나 문학의 길은 정치보다는 다소 길이 있었다. 여기에서 나는 인생과 문학을 관조하면서 또는 대조하면서 살아왔다. 그렇기 때문에 항상 나의 인생은 반항에 젖어왔고 분노에 살아왔다. 이것을 표현하려고 애쓴 것이 나의 문학이라면 다소 과장될 지 모르나, 나의 길은 지금도 여기에 있지 않은가 생각하고 있다. 그래 나는 행동주의와 행동주의 문학을 취하게 되었던 것이라 보지 않을 수 없음을 고백하지 않을 수 없다.

문학은 그 시대에 있어 한 개의 반항이며, 한 개의 기개(氣槪)로 통하고 있으므로, 문학은 언제나 그 시대를 응시하는 버릇이 있다. 문학이 인생을 응시하고 사회를 응시하되 사상과 예술을 가지고 그 내용을 하고 있으므로 문학은 언제나 그 시대의 용아(龍兒)가 되는 일이 있고, 그 시대의 바로메타가 되는 일이 얼마든지 있다. 나는 처음부터 문학이 이런 것이라 하여 뛰어든 것은 아니다. 그야말로 우연한 기회에 현상소설을 하나 써본 일이 있다. 그것이 나의 18세의 시절이니 말할 것 없이 철부지의 장난이 아닐 수 없다. 그것은 지금도 생생한 기억이 있는 터로 왈(曰)『운명』이란 단편소설이다. 그때의 M보(報)에 응모한 것이 2등 당선을 한데서 구미(口味)가 붙게 되었던 것이다. 내 글이 신문지에 난 영광에 그 신문지를 또 들여다 보고 또 들여다 보고, 내 이름이 틀리지나 않았나 하고 보기 마지 않았다. 그 소설의 내용은 별 것이 없었다. 60평생에 간신히 초가 4칸 집을 짓게 되었는 데 짓궂은 운명은 그 집이 다 짓게 되어서 불이 나 태워버리는 처참한 빈민의 생활을 그려본 것이다. 그것도 역시 가난한 탓으로 톱밥을 태우면서 졸고 있던 탓으로 그 집을 홀랑 태워버리는 내용이다. 지금 보아도 유치하기 짝이 없는 그 소설이 2등 당선이 된 데는 또한 나로서는 무한의 영광이요, 문학이란 나도 할 수 있다는 자신이 생기게 되었다.

문학을 공부한다면서 독서하기 시작하기는 이 무렵이다. 그러나 이때는, 한때 우리 사회에는 사회사상 내지 사회운동이 이 나라에 들어와서 이것이 신사조(新思潮)로서 우리에게 물결을 일으키어 나도 여기에 한 때는 심취하게 되었고 그것은 프롤레타리아 문학의 길이라는 것이 열리게 되었다. 젊은 프롤레타리아 문학도의 한 사람으로『제3전선』이란 동인지를 가지고, 동경에서 우리나라로 들어오게 되었다. 이『제3전선』이 드디어는 한 개의『조선프롤레타리아예술동맹』이란 약칭〈카프〉라는 것이 생기게 되었고, 나는 한때 이 단체의 조직부장이라는 직위에 있게 까지 되었다. 이때의 사회사상으로서의 무산계급운동은 그실(實) 범국민문학이었고, 또한 다른 문학단체도 없었다. 그러나 누가 뜻하였으랴. 이 문학단체는 순수한 경향파(傾向派)의 문학이 아니라 공산당의 지도를 받는 문학단체가 되어 가지고 프롤레타리아문학을 열심히 공부하거나 연구하는 것이 아니라, 반 제국주의 운동의 일익으로서 일본 제국주의에 대하여 반항하고, 또한 이들을 이기기 위하여 소련과도 통하고 있었다. 이런 것은 분명히 문학을 정치에 이용하고 있는 것이 아니면 아니 되었다. 문학이 정치에 이용된다면 그 문학은 한 개의 정치도구가 아니겠는가! 기어코 그들은 공산당 문예정책에 순응하는, 또는 굴욕적인 아지트 행세를 하는〈카프〉가 되는 길에까지 갔다. 여기에 궐연히 일어난 사람이 그때의『제3전선』동인의 한 사람인 홍양명(洪陽明) 군이다.

홍양명은『민족과 민족문학의 특질(特質)』이란 평론으로써 그 때의 섹트화(化)하는〈카프〉의 자세와 위치를 공격하였다. 여기에 순응한 사람이 안석주(安碩柱), 김동번(金東煩) 나로서 모두 이 사람이〈카프〉를 탈퇴하고, 그들은 제명하는 형식을 취하였던 것이다. 이래서 속칭〈민족파(民族派)〉, 또는〈민족문학파(民族文學派)〉라는 이름이 붙게 되었고, 저들은 우리들을 반동분자라고 호칭하였다. 지금에 생각하여도 약소민족(弱小民族)은 먼저 포크닉이 아닐 수 없다는 것이 다시금 생각되고 있다. 어쨌거나 우리에게는 형이상학이 옳았다고 생각되고 있다. 민족해방이 먼저 되어야한다는 것이 3.1운동의 정신이면서 약소민족의 본질이 아닐 수 없다고 확언하고 싶다.

단일민족으로 구성된 민족국가에 있어서는 그 민족적인 것이 선행하지 않을 수 없는 일면, 계급문학은 성립될 여건이 박약한 것을 안 나는 다시『문학(文學)』이란 잡지를 민병휘(閔丙徽), 김철웅(金哲雄) 양군(兩君)과 더불어 창간하였다. 이때 나는 순문학으로 들어서면서 다시금 민족적 민족주의적 문학으로 방향을 전환하였다. 여기에는 역사, 그것도 한국사를 알아야겠다고 생각되어 몇 해 동안은 한국사를 들여다 보고, 내딴은 연구까지도 해 보았다. 또한 우리들이 문학상에 있어 그 기술로 하는 리얼리즘이나 로맨티시즘, 더 나아가서는 사회주의적 리얼리즘, 또는 혁명적 로맨티시즘을 어느 정도로 역사 또는 역사소설에 받아들이느냐 하게 되었다.

다행히 소설가 김동인(金東仁) 또는 이광수(李光洙), 박종화(朴鍾和) 등의 제씨가 역사소설의 길을 열어 놓았으므로 이곳으로 문학의 정열을 기울이고 몇 번 역사소설을 써 보았다. 예하면『인조반정』, 또는『태종대왕』,『민비애사(閔妃哀史)』를 썼던 것이다. 이것이 바로 행동주의문학이나 민족문학이라고 하기에는 아직 거리가 있는 것이지마는 내 딴은 이것이 한 개의 노작(勞作)인 것만은 고백하지 않을 수 없다. 나의 인생과 나의 문학은 여기에서 다소의 안주의 길을 개척, 또는 발견한 것이다. 이제는 나더러 문학평론가라는 호칭보다도 역사소설가라는 말이 더 많게 되었고, 그 호칭이 타당하다고 나도 생각하고 있는 터이다.

학술이나 사상에 있어 민족이란 개념과 민족적이란 개념이 성립될 수 있는 곳에서 민족문학이 계급문학보다 우위에 있게 되고, 개성적인 것으로 되어 문학이 될 수 있다는 확신을 얻기는 요즈음의 일이지마는 문학에 있어 반드시 계급문학이 성립되거나 옳다고, 이리 생각하여도 아니 되고 저리 생각하여도 아니 된다. 문학은 좀 더 개성적인 위치를 가져야함은 너무나 당연한 제작과정인 것이다. 저들이 걸작이라고 말하는 『강철(鋼鐵)』이나, 『고요한 똔하(河)』가 계급문학이라고 떠들지마는, 그것에는 내가 보기에는 슬라브 민족의 개성이 더 나타나 있는 데는 그 어찌하라는가? 소련의 민족성은 곧 계급성이라고 한다면 모르지마는, 슬라브민족성을 묘사한 것을 계급성이라고 하기에는 너무나 거리가 있는 것이다. 여기에 계급성이라는 것은 다만 세계적인 것, 시대적인 것에 결부시키지마는 실제의 그 문학은 행동지성으로 보아서는 로서아적(露西亞的)인 것을 어찌 하겠는가? 지주를 때린다고 계급문학이 되고, 자본가를 공격한다고 계급문학이 된다고 하는 시대는 지나가고 있는 것이다.

문학은 그 본질이 항상 민족적인 데 있는 것은 어느 것이나 그 문학이 그 나라의 시대적 분위기를 이탈하지 못하고 있는 것이다. 또한 그 나라의 풍속 내지 전통을 초월하고 있지 못하는 이상 국민문학이란 범주(範疇) 속에 넣을 수 있는 것이다. 여기에서 문학은 먼저 민족적이 되게 되고 나아가서는 국민적이 되게 된다고 볼 수 있다. 다만, 그것이 사상상에 있어 계급적인데 통한다고 하여 이것을 계급문학이라고 하기에는 너무나 그 이유를 크게 들고 나서는 것이 아닐까 생각한다.

현재의 문학은 민족문학이니 계급문학이니 하는 논쟁의 사품에서 새로운 길이 열리어가는 것이 실존주의 문학인 것이다.

문학은 문학의 길이 열리어 있는 것이니, 그것은 모랄이나 안티 모랄이나 또는 로망이나 안티 로망이 같은 길이라는 것이다. 그것은 왜냐하면 문학은 진실이란 초점에서는 같은 것이다. 모랄 속에만 진실이 있고 안티 모랄 속에는 진실이 없다는 이유는 성립이 아니 되는 것이다. 또한 로망이나 안티 로망에 있어서도 그러하다. 여기에서 문학하는 사람은 문학을 위하여 진실을 추구하고 인간을 탐구하면 되는 길이 열리어 있고, 그것은 언제나 민족적 배경, 국민적 터전을 가지고 있는 것을 우리는 발견할 것이다. 여기에서 나의 인생과 나의 문학은 오늘도 성장해가고 있고, 내일도 성장해가고 있을 따름이다. 이래서 나의 인생과 나의 문학은 자연적으로 민족문학의 길로 나도 모르게 깊이깊이 들어가고 있는 느낌을 가지고 있다. 그것은 객관적으로도 우리 민족이 성장해가고 우리의 민족문학이 성장해감에 따라 한 개의 추세로도 되고 한 개의 기술로도 되고 있다.

문학은 한 개의 행동지성으로 문학실존이란 위치에서 언제나 빛나고 있고 움직임을 가지고 있음을 새삼스럽게 뼈저리게 느끼고 있다. 또한 우리가 가지고 있는 문학긍지(文學矜持)도 이곳에 있음을 말해 주지 않을 수 없다.

(1956년 현대문학 6월호)

세계화형여성(世界花形女性)의
동태(動態)

―제1선에서 활약(活躍)하는 부인(婦人)들―

머릿말

세계 어느 나라를 물론하고 구주대전 이후 부인들의 활약은 진실로 괄목할바이 많다. 그것은 단체로나 개인으로나 재래의 인습과 전통을 벗고 남자와 같은 지위에서 좀 더 활발히 좀 더 의의있게 그들의 수완을 떨치고 있다.

이제 아래의 순차로 세계에서 가장 이름난 여성들을 정치(政治) 또는 외교(外交) 기타 교육(教育)계에 이르기까지 각국을 통하야 개관하고자 하거니와 진실로 세계 여성의 진보는 그 장족의 발전을 우리로 하여금 상상케 하여 마지 안는다. 그러면 세계 각 국을 통하여 어떠 어떠한 여성들이 제1선에서 활약하야 우리의 이목을 놀내이고 있는가 잠간 실기로 한다.

정치방면

정치계를 들어 말하면 우선 레닌의 미망인 구릅스카야 여사를 필두로 국제부인참정권 및 평등시민권협회(國際婦人參政權及平等市民權協會) 회장 아쉬비 여사와 제 9회 전쟁(戰爭) 및 원인급방지회(原因及防止會) 회장 캣트 여사와 중국의 손문(孫文)미망인 송경령(宋慶齡) 여사와 또는 인도의 살로지니 나이두 여사와 일본의 시천방지(市川房枝)들은 다들 유명한 여성이오, 또한 정치적 인물들이다.

그 다음 여류 대의사(大議士) 아스터 난시 워트처 여사이니 이는 영국 아스터 자작의 부인으로서 1919년 영국 최초의 여류 대의사로 5,203표라는 놀라운 다수의 투표를 받아 남자보다 나었었고, 그 다음 로이드 죠지 메칸 여사는 저 유명한 자유당(自由黨) 당수 로이드 죠지 씨의 딸로서 1929년부터 자유당의 대의사로 이래 재선 삼선의 영광을 일신에 질머젓고, 다음 스산 로렌쓰라는 여사가 있으니 이는 사회사업가로서 일직이 런던 켐부리치 대학을 졸업하고 로노당 대의사로 활약하야 런던 시의원이 된 일도 있었고, 또는 동회 의장대리(議長代理)와 1929년 보건성(保健省)의 보건차관(保健次官)에 취임한 일도 있었으며, 지금은 노동당에 속해 있다. 그 다음 아틀 카터린 마죠리 여사를 들 수 있나니 이는 1923년 통일당(統一黨) 대의사로 당선하야 1929년에 재선됨과 아울러 보수당(保守黨) 내각의 문부차관(文部次官)이 되었섯고, 그의 저서「부인(婦人)과 정치」는 1931년에 출판되었는 바 거의 세계적으로 호평을 받는 책이며, 또 그 다음은 월킨슨 엘렌 여사이라고 말할 수 있으니 그는 일즉이 1924년과 1929년 양 회에 긍하야 노동당(勞働黨) 대의사로 두 번이나 당선되었고, 영국총동맹파업(英國總同盟罷業)을 제대로 하야「투쟁(鬪爭)」이라는 소설을 발표하야 센세이슌을 이르킨 일이 있으며, 그 다음 덕크웰 까르트르두 여사이니 이는 영국부인노동조합연맹(英國婦人勞働組合聯盟)의 한 사람으로서 그 연맹 의장까지 지냈으며, 기독교(基督敎) 사회주의 사상을 가지고 저서「국가(國家)와 그의 아동(兒童)」이라는 것이 세 평이 있다. 좀 오래된 부인운동자들로는 팡커스트 엠 메리나의 직접파(直接派)와 곧 부인선거권을 획득한 사람도 빼아 노흘 수 없으며 일즉이 노동대신(勞働大臣)까지 지낸 폰드 필드 여사 등은 이미 잘 알려진 여성들이다.

독일로 들어서 보면 옛날의 맹장이든 브라운 리리 여사가 나치스 독일에 지쳐서 이제는 기진력진의 형태 속에 저서「한 사회주의 부인의 생각(一社會主義 婦人 思出)」이라는 것이 아직 남어 있으며, 쩨흠 막가레테 여사도 이제는 보로서(普魯西)의 국민의회의원(國民議會議員)과 연방의회의원(聯邦議會議員)을 독일국권인민당(獨逸國權人民黨)이 해산됨과 함께 죄다 빼앗기어 한일월(閑日月)이며, 뵈이메르 게르트루드 여사는 박사(博士)까지 얻은 유명한 부인으로서 독일부인운동의 맹장이오, 역시 연방의회의원이었으나 지금은 적적무문이다.

다시 말머리를 쏘베트 로시아로 돌려 본다면 첫째 레닌의 미망인 굴읍스카야 나데지타곤 스단지노바나 여사를 들 수 있는 바 이는 현재 쏘베트동맹 공산당중앙통제위원(共産黨中央統制委員)과 교육인민위원장 대리(敎育人民委員長代理)와 동 정치교육부장(政治敎育部長)을 가지고 있고, 그 다음 카메네봐 여사를 들 수 있나니 이는 쏘베트동맹의 부인 사회운동가로서 그 부군은 저 유명한 카메네푸 씨이며, 그의 이력은 쏘베트동맹 대외문화연락협회(同盟對外文化聯絡協會)의 주임(主任)을 지낸 사람으로 부군과 같이 이름을 날리고 있으며, 그 다음 스타소바 엘레나도 미트리에바나 여사이니 그는 지금 쏘베트동맹 공산당부인당원으로서 국제혁명투사구원회(國際革命鬪士救援會)＝약 층 못플＝중앙위원회(中央委員會) 의장이며, 동 중앙통제위원(中央統制委員)이며, 일즉 이는 공산당중앙위원회(共産黨中央委員會) 서기(書記)까지 지낸 일이 있으며, 그 다음 스미드뷔치 소푸이 야 니콜라에바나 여사이니 이는 쏘베트동부인당원으로서 일즉 이는 모스크바 상업전보통신사(商業電報通信社) 부인부장(婦人部長)과 공산당중앙위원회부인부장 등을 력임한 일이 있으며, 그 다음 야고뷔레바 바르바라 니콜라이에바나 여사이니 이는 쏘베트동맹 공산당부인당원으로서 일즉 이는 인민위원과 교육인민위원을 지내었고, 지금은 쏘베트정부 재무인민위원(財務人民委員)으로 맹활동 중이다.

그 다음 미국의 정치운동가(政治運動家)로서의 부인들은 첫째 쟌 아담스 여사를 빼여 놀 수 없나니 이는 미국 부인의 회원 200만이나 옹유하고 있는 미국부인평화자유연맹(米國婦人平和自由聯盟)의 회장이며, 그 다음 미국 부인의 유일한 부인단체(婦人團體)로서 세계적으로 유명한 미국 부인당(婦人黨)의 사라 고르빈 여사이니 이는 동 당의 위원장으로 부인당이 창립되든 당시부터 오늘날까지 존재하야 수회의 입옥까지 한 일이 있으며, 그 다음은 부위원장 포리즈아 여사이니 이는 재정적 수완이 유명한 사람이며, 그 다음 대의사(代議士)로는 안나 윌마스 여사이니 그는 여류대의사로서 한 번도 입후보(立候補)하야 락선한 일이 없으며, 오데이 여사가 있으니 새로히 대의사로 당선되어 인기를 총 집중하고 있으며, 이와 반대로 아리스 홀 여사는 가장 오랜 부인운동가로 미국에 알려져 있다. 그 다음은 너무나 유명한 여자가 많아서 적을 수 없으니 그만둔다.

이번은 겅충 뛰어서 인도로 오니 이곳에도 여류정치가들이 상당히 있다. 첫째로 안토니 페잔트 여사이니 이는 인도 독립운동은 물론 인도부인회(印度婦人會)라는 수백만의 회원을 가진 단체의 회장이었으며, 일즉이는 국민회의장(國民會議長) 노릇을 여자로서 최초로 한 사람으로 불행히 재작년에 죽었으며, 그 다음 사로지니 나이두 여사는 너무나 유명함으로 이곳에는 그만 두기로 한다.

일본은 정치계(政治界)에는 아즉까지 여자에게 참정권이 부여되지 아니한만큼 여류정치가(女流政治家)를 잡어내기가 어렵다. 그러나 들을 수 있다면 우선 산천국영(山川菊榮) 여사를 들수 있나니 이는 그 부군이 저 유명한 일본의 사회운동가 산천균(山川均) 씨로서 그는 일본부인운동에 가장 선구자로 일본의 최초부인운동단체 청답회(靑踏會)를 이등야지(伊藤野枝)와 신근시자(神近市子) 등으로 더부러 조직한 일이 있으며, 그의 저서로「여성의 반역(反逆)」과「사회주의(社會主義)와 부인운동(婦人運動)」은 가장 호평을 받은 저서들이며, 그 다음은 무메오(奧ム メオ) 여사이니 이는 일본여자대학 가정과(日本女子大學家政科)를 맞이고 즉시 부인운동에 출마하야 어떤 때는 잡지도 발간하고 직접 부인을 위하야 분투한 일이 많다. 그의 주요한 저서는「부인문제 16강(婦人問題十六講)」이 유명하며, 그 다음 신근시자(神近市子)를 빼어 놓을 수 없나니 이는 지금은 낡은 사람으로 소설이나 쓰고 있으나 일즉이는 산천국영과 같이 사회운동가이었으며, 동경일일신문(東京日日新聞)에 기자로 근무한 일도 있으며, 그 다음 직본정대(織本貞代) 여사이니 그는 일즉이 여자사범(女子師範)을 중도 퇴학하고 일본노동총동맹(日本勞働總同盟)의 직본리(織本利) 씨와 결혼하야 사회운동에 투신하야 오늘에 이른 사람으로서 그는 지금도 일본무산부인동맹(日本無

産婦人同盟)의 위원이며, 또한 노동여숙(勞働女塾)이라는 무산부인교육기관을 주재하고 있다.

이상의 모든 여성들은 정치와 혹은 사회의 제1선에서 싸우는 여성들이라고 할 수 있다.

관리방면

세계의 여류관리(女流官吏)가 지금은 거의 없는 곳이 없으나 하급관리쯤은 있을 수 있으되 상급관리는 아무래도 이것도 영국이 첫 손가락을 꼽게 하고 있다.

영국의 여류관리로 적어도 상급관리로 첫 개봉을 한 사람은 본드 필드마가레트 그레이스 여사이니 이는 처음 노동당에 속한 부인 노동운동가로 맥드날드 제1차 내각 때에 노동성(勞働省)에 차관(次官)으로 채용된 것이다. 그 후 내각이 갈리는 바람에 그만두었지마는 관리로 천편을 들기는 이 본드필드 여사가 첫째이다. 지금은 푸어스 다메 카쟈린 여사 같은이는 부인사관(婦人士官)으로서 훈일등(勳一等)까지도 받은 일이 있거니와 최근은 영국에서 외교관을 여자로 등용할 것을 이야기하고 있다.

미국도 영국만큼 여류관리들이 많은데 가장 이채를 내고 있는 것은 오하이오주에는 대심원(大審院) 판사가 아렌 여사인 것이다. 아렌 여사는 일즉이 시카고대학과 뉴욕대학에서 법률을 배우다가 1914년 향리에 돌아와 변호사(辯護士) 노릇을 하다가 최근 오하이오주의 대심원 판사가 된 것이다.

그 다음 최근의 소식으로는 서반아(西班牙) 정부에서는 그곳 여류작가 에스피나 여사로 하여금 남미(南米) 페르국에 특파대사(特派大使)를 시키어 그곳 건국기념식(建國記念式)에 참례케 하였으며, 중앙아메리카에 있는 니카라그아에서는 미국 버지니아 부영사(副領事)로 아르제에로 여사를 보내었고, 또 칼리폴리아주 영사로는 로세로 여사를 보내어 최근에는 세계에서 여류외교관들이 상당한 모양인 바 그것은 주서로서아공사(駐西露西亞公使)로 이름이 높은 코론타이 여사와 주정말미국공사(駐丁抹米國公使) 오엔 여사가 상당히 수완을 부린데서 여류외교관이 늘고 있다 한다.

이런 일은 동양에는 볼 수 없는 일이오. 오직 인도에 약간 여류관리들이 있는 모양이나 그러케 이름난 관리들은 들 수가 없다.

문예방면

문예방면(文藝方面)에는 여류들에 이름 난 사람들이 너무 많아서 대강대강 적기로 하거니와 일본 한 곳만 보드래도 30여 명이나 된다. 그러나 되도록은 아니 알려진 여류들을 몇몇 사람만 들기로 한다.

미국에 현존한 여류작가로 카터 윌라 여사는 일즉이 신문기자 노릇도 한 일이 있거니와 그는 특히 구주이민(歐洲移民)을 제재로 하야 씀으로 이름이 높고, 또 갼 필드 도로티 여사는 종교적 소설가로 이름이 높고, 끄라스겔 스산 여사는 소극장운동(小劇場運動)에 기여함이 많고 그 우에 펜네임 만키로 유명하며, 그 다음 게일 죠나는 간결한 작풍에 주지적(主智的) 경향이 만키로 소문이 낫으며, 여류시인(女流詩人)으로는 밀레이 에드나 바인센트 여사가 유명한 바 그의 시 「루네쌍스」는 가장 저명한 것이며, 그 다음 라이딩로우타 여사이니 이는 신경향(新傾向)의 시를 많이 발표하야 전위적 시인(前衛的詩人)의 소리를 듣는 사람이며, 또 따이알 상(賞)을 받은 무어 매리앤 여사가 여류시인으로 유명하다.

영국의 여류작가로는 싱글레어 메이 여사이니 이는 노숙한 소설가로서 영문단(英文壇)에 없지 못할 존재의 한 사람이며, 그 다음 케이 스미스 여사와 리챠드슨 여사와 로스 마코레이 여사 등은 죄다 대가급이며, 중견여류작가(中堅女流作家)로는 바지니아 울프 여사와 리베카 위스트 여사와 스텔라 벤슨 여사와 레드그레이프 홀 여사 등이며, 신진 작가로는 마가렛트 케네디 여사 등이 유명하며, 여류시인으로는 이 시트웰, 오 시트웰, 에스 시트웰의 자매(姉妹) 세 사람의 시가 영시단(英詩壇)을 경동시키고 있는 바 죄다 진보적 사상의 소유자이다.

불란서의 여류작가로는 고렛트 윌리 여사와 안나 데 노아이르 여사는 대가급(大家級)에 속하는 사람이며, 마르세에르 틔네이르 여사와 지에라르드 우바이에르 여사와 류시이 드라이유 마르도리유 여사 등은 불란서의 굴지하는 여류 작가들이며, 여류시인으로는 마틔리유 데 노아이유 여사의 귀족풍(貴族風)의 시와 그 다음 데라유 마리데리유스 여사이니 이는 열정적(熱情的) 시인이다.

이태리의 여류작가는 데렛다 그리지나 여사와 여류 시인으로는 네그리 아다 여사가 유명하며, 희랍에는 파켄 부인이 유명하며, 서반아에는 바로하 괴오 여사가 유명하며, 항가리의 뮤렌 에르미유니아 즈아 여사는 사회주위 작가로서 유명하며, 로서아의 세리푸리나리지야 니콜라이에바나 여사 등이 가장 유명하다.

일본은 여류작가로는 림부미자(林芙美子) 여사와 평림다이자
(平林タイ子) 여사와 중조백합자(中條百合子) 여사와 좌좌목후
사(佐佐木フサ) 여사와 길옥신자(吉屋信子) 여사와 와친이네자
(窪川イネ子) 여사와 중본다가자(中本タカ子) 여사의 소설가 등
과 여사야정자(與謝野晶子) 여사와 심미수마자(深尾須磨子) 여사
와 유원엽자(柳原燁子) 여사 등의 여류 시인과 송촌미네자(松村
ミネ子) 여사의 번역이 가장 유명하다.

끝말

대강 대강 적느라고 한 것이 이만한 페이지를 잡어 먹게 되
었다. 그러고도 충분히 되었느냐 하면 시일 기타 개인 사정으
로 인하야 충분히 되지 못하였다. 그리고 한 가지 유감인 것
은 여배우와 여류음악가는 죄다 빼어 버렸다. 그것은 너무 에
이지를 잡는 까닭이다. 만약에 이 다음에 기회가 있으면 여류
스포츠 맨과 아울러 한번 다시 써 보랴고 한다. 곧 여배우, 여
류 스포츠 맨, 여류 음악가를 한 곳에 뭉쳐서 또 한 번 써 보
려는 생각이다.

우선 이만한 정도이면 세계 이름 있는 여성들이 누구누구이
라는 것은 알만한 정도이라고 생각한다. 물론 자세한 것을 찾
어 보랴고 하면 최근에 나오는 백과사전(百科辭典)이나 인명사
전(人名辭典)에서 더 찾아보기 바란다. 이곳에 나온 것은 대개
내가 아는 범위에서 그대로 막 우집어다 쓴 것이므로 혹 틀렷
는 지도 모른다. 그것은 내 두뇌가 인명사전이나 백과사전이
아닌 까닭이다. 틀린 것이 있으면 많이 지적해 주면 이 우에
더한 감사가 없다고 생각한다.

한가지 유감인 것은 여류 교육가를 못 넣은 것이나 이것도 또한 후일에 기회있는 대로 다시 집필할 셈대고 그만저만 두어 버리기로 하였다.

5월 24일 료(了)

(「신가정(新家庭)」 1935. 7. 신동아)

최근 세계부인운동(世界婦人運動)의 발전(發展)

— 간단한 개괄적 고찰(槪括的 考察) —

1. 머리말(문제의 개념)

부인문제 및 부인운동은 현대에 있어서 훤소(喧騷)를 극하야 말지 아니하는 노동자, 농민문제 및 그 운동과 함께 근대문명이 재래(齎來)해온 크다란 과제 중 하나이다.

모든 생물의 진화발달에 대하야 성(性)의 분화(分化), 또는 성의 대립이 극히 중요한 위치를 가지고 있는 것은 노언(呶言)을 불요하는 바이어니와 인류에 역사에 있어서 과거 수천년래의 부인은 진화발달의 분담자(分擔者)의 지위를 떠나 고립된 상태에 있었다하여도 과언이 아닐 만큼 되어 있었다.

그러나 근대문명의 발달과 함께 성의 분화, 또는 성의 대립은 결코 일방적으로마는 진전할 수 없는 경지에 이르고 말았다.

이리하야 이곳에 비롯오 부인문제 및 부인운동은 요원의 화세(火勢)와 같이 흥기(興起), 대두케 된 것이다. 곧 박구어말하면 현대 노동자, 농민운동이 필연적이오, 역사적 사명이라고 하면 부인문제 및 부인운동도 필연적이오, 역사적 사명인 것이다. 그 유형과 그 방법에 있어서 그 하나는 정치적 경제적 사회적으로 그 근본적 결함을 파고 들어가는 것이나 그 다른 하나는 조금 달이하야 먼저 인격적인 곧 남성과의 동등의 권리를 얻기 위하야 일로 매진하고 있는 점이다. 그렇다고 전혀 남성과의 동등의 권리만을 획득하랴고 하는 것은 아니어니와 당면의 중요한 문제는 곧 남성과의 동등의 권(權)을 얻기 위함인 것이다.

이제 부인문제 및 부인운동을 좀더 세분하야 구체적으로 고찰한다면,

제 1로는 사회적 방면이니 이곳에서 가장 주요한 것으로는 폐창(廢娼)운동, 산아제한운동, 모성보호운동, 소년소녀보호(少年少女保護)운동, 교육기회확장운동 등등 여러 가지의 형태를 가진 운동이 포함되어 있고,

제 2로는 경제적 방면이니 이 운동에 속하는 것은 부인로동 문제를 그 근간으로 하고 직업부인문제, 부인의 가내수공업문제, 기타 부인 일절의 경제문제를 말하는 것으로서 이것은 때로는 남성의 경제문제, 곧 노동자, 농민문제와 합류를 하고 있는 일이며,

제 3으로는 정치적 방면이니 이것은 소위 부인이 정치에 관여하는 문제로서 세상에서 말하는 바 부인참정권획득운동인 것이다.

이렇게 세 부문으로 난홀 수 있는 것으로서 부인문제의 개념이라는 것도 구경(究竟) 이것을 이름하야 말하는 것이다.

그러면 최근의 세계부인문제 및 부인운동은 얼마나 한 진전, 곧 소장성쇠(消長盛衰)를 하고 있는 가를 고찰하고저 하는 것

이 이 논문을 서술하고저 하는 적극적 의도이다.

2. 국제부인운동의 현세(現勢)

국제부인운동에 있어서는 영국 륜돈에 본부를 두고 거의 세계적으로 이름이 알려진 국제부인참정권 및 평등시민권협회를 빼돌릴 수 없나니 이른 세계적 운동으로 되어 있는 것이 그 근본적 가치이라 하겠으나 이 국제부인참정권 및 평등시민권협회는 어느 나라에 지부를 두지 아니한 곳이 별로 없는 것이다. 다시 말하면 국제부인운동을 리드하고 있는 것은 이 체체이며 후원하고 있는 것도 이 단체가 거의 죄다 손을 빼치고 있는 것이다.

그리하야 이 국제부인참정권 및 평등시민권협회는 벌서 금년의 제 12회 대회를 맞게 되는 바 그 대회의 장소 및 시일은 1935년 4월 18일부터 동 25일까지 토이기 수도인 이스탄불에서 개최하게 된 모양이다.

이번 이 대회는 1929년 백림에서 25주년 기념대회를 연 후 재작년 곧 소화 8년(1933년)에 불란서 말세이 항(港) 스푸렌데이트 호텔에서 임시 대회를 연 일이 잠간 있을 뿐 실로 6년만에 동 대회를 개최하는 바이며, 더욱이 동회 창립 후에 아세아에서 열게 된 것은 이번이 처음인 만큼 크게 기대의 특색을 함께하고 있는 것이다.

아즉 상세한 푸로그람은 발표되지 않았음으로 구체적인 것을 논술하기에는 기다(幾多)의 시일을 요할지나 이제 동 대회의 초청장을 잠간 이곳에 소개하면 "아등(我等)이 이 운동을 시작하였을 때는 데모크라시의 사상이 대두되고 있든 때로서

선거권은 확장되어 기다의 제국은 이미 남자의 참정권이 행사되고 있든 때이었다.

따라서 남녀평등의 사상은 자연히 남자와 동양(同樣)으로 부인에의 선거권의 확장으로 되었든 것이다.

이 시대에는 부인은 점차로 승리를 획득하여 왔다. 따라서 아등은 교육, 직업, 부인참정권의 획득과 부인의 지위에 비상한 변화를 가저 오게 하였다.

과거 20년 간에 세계 각국에 있어서 부인은 관리로서 때로는 내각의 각료도 되어 있고 국제연맹, 경제회의, 군축회의에 대표도 된 일이 있었고, 지방정치 및 국정에 참여하여 왔었다. 물론 완전한 남녀평등에는 가장 진보되었다는 나라에서도 아즉 도달되어 있지 않다고 할 수 있지마는.

그러나 아등의 운동은 부인의 영향력의 증가에 반하야 참정권은 물론, 남녀동일의 법률, 평등의 임은(賃銀), 부인의 국적, 기혼부인사생아 등등의 문제로부터 평화와 아울러 국제연맹의 사업에 대하야 비상한 이익을 제공하였다 할 수 있다.

이리하야 아등의 운동은 성공하였다고는 할 수 없으나 거의 최후의 승리를 얻기까지 되였을 때 세계정세는 경제공황과 반하야 급각도로 일대 변화를 초래하고 있다.

이곳에 아등부인은 아등이 이미 얻은 권리를 지속하고 또 새로운 권리획득에의 운동을 일으키지 아니하면 아니 되게 되었다.

이에 제국(諸國)의 부인을 급거히 토이기의 수부 이스탄불로 초청하야 아등의 운동을 활발히 전개코저 하는 바이다."

이 이상의 것으로서 동회의 편모를 알 수 있겠거니와 이 회에 참가한 제국은 불(佛), 영(英), 독(獨), 정(丁), 이(利), 토(土), 백(白) 등등 기타 40여 국이다. 이 회의 회장은 아슈비 여사로서 작년 중에는 미국 캣트 실인(失人)이 회장으로 있는 제9전쟁회의 원인 및 방지대회에 가서 강연을 하고 전 미국을 순례하였다.

그 다음 국제부인단체로는 42개 국의 가맹을 가지고 있는 국제부인협의회(International Council of Women)가 작년 7월 2일부터 동 12일까지 약 10일 동안을 불란서 수부 파리에서 개최하였었는 바 출석자는 27개 국의 대표 200여 명이였었고, 대회에서 협력된 문제로서는 평화문제, 교육문제, 부인의 직업문제, 아동보호법률, 아동보호문제, 라디오 및 영화를 위한 상설위원회의 설치 등등의 문제를 토의하고 폐회하였는 바 동회의 회장은 영국의 아바데인 공작부인이며 차회 대회는 금년 하기(夏期)인데 백이의(白耳義) 수부 뿌럿셀이라고 한다.

그 다음 국제남녀평등협회(Equal Rigbts International)의 제5회 연차대회가 소화 8년(1933년) 12월에 서서(瑞西) 수부 제네바에 개최되었었는 바 동 회의 목적의 일부를 변경하였었다.

동 회는 원래 남녀평등권의 획득을 목적하고 왔었는 바 금후로는 남녀평등국제조약의 체결에 전력을 주(注)하기로 되었다.

동 회는 가맹국 22개 국의 참가와 오픈 도어 인터내쇼낼국제부인경제단체(國際婦人經濟團體)과 미국부인당이 아리스 포르 여사 등이 이 조직에 참가하야 왔던 것으로서 비록 국제적이기는 하나 역시 그의 하는 방법과 사상은 미국부인당과 공통되는 점이 많다.

또 그 다음 국제부인평화자유연맹이 그 제8회 대회를 지난 9월 3일부터 동 6일까지 서서의 츄리히 시에 국제부인회의를 열었었다.

이 연맹은 대정 4년(1915년)에 창립한 것으로서 그의 참가 단체는 26개 국이다.

그 다음 오픈 도어 인터내쇼낼이라는 단체는 남녀의 경제적 기회균등의 요구를 목적으로 하고 이래 활동하고 왔었는 바 오는 금년 8월 19일부터 동 23일 정말(丁抹)의 코펜하겐에서 또 2년차 대회를 개최하기로 되었다.

이 외에도 약간의 국제부인단체가 있으나 그렇게 괄목할 활동이 없음으로 그만하고 다음은 각 국의 부인운동을 개별적으로 순차 보아 가기로 한다.

3. 각국 부인운동(各國婦人運動)의 현상(現狀)

각국 부인운동의 현상은 한 나라만 잡아 가지고 이곳에 상세히 서술한다고 하드래도 여간한 지면으로는 도저히 충분할 수 없음으로 비록 충분치 못하나 그 나라 나라에 있어서 극히 대표적인 국제 및 인물의 활동상황을 서술함에 그치려 한다.

◇ 영국(英國)

영국에는 국제부인참정권 및 평등시민권협회의 본부가 륜돈(倫敦)에 있어서 일반 부인운동의 지도를 하고 있는 것은 물론이오, 더 나가서 전 세계의 부인운동을 지도하고 있다고 하여도 과언이 아니다.

영국의 부인참정권은 실로 구주대전 이후의 일로서 1918년에 겨우 부인참정권이 상하 양원을 통과하였든 것이다. 이래 부인참정권운동은 착착 실현하야 지난 제 2차 노동당내각시대에는 본드 필드 여사가 노동대신에 임명되었든 사실은 세인의 주지하는 바이어니와 최근의 영국부인운동은 지난 소화 8년(1933년) 6월 13일로부터 동 15일까지 룬돈에서 영제국부인연맹 주최로 제9회 영제국부인회의가 개최되였는 바 영제국에 있는 부인단체는 물론이오, 기타 영제국 식민지로 있는 호주, 가내타, 인도, 남아프리마로부터 40여 단체의 대표가 회합하여 여러 가지 문제를 회의하였었다. 그곳의 중요의제는 '세계의 협력', '부인참정권 영역의 확대' 등이 있었고, 그 다음 중요한 일로는 나치스 독일에 대하야 영국부인관리협회, 영국여교사연맹, 영국부인사무원협회 등 9개 단체와 상하의원의 8인의 여대의사(女大議士)는 히틀러 정부에 독일부인학대에 대하야 엄중항의한 일이 있었다. 그의 일부를 잠감 보면,

"히틀러 정부의 부인에 대한 박해는 독일뿐만 아니라 전 세계 부인에 대하야 박해하는 것이라 인정함."

이라 하야 당당히 싸웠다. 그 다음 소화 8년(1933년) 11월 8일 중에 룬돈에서 29개 부인단체의 주최로 기혼부인노동권옹호대회가 개최되어 전 세계의 불경기에 따르는 부인실업문제에 대하야 토의하였는 바 사회자는 로렌스 부인, 하원의원 아스타 자작부인, 규수소설가 레베가우에스트 여사, 기타가 강연을 행하였고, '부인의 전진'이라고 하는 행진곡의 오케스트라까지 있어 비상한 성회를 이루었었고, 그 다음 소화 9년(1934년) 6월 12일부터 동 14일까지의 3일간을 영제국부인연맹의 주최로 제10회 영제국부인회의가 개최되었다.

출석자는 영본국의 각 부인단체 대표와 기타 호주, 가내타,

인도, 신서란, 남아의 제방으로부터 대표가 와서 정치, 법률, 경제상에 있어서 남녀의 평등을 강조하야 부인관리에 대한 남녀평등의 임은(賃銀)의 요구, 노동국이 부인에 대한 최저임은을 남자보다도 저렴하게 정한 것에 대한 항의, 기혼 부인에 대한 노동권의 요구 등을 결의하였다. 우연맹(右聯盟)의 회장은 국제부인참정권 및 평민권협회 회장인 코벳트 아슈뷔 여사이다. 그리고 최근 영제국정부에서는 여자외교관 채용문제를 결정하고 근근 여류외교관을 채용할 모양이다.

◇ 미국(米國)

미국은 대정 9년(1920년) 때에 비롯오 부인참정권이 인정되었는 바 이곳은 극히 자유적인 관이 있다. 데모크래시의 극치를 보이고 있다고 할 수 있다.

금일 미국 부인운동의 중심단체로는 미국부인의회동맹의 후신인 미국부인당과 미국 전 부인단체의 500만 인을 옹호하고 있는 전 미국부인협의회라는 것이 있어서 각각 활발한 운동을 전개하고 있다.

그런데 미국부인당에서는 미국 하원에 벌서 10여 인의 대의사를 보내고 있다. 전 미국부인협의회에서는 소화 8년(1933년) 7월에 시아고(市俄古)에 국제부인회의를 열어었고, 그 다음 미국부인당에서는 부인의 경제적, 사회적, 법률적 지위를 남자와 똑같이 얻기 위하야 소화 8년(1933년) 2월 5일에 화성돈(華盛頓)에 미국부인관리대회를 열고 그 다음 동 3월 9일에는 미국 상하의원에 부인의 불리한 '미국헌법 중 수정법안'을 제출하였으나 실패하였다.

동 7월 8일에는 미국부인당에서 공로기념식을 거행하고 전

회장 벨론드 부인, 기타 26인을 포창(褒彰)하고 이어 1천여 명의 부인시위행렬을 행하였다.

그 다음 미국부인당의 대회가 동 11월 4∼5 양일 간 데라우에아 주의 월민트시에 열리어 과거 2개월 간의 업적과 동당의 운동방침을 협의하였고, 동 12월 3일부터 동 26일까지 열린 범미회의와 동 부인위원회에서는 '국적법에 있어서도 남녀평등일 것'이라는 조문이 채택되었다.

그리고 소화 9년(1934년)에 들어서는 2월 15일 미국 부인당의 주최로 각 부인단체와 연합하야 미국부인운동의 비조(鼻祖)라고 할 수 있는 스쟌 비 앤토니 여사의 제114회 탄생기념제를 거행하야 성황인 것은 물론, 미국 정부에서는 앤토니 여사의 초상을 찍은 스탬프까지도 발행하였으며, 그 다음 회원 200만을 옹유하고 있는 유력한 미국부인단체인 미국부인구락부총연맹에서는 소화 9년(1934년) 5월 하순 아캔사스주의 하트스푸링에서 연차 대회를 열고 각 대표 1,500명 출석하에 국제평화운동을 강조하였다.

그 다음 동년 8월에 제3회 범태평양부인회의가 범태평양부인협의회의 주최아래 그의 연차 대회가 있었고, 일본, 중국, 기타 태평양 연안에서 모든 대표가 모였으며, 그 다음 동 9월 23일과 27일 양일 간 뉴욕시의 헤랄드 트리뷴 일간 신문사 주최아래 제4회 부인시국문제가 개최되어 경제적, 사회적, 예술적인 제 문제를 토의하였으며, 그 다음 부인경제문제를 그 중심운동으로 하는 오픈 또어 인터내쇼낼에서는 동 11월 19일 루스벨트 대통령에게 부인야업금지조약 기타를 비준해 달라고 하였으며, 그 다음은 금년 2월부터 미국 부인당 주최 하에 앤토니 여사 동상설치기부 모집을 일으키고 있다.

◇ 독일(獨逸)

독일은 소화 7년(1932년) 11월 총선거 때에는 사회민주당에 13명, 공산당에 13명, 중앙당에 5명, 독일 국민당에 3명, 바라리아 인민당에 1명, 독일 인민당에 1명, 합계 36명이라는 부인 대의사가 있었으나 히틀러 당이 정권을 잡은 이후 모든 정당이 몰락되는 동시에 부인대의사라고는 한 사람도 없게 되었다. 동시에 부인의 모든 권리를 박탈(剝奪)하면서, '부인은 가정과 부엌으로!' 라는 신조를 널리 선전하였다.

이에 각국 부인단체에서는 나치스 정부에 대하야 비빨치듯 항의문을 보내어 최근에는 조금 온화된 모양이나 역시 한 모양이다.

그리하야 한 때는 관공서를 비롯하야 은행, 회사의 타이피스트까지 몰아내는 형편이었으나 실업자의 대량적 사람(氾濫)으로 최근에는 직업부인에게 직업을 뺏는 그러한 일까지는 없다. 그러나 여자가 대학에 들어가는 것을 제한하는 등 때때로 세인의 이목을 놀래이어 마지 안는 일을 감연(敢然)히 행하고 있다.

이제 소화 9년 9월 8일에 개최되었든 나치스당 대회에 부인 당원 2천여 명에게 히틀러는 다음과 같은 강연을 한 일이 있다.

"부인참정권의 사상은 유태인의 주지주의로부터 산출된 것이다. 자유주의는 기다(幾多)의 점에 있어서 남녀평등을 지지하고 있으나 우리 나치스의 부인에 대한 푸로그람은 유일한 것이었다—그것은 아해(兒孩)들이다. 남자가 몸을 희생하야 전장에서 국가를 위하야 싸움에 있어서 부인은 국가를 위하야 몸을 희생하야 아해들을 나(産)을 것이다. 소위 남녀평등의 사상은 유태인의 지식으로부터 생긴 것이다. 부인의 정치참가는 그들을 타락시키었다."

고 연설하였다.

이와같이 독일은 부인참정권운동에 대하야 반동이 행해지고 있다.

◇ 불국(佛國)

불란서는 부인참정권운동이 가장 먼저 일어 난 나라이나 최근에야 간신이 부인선거권을 인정하게 되었다.

그것은 불란서 부인이 다른 나라 부인보다 정치적 방면에 등한하고 다소 사다적(奢多的) 경향에 흐르고 있는 까닭이라 할 수 있다.

그래서 소화 8년(1933년) 3월에 말세유 항구에서 열린 국제회의도 일부러 국제부인참정권 및 평등시민권협회에서 그 소속단체인 불란서 부인선거연합회에 지령하야 열도록 한 것이다. 곧 박구어 말하면 국제부인참정권 및 평등시민권협회와 불란서 부인선거연합회와 합동 주최한 것이다.

소화 9년(1934년)까지도 불란서 부인들은 참정권을 얻기 위하야 부인납세불납동맹이니 기타 무엇 무엇하야 항쟁하여 오다가 금년 3월에 들어서야 간신히 현 불국정부로부터 부인에게도 참정권을 허여(許與)하게 되었다.

◇ 일본(日本)

일본은 아즉 부인에게 참정권을 실시하지 않은 나라의 하나이다. 그러나 일본의 부인운동은 극히 주목할만한 것의 하나로서 일본부선획득동맹(日本婦選獲得同盟)은 벌써 여러 해 동안 부인운동의 제1선에 서서 용감히 싸우고 있다. 또한 이 일본 내지부선획득동맹(日本內地婦選獲得同盟)은 거의 10년이라는 세월을 지내 오는 동안에 이제 그 기초가 공고(鞏固)해 가고 있다.

그런데 소화 8년 이래의 괄목할 운동은 일본부선획득동맹이 주체가 되어 부인참정권동맹, 일본기독교부인참정권협회, 자공(子供)의 촌과 모양학교, 국민부인회, 사회대중부인동맹 등의 주최아래 이래 제4회 전 일본부인선거권대회를 동 2월 8일에 열었고, 그 제5회, 제6회를 연차로 소화 9,10 양년 2월마다 열었다.

그리고 이 일본부선획득동맹은 동경부인시정정화연맹과 모성보호법제정촉진부인연맹 등을 조직하야 합법적으로 서서히 참정의 도를 향하야 매진하고 있다.

((學海) 1949. 학해사)

제 2 부

名筆의 그 痕迹 (Ⅰ)

프로문학 작품의 발표 무대가 된
『조선지광』(1927)

카프의 기관지 『예술운동』 창간호(1927)

문학의 역사적 성장(歷史的成長)

—백조(白潮)와 신경향파(新傾向派)에 대한 고찰(考察)—

질풍노도(疾風怒濤)와 같은 한 때의 우리나라의 낭만주의문학(浪漫主義文學)의 사조(思潮)는 그 표현으로서 동인지(同人誌)『백조(白潮)』에서 그 개화를 보았다.『백조』의 개화는 그 때의 청년들을 대표하는 지식 계급이었나니 이들은 일본적 질곡(桎梏)을『백조』라는 낭만주의 문학의 사조를 타고 기도(氣熖)를 올리었다.

낭만주의 문학이 가지는 일반적 특징인 명석(明晳)한 직관적(直觀的) 형성보다도 자유주의적 분방(奔放)한 감정의 표현을 구하여 그 저지(底止)할 바를 모르는 주관, 또는 창조적 세계는 젊은 세대에 반드시 한 번은 거치는 길이 아니면 아니 되었다.

고전주의 조소적(彫塑的)인데 대하여 음악적 또는 정감적(情感的)인 이 주관 또는 창조의 세계는 우리나라의 젊은 예술인의 그 예술의욕을 무한대로 확대시키고 포만(飽滿)케 하였다. 이에 노작(露雀) 홍사용(洪思容)은 왕자의 의식까지 앙양(昂揚)되었던 것이다. 이 센티멘트(感性)의 세계에서 그 자유분방하는 노작은 왕자(王者)이면서도 그는 눈물의 왕자이었던 것이다.

노작은 소리친다. "나는 왕이로소이다."(백조 제3호)하는 그 제호(題號)부터 주관적인 위대한 낭만이 흐르고 있다. 그러나 이 주관적인 위대한 낭만 또는 화려한 낭만이 극히 소극적인 "나는 왕이로소이다. 어머니의 외아들 나는 이렇게 왕이로소이다. 그러나, 그러나 눈물의 왕, 이 세상 어느 곳에든지 서름이 있는 땅은 모다 왕의 나라로소이다." 하게 된 것이다. 이는 분명히 센티멘트의 세계에서 왕인 것이오, 낭만의 세계에서의 왕이 아니다. 낭만은 눈물이 아니다. 더욱이 위대한 낭만은 눈물이 아님은 물론이오, 감상의 그것이 아님은 다시 말할 필요도 없다. 노작은 낭만주의 문학이 괴테에게서 또는 하이네에게서, 또는 슈레겔에게서 더 나가서는 노바리스에 의해서 세계적으로 화려한 꽃을 필 때에 어째서 하이네의 말류(末流)인 '눈물의 왕자'이었던가? '눈물의 왕자'는 노작 뿐도 아니었던 것이다.

상화(尚火) 이상화(李相和)에게도 이런 경향은 있었나니 그는『짓밟힌 땅에도 봄은 오나니』의 시에 있어서 일본적 질곡에 대한 반항의식(反抗意識) 또는 반항정신(反抗精神)이 상당하였으나 그것은 모두 소극적인 센티멘트의 세계이었던 것이다. 이『백조』동인들에게서 가장 센티멘탈리즘(감상주의 또는 주정주의)으로 종시(終是) 일관한 사람은 춘성(春城) 노자영(盧子泳)이다. 이 센티멘탈리즘은 이 시대의 청춘들에게 쉽사리 어필할 수는 있었지마는 그 깊이와 무게에 이르러서는『벨텔의 슬픔』의 위치도 못가는 그러한 낭만주의 문학이 우리나라에서는 환영되었던 것이다.

『백조』창간호의 "백조는 흐르는데 별 하나 나 하나"라는 이 화려한 낭만주의 문학은 나중에 문학에 대하여 왕자의 의

식까지 상승시키었으나 그 내용은 결코 위대한 낭만이 되기에는 길이 멀었던 것이다. "우리 앞에는 백조가 흐른다. 새 시대의 물결이 밀물소리를 치며 뒤덮어 흐른다."하던 '백조(白潮)가 흐르는 시절(時節)'(조광(朝光) 제2권 제9호)에 보인 백조가 가지는 위대한 낭만주의 문학의 열의는 눈물로 변하는 소극적인 경향이 보인 낭만의 시인 노작이 있는가 하면 순연(純然)한 센티멘탈리즘으로 떨어진 춘성이 있었던 것이다. 낭만주의 문학의 골자는 '사랑'이란 것이 중요한 것이 되어 있지마는 이것이 무내용(無內容)한 애정의 세계에서 방황하다가 센티멘트의 세계에서만 종시(終是)할 때에 이는 센티멘탈리즘으로 추락(墜落)하기 쉬운 것이다.

이 시대에 있어 백조파 동인으로서 가장 안가(安價)의 센티멘탈리즘으로 추락한 시인은 춘성이었던 것이다. 그는 소설 『반항(反抗)』이란 작품에서 자기의 고독을 애정의 세계에서 호소하면서 불륜(不倫)의 반역여성(叛逆女性)을 등장시키었고, 센티멘타리즘의 극치를 보인『사랑의 불꽃』이 그의 시인적 성가(聲價)를 여지없이 떨어뜨리었던 것이다. 백조파의 동인 중에서 가장 시인적 위치를 정확히 걸어 간 사람은 상화(尙火)이었던 것이다. 상화가 시인적 위치를 잃어버리지 않은 중요한 원인을 그는 전통적인 민족의식의 소유자이었던 것이다. 시인은 언제던지 그 조국을 등지고는 그 가치가 멸살(滅殺)되는 것만은 속일 수 없는 확연한 드러남이 되고 만다.

하이네가 조국을 등지고 파리에서 방황할 때 그는 세계적일지는 모르지마는 독일적(獨逸的)은 아니었던 것이다. 시인은 자유주의자다. 그러나 민족주의자이어야 한다. 이것이 문학사상에 의거한 낭만주의 문학을 가지는 사람의 공통된 심리요 태도다. 이곳에 우리가 백조파 시인 중에서 가장 잊혀지지 않는 존재가 상화다. 상화는 극도(極度)의 자유주의자다. 그러나 그는 코스모폴리탄은 아니다. 하이네적 시인 같으면서 아니다. 그는 좀더 민족의식에 불타는 시인이었던 것이다. 그는 단기 4259년, 즉 1926년 『개벽(開闢)』 신년호에서 시 3편을 발표할 때에 『조선병(朝鮮病)』이란 시에서 이런 민족의식을 가진 반항 정신을 고조(高調)하였던 것이다. 그 시를 잠간 이곳에 옮기면 이러한 반항정신이 그것이다.

> 어제나 오늘 보이는 사람마다 숨결이 막힌다.
> 오래간만에 만나는 반가움도 없이
> 참외 꽃 같은 얼굴에 선웃음이 집을 짓더라.
> 눈보라치는 겨울 맛도 없이
> 고사리 같은 주먹에 진땀물이 구비 치더라.
> 저 하늘에다 봉창이나 뚫으랴 숨결이 막힌다.

일본적 질곡이 숨결이 막히도록 되었던 시절에 상화는 거침 없이 그의 반항정신을 열화(熱火)같이 뿜었던 것이다. 백조파 동인 중에서 가장 그 시인적 위치를 정확히 걸어감으로 인하여 낭만주의 문학에 있어서 노바리스와 같은 한국적 존재가 되었다고 볼 수 있다. 노바리스는 독일적 존재라면 상화는 한국적 존재이었다고 볼 수 있다. 이곳에 있어 하마터면 춘성의 경지를 걸어갈 뻔한 사람이 월탄(月灘) 박종화(朴鍾和)다.

월탄은 그때의 인기 시인이었다. 춘성도 인기 시인이었다. 그러나 월탄은 여인들과 거리가 멀었고, 술을 좋아하는 반면에 근엄한 그 성격은 센티멘탈리즘에까지 추락하지 않고 맥

(貘)과 같은 순수한 꿈의 세계에서 방황하였다. 상화보다는 약간의 손색(遜色)이 있는 시인이었으나 상화와 함께 시인의 위치를 추락하지 않고 지키어 왔다. 상화와 월탄의 위치에서 한 걸음 진전(進展)한 시인이 회월(懷月) 박영희(朴英熙)다. 회월은 『붉은 장미(薔薇)는 눈물을 지다』라는 시편에서 가장 낭만주의 문학의 주조(主潮)를 걸어가는 듯이 보였다.

이제 그 1편을 옮기면 이러하다.

　　내 청춘
　　새파란 하늘에
　　공허(空虛)는　내 자유, 구원(久遠)은 내 희망,
　　그러나
　　황혼(黃昏)에,
　　병들어
　　말러가는 그림자의,
　　소리없이
　　느끼어 울 때
　　붉은 장미는 눈물을 지다.

　　내 청춘
　　진초록 바다에
　　파도는 내 정열(情熱), 미풍은 내 사랑,
　　그러나
　　황혼(黃昏)에
　　병들어
　　숨지려고 앓는 물결의,
　　자저가는

숨소리 슬퍼
붉은 장미는 눈물을 지다.

내 청춘
깊이 없는 사랑에.
취(醉)하고 허맴은 네 자랑이러니,
그러나
쇠(衰)하고
없어서
삭어가는 옛날의 노래의
구절 구절
들기가 슬퍼
붉은 장미는 눈물을 지다.

얼마나 화려한 낭만이 흐르고 있는가! 마치 노바리스의
『푸른꽃』을 읽는 느낌을 자아내고 있다. 이때에도 이 시인은
이러한 주조를 걸어가는 시인이었으나, 이 시인은 드디어 신
경향파에 한 걸음을 내디디게 되었던 것이다. 백조파 동인 중
의 5인의 시인 중에 노작과 춘성을 비교해 볼 때에 노작은 센
티멘트의 세계에서 살면서도 그다지 센티멘탈리즘으로 떨어지
지는 아니하였다. 많은 센티멘트의 세계에서 방황하고 있으나
센티멘탈리즘으로 떨어지는 안가(安價)의 눈물은 아니었다. 그
러나 춘성에 이르러서는 그렇지 않았다. 그는 나중에 순연(純
然)한 센티멘탈리즘 작가로 떨어지어 이 나라의 문학을 병들
게까지 하였던 것이다.

소품(小品) 서한집(書翰集) 『사랑의 불꽃』은 안가의 센티멘탈
리즘이었던 것이다. 자유주의와 민족의식을 굳건히 지키면서

나아간 시인이 상화와 월탄과 회월이었었다. 이곳에서 상화와
회월은 많은 접근이 있어 『개벽』지로 몰리는 약간의 반항정
신을 내포한 정치의식(政治意識)이 있었다. 그러나 순연한 낭만
주의 문학을 지켜온 사람은 월탄이다.

월탄은 지금 역사소설의 대가를 이루고 있지마는 그때쯤은
낭만주의 문학에 의거한 청춘을 노래하고 조국의 운명을 비탄
(悲嘆)하는 불멸의 낭만시인이었던 것이다. 그는 시로써 자기의
우울(憂鬱)을 잘 호소하였던 것이다. 월탄의 시는 건전하면서도
엄숙(嚴肅)하였다. 단기 4256년 9월, 즉 1923년 9월에 『사(死)
의 예찬(禮讚)』이란 시를 발표할 때도 그러한 시상을 보여주고
있다.

> 환상(幻想)의 꿈터를 넘어서
> 검은 옷을 해골(骸骨)우에 걸고
> 말없이 주토(朱土)빛 흙을 밟는 무리를 보라,
> 이곳에 생명이 있나니
> 이곳에 참이 있나니
> 장엄(莊嚴)한 칠흑(漆黑)의 하늘 경건한 주토의 거리!
> 해골! 무언!
> 번적어리는 진리(眞理)는 이곳에 있지 아니하냐.
> 아! 그러나 영겁(永劫)위에……

이 시는 그 얼마나 그의 엄숙한 사상을 보여주고 있는가!
월탄이 우리나라의 문학을 지금까지도 지도하고 있게 된 것은
일관(一貫)한 낭만사상이 뿌리 깊게 박히었던 것이다. 독일의
슈레겔 형제가 낭만파 문학의 건실한 그것이듯이 월탄의 낭만

주의 문학은 가장 건실한 그것이었던 것이다. 우리나라의 낭
만주의 문학을 굳건히 수립(樹立)시킨 공로는 아무래도 월탄을
빼놓고는 말이 아니된다.

　월탄이 이때에는 한 개의 낭만주의 문학의 주조(主潮)를 걸
어가는 대표 시인이었던 것이다. 회월은 백조파 동인 중에서
처음에는 가장 낭만주의 문학에 충실하여 그의 주조를 걸어가
는 대표적 시인이었으나, 그는 신경향파로 뛰어 들어가기 시
작하여 상화 시인보다도 가장 앞에 가는 신경향파 시인이 되
었고, 푸로레타리아 문학까지 들어갔던 사람이다. 낭만주의
문학은 언제나 그 시가 대표이었던 것 같이 백조파 동인들도
시가 그 중심이었다. 그러나 이곳에 두 사람의 낭만주의 문학
을 대표하는 작가가 있었나니 그는 도향(稻香) 나빈(羅彬)과 빙
허(憑虛) 현진건(玄鎭健)이었다.

　도향은 이때에 18세의 약관(若冠)으로서 『환희(幻戲)』라는 장
편소설을 동아일보에 연재하였던 것이다. 『환희』는 그 제호(題
號)가 보여주는 바와 같이 낭만주의 문학의 대표적인 꿈을 그
리는 주관(主觀)의 세계 속의 『환희』이었던 것이다. 도향은 창
작에 있어서 거의 독보적(獨步的) 존재이었던 것이다. 김동인
(金東仁)이나 염상섭(廉想涉)이 자연주의 문학의 주조를 걸어 가
랴고 노력함에 반(反)하여 도향은 어디까지나 낭만주의 문학의
주조를 걸어가려고 노력한 작가이다. 그는 장편소설에서 그
특기를 발휘하였다. 그의 역작(力作) 『어머니』는 그때에 가장
호평을 박(博)한 작품이다. 이 작가와 병행(並行)하는 작가로
빙허는 로서아의 작가인 안톤 체홉을 능가(凌駕)하리만큼 단편
소설에 있어서 그 특기를 보여주었다. 그는 분명히 한국적 안
톤 체홉이었던 것이다. 그가 집필한 『빈처』는 그때의 『개벽』

지에 실리었는 바 모든 사람에게 가장 많은 애독(愛讀)을 받았다. 내용은 지식계급의 초라한 아내를 묘사함으로 종시(終始)한 것이었으나 문학적으로는 이만한 것이 없었던 것이다. 이것이 빙허의 출세작(出世作)인 동시에 대표작(代表作)이었던 것이다. 이『빈처』이후에『희생화』또는『지새는 안개』등의 작품은 한결같이 역시 낭만주의 문학의 주조를 걸어가는 작품으로서 모두 상승(上昇)의 그것이었다.

빙허는 화가 석영(夕影) 안석주(安碩柱)와 함께 나중에 백조파 동인으로 등장한 사람이다. 우리나라의 문학은 실로 백조파 동인들이 수립하였다고 하여도 과언이 아니다.『백조』가 폐간이 되고 보니 모두『개벽』지로 몰리게 되었다. 일본에서 새로 건너온 팔봉(八峰) 김기진(金基鎭)이 늦게 백조파 동인이 되면서 그는 신경향파의 기치(旗幟)를 선명(鮮明)히 하였다.

이 때에 신경향파의 동인지로는『염군(熖群)』이 있었다. 이『염군』은 일본적 질곡(桎梏)을 직접으로 반항하여 한 호(號)도 가상(街上)에는 나오지 못하는 운명에 빠지어 있었고, 다른 한 편으로는 파쓰큐라라는 신경향파가 대두(擡頭)하였다.

파쓰큐라는 무슨 새로운 술어가 아니다. 박회월(朴懷月), 조포석(趙抱石), 안석주(安碩柱), 김기진(金基鎭) 등의 두문자(頭文字)를 영어로 모아서 만든 것이었다.『염군』일파가 지향하는 신경향파와 파쓰큐라 일파가 지향하는 신경향파가 다 각각 그 문학적 출발은 낭만주의 문학에서 띄워 놓았던 것이다. 말하자면 낭만주의 문학에서 그 정통적인 위대한 낭만이라던가 화려한 일본적 질곡에 대하여 적극적인 반항정신으로 나타났던 것이다. 낭만주의 문학이 현실에 부디치는 최초의 시금석(試金石)이었던 것이다. 낭만주의 문학은 신이상주의(新理想主義)로 되고 신이상주의 문학은 이들 신경향파에 의하여 한 걸음 더 진전(進展)하려고 하였다.

팔봉이『개벽』에다 수필『해태는 운다』를 썼을 때에 신이상주의 문학은 그 가장 고조(高調)를 보이었다. 이『해태는 운다』가 그때의 젊은 세대의 지식계급에게 준 영향이 실(實)로이 부선(不尠)한 바가 있다. 팔봉과 회월은 신경향파에 있어서 가장 대표적인 이론가이었고 작가들이었다. 문학이 순연한 이상주의의 세계에서만은 아니 된다는 것을 알았다. 순연한 꿈의 세계에서만은 아니 된다는 것을 알았다. 신경향파는 우선 문학의 상아탑을 무너뜨리고 민중과 같이 문학을 가지자는 현실주의를 고조하는 데로 발을 옮기어 놓은 것이다.

팔봉은 소설『이상주의자(理想主義者)의 죽음』에서 많은 물의(物議)를 문단에 일으키었던 것이다. 더 나가서『붉은 쥐』같은 것은 커다란 센세이션을 일으키었던 것이다. 한동안 팔봉과 회월이 신경향파의 효장(驍將)으로 상아탑(象牙塔)의 예술인을 가두(街頭)로 걸어 내리었던 것이다. 상아탑의 예술인은 신경향파의 이론을 긍정하면서도 정치인의 이용을 경계(警戒)하였다. 이곳에 상아탑의 아성을 견수(堅守)하는 춘원(春園) 이광수(李光洙), 송아(頌兒) 주요한(朱耀翰), 안서(岸曙) 김억(金億), 금동(琴童) 김동인(金東仁)은 자연주의 문학이란 새로운 이념으로 가게 되었다. 낭만주의 문학의 세계가 이곳에서 커다란 많은 류파(流派)로 벌어지게 되었던 것이다. 시에 있어 허무를 노래하는 공초(空超) 오상순(吳相淳)이 있는가 하면 고월(古月) 이장희(李章熙)가 이런 경향으로 일본적 질곡에 반항하여 고월은 드디어 자살하는 경지에 이르렀던 것이다. 이때부터 문학류파(文學流派)가 광범(廣汎)해지면서 서로들 알력(軋轢)과 질시

(嫉視)가 있게 되었다.

고월은 이런 일본적 질곡보다도 문단적 분위기의 희생자다. 이런 낭만주의 문학이 별파(別派)로 '금성파(金星派)'가 있었나니 이는 무애(無涯) 양주동(梁柱東)을 위시하여 유엽(柳葉), 손진태(孫晋泰), 백기만(白基萬) 등의 4인 동인지이었던 것이다. 유엽의 동아일보에 연재되었던 『꿈은 아니언마는』이란 장편소설은 빙허의 작품과 비견(比肩)하는 훌륭한 낭만주의 문학 작품이언마는 이때의 신경향파의 문인은 이것을 무시하였다. 그러나 이 나라의 자연주의 문학이 또한 한 편으로 대두하여 김동인(金東仁), 염상섭(廉想涉), 이무영(李無影)은 자연주의 문학을 수립하기에 이른 것이다.

우리나라의 문학의 역사적 성장은 두 개의 류파가 주축이 되어 성장시킨 것이다. 곧 낭만주의 문학과 자연주의 문학이 서로 주축이 되어 성장시킨 것이다. 우리나라에서 백조파(白潮派)의 문학운동과 창조파(創造派)의 문학운동은 문학사(文學史)를 장식(裝飾)하기에 충분한 것이다.

(1954. 12. 29) 씀
(1955년 현대문학 7월호)

소설 이론의 신전개(新展開)

―춘원(春園)의 시대적 음미(吟味)―

　소설을 쓴다는 것은 한 개의 문학적 본도(本道)이면서 이것은 일종의 시대연구 또는 인물연구 내지는 장래 연구까지 가지게 되는 긍지를 가지고 있다. 이곳에 소설이론이 성립되는 것은 너무나 당연하다.

　소설 이론이 성립되기는 근대 문학이 난숙(爛熟)한 뒤의 일이지마는 이것이 반드시 성립되게 된 것은 문학평론이 있은 뒤의 일이다.

　소설을 이론을 가지고 쓴다는 것은 한 개의 과학이기 때문에 반드시 있을 일이요, 또한 한 개의 전통이었느니만큼 반드시 있을 일이다. 그러나 이론이 없이도 소설을 잘 만 쓰거늘 하필 철학의 냄새를 피우는 이론을 전개해야만 되느냐에 이르른 일도 없지가 않다. 이런 것은 설화 문학에 있어서는 너무나 타당한 이야기이지마는 적어도 현대라는 과학을 떠드는 오늘에 있어서는 아주 뚜렷한 소설 이론이 있게 되었다고 보지 않을 수 없다. 소설은 허구 세계에서 실재를 찾는다는 것이 소설 이론의 시초가 된 지도 벌써 오래지마는 이 허구 세계만이 아니고 모델을 쓴다는 실재의 세계를 그대로 그린다는 소설이론이 있게 된 지도 또한 벌써 오래된 일이다. 소설은 재미가 있어야 한다는 것이 밑바탕이라고 하면 소설은 관념이나 사상을 전달하지 않고서는 근대문학이 아니라는 이론은 너무나 잘 알고 있는 사실이다.

소설이 한 개의 생활이요, 또는 한 개의 행동이라는 것은 이론도 이것이 행동주의 문학으로서 전개된 지가 오래다. 소설이 한 개의 사상체계를 요구하는 것이 근대문학이 가지고 있는 소설이론이 아니면 아니 되게 되었다. 소설이 한 개의 생활이라는 윤리적인 면에서 볼 때는 너무나 인생의 없지 못할 그것으로 되지마는 사상이라고 하면 이것은 또한 현대적인 학문이 아니면 아니 되게 되었다. 또한 이것은 현대적인 기술이 아니면 아니 되었다. 생활에 이르러서는 너무나 모두 알고 있다. 그러나 소설은 이것이 역사라는 데 이르러서는 전 세계적으로 등한(等閑)하다.

소설은 생활(生活)이며, 사상(思想)이며, 기술(技術)이며 역사(歷史)다. 소설은 또한 행동(行動)이며, 실천(實踐)이다. 이것이 소설은 한 개의 이야기를 예술화(藝術化)하는 간단한 영역에 떨어져 있지 않음을 알고 있으나 현대의 작가는 흔히 한 개의 이야기를 예술화하는 간단한 영역에 치우치는 일이 너무나 많다. 그렇다고 소설은 반드시 생활의 도움이 되어야 하고 반드시 사상이 있어야 하고, 반드시 기술이 좋아야 한다는 것이 아니지마는 이것을 뺏어 놓고는 근대 문학이 요구하는 소설은 되지 않고 있다. 그와 함께 역사라는 것은 제2 기술이기 때문에 아주 모르는 영역으로 되어 있다.

예하면 춘원(春園)의 작품은 현대에 이르러 볼 때에는 한 세대를 뒤진 계몽사상(啓蒙思想)이 되고 있다. 그러나 그 때에는 이같이 새로운 계몽사상이었다. 육당에 있어서도 역시 그러하다. 그러나 이 작품이 오늘에도 요구되고 분석되고 연구된다. 그 까닭은 무엇인가? 다만 근대 문학이 가진 본질에서 만이겠는가? 그것은 그렇지 아니하니 아직도 새로운 생활 윤리가 있고 뻗어 나오는 사상적 근원이 이곳에 있다. 춘원의 작품이 문학적으로서 살아 있다면 역시 사상적으로도 살아 있다. 또한 문학이 가지고 있는 그 본질로서의 그것으로도 살아 있다. 이곳에 인생은 짧지마는 예술은 길다고 하지 않을 수 없다.

춘원의 작품도 몇 세대 뒤에는 고전으로 남겠지마는 이것이 가지고 있는 생활, 또는 사상, 기술 내지 역사는 춘향전(春香傳) 등의 그것 이상이 아니면 아니 되는 것이다. 춘원은 우리 문학의 선구자이요, 개척자이면서 은인이다. 춘원이 없었던들 우리 문학의 후진은 좀 더 고전을 하였을 것이다. 소설은 이곳에 이르러 한 개의 역사라는 것이 뚜렷이 드러나고 있다. 춘원의 역사는 문학의 역사로 되고 있는 것도 이곳에 있다. 춘원의 연구는 문학의 연구로 되고 있는 것도 이곳에 있다. 또한 춘원의 연구는 문학 이론의 연구 또는 소설이론의 연구로도 되고 있는 것도 이곳에 있다.

춘원이 문학을 한 개의 생활로 한 것은 문학하는 사람이 다 같이 문학을 생명으로 하고 생활로 하는 것과 마찬가지지마는 문학의 생명이 춘원의 생활과 함께 기구하였다는 것을 생각할 때 눈물나는 일이 아니면 아니 된다. 춘원의 작품은 어느 곳에서는 눈물 아니면 아니 되는 양면이 많다. 우리 민족의 눈물을 춘원이 표현한 것이 너무나 많다. 이곳에 있어 춘원은 결코 감상주의자(感傷主義者)는 아니다. 기구한 민족운명을 어떻게 하든지 타개하려는 것이 춘원의 사상이다. 이때의 시인이 시로써 몸부림을 쳤다면 춘원은 소설로써 몸부림을 쳤다. 이것이 과도할 때에는 민족개조론(民族改造論)까지에도 전개되었던 것이다. 춘원은 어디까지나 민족주의자이지마는 춘원이 가지는 세계는 만족주의자만이 아니었다. 춘원이 후진에게 지탄을 받는 것도 이것이지마는 춘원은 오직 일념이 민족을 구하려는 것으로 종시한 것은 또한 속일 수 없는 뚜렷한 사실이다.

소설이 춘원에 이르러 근대화한 것이라면 누구나 오늘에 있어서는 놀라는 일이지마는 춘원이 소설을 근대화하기만 한 것이 아니라 춘원은 근대 문학이 무엇이라는 것을 가르쳐 준 사람이다. 또한 소설이론을 가르쳐 준 사람이다. 또한 근대 사상이 어디 있다는 것을 가르쳐 준 사람이다. 춘원은 이것만으로도 문학의 선구자(先驅者) 되기에 족하다.

그러면 춘원의 소설 이론은 무엇인가? 춘원의 소설 이론은 휴매니즘이다. 그러나 단순한 휴매니즘이 아니다. 동양적인 휴매니즘이다.

로맨티시즘에 입각한 휴매니즘이지마는 민족의 양식이 되고, '얼(魂)'이 된 오늘에는 더 귀중하지 않을 수 없다.

춘원의 소설이 오늘에 있어 보면 많이는 개념소설(槪念小說)에 속하였지마는 춘원은 드디어 이 개념소설을 스스로 뛰어넘은 분이 된 데서도 놀라지 않을 수가 없다. 개념소설로서 출발하여 개념소설로서 종시하는 작가가 얼마든지 초기에는 어느 나라나 있는 일이지마는 춘원은 유파(流派) 없이 문학을 출발시키어 드디어 유파에 들어가는 놀라운 결과를 가지어 왔건마는 이 유파문학에 들기까지의 춘원의 소설 기술은 오늘에 있어 배우지 않으면 아니 되는 것이 되고 있다. 『무정(無情)』

에서 『흙』에 이르러 노정(路程)이 너무나 현격(懸隔)한 데 놀라지 않을 수 없다.

오늘에 있어 보면 우리들 후진에 속하는 작가들은 너무나 춘원만 못한 것을 느끼는 때가 많다. 춘원은 분명히 천재에 속하는 문학 작가다.

소설의 세계는 한 개의 이상의 세계이지마는 이것이 있는 곳에 인류의 문화가 있도록 된 오늘이다.

이런 것을 한국문학으로 가지게 된 것은 오로지 춘원의 공로로써 지금은 우리 문학도 남부럽지 않은 문학이 되기에 이르렀다. 이제 와서는 우리 문학에서도 소설을 어떻게 써야겠다는 것을 알게 되었다. 이것을 벌써 반 백년 전에 안 사람이 있다면 춘원이다. 소설은 허구의 세계이지마는 이것이 실재의 세계만 못하지 않은 좋은 것이 되어 있는 것은 작가뿐만 아니라 비문학인도 알게 되고 있다. 소설은 이제 와서는 이론이 없이는 씌어지지 않는 것을 알게 된 것도 이것이다. 소설이 학문화하는 경지에까지 가고 있다는 말이다. 소설이 학문화하게 되는 길을 열어준 사람은 아무래도 춘원을 말하지 않을 수 없다. 또한 우리에게 있어 춘원연구는 절대로 필요하다.

소설이론이 새로이 전개되게 되는 것은 흔히 작가연구에서 비롯하게 된다. 작가를 연구하다가 보면 새로운 이론이 그곳에 있다. 춘원은 분명히 휴매니스트다. 그러나 단순형의 휴매니스트가 아니다. 문학자로서의 휴매니스트가 성립되는가 하면 다른 한 편에는 민족문학의 수립도 되는 길이 나온다. 또 소설이론의 전개자(展開者)로도 나오게 된다. 춘원은 소설이론에 있어 민족을 살리는 길에 있어 이만한 것이 없다는 결론을 얻은 사람의 하나다.

일정 치하의 온건한 것은 소설을 쓰는데만 있다고 본 탁견 (卓見)을 우리는 존경하지 않을 수 없다. 정치보다는 때로는 문학이 그 깊이가 있다는 것을 발견한 분이 춘원이었던 것이다. 춘원은 문학에서도 소설이 민족의 어려운 길을 여는 도움이 많이 되는 것을 알고 소설 이론을 세우게 된 것이라고 보지 않을 수 없다.

　춘원의 소설은 소설론에 있어 그 시대의 신전개(新展開)하고 보지 않을 수 없다. 또한 금일에 있어 우리가 문학 운동의 터를 잡게 된 것도 이 신전개가 비롯함이라 보지 않을 수 없다. 소설은 한 개가 새로이 씌어지면서 한 소설이론의 새로운 전개가 되고 있다는 부차적(副次的) 과업을 우리는 깨닫지 않으면 안된다.

(1957년 12월 1일-3일자 평화신문)

소월(素月)의
예술적 한계(藝術的 限界)

1.

　시(詩)의 세계는 항상 청신한 세계를 가짐으로 인하여 사람은 시를 찾지 않고는 못 배긴다. 사람은 시를 알든가, 모르든가를 물을 것 없이 시의 세계 속에서 살고 있다. 시인은 항상 이 시를 찾고, 이 시를 만들고, 시를 향유함으로써 다른 사람보다 가장 고귀한 사람이 되고 있다. 이 고귀한 사람은 저마다 되는 것이 아닐 때 시인은 사람 속의 사람이 되고 있다. 우리의 귀중한 시인 소월 김정식(金廷湜)은 이 땅의 자랑이 아니면 아니 된다. 이 시인은 불행하게도 33세란 한창 필대로 필 무렵에 요절(夭折)하였으므로 우리는 민족적으로 애닯게 생각하고 민족적으로 항상 추모하지 않을 수 없다.

　　잔디,
　　잔디,
　　금잔디,
　　심신산천에 붙는 불은

가신님 무덤가에 금잔디,
봄이 왔네, 봄빛이 왔네,
버드나무 끝에 실가지에,
봄빛이 왔네, 봄날이 왔네,
심신산천에도 금잔디에.

　나는 항상 이 시를 애송한다. 이 외에도 시가 많지마는 『금잔디』에 가서 자리를 잡고 앉을 때에 으례히 이 시가 먼저 머리에 떠오르곤 한다. 그래서 어느 때에는 이 시보다 좀 더 잘 지어 볼 수가 없을가? 소월에 대하여 도전(挑戰)하는 마음이 날 때도 있다. 그러나 그 생각은 순간적이요, 이내 소월의 시에 휘감기고 말게 된다. 『금잔디』는 이래서 나는 가장 좋아하는 그것이 되었고, 입버릇 모양으로 '잔디, 잔디, 금잔디' 하는 소리를 가지게 되었다. 결국 '잔디, 잔디, 금잔디' 하던 소월은 잔디에 눕고 만 것이 아닌가…… 우리는 이제 잔디에 앉아서 잔디를 보면서 또는 잔디를 즐기면서 또는 소월의 『금잔디』의 시를 애송하면서 놀고 있는 향수(享受)하지마는 소월과 같이 금잔디에 눕지 말라는 운명이 없지 않으니 그를 슬퍼하지 않을 사람이 누구이겠는가! 이 『금잔디』를 사랑하고 이 『금잔디』에서 놀던 사람이 이제는 가고 없지마는 그의 예술이 남아 있을 때 소월은 또한 영원히 살아 있을 것이다. 여기에서도 '인생은 짧고 예술은 길다 ―' 함이 뼈 속까지 느끼어지고 있다.
　나는 일찍이 소월을 본 일이 없다. 그의 출생이 1903년이라고 하니 계묘생이다. 나보다 한 살이 위인 것이다. 지금에 살아 있다고 하면 불과 50이요, 또 7세 밖에 아니 되는 한창의 연륜일 것이다. 그의 시는 지금쯤은 원숙(圓熟)의 세계에서 살고 있고, 그의 시는 다만 향토를 노래하고, 자연을 노래하는 그런 것이 아니라, 민족을 노래하고 국토를 찬양하고 조국을 예찬하는 노래를 얼마든지 지었을 것이라 생각하면 가슴이 막힐 때가 있다. 또한 어느 때는 우리 민족이 이다지도 복이 적은가 하는 느낌도 가지고 있다. 소월 김정식 시인 하나를 누리지 못하는 우리 민족이던가! 이 시인은 우리가 끝까지 지켜야 할 시인이었건마는 이 시인을 못지키게 된 우리 민족은 너무나 시의 세계와는 멀었던 것이다. 영국과 같은 나라도 쉑스피어를 후일에 알게 되었거니, 하물며 우리 민족의 생활이 다단(多端)하고 고난 속에 있어 소월을 알기에는 참으로 멀었던 것이다. 소월은 그의 시『진달래 꽃』과 같이 너무 일찍이 피었던 것이 아니었던가! 개나리꽃과 같이 일찍이 피었던 것은 아니였던가!

2.

예술가에게는, 또는 시인에게는 너무 같은 길이 많았다. 어리, 데이쓰(早死)가 아니면, 매드(狂人), 맨 끝의 렁 러브(영원의 사랑)란 것이 그 길인 것이 너무나 들어나고 있다. 소월이 기어코 그 취한 길이 어리 데쓰가 될 때 우리는 한 개의 예술을 잃었다. 한 개의 문학을 잃었다. 예술이 고도(高度)일수록 그 사람이 고결하고 참되다. 문학이 고도일수록 그 사람이 또한 고결하고 참된 외에 고독한 것이 상례이었다.

소월은 고독한 시인이다. 그의 노래는 어느 것은 너무나 고결하고 고독하다. 그렇다고 하여 한 번도 향토를 잊고 조국을

잊은 일은 없다. 『금잔디』라는 시에서만 보더라도 '가신님 무
덤가에 금잔디'는 무엇을 말하는 것일까! 소월의 '가신님'은
그의 시 속에서 어느 곳에서든지 항상 발견하게 된다. 이 '가
신님'을 다만 그의 사랑하는 애인으로만 볼 것인가? 단테의
『베아도리체』는 소월의 '가신님'에서 멎어지고 말 것인가!
'마지니의 님은 이태리'라면 소월의 '가신님'은 역시 그의 조
국이 아니면 아니 된다. 또한 그의 '그리운 님'은 민족이 아니
면 아니 된다. 소월은 항상 조국과 민족에게 대하여 애모하여
마지 않는 사상과 이념을 가지고 있었던 것은 그의 모든 시에
나타나 있다.

소월은 일찍이 조국과 민족을 잘 알고 있었다. 33세를 일기
로 하고 간 그를 모르는 사람은 로맨티스트로만 알기 쉬웁고,
또한 시요시인(詩謠詩人)으로만 알기 쉬웁다. 그러나 그는 결코
로맨티스트로만 종시(終始)한 시인은 아니며, 또한 보통의 시요
시인은 아니다. 시가 읊을수록 그의 고결한 인격과 청신한 시
상은 현재에 있어 누구도 그를 능가할 시인이 없다고 보아지
고 있다. 이래서 시라고 하는 것이 쓰기가 어렵고, 사람이 쓰
는 것이 아니라 신(神)이 쓴다고 하는 소이(所以)도 있게 된다.
나는 시를 잘 모른다.

그러나 소월의 시만은 언제든지 손에서 놓기가 싫고, 입에
서 항상 외우지 않고는 못배기는 심정을 가지고 있다. 이는
무엇일가? 첫째는 내가 문학을 좋아하고, 예술을 좋아하는 까
닭도 있겠지마는, 이곳에는 무엇보다도 소월의 고상한 예술이
나의 심혼(心魂)을 일으키는 바가 아니면 무엇일가!

나의 잠자는 예술에 대한 의욕과 문학에 대한 심혼을 불러
일으키는 유일한 천재적 시인이 소월인 것이다. 소월의 시는

극히 개성적(個性的)이다. 개성적인 그의 시가 모든 사람의 예술에 대한 의욕과 문학에 대한 심혼을 불러일으킴은 무엇일가? 그는 다름이 아니다. 그의 예술과 문학이 누구보다도 뛰어남에 있다. 또한 예술과 문학이 개성적일수록 또한 보편타당성을 가지고 있음을 증좌(證佐)함이 아니면 무엇일가!

3.

소월의 시는 조국을 사랑하고, 민족을 아끼는 그것이었음을 뜻있는 사람이 잘 알고 있거니와 여기에 대하여 우리 민족이 그의 시를 알기 전에, 또는 그의 예술과 문학을 알기 전에 그의 천재적인 재능을 시기(猜忌)한 사람이 많다. 그래서 그의 시는 속요(俗謠)에 가까웁다 하는가 하면 그의 시상(詩想)은 애정(愛情)으로 일관되어 있다고 기의(譏議)하고 있다.

문학에 있어 또는 예술에 있어 애정이 나쁠 것이 없건마는 애정은 흔히 센티멘탈에 기의를 두고 또는 속된 범주(範疇)에 몰아넣어 버리는 일이 많다. 이 버릇은 문학하는 사람에 있어 고칠 바 그것이언마는 의연히 고치지 않는 그런 버릇을 가지고 대소고소(大所高所)에서 살고 있는 문학하는 사람이 있다. 예술과 문학이 너무나 애정에 치우치고 속인(俗人)의 영탄(詠嘆)에 알맞게 된다고 하여 그 예술이나 문학을 기의(譏議)한다고 하면 그 기의를 면할 사람이 우리 문단에서 그 몇 사람이나 될가? 나의 안목으로 본다면 예술과 문학은 애정이 없이는 되지 않을 것이라고 본다. 또한 예술과 문학은 보다 대중적이 아니면 아니된다고 보아진다.

문학과 예술이 대중적이면서도 또한 무한한 한계를 가지고 있을 때 그에게는 '노벨상'이 문제될 것이 아니다. 또한 예술과 문학은 국경이 없다고 하는 것도 이래서 나오게 된 언설이 아닌가 한다. 소월의 예술과 문학은 극히 협애(狹隘)한 배달민족의 노래이면서 또한 세계인의 노래인 것이다. 그래서 내가 보기에는 우리의 뚜렷한 민족 문학이면서 역시 세계 문학이라고 보고 싶다.

소월의 예술과 문학은 어느 때 어느 곳에서 보아도 감흥(感興)이 일게 되고 감명(感銘)이 깊게 되고 나중에는 감격까지 하게 된다. 이 일은 내가 배달민족의 한 사람인 데서도 기인하겠지마는 소월의 예술과 문학이 그 역시 '위대한 문학의 길'을 걸어가고 있음에 있다. 이런 예술과 문학은 결코 풍란(風蘭)의 문학은 아니다. 어느 때 어느 곳에서 읽으나 그것은 시대적이요 또한 진취적이다. 또한 어느 때 어느 곳에서 읽어도 애송하여 놓기 싫은 그것이 되고 있다. 이런 것을 가리켜 그의 재능이라거나, 기술이라고 하기에는 너무나 실례의 언설이 아니면 아니 된다. 소월의 이런 좋은 예술과 문학을 나오게한 배경을 생각하면 또한 우리 배달민족의 천재적인 예술 기품과 수려(秀麗)한 산천과 향토의 미덕(美德)이 아니면 아니 된다. 소월의 예술과 문학의 배경은 금수강산(錦繡江山)이 그렇게도 그를 좋은 시인으로 만들어냈다고도 보겠지마는 그 보다도 우리 배달민족은 천래의 예술과 문학의 기질을 가지고 있음을 엿볼 수도 있다. 여기에 있어 소월 이전의 시인은 없지마는 소월 이후의 시인은 얼마든지 나올 수 있으리라고 보아진다.

소월이 33세로 요절한 것은 우리는 얼마든지 애닯게 생각하고 애석히 여기어 마지 아니한다. 그러나 이 애달픔과 이 애석한 마음을 막을 길은 그 무엇일가? 그것은 오직 한 길이 있다. 소월과 같은 또는 소월의 시를 능가할 예술과 문학을 가지게 함으로써 만이 애달픔과 이 애석함을 메꾸지 않을 것인가! 소월은 비록 33세라는 꽃으로 이르면 한창 피어서 만발할 때 꽃봉오리 같은 예술과 문학을 남기고 갔다. 이 남기고 간 예술과 문학은 한갓 우리 배달민족에게 애송하고, 영탄함을 주고 갔을가! 아니다.

소월의 예술과 문학은 우리 배달민족의 예술과 문학의 길을 열고 있다. 우리 배달민족의 예술과 문학의 길을 열어도 고결하고, 법도 있게 또는 친절하게 열어 놓고 간 것이다. 나에게 시를 묻는 사람이 있으면 서슴치 않고 소월의 시를 읽으라고 항상 말하고 있다. 소월은 역시 나에게도 시가 무엇이라는 것을 가르쳐 주고 간 사람임이 틀림이 없다.

4.

소월의 예술과 문학은 그가 살아 있을 때는 그의 이메지와 스피릿을 그렇게 표현해 보았음이라 볼 수 있다. 그러나 그의 사상과 그의 이념은 다만 그런데 그치었다고 보아지지 않는다. 이런 생각은 내가 너무나 소월을 좋아하여서 그런 생각이 가는 것일가 하고 돌이켜 생각한 때도 많다.

그러나 그는 다만 천재가 되어 또는 재능이 있어 그렇게 좋은 예술과 문학을 낳은 것이라 보아지지 않음을 어쩌랴! 그는 종시 일관하여 사상과 이념에서 살고 간 시인이다. 그의 시는 모두가 좋다. 그의 시는 모두가 주옥(珠玉)이다. 이 주옥같은 시를 알알이 맞추어 보고 간 시인이 소월이라는 데 있어서는 소월이 비록 33세에 요절하였지마는 역시 '위대한 문학'을 낳은 사람의 위치와 행복을 누리지 않으면 아니 될 것이다. 오늘에 있어 보면 이 시인과 같이 좋은 사상과 좋은 이념에서 살고 간 사람도 없다.

앞으로는 이런 시인이 나올는 지 모르나 소월 이전에는 이런 사람이 없게 보임을 그 어쩌랴! 소월은 여기에 있어 예술과 문학에 있어 그 선구자임을 또한 우리는 말하지 않을 수 없다. 그는 예술과 문학에 있어 선구자라는 잡박(雜駁)한 그런 사람이 아니라, 종시 일관하여 시를 낳은 시인으로 지조 있게 일생을 살아 간 것이다.

예술과 문학에 있어 지조와 인격은 반드시 수반하여야 하는 것이언마는 세상에는 그렇지도 아니함이 너무나 많다. 예술과 문학이 누구보다도 뛰어나건마는 지조와 인격 때문에 조국에서 추방된 일도 있고, 민족에게 한 때라도 멸시받은 사람이 얼마든지 문학과 예술상에 있다. 그러나 우리의 소월은 지조와 인격에 있어서도 조금도 구김살이 없다.

지조와 인격을 예술과 문학에서 분리해 봄은 그의 예술과 문학을 살리게 하자는 데 있고, 또한 그의 예술과 문학이 너무나 우수함으로 인하여 그의 지조와 인격을 살리는 일이 많거니와 이는 역시 그의 인물에 있어 결점이 아니면 아니 된다. 그의 예술과 문학이 좋고 빛날수록 그의 지조와 인격도 그렇게 좋고, 빛나는 그런 것이 아님을 애달파하고 애석해하는 일이 많다.

소월은 여기에 있어 그의 요절이 도리어 이런데 있어서는 영문학상의 쉘리와 같은 점도 없지 않다. 그러나 영문학(英文學)의 쉘리는 우리의 소월과 대비할 때 도리어 손색이 있음을 발견하게 된다. 이곳에 있어 소월은 어느 각도에서 보나 주옥

같은 시를 쓴 주옥같은 시인이요, 우리 배달민족에 있어 무한한 한계를 가진 국보(國寶)의 시인임을 자타가 알게 되지 않을 수 없게 된다.

5.

소월은 간 지가 벌써 20유 4년이 되고 있다. 우리의 문학이 소월의 시를 알게 됨이 늦지가 않다. 20유 4년이 된 오늘에서야 안 것이 아니고, 벌써 몇 해 전에 알게 되어 소월에 대한 문적(文籍)은 상당히 쏟아져 나오고 있다. 소월은 마치 영문학상에 있어 윌렴 브레크와 같이 늦게 알려지지 않고 일찍이 알리어졌다. 영문학상에 있어 윌렴 브레크는 그의 시는 소월과 같은 바가 없지마는 그의 생애는 비슷한 바가 있었다. 그러나 윌렴 브레크는 요절한 시인은 아니요, 생애가 빈궁하였을 뿐이다. 또한 늦게 알리어져서 브레크 시인을 떠든 때가 있다. 지금은 브레크 기념관까지 있는 때이지마는 우리의 소월만큼 적적무문(寂寂無聞)한 때가 계속되어 있었다. 영문학이 넓이와 깊이가 있게 됨으로 인하여 그를 알게 된 것이어니와 소월은 우리가 일찍이 알게 되었다. 소월의 예술과 문학이 이제는 누구라도 그 주옥같음을 알고 있으나, 또는 그의 문학 유산을 가지고 성금(成金)하려고 하는 사람도 없지 않으나, 소월을 영원히 기념하고자 하는 사람은 드물다.

어째서 우리의 예술과 문학은 소월을 아끼고 좋아하면서도 그의 예술과 문학과 생애를 기념하거나 추모하는 사람은 드물까? 이 곳에는 우리 배달민족이 아무래도 아직도 예술이나 문학을 그다지 소중히 여기지 않고 있다는 기의(譏議)를 면키는 어렵다.

소월의 예술과 문학은 살아 있다. 또한 이것을 이용하는 사람도 많다. 그러나 소월의 예술과 문학을 영원히 기념하거나 추모하는 행사는 아직도 없다. 이런 일은 과연 무엇이라 하면 좋을가? 우리의 생활이 빈궁하고, 또는 다사다난 하더라도 소월의 예술과 문학을 살릴만한 이유가 없다고 하면 이는 우리 민족의 부끄러움이 아니면 아니 된다.

소월의 예술과 문학은 살아 있고, 세계 문학에 내어 놓아도 손색이 없다면 소월의 예술과 문학을 위하여 우리는 무슨 행사이든가 1년에 한 번이나 두 번은 있어야 마땅하다고 보아진다. 소월의 혼령을 위하여서라도 있어야 한다고 주장하고 싶다.

(1959년 8, 9월호 신문예)

허난설헌(許蘭雪軒)의 시풍(詩風)

―여류문학(女流文學)의 원류(原流)를 말함―

　국문학상의 허난설헌의 지위는 내가 이곳에 말하지 않아도 주지하는 사실이다. 허난설헌의 시가 모두 한문으로 되어 있어 이것을 음미할 때 여류문학 또는 우리나라의 국문학상으로 보면 약간의 생경(生硬)한 맛도 없지 않으나 문학은 이것이 한문이건 영문이건 문학이 가지는 바 독특한 성격과 훈향(薰香)이 있어서 나는 허난설헌의 시를 읽을수록 국문학이 가지는 바 성격과 훈향을 매우 느끼게 된다. 더욱이 여류문학이란 점에서 여류에서만 볼 수 있고 느낄 수 있는 것도 많다.

　허난설헌의 시가 이 세상에 전해지고 있는 것은 그다지 많지 못하다. 허 시인은 원래 소녀시절부터 시에 대하여 특이한 재질이 있어 상당히 많이 썼던 모양이언마는 나중에 출가하게 될 때에 많이는 불에 살려버렸던 것이다. 현재로 알려져 있는 것은 고부(古賦) 1편을 비롯하여 오언고시가 15편, 칠언고시가 8편, 오언율시가 8편, 칠언율시가 13편, 오언절구가 24편, 칠언절구가 가장 많아서 1백하고도 42편이란 숫자다. 이 외에 잡저가 2편으로 총계가 2백하고도 37편이란 적지 않은 것이 되고 있다.

허 시인의 시가 그가 출가할 때에 많이 살러버렸다 하건마는 이만한 시가 남아 있고 이 시들이 모두 주옥같은 것으로 옛날 명시인 이의산(李義山)이라던가 심아지(沈亞之)의 체를 본받아 쓴 것까지 있다. 이의산의 시체(詩體)같은 것은 상당히 어려운 것으로 이런 것은 남자의 시인도 흉내내기가 어려운 것을 대담하게 흉내내고 있다.

예하면 『고이의산체(故李義山體)』 2수란 것으로 그 시를 잠깐 보면 이러하다.

경암난휴무(鏡暗鸞休舞),
량공연불귀(樑空燕不歸),
향잔촉금피(香殘蜀錦被),
루습월라의(淚濕越羅衣),
초몽미란저(楚夢迷蘭渚),
형운락분위(荊雲落粉闈),
서강금야월(西江今夜月),
류영조금미(流影照金微).

거울이 흐릿하니 난새가 춤을 그쳤고,
대들보가 허술하니 제비조차 돌아오지 않어라.
향기는 헌털뱅이 비니 이불에 어리었고
눈물은 찌드른 깁치마에 훨씬 젖었더라.
남편을 생각하는 꿈은 난초가 우거진 물가에서 길을 잃었고,
아낙을 바라보는 구름은 분가루가 묻은 문지방에 떨어져 있어라.
서강에 걸린 오늘밤 달은
흐르는 그림자가 금빛이 쪼각쪼각 흩어지는 것 같어라.

이런 시풍은 당시(唐詩)와 대비하여 조금도 손색이 없다. 그렇다고 하여 당시를 흉내만 내는 시풍으로 종시(終始)한 것은 아니다. 서울에 사는 새악씨가 마포강가의 달을 보면서 남편을 그리워하는 것을 여실히 나타내고 있다. 이의산은 원래 당시대의 이백(李白)이나 두보(杜甫)와 병칭하는 유명한 시인으로 그의 본 명은 상은(商隱)이다. 이 이의산의 시는 당시의 부문에 대책(大冊)으로 2권이나 점령해 있고, 예하면 『낙유원(樂遊原)』같은 시가 허 시인의 좋은 표본이 된 듯 하다.

『낙유원』의 시는 오언절구로,

향만의불적(向晚意不適),
구차등고원(驅車登古原),
석양무한호(夕陽無限好),
지시근황혼(只是近黃昏).

늦게 가는 것이 뜻에 맞지 않아
수레를 몰아 옛 언덕을 달려라.
저녁 햇볕이 끊없이 좋아 보이나
이는 벌써 황혼이 되어옴을 알림이러라.

하는 가벼운 듯 하면서도 무거운 여향(餘香)이 피는 시풍이 이의산의 것이라면 허 시인의 시풍도 이와 비슷한 바 있다. 허 시인의 시풍은 우리나라의 독특한 선비의 집(사대부가)의 가난하면서도 어디인지 모르는 고상한 맛이 도는 고전풍의 시적 여향이 얼마든지 돌고 있다. 『량공연불귀(樑空燕不歸)』나 『향잔촉금피(香殘蜀錦被)』같은 것은 사대부가의 가난한 살림살이가 이의산의 시 이상으로 표현되고 있다. 이런 시풍은 일부러 이의산의 시를 본떠 만든 것이므로 자연히 그리되는 것이라 보아지지마는 시란 원래 시상(詩想)이 공동하지 않고는 이런 표현이 되지 않는다. 허 시인의 시풍이 이의산의 시를 본뜨면서도 그보다 한 경지를 더 진전하려는 노력은 실로히 놀라운 바가 있음을 알아야 한다.

허 시인의 시풍은 이의산의 시를 본떠서 제작되었다 하여서 모두 그런 시풍이냐 하면 그렇지는 않다. 허 시인은 당시에서 배워온 바가 많으면서도 허 시인이 가지는 바 독특한 시풍을 살리기에 애를 쓰고 있다. 허 시인의 시풍은 어떤 것이냐 하면 두보의 시와 이의산의 시의 새 중간을 걸어가는 듯한 시풍이다. 말하자면 가벼운 듯 하면서도 가볍지 않은 정중한 맛이 있는 시풍이다. 이제 또 한 개의 예를 들어보면 이러한 것이 있다.

『빈녀음(貧女吟)』 3수가 곧 그런 것으로 실로 가난한 처녀의 안타까운 심정이 보이는 듯 나타나 있다.

　　기시핍용색(豈是乏容色),
　　공침복공직(工鍼復工織),
　　소소장한문(少小長寒門),
　　량매불상식(良媒不相識).

　　어찌 어여쁜 얼굴이 아니라 하는 것일까,
　　바느질을 배우고 길삼을 배우느라고 그리된 것이라오.
　　어리었을 때부터 가난한 집에서 자라난 탓으로
　　어진 중매쟁이가 아직도 모르는구료.

야구직미휴(夜久織未休),
알알명한기(戛戛鳴寒機),
기중일필련(機中一匹練),
종작아수의(終作阿誰衣).

밤늦도록 베를 짜느라고 애쓰건마는,
어슷비슷 말 안되는 베를이어라.
짜지고 있는 베 한 필은
이것이 마침내 누구의 옷이 되더란 말인가.

수파금전도(手把金剪刀),
야한십지직(夜寒十指直),
위인작가의(爲人作嫁衣),
년년환독숙(年年還獨宿).

손으로 가위를 들고 밤늦도록 바느질을 하니
열 손가락이 곧곧해지는 것 같어라.
다른 사람이 시집가는 바느질만 해 주고
마다 시집은 못가고, 혼자 자는 잠자리만을 누리게 되단 말가?

　이런 『빈녀음』 같은 시풍은 여자 아니면 도저히 표현할 수
없는 그것이다. 『빈녀음』에 나타난 시상을 보면 적어도 3개의
시가 다 각각 한 가지씩을 잡아 가지고 표현되고 있다.
　첫째의 시는 인물이 없다는 것이 가난한 집안의 딸들의 공
통된 대우받지 못하는 조건이다. 이 조건이란 본래 처녀의 얼
굴이 어여쁘지 않은 것이 아니라 바느질하고 길삼을 하여 그
리된 것을 말하는 것으로 말하자면 가난에 상하여 그렇게 된

것임을 말하는 것이다.

둘째는 밤늦도록 베틀에 올라앉아 베를 짜고 있지마는 이 베가 자기의 옷감이 못되고 다른 사람의 옷감이 되는 애끓는 듯한 정경이 이곳에 표현되어 있다.

셋째는 밤늦도록 바느질 품을 팔아 사는 가난한 처녀의 정경이 그리어져 있다. 옛날이나 이제나 깨끗이 사는 가난한 처녀의 살림살이는 다 그리되어 있음을 이 시는 말하고 있는 것이다.

허 시인은 당 시대의 시인 모양으로 같은 문자를 몇 번이던지 거퍼 써서 시를 만드는 것까지 배워 묘한 표현을 한 것이다.

예하면 『막추락(莫秋樂)』 2수가 그것이다. 말하자면 근심할 것도 없고 즐거워할 것도 없이 그대로 지내 가자는 시상의 시다.

　　가주석성하(家住石城下),
　　생장석성두(生長石城頭),
　　가득석성서(嫁得石城婿),
　　래왕석성유(來往石城遊).]

　　집이 이 석성 밑에 있어서
　　석성 머리에서 났으며 자랐노라.
　　시집을 석성 사위에게 가게 되니
　　올 적 갈 적에 석성에서 놀게 되노라.

　　농주백옥당(農住白玉堂),
　　랑기오화마(郎騎五花馬),

조일석성두(朝日石城頭),
춘강희쌍가(春江戲雙舸).

장인은 백옥당에 앉아 있고
사위는 오화마를 타고 가는구나!
아침 해가 석성 머리에 비쳤는데
봄 강은 쌍쌍이 오는 배를 희롱하는 것 같어라.

　이런 시풍은 분명히 가벼운 듯 하면서도 무거운 것으로 근
심이나 즐거움이 없는 태평건곤(太平乾坤)에 한일월(閑日月)하는
것이 여실히 나타나 있다.
　허 시인의 『장간행(長干行)』 2수 같은 것은 당 시대의 시 이
상으로 표현이 원숙한 중에도 여향이 그윽히 배있다. 이제 그
시를 잠간 보는 번거러움을 취하기로 한다.

가거장간리(家居長干里),
래왕장간도(來往長干道),
석화문아랑(析化問阿郞),
하여첩모호(何如妾貌好).

집이 장간마을에 있어
올 적 갈 적에 장간길을 거치노라.
꽃을 꺾는 저 신랑에게 묻노니
이 처녀의 얼굴의 어여쁨이 꽃과 비교하여 그 어떠합니까?

　이런 시풍은 아무런 시인도 표현하기 힘드는 그것이다. 명
나라의 시인 고계(高啓)의 시 『심호은군(尋胡隱君)』과 같은 배

가 있다. 곧,

도수복도수(渡水復渡水),
간화환간화(看花還看花),
춘풍강상로(春風江上路),
불람도군가(不覽到君家).

물을 건느고 또 물 건너
꽃을 보고 또 다시 꽃을 돌아다 보노라.
봄바람 강 위 길에서
저절로 깨닫지 못하고 그대의 집에 이르렀노라.

와 같은 배 있다. 시인의 시상이란 이렇게 같은 배 있다.

여하간 허 시인같은 여류시인은 우리나라의 국문학 상의 불후의 존재다. 이것이 비록 한문으로 되어 있지마는 이것이 우리 민족에게 끼친 바 문화유산으로서 여간 고마웁고 귀한 것인지 모른다. 명나라 시대, 곧 명신종 시대의 시인으로 우리나라에 사신으로 나왔던 주지번(朱之蕃)같은 사람도 허 시인의 시를 극구로 칭찬한 바가 있다. 곧,

"허씨란설헌집(許氏蘭雪軒集), 우표표호(又飄飄乎), 진애지외(塵埃之外), 수이불미(秀而不靡), 충이유골(沖而有骨)."

이란 소리를 하여 그 시풍을 말한 바 있다. 허 시인의 시는 이 외에도 거론할 것이 적여구산(積如丘山)이나 후에 거론하기로 하고 이곳에서 끝을 맺기로 한다.

(1953년 여성계 9월호)

상록수(常綠樹)와 심훈(沈薰)과

　　우리나라의 문학을 현재에 있어 보면 상당히 다기다양(多岐多樣)하게 진전되어 있다. 우리나라 사람이 문학적 천재가 많았던 것도 이로써 증명되거니와 우리나라는 문학이 아니면 그 생활이 아니 되도록 된 나라라고 보여진다. 여기에서 우리나라의 심훈(沈薰)의 작가로서의 출현은 또한 기정 코오스가 아니었던가 생각된다.

　　심훈은 동아일보에서 모집한 당선 작가의 한 사람인 것이다. 심훈이 『상록수(常綠樹)』란 작품을 들고 동아일보에 당선이 되어 문학적으로 데뷔를 할 때 그는 이미 문학적으로 많은 함축과 소양을 가졌던 것이다. 문학적으로 생장되기에 앞서 그는 생래로 로맨티스트였던 것이다. 그의 가계로 말하면 당당한 명문의 셋째 아들로서 역시 풍채를 소유한 미남아였던 것이다. 일견 귀공자 타입의 심훈은 그 본명을 심대섭(沈大燮)이라 하였던 것이다.

　　심대섭하면 모두 미남을 연상하였으니 학생시대의 그의 그룹은 윤극영성악가(尹克榮聲樂家)와 유기동(柳基東) 은행가(銀行家)를 위시하여 세칭 미남행렬을 이었던 것이다. 이때부터 그는 작문에 남보다 뛰어났던 것이다. 여기에서도 문학은 천재적인 재능이 수반된다는 것이 증명됨이 있다. 심훈의 학생시대는 화려하였던 것이다.

장남 심우섭(沈友燮) 씨의 중형 심명섭(沈明燮) 씨의 학과에 있어서의 도움과 애무는 그의 천재적인 재능에 대하여 금상첨화(錦上添花) 이상으로 그의 영롱(玲瓏)한 생활이 전개되고 그때의 명문인 후작(侯爵) 이해승(李海昇)의 매부가 되기에 이르렀던 것이다.

심훈이 시대적으로 각성(覺醒)하기는 3.1운동이 일어나던 때였던 것이다. 심훈은 그때 젊은 우리들이 가졌던 반항정신이 3.1운동과 함께 폭발하였던 것이다. 학생으로서 3.1운동에 가담한 것은 말할 것 없고 명문을 걷어찼던 것이다. 그렇다고 무슨 어여쁜 연애의 상대자가 있었던 것도 아니면서 아내에게 이혼을 선언하고 가정을 뛰쳐 나왔던 것이다. 아내가 현숙(賢淑)하건 아니하건 그것을 묻지 않고 3.1운동으로 인하여 복역을 하고 그는 상해로 망명하였던 것이다. 심훈은 망명문학(亡命文學)의 한 사람으로서의 문학사적 위치를 가지고도 있는 것이다.

심훈은 경향적 작가로 일관된 생활을 하였거니와 그는 너무 다재다능하였던 것이다. 변설(辯說)이 청산유수(靑山流水)에 가까웠는가 하면 유주무량(有酒無量)의 주벽(酒癖)을 가지고 있었다. 이 무렵의 젊은 세대가 모두 그렇듯이 심훈도 시대적 울분을 유주무량의 부벽에다 풀려고 하였던 것이다. 그가 동아일보의 기자 시대는 모든 것이 타락 아닌 타락 생활이었었다. 기생을 알게 되었고, 기생에게 구애도 많이 받았으나 그는 기생보다는 문학이었으며, 술이었고, 친구이었던 것이다.

현숙한 그의 부인은 그가 돌아오기를 하루같이 바라고 있으나 그는 영영 돌아오지 않았다. 그는 최승일(崔承一) 작가의 매씨인 최승희(崔承喜)에게 연모를 받았다. 한 때는 최승희 무희와 풍문과 결혼설까지도 받았던 것이다. 그러나 그는 종시일관(終始一貫) 동아일보의 명기자로서의 이름을 떨치고 있었던 것이다. 또한 시를 쓰는 시인으로 많이 알려지고 있었던 것이다. 이때에 심대섭 시인이란 이름이 날려지고 있었다. 심훈이란 이름은 작품『상록수』에서 비로소 세상에 나오게 된 것이다.

민족적인 각성에서 반항정신을 가지고 일어선 심훈은 다시금 사회주의적인 경향으로 흐르기 시작하여 이때의 푸로레타리아 문학의 기치를 들고 나온『염군(焰群)』에도 가담하였던 것이다. 그는 동아일보에서 점차로 사회주의적인 분위기를 조성하기에 힘을 썼었고, 신문 기자로서 최초에 동맹파업에 가담하였던 것이다.

이때의 동아일보는 많은 유수한 기자를 소유한 중에 박헌영(朴憲永), 임원근(林元根), 김동환(金東煥), 김동진(金東進) 등이 그때의 쟁쟁한 시대적 기자로서 동아일보 간부에게 대우개선을 그 조건으로 하는 기자동맹파업(記者同盟罷業)이 있었던 것이다. 동아일보는 이때 민족적 표현기관으로 자처했으니만큼 이들의 요구를 일축해 버리고 김동진 같은 변절한이 나와 동맹파업은 실패로 돌아가 심훈도 다 함께 동아일보를 그만두고 만 것이다.

심훈은 이때부터 문학적 생활로 들어서게 되었고, 그가 가는 곳은 윤극영 음악가가 지도하고 있던 소격동(昭格洞)에 있던 아동문학단체(兒童文學團體)이었고, 동요회(童謠會)이었던

『반달회』의 사랑방에서 김려수(金麗水)란 필명으로 시를 쓰던 박팔양(朴八陽)과 그의 심대섭이란 이름으로 신문과 잡지에 시를 발표하고 있었다. 이때는 아직도 소설에는 붓을 대지 않았던 것이다.

심훈도 입버릇같이 쓰기 어려운 것은 소설이라 하였고, 그가 술이 취하면 그때 작가로서 새로 등장한 김영팔(金永八) 군을 자주 방문하면서 그를 극구 칭찬했던 것이다. 김영팔 군과 대작을 하면 밤새도록 술을 마시어 김영팔 군의 아내 진덕순(秦德順) 여사에게 미안을 끼친 적도 많았고, 서해(曙海) 최학송(崔鶴松)과도 대작을 하면 역시 밤새는 줄을 몰랐던 것이다.

심훈이 다재다능은 하지마는 소설을 쓰리라고는 아무도 상상한 바가 없었고, 또한 소설에 대하여 심훈에게 촉망한 바도 없었다. 심훈은 이때 한동안 동아일보에서 퇴사한 울분을 시와 술에 풀고 있는 줄로 모두 알았던 바 그는 충청남도 공주로 잠간 내려간다고 하더니 일거이무소식(一去以無消息)이었던 것이다. 속으로는 소설을 집필하려고 공주로 내려갔던 모양이다.

호탕(浩蕩)한 심훈이 시골로 내려간 후 소식이 없었고, 세상은 반항정신이 어느 곳이든 충만하여 여기 저기서 비밀결사 사건이 터지곤 하였었다.

이때 동아일보에서 현상 장편소설(懸賞長篇小說)을 모집하고 있었다. 이때 아무도 심훈이 이 현상 장편소설에 응모하리라고는 상상한 사람도 없었고, 설령 심훈이 현상 장편소설에 응모하여 떨어지더래도 몰랐을 것이다. 그러나 심훈은 당당히 첫 번 솜씨에 그것도 장편소설에 당선하였던 것이다. 동아일보의 감정으로 보아 심대섭이란 본명으로 응모하였더라면 낙

선하였을른지도 모르는 일이다.

심훈이란 이름으로 당선한 『상록수』가 원체 좋았고, 또한 문학사적으로 가치 있는 작품인 데서 동아일보 기자 시대의 명예를 도로 회복한 것이다. 심훈이 동아일보 시대에 충성스러웠던 기자라는 것도 드러나게 되었다고 보여지는 것이다.

심훈이 『상록수』를 가지고 소설로써 성공을 이루고 보니 그의 인기는 상승일로(上昇一路)이었다. 그가 작가 생활로만 들어섰다면 요사(夭死)도 아니하고 지금쯤은 노대가(老大家)로 되었을는 지 모르는 일이다. 그러나 심훈은 너무나 다재다능하였다.

무희 최승희와의 풍문과 결혼설은 공주로 내려갈 때 벌써 수포로 돌아가고 그 대신으로 무희(舞姬) 안정옥(安貞玉)과 결혼이 되고 그는 소설가에서 일전하여 영화감독(映畵監督)이 되게 되었다. 영화감독이란 그리 수월한 노릇이 아니다. 동분서주(東奔西走)하는 생활이 영화감독의 생활이다. 이때의 영화감독의 생활은 영화계를 개척하는 그러한 생활이었으니 일반 민중이 영화에 대한 상식이 없는 때이었던 만큼 우선 일반 민중에게 붓으로 입으로 영화에 대한 상식을 넣어 주기에 바쁘지 않을 수 없었고, 또한 영화에 대한 상식이 이러한지라, 여기에 대하여 투자하는 사람도 없었다.

심훈은 영화감독을 하는 일방 투자하는 사람을 구하기에 바빴고, 또한 영화를 만들기에 과로심신을 썼기 때문에 병이 생기어 누으니 구할 길이 없게 된 것이다. 심훈은 시대적인 천재적 작가를 이해 없는 시대가 또한 그를 저 세상으로 가게하고 만 것이다.

오늘에 앉아 작가 심훈을 들여다 본다면 문학사적 위치에 있어 반항정신을 취함에 있어 어느 길을 택하여야 한다는 것을 보여준 작가인 것이다. 우리나라는 8할이 농민이란 점에서 농민문학이 그 앞을 서야 한다는 것을 보여 주었고, 그에 대한 계몽운동이 우선 앞을 서야 한다는 데 그 중점이 있는 것이다. 또한 반항정신이 구체적으로 또는 조직적으로 이루어지고자 하면 농민이 그 선두에 서야 한다는 것을 보여 준 작가인 것이다.

모두 작가가 소시민 생활을 그리고 묘사(描寫)하는 통폐(通弊)에서 탈각(脫却)하여 대중적이고 집단적인 이 농촌생활이 얼마나 우리들 작가에게 부과된 책무인 것인가를 보여 준 작가가 심훈인 것이다.

『상록수』이후에 춘원 이광수의 『흙』이란 작품이 왔거니와 여기에는 일정에 대해 소극적인 반항정신이 나타나기는 하였지마는 구체적인 그것이 보여지고 있는 것이다. 이때까지 우리나라의 작가들이 자연주의 문학의 길을 걸어가고 있어도 그 핵심을 건드리지 못하고 시민생활을 그리고 묘사하며, 탐구하던 것을 농촌이란 얼마나 우리에게 소중한 것이며, 농민이란 얼마나 우리에게 없지 못할 존재란 것을 깨닫게 하여 주고 있는 것이다.

심훈은 농민문학에 있어 그 선편(先鞭)을 들었고, 또한 그 일단이기는 하지마는 방편까지 보여 준 사람의 하나인 것이다. 우리나라에서는 아직도 산적한 소재가 농촌에 있고, 농민에 있다는 것을 심훈의 『상록수』를 읽으면 알게 되어 있다.

여기에 『상록수』가 오늘에 있어 영화화되는 소이연도 있는 것이지마는 심훈을 문학사적 위치로 볼 때에 이 작가가 이런 작품을 아니썼던들 우리는 자연주의 문학에 있어 그 핵심을 구체적으로 못 그리는 애연함을 금할 길이 없다.

심훈은 문학사적 위치에 있어 누구보다도 못하지 않은 불후의 선구자적 위치에 있으며, 자연주의문학 작가로서 확호한 존재를 긍정하지 않으면 안된다고 생각한다.

(1963년 1월호 현대문학)

백남 문학(白南文學)과 민중(民衆)

백남(白南) 윤교중(尹敎重) 선생이 가신지도 어언 그 돐을 바라보게 되는 이때 물고작가(物故作家)의 추억을 회상하니 그 감개가 한량(限量)없다. 나와 백남 선생과의 교분은 남다른 바가 있다면 있다. 그러나 그 임종에 있어 나도 또한 병와해 있었던 만큼 용안을 뵈옵지 못한 채 길에서 인사들인 것이 최후가 될 줄은 꿈밖이었다. 인생이 무상하다면 이 위에 더할 바가 없다고 자꾸 생각되고 있다.

후배를 사랑하시는 백남 선생은 그 넉넉지 못한 문사의 주머니를 기우려서 점심을 사시어 그 배식(陪食)의 영광을 입던 이 내가 이 글을 초하게 되니 또한 인세(人世)의 덧없음을 다시금 되풀이하게 되지 아니치 못하겠다.

선생이 가신 후 이 나라의 문학은 그 등불을 잃은 듯 하다. 백남 문학(白南文學)은 한 말로 말하여 대중 문학이다. 우리나라의 문학은 후진국이니만큼 문학이 그 무엇임을 모르는 그때에 백남 선생은 민중을 위하여 문학 뿐만 아니라 영화에까지 손을 대신 분이다. 요컨대 백남 문학은 극문학(劇文學)에서부터 출발하였다고 하여도 과언이 아니다. 백남 문학은 먼저 극문학에서 출발하여 노년에 이르러 점차로 원숙한 순문학의 경지에 들어가려고 할 때 아까웁게도 돌아가신 분이라 나는 보고 있다.

우리나라의 신문학 운동을 국초(菊初) 이인직(李人稙) 선생 이후 그 실문학(實文學)다운 것이 없었다. 그러나 그 뒤를 이어 백남 선생이 극문학을 들고 원각사(圓覺社)라는 극장에서부터 우리나라에 극문학 운동을 수입시킨 분이다. 그렇다고 이기세(李基世) 씨나 현철(玄哲) 씨와 같이 서로 논쟁 한 번 아니하고 묵묵히 이 나라의 극문학 운동을 힘쓰신 분이다. 그러나 이때만 해도 극문학이 무엇인지 몰라 공연한 희생만을 많이 하신 것이다. 이때쯤 연극에 대하여 그 술어조차도 연희(演戲)라고 하였던 때이다. 이 연희 운동이 참으로 극문학으로의 면목을 일신하기는 이 숨은 공로자 백남 선생을 우리는 잊어서는 아니 된다.

극문학 운동으로 전혀 호구가 되지 않을 때에 감연히 이 극문학 운동을 들고 일어선 그 기개는 참으로 눈물겨운 바가 있다. 이때쯤은 배우는 광대라는 호칭 밑에 학대를 받던 시대이다. 이 광대라는 학대받는 계층에 그 선두에 입(立)하여 비난을 돌보지 않고 일으킨 극문학 운동은 금일에서야 비로소 민중이 극문학이 무엇이라는 것을 알게 되고 있다.

선진 제국의 극문학의 찬란함에 비추어 우리나라에는 너무나 극문학이 부진하고 있다. 우리 민족은 보는 민족이라 하건마는 극문학에 대하여도 그다지 큰 진전은 없다. 적어도 애란의 극문학 운동 만큼이나마 되고 싶다. 이것이 백남 선생의 항상 가지던 바 지론이다.

백남 선생은 극문학 운동에 피로하게 되어 드디어 소설에 집필하게 된 것이 동아일보의 『수호전(水滸傳)』의 개역이다. 이 『수호전』은 그때의 민중으로 하여금 백남 문학이 무엇인 것을 알게 하였다. 『수호전』은 일백단팔(一百單八)의 호걸, 또는 협도(俠盜)의 기록으로만 알던 것이 적어도 문학적 수법과 구성이 비류(比類)없이 좋다는 것을 알게 되었다.

『수호전』은 마치 그 구성이 물고기의 비늘(鱗) 입히어 가던 한 사람 한 사람씩을 처리해 간 점이다. 이것이 현대어로 번역될 때 그 문학적 가치를 잃지 않는 점에서 백남 선생은 우리 문단에서 문학 생활을 하게 된 것이다. 이 무렵이 바로 동아일보의 객원 생활이던 시대이다. 이때부터 『대도전(大盜傳)』을 비롯한 『흑두건(黑頭巾)』 등의 대중소설이 나왔다.

백남 문학은 독특한 문학이다. 그의 성격의 진중함에 비하여 그 문학은 분방하고 무애하다, 극히 낭만적이다. 따라서 『대도전』에 역사소설(歷史小說) 같으면서 역사소설이 아니다. 또한 『흑두건』이 역시 역사소설 같으면서 역사소설이 아니다. 그러면 독특한 문학은 어느 것이냐 하면 개념소설(槪念小說)인 듯 하면서 개념소설이 아니다. 또한 대중소설(大衆小說)인 듯 하면서 대중소설이 아니다. 어느 때나 이 대중소설의 경지를 넘으려고 한 노력이 너무나 뚜렷하게 보이고 있다. 최후의 집필이라고 생각되는 『낙조(落照)의 노래』는 이곳에 예술성을 넣기에 여간한 고심을 아끼지 아니한 것이 너무나 잘 알려져 있다.

물고작가(物故作家)가 되신 오늘 이러니 저러니 하는 것이 죄송스러워 이곳에서 붓을 멈추거니와 백남 선생의 가신 후 이만한 대중문학도 얻어보기 드물다는 점이다. 이 문학을 계승할 사람이 누구인가 생각하면 그다지 없다. 이런 점에서 우

리는 물고작가의 추모의 때를 당할 때마다 망연자실(茫然自失)
하게 된다.

한 사람의 작가를 잃을 때 그 나라의 문화는 한바탕 공허감
(空虛感)을 느끼지 않을 수 없다.

백남 선생이 가신 후 그 공허감을 느끼는 사람은 그 민족이
나 필자인 나 뿐이 아니라고 생각된다. 저윽이 이것으로써 추
모의 일념을 표해 보는 바이다.

(1954년 서울신문)

육당(六堂)의 인간적 면모(人間的面貌)

육당(六堂) 최남선(崔南善)은 근대조선이 낳은 학자다. 또한 정치가다. 큰 뜻을 가졌던 사람이다. 그러나 그 뜻을 펴지 못하였다. 인간으로서의 가질 수 있는 좋은 점을 많이 가지고 있었지마는 육당은 불행하였다. 그는 우선 살고 보아야겠다는 생각에서 명예를 잃었다.

육당 최남선의 위치에서 보면 세상은 모두가 이기주의라는 것을 발견하였던 것이다. 육당은 현재에서 보면 정치가라도 여간한 정치가가 아니다. 일본이란 존재가 동양에서 커갈대로 커가고 있는 때에 우리나라에 있어 사람이 있다고 하는 것을 알린 사람은 육당 최남선이다. 정치가로서의 면목을 가진 것은 육당은 어디까지나 타협주의를 가졌던 것이다. 여기에 민족개량주의자(民族改良主義者)로 떨어지고 말았지마는 민족개량주의는 누구마다 하는 것이 아니다. 민족개량주의를 모두 타매(唾罵)하지마는 정치가의 위치에서는 이런 것이 문제가 되는 것이 아니다. 자기가 우선 인간적인 위치에서 어떻게 해서든 성공하느냐가 문제이다. 명예를 제일의적(第一義的)으로 아니하는 실질적인 정치가에서 더 그러하다.

육당은 원래 우리나라의 전통적인 양반계급이 아니라는 데서 우선 그 하찮은 양반님네들보다 훨씬 뛰어넘는 정치가가 되었고, 또한 학자가 된 데 있다. 그렇다고 일본에서 자기의 전부를 팔아버린 그런 사람은 아니다. 일본에 대하여 전부를 거부하거나 또는 전부를 팔아버린 사람은 확연히 배일(排日)과 친일(親日)이 나타나는 사람이지마는 육당은 배일도 아니요, 친일도 아닌 위치에서 살아 왔다. 이런 것을 가리켜 지일(知日)이라고 하면 할까?

여하간 육당은 일본인에게도 욕을 먹는 위치에서 살아 왔다고 볼 수 있고, 또한 우리나라 사람에게도 그러한 위치에서 살아 왔다고 볼 수 있다. 그러나 근대조선에 있어 자기 성공을 한 사람은 이만한 사람이 없다. 사람은 우선 자기 성공이 여간 중요한 것이 아니면 아니 된다.

육당의 인간적 면모는 배일파도 아니요, 그렇다고 친일파도 아닌데서 볼 수 있다. 그러면 지일파이면서 계몽학파라는 데 있다. 그가 자기 성공은 우선 장서가라는 데서부터 되고 있다. 육당은 자기 성공을 장서가라는 데서부터 되고 있다. 장서는 재산이 있으면 된다는 것이 보통의 상식이지마는 육당은 최씨문중(崔氏門中)의 부득명(富得名)한 집안도 아니다. 그 위에 둘째 분으로 태어났으니 그의 재산의 위치라는 것도 알만 하다.

육당의 인간적 면모는 어디서 나타나기 시작하였는가 하면 18세 소년으로서 『소년(少年)』이라는 잡지를 경영하고, 또한 『신문관(新文館)』이라는 인쇄소를 그의 형님 최창선(崔昌善)에게서 받아서 경영한 일이다. 황혼이 된 대한제국에서 그 깨달은 바가 있는 사람으로서 한 사람은 육당 최남선이었으니 그는 서구의 문명과 문화를 받아들이면서 한 편으론 『광문회

(光文會)』라는 고서간행을 맡아 한 일이다. 이곳에서 육당은 무엇을 깨달았을까? 서구에 있는 계몽학파의 행위를 깨달은 것이다. 그는 일생을 민족문화에 바친 것은 다시 말할 것이 없거니와 민족문화를 그대로 고전적인 것으로 종시하지 않은 점에서 역시 육당 최남선이라는 이름이 높게 평가되고 있다.

또한 육당 최남선은 신용할 수 있는 민족주의자이었던 것이다. 친일파가 된다고 하더라도 육당 최남선은 첫째 일본인이 믿지 않았던 것이다. 그러나 일본이 육당을 무시하지 못하고 이용하게 된 이면은 그때 젊은 청소년은 모두 육당을 지지한 데 있다.

일본은 육당을 굽힘으로써 육당의 명예만이라도 떨구는 것이 그들의 성공이었으므로 육당을 물질로 유혹하였으나 그는 심하게 넘어가지 않았다. 그곳에는 육당은 3.1운동으로 인하여 옥고(獄苦)를 겪고 나온 후로는 근신일로(勤愼一路)에 있었던 것이다. 신명을 도(賭)하여 배일운동을 하려고 하면 못할 그는 아니었다. 그러나 그는 자기가 일생동안을 국내파로 자처하니 만큼 해외로 나가 국제파가 되고는 싶지 않았다. 육당은 민족의 직원적인 운동보다도 민족이, 또는 국민이 우선 깨어야 하겠다는 데 중점을 두고 있었던 것이다. 민족이, 또는 국민이 깬다고 하면 그 앞에는 총이나 검이 무서울 것이 없다고 한 육당은 민족문화를 위하여 종시일관한 것이 그의 인간적 면모에서 드러나고 있다.

육당은 일본이 이용하는 데 피동적으로는 움직이였으나 그 것도 한계를 두고 한 것이다. 그의 한계는 문화적인데 있었던 것이다. 정치적인데 이르러서는 그의 신조가 조금도 변함이 없었던 것이다. 타협이나, 또는 민족 개량에 나가더라도 어느

선을 지킨 사람은 육당 최남선인 것이다. 이곳에 있어 이것을 교활(狡猾)하게 보는 사람이 있으나 육당은 결코 교활하게 하는 사람은 아니다. 꿋꿋하게 지켜간 사람이 육당 최남선인 것이다. 육당의 인간적 면모는 여기에 있다고 해도 지나친 말이 아닐 것이다. 이용을 당하는 줄 알면서도 어찌할 수 없는 것은 교육이요, 문화임은 근대의 식민지지사(植民地志士)의 성격이 아닐 수 없는 것이다.

육당의 인간적인 면모는 그가 의지적인데 있다. 육당은 그의 생애에 있어 많은 실패를 거듭해 왔다. 그가 청소년 시대부터 벌려 놓았던 잡지를 경영하던 일이나, 또는 '신문관'이나 또는 '광문회'까지도 성공적으로 된 것은 없다. 그러나 3.1독립운동으로 인하여 옥고를 치르고 나온 뒤에도 변함없이『동명(東明)』이란 잡지를 또다시 해 보아 그것이 우리나라의 유수한 주간지가 된 일이 있었고, 그 다음 그『동명』이 모체가 되어 시대일보(時代日報)라는 신문이 나온 일이 있었던 것이다. 이 시대일보도 역시 성공이 되지 못하였지마는 꾸준히 이런 문화 사업을 한 일이 어디 있느냐 하면, 민족을 또는 국민을 깨게 하는 데 있었던 것이다. 그는 '대한독립선언서(大韓獨立宣言書)'에 나타난 그대로 민족을 위하는 일에 있어서는, 또는 국민을 위하는 일에 있어서는, 최후의 일인(一人)까지, 또는 최후의 일각(一刻)까지 뻗어 나가자는 것이 있음을 우리는 알지 않으면 아니 된다.

육당은 그의 문화 사업에 있어서는 한 일이 많다. 그러나 성공을 한 것은 그다지 없다. 아니 하나도 없다. 이렇게 성공이 없건마는 그는 실망하지 않았다. 그다지 많지 않은 재산도 이 문화사업에 모두 바치었으나 그는 조금도 실망하지 않았다.

여기에는 근대의 식민지 지사의 성격을 알고 있으므로 그런 것을 문제시하지 않은 것도 알 수 있는 일이지마는 그는 타인보다 다른 한 개를 더 가지고 있는 것이 있었으니 근대적 시인(詩人)이요, 문인(文人)이었던 것이다. 이 근대적인 시인은 우리 민족이 있는 이상 잊어버릴 수 없는 그것이 되고 있다. 근대적 시인은 무엇보다도 미국의 휘트맨 같이 선구자적 위치에 있게 된 일이다. 육당의 공로는 우리의 문화를 황무지(荒蕪地)에서 개척한 것만으로도 족한 것이다. 문화의 황무지에서 이나마도 시이니, 소설이니 하게 한 사람은 육당 최남선 그 사람이 아니고는 될 수 없는데 또 한 개의 육당 최남선의 인간적인 면모가 있음을 알아야 한다.

육당 최남선의 인간적 면모를 결론지어 말하면 우리나라에서 있을 수 있는 그러한 인물만이 아니라 외국에도 있을 수 있는 희대의 천재적인 작가의 위치를 점하고 있다. 그는 불행히 식민지 조선에서 출생하여 그의 종생(終生)을 민족과 또는 국민을 위하여 노력하였음에도 불고하고 비난하는 사람이 있다. 큰 나라에 출생하였으면 어떠한 큰 위치에 있었을른지 모르는 인물이다. 그로 하여금 좀더 천수를 허하였더라면, 종교에 대해서도 좀더 구체적인 것을 우리에게 보여 주었을 것이다. 만년에 있어 가톨릭으로 개종한 것이 비난의 가장 큰 것이 되고 있는 것은 누구나 다 알고 있는 일이어니와 여기에도 육당 최남선은 자기로서는 자기의 소신에 대하여 매진(邁進)함을 너무나 확연히 나타내고 있다. 신념의 인물이 이런 일을 할 때에 모든 사람은 당목(瞠目)하여 마지 않는 것이다.

육당 최남선은 그의 소신에 대하여는 모든 것을 구애(拘碍)하는 일이 없음을 이곳에서도 볼 수 있다. 가톨릭이 현대에 있어 다시금 종교로서 재음미(再吟味), 또는 재인식하게 하는 계기를 지은 사람이 누구인가 하면 역시 우리나라에서 육당 최남선이라고 볼 수 있다. 육당 최남선의 인간적 면모는 한 말로 말하면 풍운적 기질의 인간이다. 그러나 이것을 그의 종교적 수양을 가지고 요리하고 안배(按配)하여 작품에 있어서는 『백팔번뇌(百八煩惱)』 같은 좋은 시조집을 내었는가 하면 속으로 온축(蘊蓄)깊은 학자가 되기에 이른 것이라 보고 싶다. 그에게 가장 장점이 있는 것은 그의 비난의 대상이 되어 있는 가톨릭 개종 같은 것이 도리혀 그의 성격인 것이다. 그 외에 있어서는 우리가 흔히 볼 수 있는 식민지 지사의 제 2형인 타협과 배격의 안배 생활인 것이다. 식민지 지사의 제 1형인 배타적이었더라면 하는 사람도 없지 않으나 그런 경우에는 도리혀 자민족에게 해를 보는 그러한 인물이 되었을는 지도 모른다.

여하간 육당 최남선은 우리나라에서 우리 민족이 있고, 우리 국민이 있는 한 어디까지든지 숭경(崇敬)받아야 할 그러한 인물이다. 육당 최남선의 인간적 면모는 후인에 있어 그의 작품들이 다시금 새롭게 음미(吟味)될 때 그의 성가(聲價)는 더욱 높아지리라고 보지 않을 수 없다.

(1960년 10월호 현대문학)

제 3 부

名筆의 그 痕迹 (Ⅱ)

문학지 『조선문예』 (1929)

名筆의 그 痕迹

국초(菊初) 이인직론(李人稙論)

한 작가가 이 세상에 나온다는 것은 참으로 우연한 일이 아니다. 작가는 역시 하늘이 낸 사람이다. 우리는 근대문학을 말할 때 셰스피어를 빼 놓을 수 없는 것같이 또한 우리의 작가 국초 이인직을 빼 놓을 수 없다. 문학의 토양에서 장미(薔薇)같이 자라난 셰스피어가 있는가 하면 문학의 사막에서 오아시스같이 자라난 국초 이인직은 우리 근대문학상에서 빼어 놓을 수 없는 위대한 존재다. 문학은 민족의 얼(魂)이 숨어 있는 점에서 문학을 모르는 사람도 읽고 나서 자기의 민족혼을 뼈저리게 느끼는 일이 많거니와 우리의 국초 이인직은 우리의 잠자는 민족혼을 불러일으키었고 더 나아가서는 질풍노도(疾風怒濤)와 같은 근대사조에 눈을 뜨게 한 위대한 작가다.

근대문학은 르네상스 이후 18세기에 이르러 그 난숙(爛熟)함을 보여 드디어 근대문학의 별칭을 세계문학으로 되게까지 되었고, 근대문학은 한 개의 뚜렷한 과학으로 성립을 보게 되었다. 문학이 과학이라는 것은 이제 와서 거의 확고부동의 이론이거니와 근대문학이 과학이 되기까지에는 그 우여곡절이 상당히 많았던 것이다. 과학이란 우선 체계 없이는 성립이 되지 않는다. 문학이 체계 문학이란 이런 범주(範疇)를 가지고 우리가 문학수업을 할 때 그 얼마나 우리는 선인들의 고심참담(故心慘憺)할 노력을 하지 않고는 우수한 문학을 낳을 수 없다는 자신을 가지게 하였다.

그 옛날에는 문학을 한다는 것은 천재만이 하는 것이라 하여 왔지마는 지금에는 천재가 그렇게 아니라도 부단한 노력에 의하여 문학가가 될 수 있다는 경지에 이르게 되었다. 여기에 문학의 축적은 드디어 문학으로 하여금 체계문학을 가져오게 되었고 문학도 과학이라고 발견하기에 이른 것이다.

문학을 위하여 하는 것이 아니라는 것은 벌써 설화문학시대에 있어 온 일이지마는 문학은 이제는 그런 경지에서 확실히 한 개의 과학이란 것으로 된 것이다. 이제 인류는 문학이 없이는 인류는 못살게 되었다. 전기는 없어도 우리는 살 수 있으나 문학이 없이는 살 수가 없게 되었다. 정서의 체계화한 또는 감정의 순수화한 이 문자의 생활은 우리에게 가장 선량한 안목을 가지게 하고 있다.

그 뿐인가 하면 우리의 생활은 문학이 없이는 사막의 세계에서 산다는 관념을 가지게 되었다. 문학은 인간에 있어 때로는 밥(식사) 이상으로 고마움을 느낄 때가 있다. 이래서 문학은 벌써 생활화가 된지가 오래다.

또한 문학은 우리의 필수의 보통수업으로도 되고 있다. 대학에 있어 정치과를 하거나 경제과를 하거나 어느 과를 하든지 문학적 기초가 절대로 필요하다. 이러한 문학의 토양을 만들어 놓은 사람의 가장 우수한 분은 누구나 국초 이인직을 먼저 손꼽지 않을 수 없게 되어 있다.

국초 이인직은 흔히 세상에서는 설화문학과 근대문학의 다리(橋梁)를 놓은 과도기의 신소설시대의 문학가라고 하지마는 나 보기에는 그러한 망평(妄評)을 내리고는 싶지 않다. 문학에 있어 과도기란 과연 있을 수 있는 일일까? 또는 문학에 있어 신소설시대라는 것이 성립할 수 있을 것인가? 나의 보는 바로는 결코 문학에는 과도기라는 것이 있을 수 없다고 보여지며, 또한 신소설시대라는 것은 더욱이 성립될 수 없다고 본다. 근대문학은 이런 구차한 시대적 설정을 요구하지 않는다.

문학이 근대사조의 한 개의 위치를 점령하고 있지마는 그러한 구차한 사회시대 설정은 우리에게 있어서도 한 개의 사족(蛇足)이오, 문학은 어디까지든지 설화문학과 근대문학이 있을 뿐이다. 이것은 우선 작가의 작품이 이것이 변증하고 있다.

근대문학인 오늘날에 있어서도 아직도 설화문학을 미탈(未脫)한 작가가 얼마든지 있는 것을 발견하고 있다. 근대문학과 설화문학이 갈리는 길은 사상상의 문제인 것이다. 근대문학은 절대로 사상이 없이는 성립이 될 수 없기 때문이다. 그러면 설화문학은 사상이 없느냐 하면 그렇지는 않다.

설화문학의 사상은 흔히 말하는 권선징악(勸善懲惡)을 말하거니와 이 권선징악이 또한 사상이 아니냐 하면 아주 사상이 아니라고도 할 수 없다. 권선징악이 또한 사상이지마는 이것이 고루화(固陋化)한데 떨어져 있기 때문이다. 사상이란 언제든지 청신(淸新)을 요구하고 있다. 판에 박은 듯한 사상은 처음은 낡은 것, 또는 진부(陳腐)한 것이 되지마는 나중에는 고루화하게 되고 마는 것은 너무나 잘 아는 사실 아닌가! 근대문학은 적어도 이 고루화한 사상은 쓰고 있지 않은데 근대문학이 살아 있고 근대문학이 창조라는 데 있다.

또한 르네상스 이후에 근대문학이 성립된 것이 문학은 창조생활이라는 데 있다.

문학이 결코 모방이어서는 안 된다는 것이 근대문학에 뚜렷이 내걸은 근본명제인 것이다. 따라서 소설을 '창작'이란 이름을 붙이게 된 것도 이 까닭이다. 우리의 국초 이인직은 적어도 최초로 창작생활을 한 사람의 하나다.

창작생활은 현재에 있어서는 작가만이 할 수 있는 특수의 세계가 되어 있거니와 국초가 최초로 이 길을 열었을 때 그의 생활은 과연 어떠하였을까! 창작생활이란 단순한 것이 아니다. 문학에 있어 작가란 그 문자가 보여 주는 바와 같이 만드는 생활이다. 생산의 생활이다. 목수가 집을 짓는 것이 작가라는 우스운 이야기가 있거니와 작가는 목수 이상으로 어려운 일이다.

설화문학과 근대문학이 뚜렷이 다른 것도 이것이거니와 그 다른 방식이 장르에 있는 것이 아니라 사상에 있다. 사상을 우선 체계화하여야 하겠거늘 사상을 체계화하다가 문학이 가지고 있는 대중성이란 것을 무시하기가 가장 쉬운 것이다. 문학이 가지고 있는 대중성이란 문학에서 얻을 수 있는 재미가 있어야 된다. 근대문학은 문학이 가지고 있는 대중성을 살리면서 자기가 가지고 있는 작가의 사상을 살리는 데 있다. 쉽게 말하면 문학에 한 개의 작가의 철학이 들어가 있다.

작가의 철학이 철학으로서 창작 속에 너무 드러날 때 이것은 소설이 되기가 어렵다. 소설이 되기가 어렵다는 소리는 곧 예술이 되기 어렵다는 말이다. 작품을 살리면 예술이 걸어가고 있는 새로운 방면, 말하자면 청신한 길을 항상 타개하면서 나가는 생활이 창작생활이다. 작가생활이란 이래서 단순하지 않고 철학가가 가지는 사색의 세계도 가져야 하는 것이다. 우리의 작가 국초는 최초로 이것을 유지하였던 것이다. 또 발견하였던 것이다.

국초 이인직은 시대가 낳은 인물이라고 하거니와 시대는 인물을 만드는 것은 사실이지마는 또한 인물이 시대를 만드는 것도 사실이다. 국초가 없었던들 우리는 근대문학은 여하히 되었을가 생각하면 진땀이 흐르는 때가 있다.

국초 이인직은 그의 작품 『귀(鬼)의 성(聲)』하나만으로도 근대문학에 있어 상당한 위치로 점령하고 있다. 근대문학은 여러 가지의 류파(流派)만을 형성하고 성립시킨 것만이 아니다. 근대문학은 옛날 설화문학이 가지고 있는 로맨티시즘에다가 리알리즘이란 새로운 수법을 넣었고 이것이 완전한 장르를 확립시키게 한 것이다. 근대 문학과 설화문학의 차이도 여기에서 확연히 드러나게 된 것이다. 우리는 소설수업을 하자면 우선 '발쟉적 수법(手法)'을 운위(云謂)하게 되는 것도 이 까닭이다.

발쟉은 근대문학에 있어 소설을 가장 리알리즘으로 성립시킨 비조(鼻祖)라 하는 것도 이 까닭이니 발쟉은 재래의 로맨티시즘을 살려 가면서 리알리즘을 그 우위에 앉게 한 작가로서 그는 리알리즘의 완전한 개척자요, 또한 성립자인 것이다. 우리는 흔히 토스트엡스키적 수법도 운위하고 디켄스적 수법도 운위하지마는 어느듯 보면 이들은 드디어 자연주의문학을 성립시킴에 지나지 않는다. 발쟉은 모든 문학의 류파에 걸쳐 있는 것이다.

우리의 발쟉은 국초 이인직이라고도 하고 싶다. 그는 왜냐

하면『귀의 성』하나만을 놓고 보더라도 이곳에 실린 그 내용은 가장 단순한 것이다.

예(例)하면 본실(本室)이 첩(妾)을 모해(謀害)하는 극히 세속에 있을 수 있는 일이지마는 이것을 문학적으로 살린데 있다. 내용이 기발하고 다각적인 것은 설화문학에서 얼마든지 발견할 수 있다.

문학은 기발하고 비약(飛躍)이 있고 다각적일 때 이곳에 취미를 얻고 탐기(耽嗜)하는 길이 많다. 이런 것을 취하게 될 때 탐정소설까지도 등장하게 된 것이다. 그렇다고 탐정소설에는 리알리즘이 필요 없느냐 하면 그렇지도 않다.

근대인은 너무나 합리적이오, 합법적이오, 심한 경우에는 과학을 요구하게 되었다. 이곳에 리알리즘은 과학과 통하기 때문에 문학도 과학이란 것이 성립되고 있다. 말하자면 문학에 추리와 부연(敷衍)이 합리적이오, 합법적인 길이 리알리즘인 것이다. 문학에 재래에도 그렇고, 현재에도 어떤 류파는 단순한 부연이거니와, 추리만을 취해 가지고 결론을 내리는 일이 많다. 이곳에 권선이오, 징악으로 떨어지는 일이 많다. 극에 있어 비극이 극으로 성립된 것과 같이 문학에 있어서도 근대문학의 성립은 이 '발작적 수법'에서 비롯하였다고 보고 싶다.

이래서 우리의 국초는 발작을 배웠는지 아니 배웠는지 그것을 알 길은 없으나, 그의 작품『귀의 성』하나만 놓고 보더라도 분명히 이것은 후세에 문학하는 사람이 이것을 표준으로 하고 문학수업을 하더라도 반드시 성공하리라고 보아지고 있다.

문학에 있어 가장 중요한 것은 느낀다는 데 있다. 문학을 읽고 느끼지 않는 사람은 없다. 그러나 그것을 읽고 여하한 심도(深度)에 있느냐 할 때 문학자는 많이 생각하게 된다. 섹스피어의 작품을 읽고 난 톨스토이는 그의 공감의 세계보다도 그의 결함의 세계를 많이 발견하고 섹스피어도 별 수 없이 허위의 세계를 들어내었다고 한 일이 있거니와 문학에 있어 우리는 흔히 그 문학자가 리알리즘을 무시하거나, 등한히 하여 허위가 들어나는 일이 있다.

우리는 섹스피어의 『베니스 상인』에서는 그 허위가 많이 드러나 있고, 『베니스 상인』은 그다지 높이 평가하고 있지 아니하거니와 이런 것은 아직도 리알리즘의 경지에는 있지 않다고 보고 있는 것이니 그것은 지척(咫尺)에서 자기의 애인을 모른다는 것은 아무래도 있을 수 없는 일이다.

그러나 섹스피어가 그것을 썼을 때와 그것을 상연하였을 때 그대로 박수갈채를 하고 넘어간 것은 그때의 문학수준이나 예술수준이 영국에 있어서도 별수가 없었던 것이다. 문학이 근대문학이 되게 된 것은 이 리알리즘이오, 또 시에 있어서도 모더니티를 찾게 된 것도 이 까닭이다.

문학에 있어 느낀다는 것이 단순한 것을 찾는 것이 아니라 합리적이오, 합법적이오, 더 나가서는 심각한 것을 요구하게 된 것이다.

근대문학은 그 느낌에 있어 심각하게 될수록 좋게 되어 있다. 말하자면 우리는 문학에 있어 쎈티멘트(感性)를 가지면 족하다고 하던 시대가 바로 섹스피어가 『베니스 상인』을 내던 시대라고 보아도 틀림이 없을 것이다. 근대문학은 적어도 한 작품 속에 센티멘트는 말할 것이 없고 그 다음으로 들어가 있는 것이 데지멘트(知性)가 들어가지 않으면 아니 되게 되었다. 문학의 약체는 데지멘트만으로는 성립이 되지 않는다. 근대문학은 적어도 이 데지멘트를 살리는 데 있다.

우리의 국초 이인직은 그 시대에 있어 이 데지멘트를 살리려고 한 사람의 하나다. 국초 이인직이 데지멘트를 알고 썼는지, 모르고 썼는지 그것은 알 길이 없고, 알고자 하지도 아니하지마는 그의 작품은 분명히 시정신(詩精神)에서 볼 때는 모더니티를 붙잡고 있고, 리알리즘에서 볼 때에는 그것이 또한 정통적인 리알리즘인 것이다. 이때에도 작가가 없은 배가 아니나 우리는 국초를 배우고자 하는 것도 이것이 극히 근대적인데 있는 때문이다. 또한 정통적인 리알리즘인 까닭이다.

국초 이인직은 먼저도 말하였거니와 시대가 낳은 인물이지마는 그는 다시 반작용을 하여 우리의 근대문학의 길을 열어 논 사람의 하나다. 문학의 길을 열어 논 사람은 어느 시대에나 있다. 그러나 이것이 반드시 후세에 있어 정통적인 길이 되느냐 아니 되느냐에 이르러서는 흔히 그 길이 아니 되거나 또는 다른 길이 열리게 되는 길이 많다. 또한 이런 길에 예하면 영문학에 있어 리알리즘이 발쟉의 그것과 다르듯이, 또는 노서아문학에 있어 그것과 다르듯이 되는 일이 많다.

'발쟉의 수법'이 반드시 '디켄스의 수법'이 아니며, '토스토엡스키의 수법'이 반드시 발쟉의 수법이 아니다. 그러나 누구나 그의 수법을 리알리즘이 아니라고 부정은 못하게 되어 있다. 발쟉은 자연주의문학을 내고자한 사람은 아니다. 그러나 어느 듯 보니 세계에는 자연주의문학이 성립이 되고 자연주의문학은 세계를 풍미(風靡)하게 된 것이다.

우리의 국초는 이 나라에 자연주의문학이 성립되리라고 『귀의 성』과 기타 일련의 작품을 쓴 것이 아닌 바는 어느 듯 보니 우리나라에는 자연주의문학을 좋아하든가, 싫어하든가를 물을 것 없이 수립이 되어 있고, 이 류파가 모든 문학에 있어 그 우이(牛耳)를 잡고 있게 됨을 보고 있다.

우리나라의 근대문학은 이제 와서는 자연주의문학은 확고부동의 그 위치를 가지고 있지마는 새로운 문학이 또한 이것을 능가하지 못하는 그러한 추세에 놓여 있다.

춘원(春園) 이광수(李光洙)가 이것을 극복하려고 노력한 점이 보이지마는 그는 그가 가지고 있는 신이상주의문학을 반도 성립시키지 못하고 타세의 객이 된 것이다. 여기에 있어 국초는 리얼리즘을 성립하여 우리 문학에 있어 비조인 것만은 사실이지마는 자연주의문학의 비조는 아니다.

자연주의문학에 비조로 끌어다 대도 못대일 바가 아니나 그의 수법을 그대로 전수받은 사람은 하나도 없다는 것을 우리는 발견할 수 있다. 국초는 국초문학을 성립시키었을 뿐이오, 그것을 전수는 하지 않았다. 시대가 그렇게 되었지마는 문학의 전수란 그것을 좋아하여 후계자가 나와야 하는 것이다. 그 시대는 이것이 너무나 진보적이었던 것이다. 국초는 미국의 휘트맹과 같이 문학의 선구자라는 말이 가장 옳을 것 같다.

국초 이인직은 근대문학에 있어 선구인 것은 다시 말할 것 없으나 그렇다고 무슨 설화문학과 근대문학의 걸친 과도적 작가는 아니다. 이렇게 보는 관점은 시대적 구분을 위하여 설정된 부득이라고 볼 수 있다. 이런 설정은 문학에 있어서는 그다지 필요가 없는 것이다. 문학은 역사가 아니다.

역사적 계단의 설정은 평가의 자의(恣意)가 많은 것이다. 신노설과 근대소설의 차이는 과연 어디에 있는 것일까? 신소설이란 설정은 막연하고 개연적인 설정이다. 광고문 같은 설정을 범하고 있는 것이다. 새로 쓴 소설은 모두 신소설이라고도

할 수 있다. 여기에 나는 국초 이인직은 우리나라의 근대문학의 비조, 또는 창시자라고 하고 싶고 결코 과도기작가라든가, 또는 신소설작가라고는 하고 싶지 않다. 『귀의 성』에서 시대적 구분을 찾고, 또는 그 내용에서 봉건성을 찾는다는 것은 너무나 사회학적 방법론에 치우치고 있다고 보아진다.

세르반테스의 『돈키호테』는 순봉건성으로 보지 않을 수 없는 그런 방법론이 있게 된다. 문학은 역사소설일 때는 다분히 봉건성을 띄우고 있다. 그렇다고 하여 『돈키호테』를 봉건성의 작품이라고 한다면 웃을 사람이 너무도 많은 것이다.

문학사에 있어 사회적 방법은 어느 정도 피하는 것이 좋다. 문학은 문학으로서의 사상이 있고, 또한 문학사적 방법이 있는 것이다. 나더러 말하라면 우리의 국초 이인직은 문학사에 있어 리알리즘을 창시한 자라고 보고 싶다. 재래의 문학이 로맨티시즘이라고 한다면 국초에 와서 비로소 리알리즘이 등장하였다고 보지 않을 수 없다. 사회학적으로 신소설시대를 설정하는 것이 나쁜 것은 아니나 이것이 문학사적으로 볼 때에는 구차스런 노릇같이도 보이고 있는 까닭이다. 리알리즘을 우리 문학에 있어 가장 먼저 시작하였는가, 또는 누가 먼저 시험하였는가가 문학사에서는 좀 더 높이 평가되고 있는 것이다.

국초 이인직은 우리 문학사에 있어서는 빼어 놓을 수 없는 것은 말할 것 없고 그렇다고 하여 과도기작가나, 신소설작가라고도 하고는 싶지 않다. 국초는 우리 문학사에 있어서 문학을 올바르게 가르친 사람의 하나라고 보고 싶다. 그 시대에 있어 문학을 이만큼 써서 근대문학이 가지고 있는 사상을 구체적으로 표현한 사람은 역시 국초 이인직인 것이다. 문학에 있어 중요한 문제는 개념이냐 아니냐에 있다.

우리의 국초 이인직은 개념소설이 하나도 없는 것을 알아야한다. 개념소설은 아무래도 이것을 근대문학이라고 하고는 싶지 않다. 근대문학에 있어 국초 이인직이 가장 중요한 자리를 차지하고 있게 되는 까닭도 이곳에 있다. 정통적인 문학의 창시자가 누구냐 하면 아무래도 국초 이인직을 들어 말하리라고 생각된다. 아직도 개념소설이 종식되고 있지 않은 오늘에 있어 보면 국초 이인직은 누구보다도 빛나고 있고 리얼리즘의 정통적인 길을 대담하게도 걸어간 사람이라고 보지 않을 수 없다.

국초 이인직과 그의 작품은 국보적 존재인 것이다. 그것은 왜냐하면 그 작품들을 놓고 후세의 사람이 배워갈 수 있는 점이다.

국초 이인직은 그 작품의 세계에 있어 진지하게 취급한 것은 말할 것 없고 그렇다고 하여 흔히 작가가 범하기 쉬운 시대적 조류에 편승하는 버릇도 취하지 않았다. 국초 이인직은 우리의 풍속사상에 고루(固陋)를 우선 타개하거나, 방기(放棄)하는 것을 가장 그의 문학적 이념으로 한데서 그의 가치가 더 빛나고 있으며 그는 문학을 가지고 우리 민족이 공적생활에 있어서나 사적생활에 있어서나 범하기 쉬운 무지와 무식을 폭로시킨 문학가인 것이다. 시대적 조류에 있어서 국초 이인직은 또한 가장 계몽적인데 그의 문학적 수완을 보이고 있는 것이다.

우리나라의 문학이 오늘에 있어 그대로 정상적으로 발전해 갈 터전을 잡아 논 사람은 아무래도 국초 이인직을 빼 놓을 수 없다. 이래서 우리는 문학상으로 보거나 문학사적으로 보거나 국초 이인직은 근대문학의 개척자요, 우리의 본받을 한 개의 스승님으로 우리는 깨닫지 않으면 아니 된다.

국초 이인직은 문학에 있어 가장 좋은 위치에 놓지 않으면 안되는 까닭도 이곳에 있다. 국초 이인직과 그의 작품들은 역시 변함없는 우리의 국보적 존재라 함을 확인하고 싶어 마지 않는다.

(1959년 5월호 현대문학)

육당(六堂) 최남선론(崔南善論)

사학계의 태두 육당(六堂) 최남선(崔南善)은 또한 문학사상의 선구자다. 흔히 우리 근대문학사를 말할 때 육당 최남선을 먼저 들지 아니치 못한다. 육당 최남선의 문학은 국초 이인직의 문학과 대비할 때 그 질에 있어서는 크게 떨어지고 있다. 근대문학을 성립시킨 사람은 아무래도 국초 이인직이거니와 그렇다고 하여 육당 최남선의 문학은 일고(一顧)의 가치도 없는 것이냐 하면 그렇지는 않다.

육당 최남선의 문학은 그 스케일이 굉장히 넓은 반면에 그 깊이가 도리어 적은데서 국초 이인직과 그 류(類)를 달리하게 된다. 말하자면 육당 최남선의 문학은 계몽운동으로서의 문학이다. 그러나 그 시대에 있어서는 이것이 도리어 절대로 요구되고 필요하였다. 이에 육당 최남선은 우리 근대문학사상에 있어 빼어 놓지 못할 존재가 되고 있다.

육당 최남선의 문학은 그 시대에 있어 우리 민족의 잠자는 근대의식을 깨우친데 있어 가장 큰 공헌자다. 우리 민족은 문화적으로는 우수하였지마는 그 문명에 있어서는 더욱이 근대의식과 근대문명에 이르러서는 중국보다도 뒤떨어져 있었던 것이다. 동양문명은 동양을 그 근원으로 하여 중국에서 시발한 것이나 동양은 지금까지도 근대경제의식에 있어서는 가장 뒤떨어지고 있다.

일본이 화란(和蘭)의 흑기선(黑汽船)을 받아드린 것은 일본으로 하여금 불행하게도 근대문명에 있어 그 말소적인 군사의식과 정치의식이다. 동양은 이때부터 일본이 근대적인데 있어 항상 선편(先鞭)을 들게 되었다고 보아진다.

일본은 화란에서 다시 영국으로 옮기어지어 근대정치의식에 있어서 그 가장 노른자위를 배웠고 체득하였지마는 아직도 근대경제의식은 완전하지 못한다. 그러면 중국은 어떠하였던가? 이마보(利瑪寶)의 동래이후(東來以後), 이곳에도 실학적인 것이 떨치었으나 이들이 야소회사(耶蘇會士)이었던 만큼 기독교적인 것이 많았고 결코 근대경제의식이 이곳에도 환기는 되지 않았던 것이라고 보아진다. 이에 동양은 서양과의 대립이 될 때 물질이 있으면서도 빈궁에 떨어지는 결과를 가져오고 있다. 근대경제의식과 경제활동은 원료를 재생산하거나 가공하는데 있다. 서구의 문명은 별다른 것이 없다.

또한 근대문명이라 하여 별다른 것이 없다. 그러나 동양은 서양과 대립이 될 때 후진국으로서 나서게 되는 부득이한 위치를 점하게 된다. 거리는 전등이 하나도 없고, 바다에는 연기를 뿜는 기선이 오고 있건마는 이곳에 키가 높은 쟝크선이 무색한 듯 피해가고 있다. 자석을 가지고, 또는 수력을 가지고 전기를 일으키는 원리는 동양인은 모르느냐 하면 모르지 않는다. 그러나 이것을 행하지 않는데 동양인의 결점이 있다. 동양은 어디까지나 윤리적인 것이 장점이면서 또한 단점도 되고 있다.

육당 최남선은 우선 이것을 깨우쳐 주는 일에 여념이 없었다. 이에 육당 최남선의 문학은 그 문학이 전적 생명이 아니오, 우리 민족을 성자신손(聖者神孫)의 위치에서 근대문명을 받아드리어 자주독립을 열렬히 모색한 사람의 하나다.

육당 최남선은 넘어가는 대한제국을 붙들어 보려고 가진 노력을 다한 것은 국초 이인직보다도 그 이상을 점하고 있다. 그는 약관의 청년으로 우선 우리 민족을 단결시켜야 하겠다는 신념 밑에서 신문관(新文館)을 창설하고 계몽운동에 노력하였으나 때는 이미 늦은 때다. 인물이 결여되고 구관과 누습(陋習)이 물젖어 있는 대한제국은 한 두 사람의 노력으로 재흥되기는 어려운 시절이었다. 그러나 이 노력은 민족을 살리고, 민족정신을 살리는데 큰 도움이 되었다.

육당 최남선의 발랄(潑剌)한 청년의식은 그가 죽을 때까지 소유하고 있었다고 보아진다. 그는 새것을 좋아하였다. 그러나 새것 그대로 통째미로 삼키려고 하지는 않았다. 육당 최남선의 좋은 점은, 또는 존경받는 점은 새것을 우리 민족의 것으로 만들어 이것을 민족 전체가 향유(享有)하자는데 있다고 보아진다. 그는 그러기 위하여는 우선 우리의 민족혼을 불러일으키기에 여력까지 다 쏟았다. 세상에서는 그가 너무 민족적이오, 조선적인 것을 비웃어 '최 미투리'라고 까지 하였지마는 그는 이것을 실천궁행(實踐躬行)하는, 또는 솔선수범하는 그런 것으로 취하였던 것이라 보아진다.

육당 최남선의 문학은 수처(隨處)에서 먼저 실천궁행, 또는 솔선수범을 몹시도 그 목적의식의 하나로 한 것이 나타나고 있다. 그가 가장 좋아하는 것은 학문적인 것이다. 그래서 신문관이 민중을 계몽시키는 한 큰 기관으로 하는가 하면, 광문회(光文會)라는 것을 만들어 우리 민족의 문화적 유산이요, 또는 조선학의 근거가 되고 있는『택리지(擇里誌)』를 위시하여『연려실기술(練藜室記述)』등의 수많은 고전을 출판하였다.

이런 것이 육당 최남선의 문학과는 거리가 상당히 먼 이야기지마는 여기에 있어 문학만으로의 그 시대가 살릴 수 없다는 생각은 다른 문학자보다 뛰어나는 점이라 아니 할 수 없다. 여기에서 그는 작가로는 소설가가 되지 못하고 시조작가 그리고 문학 업적에 있어서는『백팔번뇌(百八煩惱)』가 그 대표적으로 되기에 이른 것이라 보아진다.

육당 최남선의 문학은 이것이 언제든지 조선적인 민족혼을 불러일으키기에 노력한 것은 두말할 것 없거니와 그렇다고 하여 이것이 생경(生硬)하냐 하면 그렇지 않은데 그의 문학적 가치가 빛나고 있다.

육당의 문장은 딱딱하고 난삽(難澁)하고 장작(長作)인 것이 그의 수법이요, 상투(常套)이지마는 문학에 있어서는 되도록이면 이것을 피한 것이 눈에 많이 뜨이고 있다. 문학을 문학다웁게 하려고 한 노력이 어느 곳에서나 보이지마는 육당의 문장이 원체 거세고 보니 부드러운 맛은 문학만을 전공하는 사람과는 차이가 있게 되어 있다.

육당의 문장은 사학에서 비롯하였고, 또한 문학적인 문장을 쓰기에 노력한 점은 우리들 후배의 배울 점이 많다. 또한 우리나라에 있어 신술어에 있어서는 무조건적으로 일본의 술어를 받아들이는 일이 많았다. 예하면 일본에서 아나키즘을 무정부주의라 하였다면 이것을 그대로 우리나라에서도 무정부주의로 그대로 채택하였던 것이다.

아나키즘은 무정부주의가 아닌 것은 오늘에 있어 모두 알려진 사실이지마는 이런 것을 피해 쓰던 사람이 육당 최남선이다. 되도록이면 아나키즘이란 술어를 그대로 쓰든가, 그렇지 않으면 자유연합주의라는 것까지 아르킨 사람이 그 분이었던 것이다.

우리나라에 있어 가장 조선적 성격을 나타내려고 노력하고, 더 나가서는 조선적 개성을 캐보려고 노력한 사람의 그 유일인자라는 것은 지금까지 모두 다 아는 주지의 사실이 되고 있다. 육당 최남선의 문학은 백팔번뇌에서 그의 시대적 성격과 조선적 성격이 결부되어 가지고 고민하는 그 개인과 그 시대를 잘 나타내고 있는 것이다.

육당 최남선문학의 정수(精粹)는 이 백팔번뇌와 『조선독립선언서(朝鮮獨立宣言書)』이니 오늘에 있어 조선독립선언서는 민족만대의 불후의 문자가 되어 있어 이곳에서 그 논평을 피하는 겸양을 가지지 않을 수 없다. 그러나 조선독립선언서는 그 문장에 있어 지금도 모범이 되고 있나니 그 모범의 위치는 다시 말할 것 없이 그가 가지고 있는 조선적 민족혼을 불러일으킨데 있다.

조선적 민족혼을 불러일으킬 때 자칫하면 성자신손이라는 사상이 나오게 되는 너무 과장적인 것이 많은 것이 육당 최남선의 결점이라면 결점이 될 수 있으나 백팔번뇌와 조선독립선언서는 그렇지 않은 것이 아주 확연히 드러나고 있다. 나더러 거침없이 또는 가식 없이 말하라면 육당 최남선의 조선독립선언서이후에 나온 그의 수많은 선언서들은 이것을 따라가자면 천양의 차가 있는 것도 많이 발견할 수 있다. 여기에 있어 육당 최남선문학에 있어 백팔번뇌는 그가 『시조류취(時調類聚)』를 엮음으로 인하여 이곳에서 힌트를 얻거나 모작이 있으리라고 생각하는 사람이 많을 것이나 백팔번뇌는 순전히 창작적인데 우리는 놀람을 마지 않는다.

순연한 육당 최남선의 체구가 풍기어 나오고 있고, 그의 풍모가 알연히 나타나 있다. 조선독립선언서는 울면서 정성을 드리어 썼다고 하면 백팔번뇌는 문득 문득 생각나는 그 시대에 있어 몸부림치고 싶을 때 쓴 비통한 글이 아닐 수가 없었다. 그러나 그는 글을 다듬기에도 노력하여 그의 시조는 씹을수록 맛이 있게 하여 놓았다.

육당 최남선은 '조선학'을 축적시키는 데 있어서도 그 한목을 보고 있는 것이 자타가 공지하는 일이어니와 근대적 문학적인 위치에 그를 논평한 때에는 국초 이인직과 동시대인이면서 한 발을 먼저 내어 놓은 곳이 지나치게 시대적인 것이기 때문에 그는 모든 것을 다 집필하게 된 사람이다. 여기에 있어 단순히 시조작가라고만 믿어지기에는 너무나 값이 싸다고 할 수가 있다.

육당 최남선은 우리나라에 있어 가장 완전한 디렛탄트를 찾아낸다고 하면 그가 제1인자일 것이다. 그렇다고 하여 무개성적인 디렛탄트는 아니다. 이곳에 육당 최남선문학은 영국에 있어 찰스 램이나 췌스터톤 같은 에세이스트의 일면이 있는가 하면, 다른 곳에 있어서는 토인비 같은 관점을 많이 가지고 있는 것을 볼 수 있다. 나더러 함부로 말하라고 하면 육당 최남선은 찰스 램과 췌스터톤과 토인비를 겸한 그러한 사학가이며, 문학가라고 부르고 싶다.

육당은 『백두산관참기(白頭山觀參記)』에 있어 그의 경건하고 또는 정중하고 숭고한 체취를 풍기는가 하면 『금강예찬(金剛禮讚)』에 있어서는 그의 독특한 금강산관이 나와 있게 되어 있다. 육당의 좋은 점은 모든 것을 불교에서 보는 그런 것이 있는 듯 하지마는 『아시조선(兒時朝鮮)』에서 나타내고 있는 그의 캐내려고 하고 연구하려고 한 것이 어느 곳에서나 있다. 그는 한 개의 사물을 볼 때 어떻게 하든지 구체적인 결론을 내리려고 한 것이 많이 눈에 뜨인다.

학자와 문인을 겸한 육당 최남선은 역시 다른 학자들과 같이 독단이 많다. 그러나 그 독단이 자기의 창견(創見)인 것을 변증하는 데 있어서는 누구보다도 뛰어나고 있다. 그러고 보니 육당 최남선의 문학은 어느 것을 보나 그의 체취가 풍기어 있고 체계적인데 우리는 옷깃을 여미고 존경을 보내지 않을 수 없다.

오늘에 있어 육당 최남선의 문학과 학문을 뒤이어 나오는 사람이 누구인지 모르지마는 그의 사관(史觀)과 사안(史眼)은 이미 독특한 경지라는 것이 알려져 있거니와 문학적인 면에 있어서는 그가 소설을 쓰지 않았고, 시조를 쓴데 있어 시인으로 되고 있다. 그러면 시인이라는 위치는 어느 곳에 있던가? 시인은 시인다워야 하는 것이지마는 육당은 시인답지 않은 시인인 것이다.

시인연(是認然)하지 않을 시인이 있다면 육당 그분이라고 하고 싶다. 그러나 그의 시는 시대적인 오뇌(懊惱)를 자기만이 혼자 느낀 듯이 비통한 고민을 고백함이 많다. 그러나 그러한 일면이 있는가 하면 『천리춘색(千里春色)』에 있어 그의 화창한 기풍은 누구도 따를 수가 없다. 천리춘색은 그가 청춘시대에 썼더니만큼 그는 화창한 봄날에 종달새가 아니라 화창한 봄날에 훨훨 날아가는 백로 같은 무게 있는 느낌을 자아내고 있다.

여기에 『심춘순례(尋春巡禮)』는 그가 봄을 노래한 글이 어니와 모두가 화창이오, 태탕(苔蕩)이다. 택주(宅宙)는 그를 위하여 있고 글은 그의 글을 쓰기 위하여 있는 듯한 시인이면서도 에세이스트인 그는 청천하늘을 가는 듯 하였다. 그는 나보기에는 우리나라에 있어 로멘티시즘을 걸어가고 있는 문학가에 있어 가장 대표자라고 하고 싶다.

시대적 고민을 만끽하면서도 그가 지키는 시인적 위치와 로맨티시즘이 무엇인가를 아르켜 주고 있다. 그는 그렇게 많은 글을 썼으나 센티멘탈리즘은 발견할 수가 없다.

혹자는 문장이 원체 그렇게 되고 보니 센티멘탈리즘이 나올 수가 있겠는가 하지마는 센티멘탈리즘이 나오려고 하면 어느 시인이나 문학자에 있어 없는 사람이 없다. 그러나 육당 최남선에 있어서는 센티멘탈리즘은 발견할 수가 없다. 그가 문장과 문학생활에 있어 얼마나 확호(確乎)한 신념이 있던가 하는 것은 처처(處處)에서 볼 수가 있고 느끼게 되어 있다.

육당 최남선문학은 그가 비록 디렛탄티즘이라고 하더래도 확호한 신념과 자신 있는 문장은 우리의 본받을 바는 물론이러니와 그는 우리 민족이 역사가 있고, 지조가 있고 신앙이 있는 것을 밝히었던 것이 어느 곳에나 나타나 있어 그는 지금에 생존해 있지 않아도 그의 정신은 곤곤(滾滾)히 우리 문장상에 나타나는 때가 많고, 맥맥히 퍼져가는 일이 많다. 그가 오늘에 있어 사학계나, 문학계에서나, 또는 사상계에 있어서 적막감을 느낄 때에는 문득 육당 최남선을 생각하지 않는 사람이 드물다.

육당이 살아 있었더라면 이런 사학문제라든가 사상문제를

어느 정도로 비판하고 분석하고 해명해 주지 않았을까 하는 아쉬움이 많음을 느끼고, 또는 보는 일이 많다. 육당 이후에 아직까지 육당과 같이 광범한 지식의 소유자가 없음을 우리는 아프게 느끼어지고 있다. 반드시 육당 이후에 육당을 계승하는 사람이 있을만도 하건만은 아직도 육당과 같은 사안이거나, 사관을 기초로 하여 논진(論陳)을 펴는 사람이 없다. 그의 일대의 명문인 『민시론(民是論)』은 지금에 읽어도 민족적이오, 대중적인 그의 사상과 필치는 누구라도 따라갈 사람이 없다. 우리나라는 오늘날까지 절대로 백성의 그름(罪過)은 없는 것이다.

앞으로는 모를 일이지마는 금일까지 이 지역의 백성은 그름이 없다는 것이 육당의 지시된 또는 연구된 민시론인 것이다. 여기에 있어 새 시대의 사상에도 거의 발맞추어 가고 있다고 볼 수 있다.

육당 최남선을 가리켜 완고하거나, 장작(長作)이라거나, 그런 것은 문제되지 않는다. 미투리가 고무신이 되고 고무신이 가죽 경제화(經濟靴)가 되었다고 그가 완고하고, 장작을 짓는 것은 아니다. 중절모를 쓰고 영어만을 써도 완고한 사람은 완고하다.

또한 고루한 사람은 고루하다. 그는 미투리를 신었거나, 경제화를 신었거나 그의 신념과 사상은 민족 위에 있고 대중에 있었던 것이다. 그의 결점은 사상이 민족적인 확호한 신념에 있으면서 생활에 있어 신념이 없었던 것 같다.

우리는 그가 건국대학 교수를 하였거나, 가톨릭 신자가 된데 있어서는 의념(疑念)을 가지는 사람을 많이 발견하였거니와 그가 이렇게 되기까지에는 시대적인 환경의 죄도 없지 않음을 우리는 알아야 된다.

육당 최남선의 문학은 누가 읽던지, 누가 음미하든지 그의 해박한 지식과 풍부한 신념과 사상을 느끼지 않을 사람이 없을 것이다. 그러나 그는 이러한 문학적 풍부를 가졌음에도 불구하고 그는 고독한 일생이었다. 고독한 사람의 타이틀은 흔히 고상한 사상에서 오는 것은 누구나 잘 아는 사실이다.

육당과 민중의 거리는 항상 있었던 것이다. 육당의 사상과 문학을 알리기에는 이 땅의 민중은 너무 후진적이었고 후진적이 아니라고 하더라도 비민족적인, 또는 조선적 성격을 모색하기에는 그의 연륜이라든가, 사상의 깊이라든가, 지식의 깊이가 육당과 떨어져 있게 됨이 있음을 우리는 알아야 된다. 여기에 있어 육당 최남선은 분명히 선구자이었고, 선구자 중에도 가장 남보다 앞을 섰던 비현실주의자이었던 것이다. 그는 분명히 이상주의자이었고 이상주의라도 현실에 있어 비타협이 아닌데서 그는 현실주의자와도 같았던 것이다.

그래서 그는 일생을 고독하게 지내었고, 오늘에 있어도 그의 후계자가 나서지 않고 있다. 혹자는 그의 가계가 조선에 있어 그렇게 뛰어나는 가계가 아니오, 상공계에 위치하였다는 것을 말하는 사람이 많으나 그렇다면 그런대로 또한 그의 후계자가 있을만하건마는 아직도 나서지 않고 있음은 그의 학문과 지식은 이에 있어 극히 고상하였고 또는 극히 개성적이었음을 알아야 된다.

육당 최남선의 사상체계는 조선독립선언서에 나타나 있는 바와 같이 극히 평화적이면서 독특한 신념생활을 가지었으니 우리는 그것을 어떻게 비판할 것인가? 우리의 안목으로 보기에는 극히 어려운 바이다. 한 말로하면 극히 이타적(利他的)인데 있다. 오늘날까지의 사상은 이타적인 것이 드물다. 순수한 이타적이오, 내향적인 것이 조선독립선언서에까지 나타나 있을 때 그는 얼마나 연마된 사상의 소유자이었던가 함을 느낄 수 있다. 이러한 연마된 사상이 체계화될 때 그를 따라 갈 사람이 드문 것은 당연하다고 볼 수 있다. 그가 노후에 가톨릭 신자가 된다는 것은 너무 이타적인데 있지 않았을까 하는 느낌이 있다.

또한 신념이 다시 전환될 때 이것이 가장 옳다고 하는 데서 오지 않았을까(?) 보지 않을 수 없다. 불교가 너무 비현실적인데 비하여 가톨릭은 현실적인데 가까웁다 해서 옮긴 것이 아닐까(?) 보아지고 있다. 여하간 불교도 현실적으로 만들면 얼마든지 현실적으로 된다는 것을 망각하였다는 식론(識論)은 면하기 어렵다고 볼 수 있다. 여기에 있어 육당은 역시 현실주의자가 아니오, 현실에 있어서는 무능이 있다고 보아지기도 한다.

육당 최남선의 사상과 문학은 주지하는 바와 같이 계몽운동(啓蒙運動)으로서의 그것이었으나 만년에 이르러 그는 너무 비현실주의자이었으니 그는 그의 환경이 그렇게 되게 되었고 또한 그의 사상적 원열(圓熱)이 너무나 민중과 동떨어져 있었던 것이라 보지 않을 수 없다. 말하자면 보편타당성에 의한 계급 사상과 행동이 풍미하는 시절에는, 『사지특립독행(士之特立獨行』의 사상과 행동은 고려됨이 거의 없다고 보여지는 것이 시대적인 통폐(通弊)인 것이다.

개성을 찾는 시대에는 너무 개성을 찾고, 보편타당성을 찾는 시대에는 또한 그것만을 찾는 통폐는 우리나라에서도 있던 것이다. 그런 통폐가 있어도 심각하게 있었기 때문에 육당은 일시는 백안시(白眼視)된 때도 있고 도절한(度節漢)으로 몰린 때도 있음을 우리는 유감스럽게 생각하지 않을 수 없다.

오늘에 있어 보면 우리나라에 있어 육당 이후에 육당 같은 박학(博學)이 나오고 고상한 사상이 나올까(?) 의심됨이 없지 않다.

이러고 보니 육당은 어느 모로 보나 한 시대의 사표(師表)이었던 것은 틀림이 없다. 우리는 그의 사상과 그의 문학을 후계 받아 그의 사상체계와 문학체계가 우리 민족 위에 뿌리 깊게 박히어 영원히 또는 구원하게 이것을 유지하고, 발휘가 됨을 바라마지 않는다.

(1959년 6월호 현대문학)

춘원(春園) 이광수론(李光洙論)

우리나라 근대문학을 수립함에 있어 그 공로자의 한 사람은 누가 무엇이라고 하더라도 춘원 이광수는 빼어 놓을 수 없다.

춘원 이광수는 문학에서 일어나고 문학에서 죽었다고 보아도 과언이 아닌 문학가다. 문학은, 또는 예술은 개인의 천재에 속하는 일이므로 그는 우리나라의 근대문학이 국초 이인직으로 인하여 터를 잡았을 때 완전한 한 개의 국초의 반명제 같이 일평생을 로맨티스트로 종시(終始)하였다고 보고 싶다.

국초 이인직을 정통적 리얼리스트라고 한다면 춘원 이광수는 정통적 로맨티스트라고 하고 싶다.

춘원 이광수는 그의 처녀작 『무정(無情)』에 있어 최초로 평판작가이었고 그가 이북으로 납치되어 갈 때까지도 평판작가다. 그는 그의 작품이 항상 문제작이 많음과 함께 그는 문학에만 종시한 문학가가 아니다. 이 점에 있어서는 육당 최남선과 거의 동격으로 애국적인 이상으로 나온 일이 많다. 이러고 보니 일면 문학을 영위하면서 일면으론 정치에도 참가하지 않을 수 없었다. 그의 최초의 작품인 무정은 이것이 문제작인데서 인기를 올리었는가 하면 이것이 또한 한 개의 완전한 로맨티시즘의 작품으로 극히 모범적이었던 것이다.

지금에 있어서는 이혼이라는 것이 그다지 불상사도 아닌 듯이, 또는 유감스러운 일이 아닌 듯이 마구들 하고 있는 현상이지마는 50년 전의 이혼은 크게 물론(物論)되던 시대다. 이런 것은 시대가 진전되어 그렇게 되었다고 볼까? 그렇지 않으면 도덕의 쇠퇴라 할 것인가, 또 그렇지 않으면 전통의 해이라고 할까? 이혼은 언제나 불상사이오, 유감스런 일이언마는 춘원 이광수는 이것을 애정에 붙이어 합법화하고, 합리화하였던 것이다. 이에 부로(父老)들은 춘원을 전통의 파괴자로 공격하는가 하면, 젊은 청년들은 춘원을 인습의 타파자요, 애정의 승리자로 떠받들게 되었다.

문학은 청년들이 많이 읽음으로써 문학이 되느니만큼 춘원의 문학은 시대의 조류를 호흡하고 발맞추는 것이라 하여 드디어 한때는 이광수의 문단독단장이 된 때가 있었다. 춘원은 이것을 긍지로 하여 문학에 있어 실체적인 것을 거의 대표하도록 그의 필봉을 달리었다.

춘원 이광수의 문학은 무정에서 그의 문학적 재능이 젊은 청년에게 호기를 받았고, 그것은 그로 하여금 한때는 인기의 절정에까지 가게 되었을 때 그는 대한독립운동자(大韓獨立運動者)로 상해에 나타나게 된 것이다.

춘원 이광수는 조국과 문학에 살려고 하였던 것이다. 이 시대에 있어 국초 이인직만큼 춘원 이광수도 선구자이었던 것이다. 흔히 춘원 이광수를 '정(情)의 인(人)'이란 것도 적평이거니와 그가 로맨티스트로 행동에 있어서도 되고 있는 것이 이것이다.

애정은 드디어 춘원 이광수로 하여금 명예스럽지 않은 귀국을 하였고, 춘원 이광수는 이 명예스럽지 않은 귀국 때문에 한때는 칩복(蟄伏)하지 않으면 아니 되었고, 그는 장백산인(長白山人)이란 이름으로 『가실(嘉實)』이란 단편이 다시금 그를 살리게 하였다. 너무 애정을 찾는 사람에게는 애정으로 살게 되는 것은 심상(尋常)하지 않았다.

이때까지도 우리나라의 문학은 아직도 초기적이어서 장백산인의 가실은 모든 문학에 주리었던 사람에게 기호(嗜好)를 받는 것은 말할 것이 없고 이 작품을 누가 쓰고 있는 가를 캐기 시작하여 춘원 이광수라는 점에서 훼예(毁譽)가 상반하였다. 그러나 춘원 이광수는 축차(逐次)로 명작을 많이 내어 상해에서 돌아 온 불명예는 덮어지게 되었다.

여기에 다시금 춘원 이광수는 본명으로 문단에 나서고 젊은 문학인을 지도하였으니 그것은 한편 동아일보의 편집국장의 자리를 가지고 작품 『선도자』를 쓰는가 하면 『조선문단(朝鮮文壇)』이란 순수문학 잡지를 춘해(春海) 방인근(方仁根)과 발행하였다.

그러나 '조선문단의 주재자'라는 이름을 표지에 붙임으로 인하여 춘원 이광수는 한때의 명예주의자가 된 때도 있다. 그러나 민족을 위하고 문학을 사랑하는 마음으로 춘원 이광수로 하여금 이것을 씻고 남음이 있었다.

춘원 이광수는 조선문단 창간호에 『혈서(血書)』라는 것을 써서 근대문학에 있어 신사상주의에 의거한 근본적인 작품을 보였고, 이것이 젊은 문학도에게 있어 한 개의 지침같이 되어 이와 유사한 작품이 쏟아져 나온 때가 있다.

춘원 이광수의 문학은 순박한 로맨티시즘에서 다시 일보 전진하여 신이상주의로 나올 때에 그의 문학은 위대한 낭만의 길에 들어서기까지 하였으나, 그는 『마의태자(麻衣太子)』에 있어 역사소설로 하여금 설화문학을 뛰어 넘어, 또는 야담류의 소설수법을 뛰어 넘어 한 개의 신개지(新開地)를 열었다.

그러나 그 작품은 마의태자가 조국적인 순수한 윤리에서만 논 것이 아니오, 그 수법은 항상 가지고 있는 무정이나 혈서에서 보던 그러한 것이 나왔으니 낙랑공주와 고려태조의 연애를 전개시키어 가기까지 하는데 이르고 마의태자도 역시 이런 범주에서 놀면서 조국애를 가진 것으로 너무 근대적인 역사소설이 되고 만 혐의를 받았다.

또한 춘원 이광수는 귀국하여 명예를 얼마큼 회복함으로써 조국을 사랑하고 민족을 애끼는 마음에서 『민족개조론(民族改造論)』을 집필하였던 것이다.

춘원 이광수의 일생에 있어 최대의 과오는 여기에 있어 갑자기 춘원의 명예는 떨어지고 젊은 청년들에게 테러를 받는데 이르게 되었다. 춘원 이광수가 민족개조론을 집필한 의도는 결코 나쁜 것이 아니었었다. 우리 민족으로 하여금 선하게 살고 강하게 살자는 데 있었다. 그러나 해논문(該論文) 속에는 우리 민족의 결함을 너무 많이 들었다.

춘원으로 하여금 이런 것을 집필하게 한 것은 역시 청년층이 얼마는 그들의 비위에 맞지 아니한 것이 이유의 하나요,

부로층(父老層)에서 춘원 이광수가 민족개조론을 쓸 자격이 있느냐에서부터 출발하고 있다.

춘원 이광수는 장백산인이란 이름으로 선도자를 쓰고, 또는 마의태자를 쓰고 단종애사를 써서 역사소설이 길을 여는 한편 민족정신을 앙양시켰다. 민족주의자로서의 춘원 이광수의 윤곽이 완전히 들어가기는 상기한 3개의 작품보다도 장편소설 『흙』에서 드러났다.

장편소설 흙은 일본 정치에 대하여 협력하면서 민족을 사랑하는 그런 위치에 있는 농촌계발자 또는 귀농운동자이다. 여기에서 춘원 이광수는 민족주의자에서 한번 번득이어 민족개량주의자의 선까지 내려가게 되었던 것이다. 이 시대에 있어 문학을 영위하는 것이 극히 어려운 일이지마는 문학의 선이 여기까지 가야 하느냐 하는 데까지 이르게 된다. 그러나 그 시대에 있어서는 이것도 일정(日政)의 주목의 대상이었던 것이다.

춘원 이광수는 어째서 문학의 선을 여기까지 내려가게 하지 아니치 못하였던가? 여기에는 춘원 이광수의 고심이 있는 것을 알지 않으면 아니 된다.

일정하(日政下)에서도 문학은 지속하여야겠다는 것과 문학이 아무리 민족의 무기인 이상 우선 민족을 합법적, 또는 합리적인 위치에서 그 권리를 찾아야겠다는 것이 그 흙이란 작품 속에 나타나 있다. 우리 민족으로서는 일정과 타협하는 이상 일정에게서 찾아야 할 권리는 찾아야겠다는 것이 춘원의 의도이었던 것이다.

민족적으로 살아야 하는 것은 비타협만이 유일한 길이 아니오, 타협을 하면서 권리를 찾아야 한다는 계몽적인 그것이 있었다. 또한 지식청년이 농촌을 버리고 도시로 집중하는 것은 결국 농촌을 황폐하게 하는 것이니 우리 민족은 어디까지나 농촌에 꽉 박히어 조국을 살리는 데 있고 조국을 지키는 데 있다는 것을 역설하였다.

춘원 이광수는 흙에 있어 민족개량주의자까지 진출하는 타협을 보였으나 일정은 그다지 고마워하지 않았다. 춘원은 이 때부터 더 약해졌다고 볼 수 있는 것으로 춘원 이광수는 『이순신(李舜臣)』이라는 장편소설로 다시금 그의 명예를 약간 회복하기는 하였으나, 또 다시 그는 『혁명가(革命家)의 아내』라는 작품으로 인하여 좌익계열과는 아주 멀어지는 결과를 가져 왔다. 혁명가의 아내는 장편소설이 아니오, 중편에도 단편에 가까운 소설로서 공산주의자의 성적해방에서 오는 난잡상을 여지없이 폭로하였다.

춘원 이광수의 성격은 어느 모로 보면 유약하기 짝이 없다. 그러나 강하게 나올 때는 몹시도 강하게 나오는 일이 있다. 이 혁명가의 아내는 예외로 강한 작품이다. 그의 문학상의 주의는 신이상주의언마는 이런 혁명가의 아내에 있어서는 전혀 이런 것을 볼 수 없고 좌익작가가 쓰고 있는 폭로전술이 나와 있었다. 이때쯤 좌익이 역시 강하게 나오던 시절에 있어 이런 작품을 대담히 쓰고 있음을 일부에서는 우려까지 하고 있었던 것이다. 이 혁명가의 아내는 그 제호가 인기적이었으므로 모두 읽은 사람이 많았다. 읽는 사람은 모두 분개하였다. 혁명가의 아내는 혁명을 위하여 활동하는 그런 여인이 아니라 성적으로 난잡히 노는 그런 점이 되고 있으므로 모두 이 작품은 좌익을 공격하기 위하여 쓴 것이라고 보지 않을 수 없다.

춘원 이광수를 옹호하는 사람은 이 작품을 좌익분자 더욱이 그들의 여인에 대하여는 경고, 내지 충고한 것이라고 하였으나 좌익의 아픈 데를 긁은 것이라 하여 모두 한때는 춘원을 좋아하는 사람보다도 싫어하는 사람이 많았다. 그러나 춘원 이광수는 동아일보 편집국장이라는 위치를 가지고 있었으므로 여기에 대하여 반발은 그다지 현실적으로는 많지 않았다.

춘원 이광수는 동아일보에 있는 시절에는 누구가 말을 하든가 그를 옹호하는 사람이 많았으니 그는 문학적으로도 좋은 작품을 낸 것도 한 이유이겠지만 동아일보에서 이를 중용하느니만큼 이는 예나 이제는 변함없는 민족주의자라는 것을 누구나 시인하였다. 그러나 춘원 이광수는 그의 출신도가 평안북도이었고 그때 금광왕으로 성공한 방응모(方應模)가 조선일보를 인계받아 경영하게 되었다.

방씨는 조선일보를 동아일보만큼 올리기 위하여는 신문계에 있는 인기 기자가 필요하였고, 또는 유능한 기자가 필요하였다. 이때 동아일보 경제부장에서 좌천이 되어 조사부장이 된 서춘(徐椿)을 방씨는 우선 유혹하였다. 서춘은 조선일보로 그 자리를 옮기면서 그 직위는 주필이 되었다. 조선일보의 주필이 된 서춘은 역시 평안북도의 안주 출신으로 춘원 이광수를 절대 지지하던 터이므로 드디어 춘원 이광수를 데려가는 일이 있게 되었다.

일설에는 방씨가 춘원 이광수를 조선일보로 끌어 들이려하니 먼저 서춘을 보내고 그는 그 다음으로 갔다는 것이다. 이때의 조선일보의 진용은 주필에 서춘이오, 편집국장에 주요한(朱耀翰)이었다가 다시 편집국장에 김형원(金炯元)이 들어선 때다. 춘원 이광수는 조선일보의 부사장이란 위치로 옮기어 앉게 되었다.

춘원 자신은 이것을 명예로도 생각하였고, 그 다음으로는 그의 양심적인 태도는 동아일보의 간부에게도 발언한 바와 같이 동아일보는 이미 자리가 잡히어 확호한 민족적 신문이 되고 있으나, 조선일보는 아직도 자리가 잡히지 않았고 확호한 민족적 신문이 못되고 있으므로 또는 자기와 같은 고향사람이 신문을 경영함으로 부득이 조선일보로 넘어간다고 하였다. 그러나 동아일보 간부가 이런 것을 좋아할 일이 없었다.

결국 춘원 이광수를 살리어 놓고 보니 나중에는 이런 결과를 가져오게 되는 것이라고 생각하였다. 이런 때에 드디어 로칼칼라가 드러나고 말았다. 이렇게 되고 보니 춘원 이광수를 옹호하던 동아일보계통에서는 배덕한(背德漢)으로 춘원을 몰게 되었다. 춘원 이광수의 일생에 있어 그릇함이 또 한 번 있게 되었다고 보는 것이 그때의 평판이었던 것이다.

춘원 이광수는 동아일보로 들어간 이상, 또는 동아일보에서 자기를 살린 이상 이러한 좋은 자리, 또는 좋은 유혹이 있더라도 절대로 옮기는 것은 아니었다. 춘원 이광수의 양심은 두 개의 신문을 살린다는데 있지마는 이런 경우에 있어 후세의 비평과 후배를 가르침에 있어서는 경솔히 옮기는 것이 아님을 가르치는 것이 좋았을 것이다.

춘원 이광수는 그 자리를 동아일보에서 조선일보로 옮기는 것은 두 신문을 살리는 것이라 생각하였으나 그 누가 알았으랴? 일본은 만주사변을 일으키고 재차로 소위 대동아전쟁을 일으키었다. 이 결과로 일본의 국론의 통일이란 좋은 방패로 동아일보와 조선일보를 그때의 일본의 명절인 2월 11일, 즉 그들의 기원절에 폐간을 해 달라고 하여 왔다.

조선일보는 이것을 허락하였으나 동아일보는 이것을 허락하지 않았다. 동아일보는 일본 국론의 통일을 어김이 없다고 주장하니 2월 11일의 폐간이 깨어지게 되니 동아일보를 탄압하기 시작하였다.

동아일보는 이때가 재 정간이 풀린 때인만큼 또한 큰 일이 아닐 수 없었다. 그렇다고 일정은 조건없이 폐간은 할 수 없고 자진폐간을 시키므로 드디어 동아일보를 탈세란 명목으로 간부를 구속하기 시작하였다.

이래 동아일보와 조선일보는 동시에 폐간하는 운명을 만났으니 그것은 그해 8월 10일인 것이다. 이때 춘원 이광수는 드디어 실직자가 되고 말게 된 것이다.

춘원 이광수는 문학적 생명까지도 이때에는 약해지게 되었으니 그의 작품에 있어 『사랑』이라든가, 『재생(再生)』이라든가, 『유정(有情)』이라는 순낭만주의의 작품을 모두 조선일보에 실리게 되었던 것이다. 그러나 도산(島山) 안창호(安昌浩)가 상해에서 붙들리어 오고 그분이 출옥하여 대학병원에서 서거한 직후 그 소위 '수양동우회사건(收養同友會事件)'이 터지게 되었으니 이것이 일정이 공산당과 같은 비밀결사로 몰게 되어 춘원 이광수도 드디어 영어의 신세가 되지 않을 수 없었다. 일정의 조선통치정책은 배일파(排日派)를 급격히 친일파(親日派)로 모는 정책은 취하지 않았다.

배일파가 급격히 친일파가 되면 그 실 조선 안에 쓸모가 없는 인물이 되고 말게 되므로 배일파를 서서히 친일파로 만들어 조선민중이 그를 신용하도록 하였던 것이다.

춘원 이광수는 일정의 제 2단의 술책에 떨어지고 만 것이다. 수양동우회 사건에서 또 다시 전향한 춘원 이광수는 그때의 친일파로 넘어간 기자 김동진(金東進)과 함께 또는 서춘과 함께 완전한 친일파가 되고 말았으니 그의 문학의 생명도 여기에 이르러 크게 타격을 받게 되었다.

춘원 이광수는 이렇게 되고 보니 살기 위하여는 수단과 방법을 가리지 않는 사람과 같이 되었던 것이다. 여기에서 춘원 이광수는 친일파가 되었고, 8.15광복 후 거세되는 인물이 되고 만 것이다. 춘원 이광수는 그렇다고 하여 일본에 대하여 충성을 한 것은 아니다. 그는 그의 문학을 살리기 위하여 그의 생명의 연장이 얼마든지 필요하였다.

춘원 이광수 뿐만 아니라 우리나라의 문학을 살리기 위하여는 또는 자기의 생명을 위하여 매일신보에 들어가 학예부를 담당하지 않으면 아니 되는 위치에 있는 사람도 있었던 것이다.

작가 김동인(金東仁)도, 또는 작가 이무영(李無影)도, 작가 박종화(朴鍾和)도 모두 문학적 생명을 이어가는 데는 매일신보에 연재소설을 아니 쓰지 못할 기구한 운명에 놓인 문학의 생명이 있었던 것을 생각하지 않으면 아니 된다. 이때 춘원 이광수도 역시 이 신문에 열심히 집필하는 태도를 취하지 않을 수 없었고, 그의 집필은 일제에게 충성을 다한 것이 아니면 아니 되었다.

춘원 이광수의 문학은 어느 때든지 읽어서 놓기 싫은 그것으로 되어 있다. 그가 취한 길이 리얼리즘보다도 로맨티시즘을 취한 길도 있겠지만 그는 또한 스타일리스트인 것이다.

춘원 이후에 춘원문장을 배우려 한 사람이 많이 있음을 본다. 그러나 아직도 춘원문장을 따라 간 사람은 있어도 춘원문장을 뛰어 넘은 사람은 없다. 우리는 어째서 춘원 이광수를 아끼느냐 하면 문학의 선구자로서의 그를 아끼는 것도 있지마는 그보다도 그의 문장이다.

문학은 문장이 없이는 결코 이루어지지 않는다. 춘원의 문장은 누구나 알기 쉬움을 느낀다. 춘원 이광수는 스타일리스트에서도 적격자로서 보지 않을 수 없다. 문장이 평이하다고 보다 안다는 것은 아니다.

문장이 평이하면 그 매력이 멸살이 많건마는 춘원의 문장은 평이하면서도 매력이 있다. 스타일을 찾는 것은 그 문장에 있어 매력을 말하는 것이어니와 스타일리스트가 된다는 것은 또한 용이한 일이 아니다.

춘원의 문학이념은 그다지 고상하지는 않다. 그렇다고 하여 통속적인 것은 아니다. 춘원의 작품이 통속으로 흐르는 듯 하면서 이것을 뛰어 넘은 것이 춘원이다. 춘원 이후에 또 춘원이 없음을 애닲아 하지 않을 수 없다.

(1959년 7월호 현대문학)

만해(萬海) 한용운론(韓龍雲論)

1.

시는 사람이 쓰는 것이 아니오, 신이 쓰는 것이라는 이론이 예부터 있거니와 만해(萬海) 한용운(韓龍雲)은 단 한권의 시집 『님의 침묵』을 내었지마는 이 선사(禪師)의 시를 능가하는 시는 지금까지 나오지 않고 있다.

만해 한용운의 시는 지금 세상에서 유행하고 있는 모더니즘은 아니다. 그는 철저히 동양주의를 가지고 있다. 동양이라고 하더라도 고루한 동양주의는 아니다. 그의 시는 인도 시성 타골의 모방이라는 기의(譏議)를 받고 있지마는 모방은 누구나 다 할 수 있는 일이냐 하면 그리 쉬운 일은 아니다.

만해 한용운은 일어와 영어를 모르는 것으로 일평생 특색을 삼고 있고, 자랑을 삼고 있던 한 사람이다. 여기에 있어 공교롭게 그때에 시성 타골이 노벨상을 받고 전 세계에서 한때는 불교를 기간으로 한 범동양주의(汎東洋主義)가 선전되던 때이다. 범동양주의는 신비주의에 가까운 것이어니와 만해 한용운은 시의 인식이 이렇게 쓰는 것이라고 생각해 보는 것은 있었으리라고 상상된다.

그때는 안서(岸曙) 김억(金億)이 인도 시성 타골의 작품을 소개하여 처음으로는 『오뇌(懊惱)의 무도(舞蹈)』라는 안소로지(詞華集)가 나왔었으니 그 곳에는 타골의 시의 좋은 것만을 뽑아 여러 편이 있었고, 그 다음은 『키탄쟈리』라든가 『원정(園丁)』이 번역되어 나왔다. 이 때 만해 한용운이 이것을 본받아 썼다고는 하여도 그 기의를 면하기는 어려운 일이다.

그러나 새로운 자유 시는 이렇게 쓰는 것일가 하는 생각에서 나왔다면 이는 문제가 없다. 그는 왜냐하면 현재 쓰고 있는 모더니즘은 모두 모작으로 보지 않으면 아니 된다. 이런 것은 모작이 아니라 이런 것은 모더니즘 풍이라고 하는 것이다. 그래서 만해 한용운의 시는 타골 풍의 시라는 것을 알지 않으면 아니 된다.

당시(唐詩)에도 이백(李白) 풍이 있고, 두보(杜甫) 풍이 있는 것이다. 그렇다고 그것을 아류(亞流)라거나, 또는 모작이라고 할 때는 그 작가를 중상함이 아니면 아니 된다. 요컨대 만해 한용운의 시는 동양주의 풍의 시라는 것이 타당하다고 볼 수 있다.

예술에 있어 모방론이 논의되기는 아리스토텔레스의 발설이지마는 그것은 예술은 언제까지든지 모방으로만은 아니라는 이론이 발견된 금일에 있어서는, 이것이 모방이 아니오 창작이라는 것이 되고 있다. 그것은 심한 예로는 인포(印舖)에서 국장(國章)을 팔 때에, 즉 조각할 때에 똑같은 것을 만들어 내지마는 국장을 찍어 놓고 보면 역시 먼저 만들어 낸 것과 나중에 만들어 낸 것이 틀리고 있다. 이래서 인장 위조는 절대로 아니 된다는 것이 오늘의 이론이다. 조류에 있어 사람의 안목으로 보면 그것이 그것 같지마는 조류를 키워본 사람이나 조류 스스로는 모두 구별하고 있다.

　　예술은 이곳에 이르러 모두 창작이라는 이론이 나오게 된다. 예술은 그것이 먼저 나온 사람의 것과 비슷하다고 하여 아류라든가 모방이라는 언설(言說)은 타당하지 않다. 만해 한용운의 시를 옹호하느라고 이런 수리를 한다고 생각하는 사람이 있을는 지 모르나, 예술은 모방은 없다는 것이 나의 지론임을 밝히는 바에 지나지 않는다.

　　시는 먼저도 말한 바와 같이 신이 쓰고 사람이 아니 쓰는 만큼 시의 세계는 차운(次韻)을 하였더라도 그것은 어느 때나 아류나 모방은 아니다. 역시 창작이다. 이곳에 있어, 만학인(萬學人)이란 아리스토텔레스의 모방론이 뒤로 되고 있음은 말할 것 없고, 지금은 그 이론은 부정되고 있다.

　　만해 한용운의 시는 우리나라에 있어서는 먼저는 없고 뒤에는 있을지 모르나, 창작적인 시이며 독창적인 경지를 가지고 있는 시인이다. 이 창작적인 이미지와 방법은 후인의 본받을 바가 아니면 아니 된다.

　　만해 한용운은 이래서 내가 그의 시를 가장 애송(愛誦)하는 이유도 되지마는, 이곳에 있어 시인으로서의 최초로 위에 놓고 있는 바이다. 시란 무엇이냐 하는 시론은 캐기보다도, 시는 어느 것이냐 감성의 세계에서 사는 것이오, 진실을 고백하는 것인만큼 만해 한용운의 시는 나의 안목으로 본다면 타골과의 비겨 볼 바가 아니라고 생각한다. 타골에 있어 화려함이 만해에 있어 부족하다면 모르거니와 만해는 그 태도와 그 사상은 타골 이상으로 보고 싶다.

만해 한용운의 시는 민족을 대변하여 부르짖은 시라고 보고 싶다.

2.

만해 한용운의 일생은 고독 그대로였고, 파란(波瀾) 그대로였다. 넘어가는 대한제국을 붙들어 보려고 한 노력은 육당 최남선의 노력에 못지 않았다. 그는 구 한국 말에 모든 지사(志士)가 그랬듯이 그도 모국을 탈출하려고 하여 노령을 지척에 두고 총을 맞아 쓰러졌던 것이다.

"그러나 신의 가호로 겨우 생명을 건졌고, 그는 다시 모국의 품으로 돌아와 일생을 불교와 민족에게 바쳤고, 시의 생활은 만년에 이르러 영위하였던 것이다. 그의 단 한 개의 시집인 『님의 침묵』은 민족적으로 남는 불후의 명저이거니와, 그 속에 나타난 사상과 이념은 가장 이 세계에서 뛰어나는 바가 있다. '그리운 것이 님!'이라는 것이 모든 것을 상징하고 남음이 있다. 자나 깨나 조국을 잊어버리지 않고 자자구구히 상징에 붙인 것이 이 『님의 침묵』이다. 마니치의 그리운 님이 이태리라면 만해의 그리운 님은 대한이었던 것이다."

한 듯이 『님의 침묵』 속에는 은연히 나타나 있다.

일정하에 이것이 검열에 통과된 것은 만해의 시가 그때쯤은 혁해(革解)의 시로 되고 있던 까닭이라고 할 수 있다. 『님의 침묵』의 첫 페이지를 열면 먼저 민족적인 냄새가 상당히 풍기고 있었으나 그 다음부터는 난해의 그것이 되고 있다. 이곳에 있어 만해 한용운의 시는 또한 기술적이라는 것을 말하지 않을 수 없다.

예술은 좀 더 기술적인데 그 가치가 있음은 더 할 나위가 없지마는 자자구구히 드려다 보는 일정하의 검열관의 눈을 피하게 되고 들은 바에 의하면 몇 편이 삭제가 아니 되었다는 것이다. 이때의 시들은 번역시를 넘어서 모더니즘이 차츰 수출되던 무렵으로 이 시는 한 개의 이질적인데서 환영을 받았으나 모더니스트들의 일군(一群)의 시인들은 이것을 그다지 중시하지 않았다.

도리어 타골의 모작이니 아류이니 하여 비난까지 하는 시인들이 있어서 그때에는 다른 시집들과 같이 그다지 대환영은 받지 못하였다. 금일까지도 『님의 침묵』이 그다지 시단에서 이야기되지 않고, 또는 『님의 침묵』 같은 시집이 아니 나오고 있음은 아직도 우리의 시단은 낡아빠진 모더니즘이 엘리옷을 떠받들고 그대로 나가고 있다. 그렇다고 우리나라의 시인들이 엘리옷 이상을 걸어가고 있느냐 하면 그렇지 못하다.

엘리옷 이상을 걸어가지 못하고 있는 이유는 여러 가지가 있겠지마는, 첫째에 우리나라의 시인들은 이미지의 인식에서부터 스피릿에 이르기까지 말을 고를 줄 모르고 있다.

시에 대한 인식이 다만 지성이나 감성에만 있지 않음을 안 시인은 만해 한용운이었던 것이다. 시는 항상 이미지와 스피릿이 먼저 문제되지 않으면 안된다. 영국의 엘리옷이 모더니즘을 성공한 것은 모두들 그 수법, 또는 그 방법에 의하여 된 것인 줄 알고 재주를 부리는 시인들은 우리나라에서 너무나 많다. 문학은 자연스러워야 한다면 자연주의로 몰아칠 우려도 없지 않으나 자연주의가 아닌 자연스러운 시상은 언제든지 필요하고 고금이 동연하다. 엘리옷의 시가 모더니즘이지마는 극히 자연스러운 모더니즘인 것이다.

그러나 우리나라의 모더니즘을 신봉하는 시인들은 그렇지가 아니하니 이는 또 무슨 까닭인가? 이것은 두말할 것 없이 스피릿의 빈곤이 아니면 아니된다. 이 스피릿이 풍부한 것은 나는 만해의 『님의 침묵』을 들고 나섬을 주저하지 않는다. 우리나라에 있어 동양주의를 가장 먼저 깨닫고 또한 가장 참신한 경지에서 살리고 노력한 시인은 만해 한용운이라고 하고 싶다.

만해 한용운의 스피릿은 그의 생활이 민족적이요, 불교였던 만큼 또는 그가 독립운동의 33인의 한 사람이오, 불교에는 단 두 사람이 참가한 중에 한 사람이었던 만큼 그의 시는 정열이 있었으리라고 생각하지마는 그 실은 연마될대로 된 스피릿인 것이다. 시에 있어 스피릿이 연마될 대로 되어 나올 때 자연스럽다.

엘리옷의 시가 난해의 그것이라고 하더래도 연마될대로 되어 나오니만큼, 가장 자연스러움은 누구도 부정하지 못한다.

만해가 만고충상을 다 치르고 또는 일정의 증오가 피차에 있어 한도가 없을 일이었지만은 그것이 일정하에 출판됨은 그의 예술이 또한 그 시집을 살렸으며, 또한 만해 한용운도 살렸다고 보고 싶다. 시로서 자기가 가지고 있는 민족사상에서부터 불교사상에 이르기까지 시인들이 범하기 쉬운 센티멘탈리즘을 범하지 않고 있다.

또한 이 『님의 침묵』은 그가 가지고 있는 민족사상에서부터 불교사상까지 앙양하였음은 말할 것 없고, 이곳은 동양주의가 인도만을 그 출발로 하거나, 중국만을 그 출발로 하는 버릇이 없이 광범하게 동양주의가 전 편에 흐르고 있다. 우리는 이 동양주의에 있어 인도를 들거나, 또는 중국을 들거나 심하면 일본을 드는 일이 있지마는 이런 것은 고루하거나 편협한 범주를 넘는 일이 극히 드물다. 서구주의를 좋아하여 이런 동양주의가 배타되는 때는 이런 시집이 무시되는 일이 있지마는 아는 사람은 알고 있는 것이다. 동양인은 역시 동양을 무시하고는 살 수도 없고, 될 수도 없다.

　동양은 동양대로의 개성이 있고, 성격이 있다. 서구의 그것만이 우수하거나 개성이 있고, 성격이 있는 것이 아니다. 동양은 동양대로의 우수함이 있고, 개성이 있고 성격이 있다. 젊은 제네레이션이 서구의 그것을 좋아하는 통폐는 우리나라에도 있어, 아직도 만해 한용운풍의 시가 나오지 않고 있지마는 이런 우리의 젊은 제네레이션이 다시 한번 생각하지 않으면 안 된다.

　동양주의는 동양에서 이것이 진전이 되거나 발전이 되어야 하건마는 그것은 도리어 동양에서 아니 되고 서구에서 되는 일이 많다. 이런 것은 한 아이러니로만 보내기는 참으로 민망스러운 일이다. 동양의 시는 동양에서 좀 더 빛나야 할 것이다. 동양의 시가 서구에서 빛난다고 하면 그 얼마나 빛나고 있을 것인가! 동양의 시는, 그 위치와 또는 이념을 완전히 파악한 시인은 오직 만해 한용운 한 사람이 있다면 이것은 얼마나 고적한 일이 아니면 아니 된다.

　만해의 시가 그 예술에 있어서나, 그 이념에 있어서나, 그

추종을 허락하지 않는다 하더라도 지금쯤은 만해의 시는 완전히 이해하고 이에 대한 파악이 있을만한 정도이건만은 아직도 우리의 시단과 시인들은 소월(素月) 김정식(金廷湜)의 『진달래』에서 들고 있고, 이 『진달래』만을 금과옥조(金科玉條)로 하는 젊은 시인들이 있는 데는, 때로는 나로서는 적막의 느낌을 가지고 있지 않을 수 없다. 시인은 감성에 사는 것이라 하지마는 너무나 치우치게 소월의 세계에서 사는 동양주의가 있는가 하면, 엘리옷의 세계에서 사는 서구주의가 너무나 두드러지게 나오고 있다.

만해의 시는 이런 점에서 볼 때 독창적이오, 또한 시의 본도(本道)가 아닌가고도 생각되고 있다. 시는 지성에서만 살 수도 없고, 감성에서만 살 수가 없는 것이 아닌가! 여기에 대하여는 시론의 영역이므로 그것은 이곳에서 피하거니와, 우리나라의 처지로 본다면 좀 더 만해와 같은 시인이 있어야 마땅하다고 나는 주장하고 싶다.

3.

만해 한용운은 만년에 이르러 소설에도 붓을 대어 시인 생활로만 종시하지 않았다. 만해가 시인 생활로만 종시하였더라면 하는 시인들도 없지 않았다. 만해의 제 2시집을 기대한 시인이나 기타의 문인들도 많다.

만해는 소설 『흑풍(黑風)』을 씀으로 인하여 소설가의 영역까지 들어섰으나 말하기 좋아하는 세인들은 그를 딧렛탄트로 대우하려고 하였다. 그러나 만해는 어디까지나 시인이요, 소설가는 아니다. 우리나라의 문단풍속은 시인이면 시만을 쓰는 것으로 종시하는 것을 좋아하고 있다. 시인이나 평론가가 소설이나 기타 수필을 씀으로 인하여 딧렛탄트로 밀어버리는 버릇은 고치지 않으면 아니 될 일이다.

만해는 그의 소설 『흑풍』에 있어서도 결코 산문정신을 잃어버리고 쓴 소설은 아니다. 그러나 시와 소설과의 대비에 있어서는 소설이 시만 못하다는 비평을 받게 되고, 그는 번역소설로 『삼국지』까지 손을 대었으나 역시 그의 시만은 못하였다. 이 점에 있어서는 춘원 이광수도 역시 소설가이면서 시를 손에 대었으나 춘원을 시인이라고는 하지 않는다.

만해도 시인이요, 소설가는 아니다. 그러나 춘원은 소설가요, 딧렛탄트라고는 하지 않건마는 만해는 딧렛탄트라는 기의를 받고 있음은 그가 불교를 신봉하여 승려생활을 하면서 시인으로 종시하지 않고 소설과 번역에까지 손을 대었다는 데 있다.

만해는 자기 일개인을 위하여는 시인만으로도 종시할 수 있었고, 승려생활만으로도 종시할 수 있었다. 그러나 그는 이타적인 생활을 하지 아니치 못하였고, 또한 그는 그의 생활보다도 다른 승려의 생활 때문에 뜻 아니한 문단생활을 하지 않으면 아니된 점을 우리는 알 필요가 있다. 그대로 보면 시도 쓰고 소설도 쓰고 번역도 하고 평론까지 손을 대었으나, 육당 최남선과 같이 역시 과도기의 선구자의 위치에 있어서는 피하지 못하게 되는 경우라는 것을 생각하지 않으면 안된다.

만해는 때로는 승려생활로만 종시하고 싶었던 것이다. 그러나 민족을 위하고 사회를 생각함에 있어서는 모국을 떠나서 망명을 하려고까지 하지 아니치 못하게 되었으며, 또한 조국의 독립운동에 있어서는 33인으로 자진하여 서명을 하지 아니치 못하게 되었으며, 또한 수다(數多)한 논평도 쓰지 아니치 못하게 된 것이다.

만해 한용운은 『아관반종교운동(我觀反宗敎運動)』과 같은 논평에 있어서는 "인간의 종교심은 여생구생(與生俱生)이어서 거의 본능적으로 되어 있나니, 유시에는 종교심이 생활욕보다도 더욱 강한 것이다. 그러므로 신앙을 위하여는 생명을 홍모시(鴻毛時)하는 예가 고금을 통하여 얼마나 많은가!" 하는 종교의 그 높음을 외친 때도 있다. 그것을 모두가 그가 아직 계몽운동이 우리 민족에게 필요하고 절대로 요구됨을 선각자로서 깨닫고 다소의 기의가 있더라도 이것을 무시하고 매진함이라 보지 않을 수 없다.

만해 한용운은 『님의 침묵』 발표 이후 소설을 더 많이 썼고, 또한 논평도 많이 하였다. 그러나 그를 소설가라거나 평론가라고 하지 않는다. 누구나 다같이 만해 한용운은 승려생활까지 치워버리고 시인으로서 우위에 놓게 된다. 이 까닭은 무엇이냐 하면, 『님의 침묵』은 예술(문학)에 있어서도 가장 독창적인 경지를 가기 때문이다. 이런 곳에서 예술이란 만고의 불후의 존재라는 것이 들어나거니와 『님의 침묵』은 또한 세계문학에 내어 놓아도 부끄러움이 없을 것으로 되는 소이(所以)가 있다.

만해의 예술은 그 수많은 소설이나 평론에 있는 것이 아니오, 또는 그의 승려생활에 있는 것도 아니다. 단 한 권의 시집이지마는 이것이 민족의 자랑이요, 또는 민족문학의 자랑이다. 그의 소설이나 그의 논평이 어느 것이나 동양주의가 없는 것이 없고, 또한 그의 소설도 예술화하기에 노력한 점이 없는 것이 아니다.

특히 단 한 권의 『님의 침묵』이 가장 그 대표로 되는 것은 다시 말할 것도 없이 그것이 예술화 되었으되 다른 시인이 따라 가지 못할 만큼 예술화된데 있다. 타골을 흉내 낸 것이라 하여 타골시집을 가지고 비교한 사람까지 있지마는 타골 이상으로 이미지와 스피릿이 발현되고 표현되었을 때 이 시집은 타골 풍의 시집이나 타골을 넘고 있음을 누구든지 긍정하지 않을 수 없게 된다.

만해 한용운이 좀 더 오래 재세하여 제2 시집이 나왔더라면 또 어찌 되었을까? 예술을 또는 좋은 고도의 예술을 바라는 우리에게 있어서는 한(恨)되고 애닯지 않은 바가 아니다.

만해 한용운은 『님의 침묵』을 쓸 때 후일의 자기가 시인으로서도 불후의 존재로 된다고 생각하였으면 그는 일평생 시만 쓰고 살다가 갔으리라고 생각된다. 그러나 그는 시보다도 조국을 생각하였고, 민족을 생각하였고, 또는 불교를 생각하였다. 그때쯤은 우리나라에서 시문학으로 민족을 깨닫게 하고, 종교로 깨닫게 하기는 우리나라의 현실이 너무나 무지에 가까웠던 것이다.

만해로 하여금 다방면에 붓을 들게 하고, 육당으로 하여금 다방면에 붓을 들게 하였음은 우리나라의 현실이 그렇게 하였음을 깨닫지 않으면 안된다. 금일에 있어 보면 시인으로서의 계몽운동을 하지 않아도 좋을 경지로 되어 가고 있는 현실은 참으로 현재의 시인들은 어느 정도로 행복하다고 할 수 있다. 만해 한용운은 우리나라의 문학에 있어 자기가 선구자의 위치에 있으리라곤 뜻하지 않았지마는, 금일에 있어보면 그는 엄연한 선구자의 위치에 있게 된 것이다. 예술은 어느 때나 그 민족의 양식이요, 지표인 것은 만해의 시집 한 권으로도 넉넉히 알 수 있다.

만해는 민족의 은인이요, 종교의 은인이요, 문학의 은인임을 다시금 생각하여 만해의 뜻을 본받지 않으면 우리들의 생활은 그 무엇이라 할 것인가.

여기에 이르러 만해의 문학상이나 종교상을 운위(云謂)함이 있었으면 하면서 각필(擱筆)한다.

(1959년 8월호 현대문학)

금동(琴童) 김동인론(金東仁論)

천재적인 작가에 속하는 금동(琴童) 김동인(金東仁)은 우리 문학사에 있어 가장 뚜렷한 존재다. 문학으로 그 일신을 바친 것도 갸륵하지마는 문학하는 사람의 긍지를 죽을 때까지 지킨 사람도 금동 김동인인 것이다.

문학하는 사람에게 세 가지의 타잎이 있나니, 그 첫째는 문학을 사상이나 주의로 가지고 일생을 지내는 사람이니 이런 사람은 아무런 것으로도 그의 지조를 뺏기가 어렵다. 물질을 초월한 문학에의 열의는 불고가사(不顧家事)의 경지까지 이르게 된다. 이런 사람은 그 자신이 문학이다. 그 둘째는 문학을 정치와 출세에 대용하는 사람이니 그는 문학보다도 명예와 이해에 움직이는 사람이다. 그 셋째는 순전히 물질적으로 놀아 문학이 저위(低位)가 되거나 자기의 품위가 어떻게 되든가 물질이 생기는 것만을 자랑삼나니 이런 사람은 나중에 보면 문학도 아니 되고, 그렇다고 축재나 되었는가 하면 그렇지도 아니하다.

게도 구럭도 잃어버리는 문학하는 사람이 있다. 제3 부류에 속하는 문학한다는 사람처럼 불쌍한 존재는 없다. 우리의 금동 김동인은 그 자신이 문학이었으니 말할 것도 없이 제1 부류에 속하는 상승의 인물인 것이다.

금동 김동인의 문학출발은 일본에서 유학할 때부터이다. 처음부터 문학에서 살았고, 나중까지 살게 되는 그의 일생은 도리어 누구보다도 가장 깨끗하다고 보고 싶다. 『창조(創造)』라는 문학잡지가 그의 유학생 생활에서 나왔을 때 그 얼마나 기뻤을가! 『창조』가 우리나라에서 문학잡지로서는 가장 오래 되었고, 또한 이 문학잡지는 순수문학으로서의 첫 번이었던 것이다.

사재를 기울여 문학을 하는 사람의 그 최초의 인물이 누구이었던가 생각하면 역시 금동 김동인임을 알 때 그의 인물과 문학은 우리의 귀중한 문화적 유산이며, 문학적 전통을 이곳에서 찾지 않을 수 없다.

금일에 있어 우리나라의 문단과 문학은 그 확고한 그것이 되어 있거니와 그때의 우리나라에서는 문단이나 문학이 무엇인지 전혀 모르는 시대에 대담하게도 순수문학을 들고 나온 사람이 이 귀중한 우리의 금동 김동인이며 그의 문학은 그의 천재적 소질에 의하여 무엇이나 금자탑의 그러한 주옥같은 문장을 가졌던 것이다. 문학이 처음부터 본격적으로 익어 가지고 나온 사람은 오직 우리의 금동 김동인이며 또한 그를 가리켜 천재라고 하는 것도 이곳에 있다.

금동 김동인은 『창조』에 있어 그의 최초로 부르짖은 것이 『약한 자의 슬픔』이다. 문학이 언제나 정의에 입각하고 있는 것은 예나 지금이나 다름없는 것으로 금동 김동인은 그의 첫 부르짖음이 『약한 자의 슬픔』이다. 이때는 우리나리에서 아직 3.1운동이 일어나지 않던 때이다.

금동 김동인은 이『약한 자의 슬픔』에서 직설적으로 우리나라의 대중에게 호소한 것은 아니었으나, 그것은 문학을 하지 않는 일반의 지식계급에게 분노와 비애를 동시에 전해주는 그것이 되었다.

3.1운동을 치르고 난 뒤에는 그는 줄기차게도 변함없이 민족주의자로 일관하였다. 정책적으로라도 사회사상을 받아드릴 만도 하고, 또는 사회주의를 긍정할만도 하건마는 이런 사상과 주의를 백안시(白眼視)한 사람은 금동 김동인이다. 한 때 그렇게 프롤레타리아 문학이 왕성할 때에는 붓을 통이 아니든 때가 있다. 프롤레타리아 문학을 처음부터 부정한 사람은 금동 김동인인 것이다.

혹자가 금동 김동인에게 프롤레타리아 문학이 무엇이냐 하고 물으면, 프롤레타리아 문학을 하는 사람에게 물어보라, 나는 그런 것을 모른다 하고 일언지하에 거절하였다는 것도 유명하다.

금동 김동인은 누구나 말하는 바와 같이 사상상에 있어 주의는 민족주의요, 문학상에 있어서는 자연주의라 하거니와 그의 민족주의는 배타적인 민족지상주의이며, 문학에 있어서는 자연지상주의는 아니다. 그의 문학은 어느 때나 인격지상주의다.『인즉문야(人卽文也)』라든가를 얼마든지 논의한 것을 수처(數處)에서 항상 발견할 수가 있다.

문학이 금동 김동인에 이르러 확고한 인격주의로 된 것은 자타가 공인하고 있다. 그와 함께 그의 편견은 여인과의 사생활을 도외시하는 인격주의다. 기생과 노는 것이 그의 평생을 점령하였으나 축첩(蓄妾)에는 반대하는 인격주의인 것이다.

금동 김동인은 그의 인격주의 때문에 한때는 우리 문단에 한 화제꺼리를 제공한 일이 있으니, 그의 명작『발가락이 닮았다』가 그것이다. 이는 시인 안서(岸曙) 김억(金億)의 장난으로, 횡보(橫步) 염상섭(廉想涉)을 모델로 하고 쓰여진 소설이다. 실제에 있어서는 전혀 그렇지 아니하므로 순연한 공상적 문학에 의한 소설이 되었고, 모델소설은 아니되고 말았다.

그러나 그의 인격은 안서 김억에게 누구가 비인격적이라고 하면 그것은 기어이 금동 김동인의 소설의 소재가 되고 마는 일이 많다.

금동 김동인은 모델소설이 아닌 것이 없다. 그러나 그것이 전지전청(傳之傳廳)해 들은 설화를 모델소설로 하느니만큼 나중에는 공상적 소설로 되고 만다. 『발가락이 닮았다』 같은 소설도 그의 소설에 있어보면 기교에 있어 그 이상을 뛰어 넘을 만한 것이 없다.

소설의 제목부터도 기발하다. 『발가락이 닮았다』라 하여 부정녀(不貞女)의 여인을 그림이 너무나 심각함을 느끼는 바이지마는 이것이 과연 모델이 있어 그렇게 된 것이라면 어찌 되었을 것인가! 소설은 빙공촬영(憑空撮影)이란 것이 되는 것도 이런데서 된다고 볼 수 있다. 『발가락이 닮았다』라는 작품은 작품으로서 상승적으로 성공한 것이니만큼 별 문제가 없는 것이어니와 이것이 상승적이 못되고 성공하지 못한 작품이 되었더라면 그 어찌 되었을 것인가!

금동 김동인의 문학에 있어 지금까지도 화제에 오르고 있고 불후의 금자탑으로 되고 있는 것은 『배따라기』다. 이 『배따라기』는 지금에 있어 보면 더욱 그러하다. 이 『배따라기』의 내용을 보면 별로 취할 소재가 아니건마는 그의 문장이 이것을 살리고 있다. 금동 김동인은 『배따라기』가 후세에 작품으로서 그의 대표작으로 될 것은 상상하지 않았을 것이다. 현재에 있어 보면 거의 우리나라 문학의 대표작이라고 할만한 것이 이 『배따라기』인 것이다.

금동 김동인은 독일에서 일어난 전기 낭만파라든가, 후기 낭만파를 배워서 썼다고는 볼 수 없는 이런 작품이 그를 낭만파의 작품을 뛰어 넘고 있다면 어찌될 것인가! 함부로 하는 소리 같지마는 나의 안목으로 보면 금동 김동인의 『배따라기』는 노바리스의 『푸른 꽃』과 같은 작품 이상이라고 보고 싶다.

독일의 시인 노바리스는 낭만파의 거장이요, 또한 위대한 낭만을 그릴려고 하여 이와 같은 시인의 소설 『푸른 꽃』을 썼건마는 우리의 금동 김동인의 『배따라기』와 비교할 때 금동 김동인의 그것이 더 좋다면 어찌될 것인가! 『푸른 꽃』이 꽃으로 훈향을 피운다면 『배따라기』는 인간적 훈향(薰香)을 피우고 있어 그의 치렁치렁한 낭만은 거의 물결지어 흘러가는 듯 하고 있는 것이다.

금동 김동인이 이때쯤은 자연주의 문학이라기보다도 낭만파의 문학이었던 것이다. 이때는 춘원 이광수라든가, 금동 김동인이 똑같이 모두 낭만파의 문학이요, 문인이었던 것이 눈에 뜨이고 있다.

금동 김동인의 문학은 그의 최초의 발표인 『약한 자의 슬픔』에서 볼 때에는 이 『배따라기』 같은 것은 너무나 사상과는 거리가 있게 되어있는 것이어니와 이 『배따라기』는 그때에 있어 『베르테르의 슬픔』과 같은 주정주의라든가, 하는 영역을 뛰어넘어 어디에 내어 놓더래도 감상주의라든가 '위대한 낭만'의 그것이 되게 하고 있는데서 우리는 금동 김동인을 문학에 있어서 귀중한 국보의 존재로 아니할 수가 없게 된다.

센티멘탈리즘을 뛰어넘는 작품이 이때에 쓰여진 그의 천재는 도리어 연륜을 더해감에 따라 그의 기교나 기술은 신장되어간 바가 있으나 그의 사상과 그의 주의는 다소 후퇴한 바도 없지가 않다. 이『배따라기』에서 보여준 수법은 그의 장편소설에서도 보여준 바가 많지마는 그의 원숙한 사상으로서의 작품『감자』는 또한 그의 정의감도 깊이 들어있는 바를 보여주고 있다.

농촌에서는 흔히 있을 수 있는 이런 문제를 취급하되, 외국인과 우리나라 사람과의 차이와 무지가 빚어내고 있는 이 천민사회의 일을 그림에도 조금도 변사(變邪)를 부리지 않은 데서 그는 민족주의를 다시금 살리고, 우리나라의 지식계급에게 무엇을 가르쳐 주려고 애쓰는 것이 뚜렷이 나타나 있다. 천민사회에 있어 물질 때문에 본의 아닌 타락이 있게 됨을 그대들은 아는가? 하는 허세의 사상가를 공격함이 나타나 있고, 이런 작품은 우리의 비애를 그림에 있어『약한 자의 슬픔』을 구체적으로 나타내고 있다고도 할 수 있다.

예나 지금이나 우리나라는 이『감자』의 내용과 같은 학대 속에서 살고 있음을 뼈저리게 느끼고 있다. 우리의 생활은 어째서 외국인에게까지 학대를 받지 않으면 안되는가 하는 생각을 가지게 한 작품은 이 위에 더할 작품이 없다. 이 작품의 위험성은 외국인과의 갈등을 조장할 염려도 노상 없는 바도 아니지마는 이런 작품을 읽고 우리는 상하 일치하여 반성할 여유를 두고 있음을 알아야 하겠다.

금동 김동인은 부유한 가정에서 출생한 것이 문학을 영위하는데 큰 도움이 되고 오스카 와일드의 경향 같은 것을 띄워 여인과의 교제에도 많은 재산과 시간을 허비하고 또는 잠이 안와서 마약을 시작한 것이 중독증상까지 이루어 이런 것을 비난 또는 타매(唾罵)하는 사람이 없지 않다.

그러나 금동 김동인은 끝까지 인격주의에서 살아왔다. 여인을 좋아한다고 하여 작첩(作妾)이나 축첩을 한 일은 없다. 그는 여인을 좋아하기는 하지마는 표준 없이 좋아하는 것이 아니다. '미'를 위하여 일생을 바쳤다고 하여도 지나친 말이 아니겠다.

금동 김동인은 그 아호가 보여주는 바와 같이 동심의 세계에서 살려 하였다. 그는 만년청춘의 사람으로 자처한 일이 많다. 여인은 그의 미를 위하여 존재해 있는 듯하였다. 여인이 없이는 견디지 못하는 금동 김동인은 나중에는 마약이 없어도 견디지 못하였지마는, 그렇다고 하여 문학을 제2 의적(第二義的)으로 한 일은 없다. 금동 김동인은 문학을 자기의 생명과 같이 동일시하였다. 여인이나 마약은 그가 좋아하면서도 제1 의적으로는 하지 않았다. 여인을 좋아하고, 마약을 좋아하였다고 하여도 그는 타락한 때가 없다. 그는 언제나 씩씩하였고, 앙연(昂然)하였다.

헌헌장부(軒軒丈夫)의 그의 기상은 어느 때의 불굴의 또는 불요의 위치에 있어 고소와 냉소를 보내는 일이 많았다. 그의 너무나 오연(傲然)한 태도에 놀랜 사람도 많이 있다. 그의 오연한 태도와 언동은 일정에 미쳐 결국 불경죄(不敬罪)란 죄명 밑에 영어(囹圄)의 신세가 된 일도 있다. 그는 언제나 마음속에는 독립불기(獨立不羈)의 생각이 있고 자유민으로서 철저하였다. 여인이나 마약으로 타락한 사람이 많아 금동 김동인도 타락한 듯이 지금도 생각하는 사람이 있지마는 그의 사상과 그의 주의는 일정불변(一定不變)하는 민족주의였고 독립운동자였다.

그의 작품은 『젊은 그들』에 있어서는 역사소설이 아니면서 역사소설을 가장하고, 민족주의사상을 고취한 바가 있다. 또한 그의 역사관은 국수주의에 치우치도록 우리나라의 좋은 것을 발견하려고 애쓰고, 우리나라의 좋은 것이면 무조건하고 내세웠던 것이다. 그의 오연한 태도는 일정하이건 아니건 물을 것 없이 일본을 은연히 깎아내리는 것을 많이 썼다.

금동 김동인은 예술지상주의자로 보는 사람이 많고, 또는 유미주의자(唯美主義者), 또는 탐미파(耽美派)로 지칭하는 사람이 많지마는 그렇다 하여 그는 화려한 의복을 입거나, 굉걸(宏傑)한 저택을 가진 일이 없다. 그는 역시 다른 민족주의자가 가지는 그러한 태도 밑에서 일종의 광태(狂態)에 가까운 그런 노릇을 하면서 지내온 것이다. 그는 언제나 모자를 벗는 버릇이 없는 것도 유명하지마는 그는 또한 걸소(傑笑)하는 일도 없다. 그는 판단력이 놀라울 만치 심각하여 좋은 것과 싫은 것이 분명하였다.

싫을 때에는 다년(多年)의 애처도 버림을 받게 되었다. 싫어하기 시작하면 여하한 사람이라도 그를 돌이킬 수는 없다. 싫어한다고 하여도 무슨 뚜렷한 죄목이 있는 듯이 하는 일이 없다. 싫어하면 무조건이었으며, 한번 싫어하면 그와는 영원히 갈리는 마당에 있게 됨이 비일비재하다. 또한 그가 문학을 사랑함은 그의 아내이었으니 문학으로 말미암아 기처(棄妻)까지도 사양하지 않았다.

금동 김동인은 이래서 그의 생애가 다각적이요, 다난하였으니 그의 재산이나 사회적 지위는 언제나 중류 이하는 아니언마는 그가 이런 태도와 이런 성격으로 나옴으로 인하여 나중에는 중류 이하의 생활이 되었고, 그는 드디어 빈궁에 들게 되었으나 그의 문학은 상승한 바가 있다. 문학이 상승될 때 그의 만족이 있음은 그가 쓴 수필들에 많이 발견할 수가 있다. 만년에는 소설을 써서 가옥을 마련한 것을 고소(苦笑)를 섞어 자랑한 바도 있다.

금동 김동인은 그렇다고 하여 문학을 하는 후진에 대하여서 나, 또는 문화에 대하여 무관심하였느냐 하면 그렇지 않다. 그는 지금도 야담과 사화에 끼어 있는만큼 야담과 사화에 대하여 사랑을 아끼지 않았고 일정하에서 『야담』이라는 문학 이하의 잡지를 자기가 냄을 주저하지 않았다. 그가 『야담』을 창간하고 나중에 임경일(林耕一)이란 청년에게 인계하기까지 성심성의로 그 잡지를 끌고 나갔다. 그의 야담은 야담으로서는 상승의 것이다. 모두가 역사소설이나 통속소설의 범주에는 드는 것들이다. 그는 붓을 들면 모두 소설과 같이 되는 재능의 소유자다.

또한 그렇다고 하여 타인의 작품을 비난하거나 깎는 일은 없다. 그의 상대는 항상 춘원 이광수였고, 횡보 염상섭이었다. 후배가 그의 문장이나 수법을 배우려 한 바도 많았지마는 오늘날까지 그의 문장이나 수법을 따르지 못하는 것은 그의 독특한 스타일이 있는 것이다. 기발한 문장은 금동 김동인에게 이르러서는 한 개의 평범한 사위(事爲)였다. 그의 문장과 그의 수법은 한 개의 돌(石)을 아무렇게나 던지는 듯 하였으나, 그 돌은 척척 들어맞게 건축이 되고 포석이 되고 축대가 되는데 이르러 모두 그의 묘사법(描寫法)을 '입체묘사(立體描寫)'라고 하기까지에 이르게 된 바가 있다. 그가 소년들을 위하여 쓴 『아기네』는 지금도 아동문학에 있어 누구의 작품도 이를 따라 가려면 거리가 있다고 하는 것이 모두의 정평이다.

금동 김동인은 그의 영웅관, 또 인물관에 있어 『운현궁의 봄』을 썼거니와 이 『운현궁의 봄』은 다소 비난을 받은 바가 있다. 대원군을 한 개의 자기와 비슷한 영웅, 또는 인물을 만들어 논 일이다. 그러나 『세조대왕』에 이르러서는 진실로 한 개의 영웅을 그린 것이다. 영웅을 그리어도 일을 위하여는 하지 못할 일도 하여야 한다는 것이 그의 지론이 되고 있다. 일을 위하여 수단과 방법을 가릴 필요가 없다는 극히 위험한 사상에까지 끌고 가는 그러한 수법과 기술을 쓰는 일도 있는 작가인 것이다.

금동 김동인은 이런 수법과 기술을 쓰는가 하면 미국의 작가 에드가 알런 포오와 같이 괴기한 수법과 기술도 쓰고 있다. 그는 『서물대(瑞物臺)』라는 작품에서 그런 수법과 기술을 쓴 것이다. 다재와 다능을 보이는 금동 김동인은 역시 자기의 재능을 다각적 또는 다방면으로 시험한 바가 눈에 뜨인다.

현실에 있어 싫어한 인물은 작품상에서도 어디까지나 싫어한 부정적 인물로 취급하여 밀어버리는 수법과 기술을 쓰고 있음을 우리는 발견하게 된다.

금동 김동인의 최후가 너무나 비문학적인 고독한 것은 우리나라의 비참한 현실이 그렇게 하였다고 보아지거니와 그렇더라도 그의 문학은 지금이라도 살릴만 하건마는 아직도 금동 문학에 대하여 이렇다 할 국가적 장려나, 단체적인 아무런 조치가 없다. 몇 개인이 금동 문학을 연구하는데 대하여 도움이 될만한 자료도 없다.

금동 김동인의 최후가 피치 못할 우리나라의 현실이 그렇게 되어 고독한 죽음을 하였다고 하더라도, 사후의 그의 번영이

있을 만도 하건마는 이런 금동 문학은 아직도 두드러진 것이
없고, 그의 후계자도 있는지 의심할 정도이다.

금동 김동인의 문학이 높이 평가되면 될수록 그의 사후의
문학 계승이라든가, 그의 문학 유산을 돌아봄이 없다면 그 면
목은 누구가 가져야 하는 것일가! 그의 자여질(子與侄)은 어리
고, 그의 가정은 빈한(貧寒)하다면 그의 문학을 살리고자 하면
어떻게 하여야 할 것인가? 그의 문학유산을 살리므로 인하여
금동 김동인도 다시금 살아나고, 우리의 면목도 다시 살아날
것이다.

(1959년 현대문학 10월호)

빙허(憑虛) 현진건론(玄鎭健論)

1.

빙허(憑虛) 현진건(玄鎭健)은 대구의 출생으로 대구가 또는
경상북도가 낳은 유일의 작가다. 더욱이 그때에 소설이라는
것이 무엇인 줄은 모르는 시대에 가장 빛나는 소설을 쓴 사람
이 빙허 현진건이다.

빙허 현진건은 이때에 대담하게도 위대한 낭만을 가지고 우
리나라의 문단에 데뷔하였던 것이다. 우리나라에 있어 위대한
낭만을 가지고 데뷔한 사람은 도향(稻香) 나빈(羅彬)과 빙허 현
진건의 두 사람이 모두 백조파로 등장한 것이다. 빙허 현진건
은 그의 처녀작이 잡지 『개벽』에서부터인 것이다.

그때의 우리나라에 있어 3.1운동 이후에 비로소 우리나라에
는 천도교를 배경으로 하는 잡지 『개벽』이 나왔던 것이다. 이

잡지『개벽』에 소설다운 소설이 실린 것은 횡보 염상섭의
『표본실의 청개구리』와 빙허 현진건의 단편소설이다. 그때
횡보 염상섭의『표본실의 청개구리』는 연재소설이었고 빙허
현진건은『빈처(貧妻)』라는 단편소설로 그의 천재적 작가라는
것을 우리나라의 문단에 알리게 되었다.

빙허 현진건의 처녀작『빈처』는 지금에는 어느 대학을 말
할 것 없이 그것을 교재로 쓰고 있거니와 이때에는 빙허 현진
건의 작품을 모두 따지는 사람이 많았다. 그것은 마치 안톤
체흡의 작품과 같다고 하는 사람이 있는가 하면 그렇지 않고
불란서의 '모파상'의 작품과 같다는 사람도 있었다. 그러나 한
사람도 안톤 체흡의 작품을 모작하였다거나, 또는 모파상의
작품을 모작하였다는 사람은 없었다. 모두 대단한 찬사를 보
내었다. 이때는 문학상의 주의를 찾는 시대이었던 만큼 모두
위대한 낭만에 속하는 작품이라고는 하였다. 그렇다면 문학상
의 어떠한 주의냐 하고 떠들었다. 많이는 이상주의의 작품이
니, 또는 신이상주의의 작품이라고 하였다. 그러나 자연주의의
문학사상이 팽배하던 시절이므로 자연주의의 문학작품이라고
하는 사람까지 있었다.

횡보 염상섭이나, 또는 금동 김동인이나, 도향 라빈과 같이
그러한 기풍이 없다고 하여 나중에『표본실의 청개구리』의
예까지 들면서 빙허 현진건은 분명히 위대한 낭만에 속하는
작가이며, 또는 신이상주의와 더 나가서는 경향작가가 될 소
질도 있다고 하여 새 사람, 예(例)하던 횡보 염상섭이나 금동
김동인이나 라빈보다도 빙허 현진건의 장래를 촉망한 사람이
많았다.

젊은 청년 작가들이 위대한 낭만을 좋아하면서 이곳에 손을

대지 못하고 모두 사실주의로 달아나고 있음은 그것이 가장 실패가 적고 성공이 많은데 있는 까닭이었다. 사실주의는 현재에 이르러 신심리주의의 문학까지 가고 있거니와 사실주의를 공부하여 작가로 나온다면 실패를 하더래도 자연주의 작가는 되는 것이었다. 그러나 위대한 낭만을 시험하다가 실패하면 감상주의에 떨어지고 마는 것이 보통의 길이다. 빙허 현진건은 위대한 낭만을 지향하고 나와 또한 어느 정도의 성공을 한 작가인 것이다.

빙허 현진건은 단편소설 『빈처』의 한 편으로써 우리나라의 문단에서 이내 알려지게 된 작가다. 우리나라에서는 문단에 나오는 길이 당선작가가 아니면 동인잡지를 경영하여 작가가 되는 일이 보통의 관례다. 그러나 빙허 현진건은 처음부터 이러한 작가는 아니요, 그의 숙부가 되는 현철(玄哲)에 의하여 잡지 『개벽』에 그의 단편소설 『빈처』를 실어 본 것이 의외로 그때의 문단에 나온 작가들의 작품을 능가할만한 솜씨이었던 것이다.

작품은 되었거나 아니 되었거나 매력이 있지 않으면 아니된다. 이 『빈처』라는 작품은 누구가 읽더라도 매력이 있는 작품이다. 그래서 빙허 현진건은 단 한 편의 단편소설 『빈처』로써 그때의 청소년층의 인기를 이내 모으게 되었고, 또한 그는 뜻하지 않은 문단인의 접촉을 받게 되어 그는 처음부터 백조파가 아니었으나 『백조』의 동인들이 그의 소설을 청하게 되고 백조파의 동인이 되게 된 것이다. 그때의 유일의 권위 있는 문학잡지로는 『백조』이었고, 빙허 현진건은 백조파가 되어 그 잡지를 더욱 빛나게 하였다.

안톤 체흡만한 작가가 빙허 현진건이라 하여 좋아하는 작가들이 있는가 하면 불란서의 모파상같은 작가가 빙허 현진건이라 하여 좋아하는 사람이나 우리나라의 문단인은 말할 것이 없고, 청소년의 지지를 받아 그는 문단의 총아(寵兒) 또는 기린아(麒麟兒)로 되었으니 그는 생래(生來)로 얼굴이 백절(白皙)이었고, 또한 동탕하고 잘 생긴 체구는 모두 그를 좋아하지 않을 수 없었다.

또한 그는 입을 열면 유머러스한 분위기를 잘 만들었다. 그는 또한 두주(斗酒)를 사양하지 않았다. 그는 또한 가정이 빈한하지 않아 모든 것이 넉넉함이 보였다. 그의 글에서부터 행동에 이르기까지 총아 되기에 족하였고, 기린아 되기에 족하였다.

그래서 그는 그때에 들어가기가 그다지 쉽지 않은 동아일보에 어렵지 않게 입사되었고 입사된 지 얼마 아니 가서 사회부장이라는 요직에 나아가게 되었다. 글을 잘 쓴다는 것은 어느 나라의 경우에도 그렇겠지마는 우리나라에 있어서도 또한 마찬가지였다.

빙허 현진건의 문장은 첫째로 매력이 있었고, 둘째로 그의 선이 굵고, 셋째로 사상이었다. 이런 외에 다른 사람보다 뛰어나는 풍채는 누구가 그를 보든지 싫어하는 사람은 없었다. 그의 작품이 순차로 잡지『개벽』에 실릴 때는 모두 그의 작품을 회자(膾炙)하였고, 비평하였다. 한때는 언제든지 빙허 현진건의 작품이 시대적 주제를 걸어가는 것이라 하여 비평의 대상에 있어 제1위의 놓이게 되었고,『빈처』를 비롯하여『희생화(犧牲花)』같은 것은 춘원 이광수 이후의 최초로 문제의 작가로 된 일이 있었다. 그것은 요사이 말로 하면 사고방식이 새롭고 건전하다는데 있었다.

비평가들이 빙허 현진건을 지금까지도 좋아하는 것은 시대의 조류를 건전하게 받아들이고, 그것을 잘 요리하고 조화하기를 우리나라의 고유의 미풍양속에 그다지 어긋나지 않게 함이 가장 많았다. 그의 작품은 어느 것이나 위대한 낭만이 흐르면서도 그 속에 있는 사상은 복고적(復古的)인 것이 있었다.

사회사상에 있어서는 건실한 민족주의자이었던 것이다. 또한 그의 문학은 건실한 민족문학이었던 것이다. 나더러 말하라면 건실한 민족문학의 길은 열어놓은 사람이 있다면 우선 빙허 현진건을 들 수밖에 없는 것이다. 지금도 그의 문학은 우리의 금자탑이 되고 있다고 하고 싶다.

2.

빙허 현진건의 문학은 낭만주의의 그것이면서 신이상주의이었던 것이다. 빙허 현진건이 지금까지 생존하여 신이상주의가 아주 원숙할대로 되어 세계적으로 이것이 알려졌더라면 빙허 현진건은 위대한 낭만의 또 한 사람의 선구자가 되었을 것이다.

그러나 불행히 그는 조사(早死)하게 되었다. 그것도 그다지 병들어 오래 눕지도 아니하고 얼마 아니하여 가게 하였으니 그는 분명히 그 시대의 분위기가 그를 죽게 함이 아니면 아니되었다. 그는 술을 좋아하여도 주호(酒豪)는 아니었다. 그는 애주가이었다. 매일 술을 마시어도 열 잔을 넘는 버릇이 없었다.

그러나 점차 사회의 분위기가 나빠지기 시작하니 그는 흔히 입버릇같이 "술이나 먹자!"하고 친구를 끌고 나가는 버릇이 생기었다. 빙허 현진건은 누구에게서든지 인신의 비평이나, 사회의 비평이나 내지 가정의 비평이 나오면 그것의 흑백을 가리려 하지 않았다. 그의 성격은 타인의 잘못을 들어내는 것을 좋아하지 않았다. 무언은 아니더래도 과언(寡言)의 사람은 되었다.

그래서 통히 비평은 싫어하였다. 칭찬을 섞은 비평이나 조금 귀담아 들을까? 그 외에 비평에는 전혀 귀를 기울이지 않았다. 자기의 문학도 비평가들이 잘 썼다고 칭찬하면 그런가 하고 있을 뿐이요 우리나라의 문단에 있어 현재 사조(思潮)의 중심을 걸어가는 소설가가 있다면 나라는 그런 관념은 통히 가지고 있지 않았다.

우리나라의 문단에는 흔히 비평가에게 칭찬을 받는다면 모두 자기가 문단에서 총아가 된 듯이 생각하며, 더 나가서는 그때의 문학의 주조(主潮)를 걸어가는 사람같이 생각하는 사람이 많았다.

빙허 현진건은 그의 친형이 그때의 상해의 우리나라 임시정부의 일원으로 활약하고 있어 빙허는 감시를 받는 인물이었다. 그래서 그는 한 편으로는 일부러 타락을 가장한 일이 많았다. 그는 동아일보 사회부장에 있으면서 빠나 카페에 잘 나타났다. 그때는 문인들은 으례히 술 먹는 것으로 일을 삼은 때도 있지마는 빙허 현진건은 거의 매일 술을 마시었다. 그는 술을 마시지 않고는 그때의 울분을 풀길이 없었던 모양이다. 동아일보가 감시받는 신문이었고, 자기가 감시받는 인물임을 알 때 그는 울분하지 않을 수 없었다. 감시도 좋은 의미에서가 아니라 일정(日政)은 제일로 국내에서 두려워 하는 것은 동아일보의 실력이었던 것이다. 이런 신문사의 사회부장이 상해의 임시정부와 연락이 있으리라는 막연한 추측이 빙허 현진건을 몹시 괴롭히었다.

그래서 흔히 입버릇으로 "술이나 먹자!"가 생기었고, 집에 있기를 즐기지 않았다. 그는 사(社)에서 시간을 마치면 빠나 카페로 직행하는 일이 많았다. 그렇다 하여 어느 빠나 카페에 다 정부나 애인을 둔 일도 없었다.

상해의 임시정부의 파견인이 잠입하였다가 포로되었다는 기사가 날 때에는 그는 그날은 더 술을 마시었다. 마음의 울분을 술에다 풀었던 것이다. 그래서 그의 문학은 동아일보의 사회부장이 되면서 『개벽』에 그다지 나타나지 않았다. 백조파라 하지마는 백조지보다도 그의 작품은 『개벽』에 더 많이 실리어졌다. 그리고 그의 낭만주의가 원숙해 간 것은 『지새는 새벽달』에서이다.

빙허 현진건의 문학은 그의 처녀작 『빈처』에서 그의 실력이 알려지었음은 다 아는 일이어니와 그때의 문단에서 당숙이었던 춘원 이광수를 위시하여 누구와 그의 문학을 탐독하지 않은 사람이 없다. 그것은 빙허 현진건의 문학은 소설을 가지고 주의(主義)와 사상을 펴보려고 한 것이 드러나고 있음이다.

『빈처』는 한 개의 가난한 젊은 아내의 가질 바 그때의 태도를 명시한 것이라고 하면 그 후에 나온 『희생화』는 좀 더 그의 수법이 원숙해 가고, 그의 사상과 주의가 완전히 드러나 있음을 보이었다. 그것은 더욱이 이해 없는 구식가정에 대한 도전이기도 하였다.

문학의 주조가 남녀관계에 있어 춘원 이광수의 『무정』이 어느 정도로 그때의 시대적 항의이었다면 빙허 현진건의 문학은 『희생화』에 이르러 역시 시대적 항의이었고, 더 나가서는 반항이었던 것이다.

빙허 현진건의 문학은 우리나라에 있어 가장 건실한 문학이었다. 또한 대담한 문학에까지 진출하였다. 그러다가 그는 실패까지 한 사람이다. 그는 동아일보에다가『흑치상지(黑齒常之)』라는 장편소설을 실려 가다가 10회 이내에서 그만둔 것이다. 그때의 시대의 분위기는『흑치상지』를 쓰지 못하게 된 것이다. 그것은 일정을 은근히 비난하는 것이 반드시 될 것이라 하여 중단을 시키게 한 것이다.

『흑치상지』는 백제의 망국시대의 장군으로 비록 일본의 응수를 얻고 일어난 인물이지마는 조국의 회복과 독립을 꾀한 극히 사상적이라는 데서 일정은 비밀히 교섭하여 집필을 못하게 한 것이다.『빈처』와 같은 얌전한 작품에서 출발한 빙허 현진건의 문학은 나중에 극히 사상적으로 흐르게 되었던 것이다. 그것도 보통의 사상적인 것이 아니라 민족주의에 의거한 민족문학이었던 것이다.

빙허 현진건은 두말도 하지 않고 그의 장편소설을 중단하면서 그날도 역시 두주(斗酒)를 마시었다. 그의 문학은 이『흑치상지』에서 이르러 한동안 침체에 들어갔으나 다시『무영탑(無影塔)』이라는 장편소설을 써서 그의 낭만주의 속에 있는 신이상주의를 펴 보려고 하였던 것이다. 그러나 그는 사업의 실패가 문학까지도 나중에는 영향하게 되었던 것이다.

3.

빙허 현진건의 문학은 순문학에서 출발하여 경향문학(傾向文學)으로 들어섰거니와 그때의 경향문학은 모두 프롤레타리아를 찾는 시절이었지마는 빙허 현진건은 한 번도 프롤레타리아를 찾은 일이 없다. 경향작품이라고 하더라도 아주 들어낸 경향작품을 쓰는 것을 피한 사람이 빙허 현진건이다.

빙허 현진건의 문학은 사실주의와는 너무나 거리가 먼 것이었지마는 낭만주의 문학을 가지고 자연주의로 떨어지지 않고 신이상주의로 나아가려고 한 노력은 너무나 처절한 그것이다. 또한 빙허 현진건은 스타일리스트다.

그러나 쉬운 그런 스타일리스트가 아니라 어려운 스타일을 취하였으므로 그의 문학은 누구나 따라 가기가 힘이 든 그것이다. 그의 문학은, 또는 그의 위대한 낭만은 『지새는 새벽달』에 이르러 그 놀라움을 보여주고 있거니와, 낭만주의의 문학을 가지고 이것을 성공한 사람은 역시 빙허 현진건이라고 아니할 수 없다.

우리나라의 낭만주의 문학은 흔히 성공하였다는 사람은 자연주의 문학으로 떨어지지 않으면 감상주의 문학으로 떨어지는 일이 많았다. 그래서 한때에는 부끄럽게도 감상주의 문학의 전성시대를 우리는 가진 일이 있다. 이곳에는 구태여 그런 것을 밝힐 필요가 없어 쓰지 않거니와 한때는 감상주의로 된 문학이 춘성(春城) 노자영(盧子泳)으로 대표된 때도 있다.

감상주의 문학은 문학이 아니냐 하면 그는 문학이 아니라고 할 수 없으나 이것이 문학의 전부냐 하면 이도 또한 아닌 것이다. 문학이 감상주의 문학으로 전부라고 하면 그 문학은 어찌될 것인가! 문학은 지금도 새로운 방향을 나가고 있거니와 그때의 빙허 현진건의 문학은 낭만주의 문학에도 최고의 그것을 지향해 마지 않았다.

그의 문학이 오늘날에 있어 높이 평가되고 있음은 그의 문학이 첫째로 건실하였고, 그 둘째로는 문학에 있어 흔히 스타일리스트가 되기 위하여 한 개의 스타일을 만드느라고 노력하는 것이 누구에게서나 보여지는 일이언마는 빙허 현진건의 문학에 있어서만은 그러하지 않다. 그는 스타일이 가장 자연스럽다. 그래도 자연주의의 문학의 길은 아니고 그는 어디까지나 신이상주의의 문학의 길을 건실하게 걸어가는 데 있다.

나중에 장편소설을 쓸 때까지도 그는 『개벽』에서 단편소설, 또는 중편소설을 쓸 때와 같은 수법과 태도를 그다지 변하지 않았다.

빙허 현진건의 문학은 건실한 것은 발할 것이 없고, 또한 그가 문단에 있어 문학의 위치를 항상 높이기에 노력하였으니 다른 작가와 다른 점이 이런데 있는 것이다. 흔히 작가에 따라서는 잡지에 싣는 단편소설과 신문에 싣는 장편소설이 아주 괄괄결 다른 일이 많다.

단편소설은 우수하게 쓰면서 신문에 싣는 장편소설은 너무나 통속적으로 기울어지는 일이 많음을 우리는 본다. 이것은 과연 문학을 높이는 것이라고는 할 수 없는 그것인 것이다. 대중을 붙드는 것이 좋지 않은 배가 아니나 문학의 위치를 저하시키면서 대중을 영합해야 하는가 하는 생각이 먼저 들게 된다.

여기에 있어 빙허 현진건의 문학은 시종일관하여 건실하였음은 말할 것이 없고, 그는 항상 잡지에 그의 작품을 쓰거나, 또는 신문에 쓰거나를 물을 것 없이 한결같이 그의 문학의 위치를 잃지 않고 있음을 우리는 볼 때 그에게 고마움을 돌리지 않을 수 없고 그는 또한 문학지도자의 한 사람이었음이 저절로 나타나고 있다.

우리 문단에는 자기가 문학적으로나, 관록적으로나 문학의 위치가 지도자에 있으면서 이것을 알고도 그러하는 지, 또는 모르고 그러하는 지 알 수 없는 문학태도를 갖는 사람을 얼마든지 발견할 수 있다. 문학이라면, 또는 작품이라면 모두 자기가 쓰겠다는 듯이 덤벼들어 후진의 길을 열지 않는다는 비난을 받는 사람이 많다.

빙허 현진건은 이때에 벌써 그의 문학의 위치와 인간의 위치가 지도자인데 있었던 것이다. 그가 사업에 실패를 하지 않고 문학만을 오늘날까지 하고 있었더라면 그는 우리나라의 문학이나 문단을 좀더 고상하게 하고 화려하게 하였으리라고 믿어진다.

그는 생활을 위하여 양계사업도 하고 그 밖에 많은 사업에다 투자를 하였으나 거듭하는 실패로 인하여 병와(病臥)하게 되었고, 한번 회복한 몸이 다시 병와할 때 돌아오지 못할 길을 가고 만 것이다.

생래로 튼튼하게 자라고난 그 신체를 너무 믿었다고 할까? 그는 나중까지도 그다지 자기의 몸을 회복하려고 하지 않고 거의 혹사하는 정도로 그의 몸을 돌보지 않았다. 그가 죽은 뒤로 모두 다같이 그렇게 튼튼한 몸이 그렇게 쉽사리도 넘어가는가! 하고 놀래어 마지 않았다.

빙허 현진건의 문학은 금자탑이 되고 있음은 말할 것 없고, 민족문학에도 그 표본이 되고 있음을 알지 않으면 안된다.

(1959년 12월호 현대문학)

담원(薝園) 정인보론(鄭寅普論)

문학에 있어 그다지 두각을 들어내지 않았으나 우리나라의 문학을 가장 문학답게 쌓아 올린 작가는 담원(薝園) 정인보

(鄭寅普)다. 그의 저서는 상당히 많으나 작품집으로는 『담원 시조론집(詹園時調論集)』이 있고 그 외에도 『담원 국문학산고(詹園國文學散藁)』라는 두 개의 것이 있으나, 이것은 모두 우리들 후배에게 있어 거의 보감(寶鑑)으로 되어 있다.

담원 정인보는 그 문학의 출발에 있어 문학을 하고자 하여서 한 것이 아니오, 한학자로서 출발하였고, 그의 한학은 종래에 있던 경학(經學)에서만 머물러 있은 것이 아니라 실학에까지 손을 대었으니 그는 실(實)로이 우리나라에 있어 만학의 인(人)이라고 할 수 있을만치 다각적이다. 그렇다고 하여 딋렛탄트는 아니다. 어디까지나 사상에 살았고, 지조에 살았고, 학문에 산 사람은 오직 담원 정인보 그 뿐이다. 또한 그의 사상은 민족주의자로 일관하였고, 그의 지조는 청빈일세(清貧一洗)로 일관하였고, 그의 학문은 창견(創見)으로 일관하였던 것이다.

담원 정인보는 우리나라에서 가장 잊지 못할 사상가요, 또한 민족주의자요, 더 나가서는 동양주의자인 것은 세상이 주지하는 일이어니와 그가 또한 그 가계가 혁혁한 양파(陽坡) 정태화(鄭泰和)는 영의정의 일파이면서도 절대로 이렇다 할 귀족적 냄새를 풍긴 일이 없다.

그래서 그의 아동 때의 이름은 『경시(景施)』요, 관명은 인보(寅普)요, 처음의 아호는 경업(經業)이요, 조상의 '파'를 따서 수파(守坡)라는 양파의 사업, 또는 조국을 지킨다고 하여 수파라고 하였던 것이다. 그러나 나중에 무슨 생각이 들었던지 수파는 쓰지 않고 『위당(爲堂)』을 많이 써서 세상에서는 위당 정인보로 알려지고 있다. 담원이란 아호는 만년에 또 다시 만들어 쓴 것이다.

이 외에도 미소산인(薇蘇山人)이란 아호가 있다. 학문하는 사람이 아호가 많은 것은 흔히 그의 특색을 가지고 있었다. 이런 것은 한말로 하여 문학에 있어 기분(氣分)생활을 도울뿐더러 때로는 이런 많은 아호라든가, 필명이 없지 못하게 되는 일이 많음은 분명히 학문도, 또는 문학도 어느 부분은 기분생활이 아니면 아니 된다는 것을 말하고 있음을 증좌(證左)하는 것이라고 보고 싶다.

> "가을은 그 가을은 바람 불고 잎드는 데
> 가신님 어이하여 들어오실 줄 모르는가
> 살뜰히 기르신 아이 옷품 준줄 아소서."

이 시조는 그의 『자모은(慈母恩)』의 첫 수이다. 이 『자모은』은 모두 40수로서 이곳에는 어머니에게 대한 사모와 효도와 정성이 어린 시조다. 이런 시조를 육당 최남선의 『백팔번뇌』에 대비해 볼 때 거의 같은 점도 많이 있지마는 또 다른 점도 많이 있다.

육당 최남선은 많이는 사상을 밖으로 드러내고 있으나 담원 정인보는 사상을 밖으로 드러내고 있지 않다. 그래서 육당 최남선의 『백팔번뇌』는 우리들이 가질 수 있는 시대적인 번민과 사상적인 번민을 많이 노래하여 동감을 주는 것이 있는가 하면 담원 정인보의 『담원시조』는 모두가 주정적(主情的)이오, 내향적(內向的)으로 문학적인데 이르러서는 머리가 저절로 숙여진다. 애틋한 정과 상(想)이 꼬리를 이어 내려가고 있고, 『자모은』을 읽고 나 같은 사람은 얼마나 울었는 지 모른다.

목련의 『은중경(恩重經)』만큼이나 애절하고 공경함이 그지없는 이 『자모은』은 우리나라에서 문학적으로 된 작품에 있어서도 나 보기에는 가장 우수작이라고 하지 않을 수 없다. 이 『자모은』은 어디다가 내어놓아도 이 이상의 좋은 것이 나올까 의심되고 있다.

담원 정인보는 이 『자모은』의 한 편으로 우리나라에 있어 가장 뛰어나는 문학작가라고 하고 싶다. 이 『자모은』은 또한 고대에 있던 옛 시조를 배우는 데도 여간 도움이 되지 않는 그런 것이 되고 있다. 이래서 문학은 영원한 예술품이 되고 있는 것이어니와 또한 이래서 문학은 그 기술에 있어서도 무궁하다는 것이 되고 있고, 작가는 영원히 민족의 은인이 되고, 또한 결코 잊혀지지 않는 그 사람이 되는 것이라 보지 않을 수 없다.

여기에도 '가신님'이란 이 '님'은 물론 어머니를 표현한 것이어니와 만해 한용운이 '그리운 것은 모두 님'이란 표현이 통용되고, 또한 애틋한 은혜고 애정이 감돌고 있음을 엿보이고 있으며, '잎드는 데'라는 '드'와 같은 고어의 수법이라든가, 또는 '살뜰이'에 이르러 그 '살뜰'을 살려 쓰는 일과 '옷품'에까지에도 우리는 옛말의 다시금 새롭게 쓰는 아름다움을 가르치고 있다.

담원 정인보는 문학에서 살고 또한 문학에서 성공하고 그를 죽이기는 시대적 혼란이라고 모두 말하거니와 민족적으로 이런 작가가 오래 살지 못함을 한(恨)하지 않을 수 없나니 그는 모든 작품이 점차로 그의 신변에서 대중으로 나오던 때에 불행하게도 납북이 되고 만 것을 우리는 민족이 있을 때까지 눈물지을 수 없게 되어 있다. 하늘은 이런 만학의 인(人)을 낳으시고 어째서 그에게 장수를 허락하지 않으시는 지 모를 일이다.

이제 그의 저서가 모두 귀중한 국보로 되어가거니와 그의 사상은 일정의 최성기에도 우리의 민족적 기백을 끌고 가고자 하여 동아일보에 여러 해 동안을 '얼'이라는 제호 밑에 『조선사 연구』가 연재되었던 것이다. 그러나 이런 '얼'에 대한 논리를 캘 때 무엇인가 하는 의념을 가지었으나 그 평론이 진전함에 따라 이곳에는 우리 민족이 반드시 지키어야 할 민족혼을 고양 또는 선양하기에 눈물겨운 노력이 있었음을 알게 되었으나 그때는 모두 이런 것을 아는 사람은 알았지마는 그다지 중시하는 사람이 없었다.

이제 그가 불귀의 객이 되고 보니 그의 저서는 어느 것이나 모두 사상적인 것이 아닌 것이 없다. 사상에도 그의 사상은 민족주의적으로 일관되어 있고, 그 민족주의란 것은 단군조국 이래로서 우리 민족에게 뿌리 깊게 박히어 온 존상사상(尊上思想)을 비롯하여 자랑할 수 있는 친목사상(親睦思想)과 단결사상(團結思想)을 고조함이 있다.

이 '얼'을 더듬어 내려간 연재물은 나중에 서울신문사에서 『조선사 연구』라는 이름으로 나왔거니와 이제 보아도 그의 사상은 한 말로 국수적(國粹的)이라고 하기에는 너무나 그를 모르는 것이라고 할 수 있다.

담원 정인보의 존경받는 점은 그가 한학적인데서 모두 그를 육당 최남선과 같이 국수적인 데로 치우치려고 하지마는 육당 최남선은 국수적은 아니며, 또한 담원 정인보도 국수적은 아니다. 그때는 너무나 젊은 세대들이 서구적인데 취하여 이런 논리를 모두 고루한 국수적인데 몰아 버리었지마는 현재에서 보면 모두 시대적이었고, 또한 우리나라의 고유한 좋은 사상과 학문을 그때의 서구적인데 대립시켜 살려 보자는 것이 너무나 역력히 드러나고 있다. 여기에서 두 분은 모두 낡은 것을 새것으로 만드는 데 명수이었음을 우리는 깨닫지 않으면 아니 된다.

담원 정인보의『조선사 연구』는 이제 와서는 한 개의 훌륭한 독특한 사관이 되어 있거니와 육당 최남선의『민시론(民是論)』과 대비해 볼 때 담원 정인보의『조선사 연구』는 역시 다른 무엇이 있음을 발견하게 된다.『민시론』에서 보는 우리 민족이 백성으로서의 잘못이 있음을 논하였으나 그곳에는 통치자들의 그릇됨이 있음을 은연히 나타내고 있으나 이『조선사 연구』에 있어서는 통치자들의 그릇됨도 없음을 나타내고 있다. 우리는 역사를 보거나 또한 매우거나 할 때 치세만을 좋아하고 난세를 싫어함은 통례이지마는 난세가 되는 데는 또한 난세가 되는 원인이 있는 것이다.

결코 그대로 난세가 오는 것은 아니다. 난세와 치세(治世)는 그 실에 있어는 백지 한 장의 차이밖에 없는 것이다. 누가 난세를 만들고자 하여 난세를 만드는 것은 아니다. 통치자가 백성에게 대하여 등한하거나, 소홀하게 할 때 난세가 되는 것이요, 한번 난세가 되면 돌이키기가 어려운 것이 항상 나타나고 있음을 보여준 것이『조선사 연구』다.

이래서『조선사 연구』는 육당 최남선의『민시론』과는 조금 한 번 더 생각하고 쓴 것이 들어나고 있다. 누가 통치자로서 백성을 아니 생각함이 있으리오, 그것은 모든 보필이 통치자의 총명을 막는데 있음을 알리고 있다.

인간은 빈욕(貧慾)에 의하여 통치자의 총명을 막는 것을 여실히 보여주고, 연구되어 있고, 또는 그 득실을 나타내인 것이 담원 정인보의『조선사 연구』다. 여기에 있어 담원 정인보는 여하한 사태, 또는 여하한 난경에 살더라도 '얼'을 잃어서는 아니 된다는 것이 그의 뿌리 깊은 사상이며, 또한 문학이며, 내지는 그의 학문이다.

지금까지에 우리나라의 사상이나, 문학이나 학문은 모두 모방이 많았음도 지적하고, 우리나라에서 우리의 선인들이 가지고 있고, 지켜 내려오던 사상이나, 문학이나, 학문을 서구의 그것과 같이 빛나게 하자는 이론은 육당 최남선에 의해서 그것이 나타나 있고, 그 다음으로는 담원 정인보에 이르러 구체적으로 좀 더 시대적인 각광을 받고 들어내고 있다.

담원 정인보의 시조문학은 우선『자모은』이라는 데서 출발하여 은의(恩義)를 받은 족당에 이르기까지 모두 송은(頌恩)의 노래이나, 그곳에 숨은 이념은 모두가 조국을 사랑하고 민족을 아끼는 것이 나와 있다. 이런 것으로 송강(松江) 정철(鄭澈)의 시조문학과 같은 점이 많다. 다르다는 점은 송강 정철의 시조문학은 군주에 치우침이 있다면 담원 정인보의 시조문학은 애절한 친족사상에서 시작하여 시대적 호흡을 맞추는 바가 있고 더 나가서는 우리 민족이 본받아야 하는 존상사상이 깊이 뿌리 박히어 있다. 그 존상사상은 고루하지 않은 애절한 혈족이념이 있어 매우 좋다.

그 실(實) 우리 배달민족은 이러한 혈족이념에서 살아왔고, 이 혈족이념은 어느 때나, 또는 어느 곳에서나 우리의 앞날을 바르게 가르쳐 주었고, 현재도 이런 이념은 우리 민족이 외유내강(外柔內剛)에서 잘 살고 있음을 증명하고도 남음이 있다.

이래서 담원 정인보의 시조문학은 우리나라의 시조문학에 있어 그 원류와 본류를 다가지고 있어 앞으로 후배의 시조문학에 뜻을 두는 사람은 송강 정철의 시조문학과 함께 담원 정인보의 시조문학을 섭렵(涉獵)하고, 공부하지 않으면 안되리라고 생각된다.

근대문학은 담원 정인보의 시조문학에 이르러서 다시금 우리나라의 시조문학이 예술적 가치와 문학적 가치가 새롭게 되었고, 또한 전형적인 시조문학이라 하여 외국에 소개하여도 부끄러움이 없을 그런 것이 되었다고 보아진다.

"계실젠 진주기생 떨어지니 나랏넋이
남강물 푸른 빛이 그제부터 더짙어라
오실제 길 묻지마소 핏줄 절로 당거라.

례맛고 문닫으니 물너머는 산들이다
이강산 못잊기야 죽어 살어 다르리까
돛단배 어이섯는고 님이신듯 하여라."

담원 정인보의 시조문학은 이런 곳에 있어서 의기(義妓) 논개(論介)가 그의 '님'이 되어 있거니와 먼저의 '님'에서 나온 이념은 여기에 이르러 가장 혈족적인 찬양으로 됨을 볼 수 있고, 이 혈족적인 찬양은 계급과 신분을 초월하였으며, 또한 이런 이념은 자기의 자당(慈堂)이라도 이런 이념에서 살았으리라는 것을 은연히 내포시키면서 표현한 바라고 볼 수 있다.

우리 민족의 자랑은 『정신불음벽(貞信不淫癖)』이란 것이 외국의 문예에도 나오는 바이어니와 이렇게 살아온 우리의 민족적 전통은 지금에 까지도 이런 일을 존경하면서 또는 반드시 지켜야 함을 조상전래의 전통으로 지키고 있음을 담원 정인보는 좀 더 뚜렷하게 표현하고 있다.

우리 민족은 생존에서부터 생활을 향유할 때에 그 순결함을 그 지조로 삼고 있다. 이곳에 있어 담원시인은 우리 민족의 산 표본이었고, 활동하는 깨끗한 시인적 표본이었던 것이다.

　시인이 그 본래부터 깨끗한 것은 어느 나라나 공통되는 일이 많지마는 특히 우리나라에 있어서는 깨끗한 전통이 노래를 팔고 춤을 파는 기생에 이르기까지도 곤곤히 흐르고 있어 담원 정인보 시인이 논개를 영탄(詠嘆)할 때에 얼마나 자연스럽고 아름다웁게 되었는 지 모른다.

　시를 쓰기 위하여 남강을 찾아가서도 신통치 못한 것을 많이 쓰건마는 담원시인에 이르러서는 "돗단배 어이 섯는고 님이신 듯 하여라" 하는 여운이 저절로 나오고 있다. 이런 것은 흔히 관념적이 쉬웁게 되는 일이 많건마는 담원 정인보 시인에 이르러서 조금도 관념적인 충군애국(忠君愛國)이 나타나 있지 않고 너무나 자연스러운데 우리는 경의와 존경을 보내지 않을 수 없게 된다.

　이래서 예술이 좋고, 문학이 좋은 것도 알려지는 일이어니와 임진왜란 때에 순절한 의기 논개의 의로운 조국을 위하는 행동과 정녀의 지조를 보이는 이러한 민족전통의 행동이 담원시인에 의하여 노래되어 부르게 됨은 필연한 이상의 당연에 가까운 것이 되어 있고, 이는 그 여인에 그 사람이 불러졌다고 할 수 있다. 3백년 이전에 의기 논개가 있었고, 3백년 이후에 시인 담원 정인보가 있었음은 우리 민족의 자랑이 아니면 아니 된다.

　담원 정인보의 사상과 문학은 앞으로도 우리가 배울 점이 많은 가운데에도 『5천년 간의 조선 얼(조선사 연구)』은 사학에 뜻을 두는 사람으로 하여금 귀중한 문헌이 되어 있는 것은 말할 것이 없는 주지의 일이어니와 여기에는 문학을 영위하는 사람이 사학을 손대는 예에 있어 그러함을 또한 보이고 있다.

사학에는 사학가가 찾는 바가 있지마는 이러한 경우에는 문학가가 사학을 찾는 경우가 밝히어져 있다. 5천년 간에 맥맥히 흘러온 우리 민족의 얼(魂)이 어떠함을 말하였고, 그 '얼'은 어느 나라에도 있는 바이요, 어느 민족에게도 있지마는 우리 배달민족이 가져야 할 우리 민족의 얼을 밝히고 있다.

우리 민족은 5천년을 살아오는 동안에 타민족을 한 번도 침략하지 않았음을 밝히었고, 더 나아가서는 우리 민족은 평화를 사랑하고, 종족을 아낌은 그 혈족과 같이함을 밝히고 있다. 이러한 사상은 문학에서도 많이 취해 오는 바지만 사학에서도 반드시 취해 올 바라고 하지 않을 수 없다.

담원 정인보가 필생의 사업으로 이『5천년 간의 조선 얼』이란 것을 발표함도 또한 거의 공자가 『춘추』를 쓴 그런 것에 못지 않은 바가 있다. 자기의 독창인 민족혼과 민족관을 이곳에 불어 넣었고, 이것은 사학을 영위하는 사람이나, 문학을 영위하는 사람에게 있어 반드시 좌우명이 됨즉도 하거니와 이는 첫째로 그 흔한 국수주의자의 그것과도 다르고, 또한 외국의 사학연구를 본받은 바도 없이 순수한 담원시인의 인생관과 세계관, 내지는 철학까지도 이곳에서 엿볼 수 있다. 한학에서 출발한 담원 정인보가 한학자가 가지는 사대사상이 없음은 말할 것 없고 그렇다고 너무나 시대적 조류에 치우친 국수주의도 아니다.

담원 정인보를 가리켜 고루한, 또는 심한 경우에는 완고한 국수주의자 같이 말하는 사람이 있음을 보았거니와 결코 고루하거나 완고한 국수주의자는 아니고, 완전한 시대적 조류를 자기의 것으로 만든 제1 인자라고 하고 싶은 느낌을 가지고 있다.

담원 정인보는 분명히 우리 민족을 지도하려고 하였고, 그 지도는 외국의 사상이 아니고 자국의 사상을 시대적 조류에 결부시켜 뛰어난 한 개의 민족철학을 형성시키었음을 우리는 알아야 한다.

담원 정인보의 문학은 그곳에 민족철학이 은연히 숨어 있어 그도 뜻하지 않은 민족철학이 형성해서 내지 구성되어 갔고, 그것은 다른 민족문학과도 다른 독특한 민족문학이 되어 있다. 근대문학에 있어 그 특징의 한 개는 민족문학이라는 것이 되고 있거니와 이것은 국민문학과는 아주 다른 것이다. 국민문학은 근대문학에 있어 대중문학과 같은 길이 되기 쉽거니와 담원 정인보의 문학은 분명히 또는 확실히 국민문학의 노선을 뛰어 넘고 있다.

담원 정인보는 자기가 민족철학을 형성하거나 또는 구성하려고 한 바가 없지마는 그의 문학은 자연스럽게 민족철학이 형성되었고, 그 민족문학은 담원 정인보의 문학사상이 되고, 더 나가서는 민족지도의 사상이 되고 있다. 현재까지 우리들은 민족문학을 떠들고 국민문학을 떠들지마는 담원 정인보와 같이 확연한 민족사상에서 민족철학으로 가는 길을 보여줌은 드물다.

그는 『담원문존(薝園文存)』에서도 문학사상과 민족사상을 결부시켜 은연한 가운데에 민족철학이 형성된 민족문학을 보여주고 있고, 이것은 그가 1년이나 2년에 연구하여 얻은 그런 것이 아니고, 일생을 두고 연구하여 그가 스스로의 한 개의 민족철학이 되었고, 그가 스스로의 민족철학자의 행세는 아니

하였어도 민족철학자의 냄새를 풍기었음은 육당 최남선과 동일한 바가 있다.

근대문학에 있어 담원 정인보의 문학은 높이 평가되지 않으면 아니 된다. 담원문학은 민족문학에 있어 가장 백미(白眉)의 존재가 아닐 수 없다. 이 빛나는 담원문학이 아직도 잘 알려지지 않음은 역시 우리들의 문학적 수준이 미달하거나, 그렇지 않으면 문학연구의 등한(等閑)한 소이(所以)가 아니면 아니된다.

담원 정인보의 문학은 그가 민족철학을 형성하니만큼 모든 것이 민족주의에서도 가장 본받을 그것이고, 또한 진보적이면서도 고대에 있었던 우리 민족의 고유한 사상과 전통을 살리어 가고 있음은 다시 말할 것 없거니와 이 담원문학이 그가 쓴 『조선문학원류고(朝鮮文學源流考)』에서 보인 바와 같은 방법론도 또한 귀중한 그것이 아니면 아니된다.

담원 정인보의 문학은 『월남 이상재전(月南 李商在傳)』과 같은 데서까지 그의 고상한 민족주의자의 체취(體臭)를 엿볼 수가 있다. 앞으로의 담원연구는 우리들의 시급한 그것의 하나임을 강조하지 않을 수 없다. 이곳에는 민족사상에서 민족철학으로 가는 길이 있고, 민족철학에서 민족문학으로 가는 길이 확연히 나와 있음을 알게 된다.

또한 담원 정인보의 문학은 한문학적이면서 이것을 각각(脚却)하고 한문학에서 보는 과대라든가, 허망이 없고 순연한 우리의 문학이 되는 데도 민족에서 민족으로 종시(終始)하여 완전한 우리 민족의 뚜렷한, 또는 빛나는 민족유산으로 되고 있다.

오늘날까지의 민족적 문화유산이 한문학적인데 대하여 순연히 이곳을 뛰어 넘어 시대적 조류에도 우리 것으로 만들어 낸 사람은 오직 육당 최남선과 담원 정인보가 있을 뿐이다. 그렇다면 우리는 다시금 옷깃을 여미고 이 두 분의 민족철학을 추출하지 않으면 안된다.

그리기 위하여는 육당 최남선의 연구와 담원 정인보의 연구는 앞으로 우리들에게 있어 민족철학의 연구의 길이 될 것은 다시 말할 것 없고, 민족문학의 연구의 길도 되고 있다. 여기에 있어 우리의 학문이 재래의 한문으로 된 『조선학』에서 한 걸음 앞으로 나아가 시대적 조류와 시대적 호흡이 맞는 『새로운 조선학』이 되어 있음을 중외(中外)에 알릴 의무를 우리는 느끼고 있다.

또한 우리들은 그러한 일을 함으로써 민족적 문화유산을 남긴 두 분의 혼령을 위로함이 될 것이오, 또한 우리들의 민족철학연구와 민족문학연구에 있어 한 걸음 나아감을 알 수 있게 될 것이다. 오늘에 있어 담원 정인보문학연구는 시급한 바가 있다고 할 수 있다.

(1959년 12월호 현대문학)

제 4 부

韓國文壇側面史

한국문단측면사(韓國文壇側面史)

서사(序詞)

한국에 근대문학이 있은 지 어언 50년이다. 또한 문단이 형성된 지 30여 년이 된다. 여기에 착안한 '현대문학'의 동인은 문단의 측면을 기억에서 있는대로 더듬어 보라고 한다. 이 소리를 들었을 때 나는 감개가 무량하였다. 나의 연륜이 이제는 지난날의 역사를 담론하여야 하는가! 또는 세월은 이 시대가 문단에 관심이 이렇게 커가고 있는가! 모든 것은 타임이란 이 위대한 힘 앞에는 무력하고나! 나는 이런 것을 쓰기를 진정으로 기피한다. 사람이 과거나 회고하고 살면 그 사람은 벌써 늙었다는 것을 증좌하고 있는 때문이다. 나는 그렇다고 하여 만년청춘을 바라는 것은 아니지마는 늙은 것을 자세하는 버릇이 생기지 말라는 법이 없다. 나는 여러 번 권고에 쓰기로 하기는 하였지마는 이 글이 한 개의 사적 가치에 대하여는 아직 의문을 가지고 있다. 이것은 왜냐하면 전혀 나를 둘러싸고 일어난 사건과 그 다음으로는 나의 독단으로 된 해석이 많기 때문이다. 독단과 아류(我流)는 글에 있어 금물이지마는 이런 글에 있어서는 그렇게 되지 아니할 수 없는 일이 많다.

문단이 30여 년이란 세월을 자라오는 동안에 여러 가지의 일이 많았지마는 일화와 기행(奇行)과 기벽(奇癖)을 적어 역시 문학하는 사람의 독특한 체취를 풍기어 달라는 데는 고소(苦笑)와 파안일소(破顔一笑)가 없을 수 없었다. 그것은 나의 재조(才操)가 여기에는 아주 자신이 없는 때문이다. 자신이 없는 글은 아니 쓰면 그만이지마는 그렇게 아니 되는 것이 우정이다. 우정을 초월해 가면서 또는 우정을 상해가면서 글을 아니 쓸 수는 없다. 이런 글이 자신없는 글이기는 하지마는 이런 글이 취미를 돋구거나 흥미를 자아내거나, 호기심을 끄는 것이 되는 것은 확실하다. 예하면 춘원이 글로 인하여 연애가 되었다면 그 과정을 알고 싶어할 것이다.

그러나 춘원의 문학과정과 연애과정을 후배인 내가 쓴다면 미안과 불안이 동시에 오지 않을 수 없다. 이것이 이런 글을 쓰기 싫은 이유의 전부라고 해도 다를 것이 없다. 이런 글을 쓰면 비난과 욕설은 벌어 놓았다고 생각하면서 붓을 들게 되는 고충을 말하지 않을 수 없다. 문단의 측면이란 대개가 연애사건이 수반하는 일이 많다. 심한 경우에는 스캔들로 진전한다는 일이 많다. 문학과 여인은 역시 같은 좋은 위치에 놓이게 된다.

문학이 없이는 살 수 없는 문학가이지마는 또한 여인이 없이 살 수 없는 것도 역시 문학가들이다. 그렇다고 문학하는 사람이 여인에게 대하여 난잡하다는 것은 아니다. 문학하는 사람은 여인을 언제든지 '꽃(花)'으로 생각하고 있다. 꽃을 감상하는 기분으로 언제든지 여인을 대하게 된다. 이곳에는 인처(人妻)이건, 처녀이건 관계가 없다. 흔히 문학가와 스캔들이 있게 되는 것이어니와 이곳에는 되도록이면 이런 것을 피하고 측면의 과정을 써 보고자 한다. 그러니 어렵다. 문학의 또는 문단의 완전한 측면사 또는 가치있는 측면사를 노력한다는 것은 어려운 일이 아니면 아니 된다. 그러나 그렇다고 하여 잡문을 만들수 없는 일이므로 노력은 완전한 문단측면사를 노력한다.

그러나 그런 것이 되지 못하더라도 읽는 이는 너무 허물하지 말아 달라는 것이다. 모든 것이 완전을 지향하지마는 그렇게 되지 않은 것이 그의 역량이오, 결과다. 읽는 이는 너무나 이것에 대하여 관심이나, 비평을 가하지 말아달라고 부탁하는 바이다. 이런 것에 너무 관심이나, 비평을 가지게 되면 그 사람은 한 개의 꼬싶을 좋아하는 실없는 사람이 되고마는 까닭이다.

이 글은 어디까지나 문단의 측면을 회고하는 것이오, 문학가들의 꼬싶을 퍼뜨리려는 것은 아니다. 흔히 이런 글로 인하여 본의아닌 꼬싶이 유행하는 일이 많은 까닭이다. 꼬싶이란 나중에는 심한 경우에는 '무릎맞춤'을 하는 일이 많은 까닭이다. 여하간 이 글을 읽고 문학적인 도움이 있기를 바라며 한편 경계할 수 있는 면은 말해 두지 않을 수 없다. 서사가 이만큼 길어지게 된 것을 알아주기 바란다.

현대문학(近代文學)과 창조(創造) 동인(同人)

3.1운동의 직전에 일본 동경에서 문학 동지들이 발간한 것이 창조다. 이 잡지는 주로 금동(琴童) 김동인(金東仁)이 자기의

학비를 일부 잘라서 문학의 뜻을 이곳에 폈다.

우리나라의 근대문학은 국초(菊初) 이인직(李人稙)에서 비롯하여 육당(六堂) 최남선(崔南善), 또는 춘원(春園) 이광수(李光洙) 등에서 발전되다가 한일합방이 되자 모든 잡지와 모든 학회보가 폐간이 되고 신문도 다만 매일신보 하나가 남아 있었다. 춘원이 문명(文名)을 올린 『무정(無情)』도 그 실 매일신보에 실리었던 것이다. 이 작품은 그때의 청년남녀에게 상당한 쇼크를 주었다. 이때에 청년남녀에게 골치를 앓던 문제는 조혼에 의한 애정문제로 인하여 이혼을 하고 싶은 사람이 많았으나 구관(舊慣)에 의하여 이혼은 못하고 그렇다고 첩을 두는 것을 자랑으로는 할 수 없는 때이었으므로 이 『무정』이란 작품은 청년남녀에게 대환영을 받았다. 이것이 금동에게 상당히 영향하였던 것이다.

이래서 문학잡지 『창조』는 판로도 관계없으리라고 생각하고 내었으나 역시 문학에 아직 눈이 뜨여진 민중이 아니었으므로 그다지 환영을 받지 못하였다. 그러나 이 『창조』를 둘러싸고 보헤미안들이 쏟아져 나왔다. 모두 근대적 낭만을 먹고 사는 모과 같은 인간들이 쏟아져 나왔으니 첫째로 춘원이 연애에 잠기게 되었다.

일본 동경에서 『창조』를 중심하고 모이는 동지들 가운데 김일엽(金一葉)이란 여류문인은 한 개의 화형(花形)이 아닐 수 없었다. 통구일엽(樋口一葉)이 이 이름을 따서 김일엽이라 하고 『창조』에 글을 실었다. 그것도 창간호에 실었던 것이다. 또 김명순(金明淳)이란 여류문인이 등장하였다. 또 허영숙(許英肅)이란 여인이 등장하였다. 또 나혜석(羅惠錫)이란 여류화가가 등장하였다. 이곳에 가장 문명을 올린 사람은 춘원이었으므로 드디어 춘원을 둘러싸고 큐피트의 화살이 오기 시작하였다. 가장 열렬하였던 사람은 나혜석이나 이것을 들려놓은 사람은 그의 오빠 나공민(羅公民)이다. 여기에도 정치는 움직이어 나 씨는 친애하는 춘원과 자기의 누이가 좋게 되는 것이 좋지 않은 바가 아님이 아니었다. 두 사람이 경제적 여유가 없는 터이므로 앞날의 고생을 생각하여 이 일을 돌려 놓았으니 이곳에는 또 다시 한 미남아인 법률공부하던 김우영(金雨英)이가 나타나게 되었다.

나혜석은 그 호를 정월(晶月)이라 하여 그림을 잘 그리었다. 나 정월은 김우영에게 가게 만들고 허영숙은 춘원에게로 연애의 방향이 돌리었다.

이래서 3.1운동의 직전에 동경에서는 한편 독립운동선언서가 퍼지는가 하면 여류들은 남편을 골르기에 여가가 없었다. 장래가 유망한 청년에게는 여류측에서 열렬히 좇았다. 춘원은 처음 나 정월과 좋아지내다가 변해가는 그를 붙들지 않았다. 그 대신 허 여사가 열렬히 나오는 것을 웃지 않을 수 없었다. 이 때 춘원은 기혼자이었으나 이혼을 하고 도동(渡東)한 터이므로 다소 본처가 다시 복연(復緣)이나 되지 않을가 우려하여 덤비지 않는 약은 여자는 물러가고 허 여사가 열렬히 덤비었다.

허 여사는 3.1운동이 터지자, 이내 상해로 탈출하였다. 사랑하는 남편을 잃어버린 허 여사는 빈 몸으로 허술히 서울에 돌아왔다. 『창조』는 이때 창간호를 내고 잠간 쉬던 때다. 서울에는 문단이 형성되기에는 분위기가 이때는 어수선하였다.

이때는 『독립신문』이란 처음에 활자판이 나오다가 나중에는 등사판의 독립신문이 자고 일어나면 마당에 떨어지고 있는 때도 있고, 상점에 앉았으면 무슨 종이쪽지 획하고 날라들어 집어보면 독립신문이었다. 누가 던지었는가 하고 바깥을 내다 보면 사람은 보이지 않았다. 똘똘 뭉치어 휙 집어던지고 태연히 앞으로 가 버리었던 것이다.

다음에는 형사가 들어 닥치는 판이다. 이것을 읽고 이내 불살라 버리는 사람이 많았다. 형사가 와서 가택수색을 하여도 독립신문은 나오지 않아 그대로 허행하는 일이 많았다. 이때쯤은 이런 독립신문 한 장으로 인하여 징역 5, 6개월은 문제 없던 때다. 독립신문 윤익선(尹益善) 사장이 잡히어 가고 그의 간부 장종건(張倧健) 등이 순차로 잡히어 가니 다시 조용한 때가 오고 동경에서 몰려나온 유학생은 활기 있게 보헤미안 넥타이들과 엷은 바지들을 입고 마도로스 파이프를 물고 다니었다.

이때 나이의 띠인 사람들은 염상섭(廉想涉)을 비롯하여 변수주(卞樹州), 남궁벽(南宮璧), 김운정(金雲汀), 노자영(盧子泳), 이추강(李秋江), 정연규(鄭然圭), 이일(李一) 등의 제씨가 서울거리를 활보하는가 하면 금동과 안서가 어깨를 나란히 하여 요리집과 기생집을 두드리었다. 이때에 데카단 풍의 행동이 문인들에게 많았는가 하면 추강(秋江) 이종준(李宗駿)을 둘러싸고 본격적인 문화운동이 전개되었으니 그것은 '한성도서주식회사(漢城圖書株式會社)'라는 것으로 나타났다. 동경에서 발행하던 창조도 이곳 '한성도서'에서 찍게 되었다.

우리나라에서 문단이 구성되기는 이 『창조』지를 중심하여 된 것이라고 하여도 과언이 아니다. 그때의 동인들은 금동을 비롯하여 송아(頌兒) 주요한(朱耀翰), 늘봄 전영택(田榮澤), 김명순(金明淳), 김일엽(金一葉) 등등의 많은 사람이 나온 듯 하다.

『창조』는 근대문학을 본격적으로 우리나라에 가져온 공로는 잊을 수 없다고 할 수 없다. 또한 후일 문단을 구성하게 한 공로는 잊을 수 없다.

서광(曙光)과 서울지(誌)의 필진(筆陣)

　3.1운동의 직후는 한동안 『독립신문』의 세상이었다. 독립신문이 간부와 그 후계자들이 투옥되고 나니 한동안 잠연하였다. 이 공백상태를 뚫고 나온 것이 『반도신문(半島新聞)』과 한성도서 회사다. 반도신문은 일인 죽내모(竹內某)라는 자가 발행하면서 우리나라의 실정에 맞게 떠들어 대었다.

　말하자면 일정의 총독정치를 비난하였다. 문화정치가 아니고 무단정치라고 비난하여 독립신문을 읽던 민중은 반도신문으로 기울어져 갔다. 반도신문은 이때 주간으로 이것을 상당히 기다리어 고성대독하는 사람이 많았다. 반도신문은 상당한 부수를 올리고 지금 국제극장 자리에다가 신사옥을 짓는 데까지 이르게 되었다. 이것은 한국 내의 격화하는 독립운동을 어느 정도로 연화(軟化)시켰다. 한 편으로는 독립운동자를 투옥시키고, 한 편으로는 반도신문을 펴서 독립의식을 문화의식으로 돌리었다. 이때를 타서 또 한 개의 잡지가 나왔으니 그것이서 『서광(曙光)』이란 이병조(李秉祚)를 주간으로 하고 주필을 장응진(張膺震)으로 하는 잡지이었다.

　장응진은 이때 일정의 총독부의 사무관으로 이것을 박차고 나와 『서광』에다가 필진을 편다고 크게 환영되었다. 그러나 이 잡지는 그다지 팔리지 않았다. 이렇게 일정이 문화정치를 표방하고 잡지의 허가를 하게 되니 문화운동에 주리었던 문화인들은 너나없이 잡지열(雜誌熱)이 생기었다. 가장 잡지열을 고조시킨 것이 한성도서 회사이다. 이곳에서는 『서울』이라는 잡지가 나오고 뒤이어 『학생계(學生界)』라는 학생을 상대하는 잡지가 나왔다. 이때는 납본제(納本制)는 아니고 검열제로서 위선 원고를 제작하여 일정의 총독부의 경무국 속에 있는 도서과에 제출되게 된다. 이 수속이 상당히 까다로웠다.

원고가 작성되면 이것을 경기도에 있는 도서과를 거치어 이것이 경무국의 도서과의 검열계로 갔던 것이다. 도서과의 검열계에서 이것을 받아가지고 사상적인 것은 마음대로 시일을 끌었다. 잡지란 그 달에 또박또박 나와야 하는 것이언마는 검열관계로 시일이 늦어지니 할 수 없이 잡지사에서는 원고를 두 벌을 작성하여 한 벌은 검열을 보내고 한 벌은 인쇄에 붙이는 일이 많았다. 『서광』과 『서울』의 두 잡지와 학생계가 활발히 나오다가 『서광』이 경영난에 빠지고 『서울』은 한성도서에서 인쇄소를 경영하는 여가에 나오는 잡지가 되니 잘 나오지 못하였다. 이때쯤은 원고료가 없었다.

그래서 한 두 호(號)에 이름을 내는 재미로 글을 쓰다가 아니 쓰는 사람이 많았다. 이것을 알아채린 『학생계』에서는 원고료를 내기 시작하였다. 아마도 내가 아는 범위에서 『학생계』가 처음으로 원고료를 낸 듯 하다. 『서울』의 필진은 장도빈(張道斌) 사학가가 주로 건필(健筆)을 휘둘렀다. 『서광』과는 아주 질이 달랐다. 『서광』은 학술적인 듯하면서 아닌 것이었다.

말하자면 어떤 사상적 목표가 뚜렷하지 못하였다. 그 대신 『서울』은 사상적 목표가 뚜렷하였다. 그것은 민족주의다. 민족주의에도 역사를 존중하는 전통사상이 이곳에 있었다. 고구려를 중심한 고대의 웅비를 지향하는 큰 뜻을 펴 보려는 듯이 활발히 나온 잡지가 『서울』이다. 이때의 학생계는 젊은 재주 있는 학생을 많이 불러일으키었다. 그 중에 가장 재주 있는 학생에게 상품을 주어 글을 씌우는 일이니 이때에 글을 잘 써서 상품을 많이 타고 출세한 사람이 송봉우(宋琫禹)다.

송봉우는 나중에 『비판』이란 잡지의 주간까지 되었거니와 나의 관점으로 본다면 송봉우는 이때에 잡지를 하고자 하는 생각이 들었다고 보아도 과언이 아니다. 『학생계』는 꽤 오래동안 발간하였다. 그러나 모두 결손의 계속이었던 것이다. 이때에 주간 『동명(東明)』이라는 잡지가 육당 최남선에 의하여 태동되고 있었다. 그리고 순차로 잡지가 쏟아져 나오게 되었으니 그것은 천도교를 배경으로 하는 『개벽』이란 잡지를 필두로 하여 『신천지(新天地)』란 일찍이 반도신문에서 활약하던 백대진(白大鎭) 주간과 『신생활(新生活)』이란 사회주의적 그룹이 경영하는 잡지와 『조선지광』이란 잡지 등이 나왔다.

시지(詩誌)의 효시(嚆矢)장미촌(薔薇村)

문학은 어느 때나 시로 출발이 된다. 문학의 왕자는 소설이지마는 시 없이는 문학이 되지 않는다. 이때는 제1차 구주대전이 끝나고 다시 인도주의가 고조되고 다시금 동양의 정적기풍을 찾게 되어 인도의 타고르가 노벨문학상을 타고 전 세계는 타고르의 이념을 구가하게 되던 때다. 이것을 재빠르게 알게 된 안서(岸曙) 김억(金億)은 타고르파의 시인으로 자처하여 등장하였다.

위선 『오뇌(懊惱)의 무도(舞蹈)』라는 안쏘로디를 내어 서구의 시를 이 땅에 알리게 하였다. 우리나라의 자유시는 이때쯤은 형편이 없었다. 그러나 이 안쏘로디의 역시집(譯詩集)을 내자, 시인들은 차츰 활기를 띠우게 되었다. 이때의 시인은 상아탑이란 아호를 가지고 일본 문단에 시를 발표하던 황석우(黃錫禹)가 가장 우수한 시인으로 알려지던 때다.

황석우의 시는 자연주의의 시로 워즈워드의 풍이 있고 석천탁본(石川啄本)의 풍이 있는 것을 나중에 알아 본 일이지마는 이때의 시인은 누구나 황석우와 남궁벽과 변계주를 논의하지 않을 수 없다. 이들 시인은 드디어 『장미촌(薔薇村)』이란 얄팍한 시 잡지를 내었다. 그러나 이때쯤은 자유시가 무엇인지 모르는 때이었던만큼 이 시 잡지는 시인들의 잡지이었고 민중은 돌아다 보지 않았다. 이 무렵에 순문학 잡지로 낭만주의를 표방(標榜)하는 『백조(白潮)』가 나왔다. 이때에 신문이 두 개가 나왔으니 하나는 동아일보요, 하나는 조선일보다. 그 후에 민중일보도 나왔으니 사장인 민원식(閔元植)이 양근환(梁槿煥)의 자격(刺擊)에 쓰러지게 되어 민중일보는 폐간이 되고 다만 동아일보와 조선일보가 계속되어 갔다. 이래서 신문계는 구성이 되었으니 일간으로는 동아일보란 민중진영을 지키는 신문이 있는가 하면 매일신보란 일정의 기관지가 있고, 그 다음은 이 중간을 지키는 조선일보가 있었다.

조선일보는 그 표방이 뚜렷하지 못하였던만큼 자주 경영난에 빠지게 되고, 그 주인이 여러 번 갈리게 되었다. 한때 인기를 모으고 잘 팔린다는 소리를 듣던 반도신문이 일간으로 진출을 못하고 민중일보로 합병한다는 싱거운 성명을 내고 그

사옥은 세(貰)집이 되고 말았다.

3.1운동이 문화적으로 바꾸이게 되니 이에 따라 각 처에서 청년회가 쏟아져 나왔다. 모두 신청년들이다. 하얀 두루마기에 중절모를 쓴 신청년들이 서울이나 시골에서 모두 청년회를 조직하고 서울 광화문통에 '조선청년회연합회'가 조직이 되고 그의 기관지인 『아성』이 발간되었다. 이때의 신흥기분이란 이내 독립국이 되는 듯 하였다. 그러나 이것은 일정의 우리 민족을 회유(懷柔)하는 문화정책이오, 사회정책이었던 것이다. 그 다음 또 한 편으로는 '노동공제회'란 노동단체이면서 사상단체이었던 것이 창립이 되었다.

우리나라의 사회주의적 사상운동은 노동공제회에서 도맡아 하였다. 그러는가 하면 기독교에서는 '에윗청년회'가 이곳저곳에서 쏟아져 나왔다. 10년 간을 막히었던 문화운동이 각 방면으로 전개되어 나중에는 중앙기독교청년회 안에 그 본부를 둔 '소년척후대'까지 있었다. 그의 지도자는 정성채(鄭聖采)와 현동완(玄東完)이었다. 지금도 스마트한 정성채의 소년단복을 입은 모양이 눈에 어른거린다.

시 잡지 『장미촌』은 그 후 2, 3호를 내고 마는가 하였지마는 『백조』와 『신청년』이 이때의 인기이었다. 소년작가인 나경손(羅慶孫)은 이때에 동아일보에 나빈(羅彬)이란 이름으로 『환희(幻戲)』라는 소설을 연재하였다. 이때 나빈의 나이는 18세이었다. 나빈은 『백조』에 소설을 쓴 것은 물론이오, 최승일(崔承一)이 주간이 되었던 『신청년』에도 순수소설을 썼다. 이것이 모작이거나 개작이 아니라 창작인데서 나빈의 인기는 고조가 되었다. 다시금 신문계에 새로운 신문이 하나 나오게 되었으니 주간지이었던 육당이 주간인 『동명』이 시대일보로 비약하고 나빈은 이곳에 학예부장으로 취임하였다. 젊은 학예부장은 애인이 없을 수 없었다. 최의순(崔義順) 여사가 그의 상대자이었다. 최 여사가 생존해 있으므로 그것은 보류하기로 하거니와 나빈은 상당히 열렬하였으나 최 여사는 동경으로 가고 말았다. 한때는 소설계는 나빈이 왕자이고 노자영의 활약시대이었다. 노자영은 그 아호를 춘성(春城)이라 하였고, 그의 이념은 낭만주의이었다. 천애(天涯)의 고아로 문학적 천재가 있어 한성도서회사에서 사무를 보면서 시도 쓰고 소설도 써서 드디어 서울의 인기와 지가(紙價)를 올리었다. 그의 작품은『반항(反抗)』이란 단행본으로 상당히 청년남녀의 독자를 가지었으나 수입면을 고려하여『사랑의 불꽃』이란 연애서한집을 내서 모처럼 형성된 문단에서 상당한 비난과 공격을 받고 노춘성은 드디어 출판업으로 나오는 거치까지 있게 되었다. 그러나 한번 청년남녀에게 인기를 얻어놓은 춘성의 지위는 그렇게 떨어지지 않았다. 그는 독자적으로 문학행동을 얼마든지 하였던 것이다.

신생활(新生活)의 필화(筆禍)와 문단(文壇)

신문이 생기고, 잡지가 있으니 자연히 문단은 형성되게 되었다. 이때부터 일정의 검열제도가 납본(納本)하는 제도로 된 4대 잡지가 있었으니 그것은『개벽』지를 필두로 하여『신생활』, 또는『신천지』와『조선지광』이 있었다. 이때『신생활』은 미국인 백아진(白雅眞)이란 분을 발행인으로 하여 당당히 납본제로 하였으므로『개벽』기타 2지(二誌)도 이것을 빙적(憑籍)

로 항쟁하여 세 개의 잡지가 모두 납본제가 되게 된 것이다. 이 중에서 『신생활』은 처음부터 색채를 달리 하였다. 그것은 사회주의적인 색채를 띠웠다.

미국인 백아진이란 분은 나중에 깜짝 놀래어 사퇴를 하기에 이르고 3.1운동 때에 가담하였던 박희도(朴熙道)라는 분이 발행인이 되었다. 이 『신생활』은 인쇄소까지 구입하여 활발히 사회주의 사상을 고취하였다. 이때의 동인들은 김명식(金明植), 정백(鄭栢), 유진희(兪鎭熙), 신일용(辛日鎔), 이성태(李星泰) 등등의 쟁쟁한 필진으로 민족진영을 공격하면서 총독정치에 반항하였다. 이때에 가장 많이 압수를 당하여 임시호로 계속되어 간 잡지는 『신생활』과 『개벽』이었다.

격금내기로 압수를 당하면서 지속해 가다가 드디어 『신생활』은 일정의 검사국에서 기소를 하게 되어 인쇄소를 점령하고 박아 논 『신생활』을 모두 가져갔다. 이때의 『신생활』은 월간지가 아니고 주간지이었던 것이다. 이 일로 횡액(橫厄)을 본 사람은 노기정(魯基禎)이란 분이다. 이 신생활에는 발행인이 박희도요, 주필이 김명식(金明植)이요, 편집국장이 신일용(辛日鎔)이요, 인쇄인이 노기정(魯基禎)이었다. 이 『신생활』이 처음에 한성도서회사에서 찍게 되었으므로 그때의 한성도서회사의 지배인이었던 노기정이 인쇄인이 되어 주간으로 허가를 맡았던 것이다. 노기정이란 분이 『신생활』이 자기의 회사에서 아니 찍게 되면 이내 인쇄인의 명의를 뽑아 달라고 하였더라면 문제가 없었을 것을 그대로 계속되어 이들 『신생활』 동인들이 붙들리어 가는 바람에 다같이 투옥이 되었다. 일정은 이때 재판제도에 있어 예심이란 얄궂은 악(惡)제도를 가지고 있어 심사를 부리고자 하면 검사가 이내 기소를 하지 않고 예심으로 돌린다.

예심으로 하면 한번 돌아가면 유치장에 있더래도 보통 60일은 있게 되고, 100일까지도 가는 일이 있다. 예심이 긴 것은 보통 3년씩을 미결수로 두어두는 일이 많았다. 이런 것은 말할 것도 없이 식민지정책인 것은 누구나 알 일이다. 검사는 취조하다가도 골닥지가 나면 의례히 예심으로 돌린다는 소리를 막 하던 때다. 『신생활』의 필화(筆禍)는 연거퍼 압수가 되는 중에 총독정치를 정면으로 공격하여 드디어 일정의 검사국의 출동을 보았거니와 이때 주필 김명식은 일정의 검사에게 대하여 '기미'군(君)라는 소리를 하여 마구 해 대었다.

이것이 일정의 검사의 비위를 거슬리어 『신생활』 동인들은 모두 예심으로 되고 까닭없이 붙들리어 간 노기정도 예심에 들어가 있어 8개월이란 긴 세월을 터무니 없이 고생한 일도 있다. 『신생활』은 드디어 폐간하는 데 이르고 그 뒤를 이어 백대진(白大鎭)이 『신천지』에서 역시 일정을 해 대었다. 백대진은 스스로 친일파될 번데기였으나 이제는 배일파(排日派)될 번데기란 유모어한 소리를 내 걸었지마는 그 실(實) 일정은 이것을 싫어하여 드디어 『신천지』도 필화에 걸리어 백대진이 영어(囹圄)의 신세가 된 것이다. 이래서 이내 잡지 2개가 폐간이 되게 되었다. 백대진은 이때 『신천지』의 주간이며, 또한 주필이었던 것이다. 이 시대의 나는 습작지로 『백범(白帆)』이란 순문학 잡지를 내었다.

이 『백범』의 동인은 운주(雲舟) 이규흔(李圭昕)을 위시하여 호당(皓堂) 연성흠(延星欽), 박장운(朴章雲)과 나와 전창환(全昌煥) 등이었다가 나중에 김영팔(金永八)이 참가하게 되었다. 이때에 등사판으로 된 잡지는 상당히 많았던 것이다. 『시신(詩神)』이란 순시문학 잡지도 있었다. 등사를 해가면서 문학의 열성은 고조되었고, 소년잡지로는 이 무렵에 소파(小波) 방정환(方定煥)의『어린이』가 발행되었다. 그런가 하면 호당 연성흠은 등사판으로『새벗』이란 아동과 소년을 상대로 하는 잡지를 발행하였다. 그러나『새벗』은 나중에 인쇄로 하다가 단가가 맞지 않아 드디어 폐간하는 데 이르고 말았다.

신문예(新文藝)와 문예공론(文藝公論)의 대립

우리나라의 문예운동은『백조(白潮)』가 낭만주의의 기치를 들고 나옴으로 인하여 찬란한 꽃을 피웠다. '별하나 나하나'의 시도 이때 나오고, '나는 왕이로소이다 눈물의 왕이로소이다!' 등의 시구가 쏟아져 나왔다.『백조』의 동인은 홍사용(洪思容)을 비롯하여 박영희(朴英熙), 나빈(羅彬), 박종화(朴鍾和), 노자영(盧子泳) 등의 낭만주의가 꽃을 피웠는가 하면 동경 유학생들의 잡지인『금성(金星)』이 나왔다. 이것은 시 문학을 주로 하는 동인지로 양주동(梁柱東), 손진태(孫晋泰), 유춘섭(柳春燮), 백기만(白基萬) 등의 네 사람이 주동이 되어 역시 낭만주의를 고조하였다. 그러나 모두 그 이면을 들여다 보면 나라 없는 설움이 횡일(橫溢)하고 있었다. 어느 시나, 어느 작품이나 이런 경향이 없는 것이 없었다.

어떤 작품은 시와 소설을 물을 것 없이 '몸부림치는 문학'뿐이었다. 모두가 울분을 문학에 실은 것이 많았다. 일정의 검열은 눈을 까뒤집고 이런 것을 잡아 내기에 바빴다. 문학잡지가 부분삭제가 호호마다 있다는 것은 물론이오, 심한 경우에는 아주 검열이 나오지 않는 때가 있었다.

번역문학으로는 현철(玄哲)이란 분이『개벽』창간호부터
『함므레트』를 번역하여 실었고, 이 무렵에 빙허 현진건이『빈
처』라는 소설을 써서 문단에 확호한 지위를 차지하고, 그 다
음『희생화(犧牲花)』를 써서 이때의 많은 여성을 울리었다. 이
때쯤의 연애소설도 역시 우리나라의 전통을 받아 어느 나라에
못하지 않은 깨끗한 연애소설이 등장하였다. 말하자면 빙허는
『개벽』지가 낳은 소설가다.

빙허는 나중에『백조』에 참가하여 역시 백조파가 된 것이
다. 그런가 하면 대구의 이상화(李相和)도 이때에 시를 쓰기 시
작하여 나오고, 공초(空超) 오상순(吳相淳)도 이때 나오고, 고월
(古月) 이장희(李章熙)도 이때 나왔다. 공초는『고기 먹은 고양
이』라는 시로써 학생들에게 시에 재미를 붙이게 하였다. 시의
내용은 다른 것이 아니라 고기를 먹으면 기운이 세게 된다는
것을 어른에게 들어 고기에 대한 관념이 머리에 꽉 배기어 있
는 데 고양이란 놈이 고기를 훔쳐 먹고 보니 고양이란 놈이
이제는 힘이 세일 것이라 하여 고양이가 무서워서 피해 다닌
다는 시다.

나는 이 시를 읽고 시에 재미를 가지게 되었다. 이때 나는
동화를 홍은성(洪銀星)이란 이름으로『어린이』, 또는『아이생
활』,『새벗』등에 쓰기도 하고,『백범』도 역시 그런 것을 썼
다. 모두 습작에 속하고 지금에 보면 유치하다고 할 정도의
것이 많았다. 이때부터 우리 문단은 활발하여 동명사는 르네
쌍스(문예부흥)이란 순문학 평론까지 나온 때가 있다. 그런
가 하면 타고르 열이 고조되어『학생계』는 타고르의 작품이
번역 소개되고 안서는『기탄잘리』, 또는『원정(園丁)』이란 타

고르의 시를 번역한 시집을 계속적으로 내었다.

국내의 문예활동이 활발하여『폐허』라는 문학지가 나오고, 또는『폐허이후(廢墟以後)』라는 잡지가 염상섭을 둘러싸고 나오니 일본 동경에서는『해외문학(海外文學)』이 나왔다. 『해외문학』은 원래 무애 양주동이 같이 참가하여 발행한다고 하다가『금성』이란 시 잡지에 전환하는 바람에 소천(宵泉) 이헌구(李軒求), 일보(一步) 함대훈(咸大勳), 이산(怡山) 김광섭(金珖燮), 최정우(崔挺宇), 장기제(張起悌) 등등이『해외문학』을 발간하였다. 이래서 속칭 해외문학파가 성립이 되게 된 것이다.

무애는 유학을 마치고 돌아와 평양의 숭실대학에서 교편을 잡고 있었다. 또한 팔봉(八峯) 김기진(金基鎭)은 입교대학(立教大學)을 마치고 돌아와『개벽』에 글을 시작하였다. 이때 팔봉은 사회주의적인 색채를 고조하여 소위 경향파가 생기게 되었으니 그의 다른 이름은 파스큐라이니 그것은 박영희, 안석주, 김기진, 나빈의 네 사람의 성의 영자를 따서 만든 것이다. 이때부터 사회주의적 문학이 대두하여 이호(李浩), 이적효(李赤曉), 이응진(李應鎭), 송영(宋影), 최승일(崔承一) 등의『염군(焰群)』이란 것이 나오게 되었다. 그러나 이런 것은 이 압수의 서리를 맞아 폐간이 되고 나중에 박영희, 임모가 중심이 되어『신문예(新文藝)』를 창간하니 평양에 있는 무애가, 또한『문예공론』을 내어 한 편에 푸로레타리아 문학이 있는가 하면 역시 민족주의적『문예공론』이 있어 대립이 되었다.

한동안은 푸로레타리아 문학시대를 이룬 감이 없지 않았으나 필자도 조중곤(趙重滾), 한식(韓植), 홍양명(洪陽明) 등으로 더불어『제3전선(第三戰線)』이란 문예지를 내어 이때에 푸로레타

리아 문학을 도와왔던 것이다. 그러나 의연히 그 주류는 민족
문학으로 춘원이 동아일보에 있어 『마의태자(麻衣太子)』 등의
좋은 작품을 내고 있었다.

조선문단(朝鮮文壇)과 신진 진출(新進進出)

『백조』와 『폐허』와 『폐허이후』 등의 문학지들이 안나와 한
동안은 문단침체의 소리가 높았다. 이때는 춘성 노자영의 문
학시대라고도 할만하여 『사랑의 불꽃』이니, 또는 『반항(反抗)』
이니 하는 애정문학이 한때 융성하여 『사랑의 불꽃』은 젊은
청년남녀의 공연한 서한의 본보기가 된 일도 있었다. 이때에
『조선문단』이란 문학지가 등장하니 모두들 이곳으로 모였다.
『조선문단』의 주간은 춘해(春海) 방인근(方仁根)이었고, 그
주재자는 춘원 이광수이었다. 그때 춘해는 평양에서 그당시
많은 재산을 분재받아 서울에 와서 『조선문단』을 창간하였던
것이다. 평양에서는 『영대(靈臺)』라는 문학지가 발행되어 나오
던 때이다. 이 『영대』라는 잡지는 임장화(林長和)를 중심하여
김유방(金惟邦), 남궁벽(南宮璧) 등의 우수한 시인과 소설가들
이 집필하였다. 이때의 일엽(一葉) 김원주(金元周)는 임장화와
좋은 사이였고, 나중에는 스윗홈까지 가진 일도 있었다. 그러
나 춘해는 이곳에 집필이 못되어 분연히 서울에 와서 춘원을
내세워 『조선문단』이란 문학지를 내고 늘봄 전영택(田榮澤)의
매씨 전유덕(田有德) 여사와 결혼하였다.
춘해는 이때 얌전하기로 유명하였다. 그러나 문단에는 주호
들이 너무 많았다. 또한 놀기를 좋아하였다. 일정에 대한 울분

을 술과 계집에게 풀었던 것이다. 이때는 좌파의 『염군』이란 문학지가 나오기 시작하던 때다. 그러나 이 『염군』은 매호마다 검열이 통과되지 않았다. 다만 『조선문단』이 관록을 보여 『조선문단』 창간호에 『혈서(血書)』라는 춘원의 단편소설이 이때의 전 문단의 문학적 시범을 보이었던 것이다. 이 무렵에 고생과 눈물 속에서 자라난 서해(曙海) 최학송(崔鶴松)이 『조선문단』에 찾아들었다. 이로부터 『조선문단』은 서해가 그 집에 머물러 있으면서 편집을 하였던 것이다.

서해는 자기가 두부장사를 한 짓이 이야기 되어 또는 얼굴이 그대로 시골티를 벗지 못하여 두부장사의 별명을 가지었다. 춘해는 그의 부인을 춘강(春江)으로 아호를 만들고, 『조선문단』에 글도 쓰게 하여 동지들이 '하루에', '하루에 남편', 하고 놀린 일이 있다. '하루에'은 춘강을 일어로 훈독하면 그렇게 되는 것이었다. 춘해는 재산을 아까운줄 모르고 『조선문단』 잡지보다도 요리집에서 많이 소비하였다. 이때 문인으로 재산 있는 사람은 금동과 춘해와 월탄이어서 이들이 밤낮 요리상을 벌리었다. 가끔 이곳에 뛰어드는 사람은 신문기자들이었다. 그 중에도 성해(星海) 이익상(李益相)이 많이 참석하게 되었던 것이다. 성해는 이때 동아일보 학예부장 때이었던 것이다. 문단의 주호는 빙허를 위시하여 나빈과 성해와 안서와 횡보이었던 것이다. 나빈의 주량은 한이 없었다. 세상에서 글도 잘 쓰고, 술도 잘 마시는 사람이 나빈으로 지목되었다. 나빈은 이때 시대일보 학예부장이었던 것이다. 이곳에 이채(異彩)로 참석하는 사람이 팔봉(八峯) 김기진(金基鎭)과 석영(夕影) 안석주(安碩柱)이었다.

팔봉은 이때 일본에서 갓 나와 가장 겸손한 사람이었던 것이다. 루바쉬카를 입은 팔봉은 나와 길에서 만나면 다정히 악수를 하였고, 팔봉은 이때 사회주의적 경향의 글을 써서 우리 나라의 평론의 권위는 팔봉이 가졌던 것이다. 팔봉의 글은 한때 우리나라의 문단에서 가장 많이 읽게 되었고, 팔봉의 영향을 받아 푸로레타리아 문학으로 나온 사람도 많았다. 이때부터 푸로레타리아 문학은 한때 우리나라 문단에 우이(牛耳)를 잡고 왕성하였다.

『붉은 쥐』를 들고 나온 민촌(民村) 이○영(李○永)의 문학도 이때에 되었던 것이다. 이때는 한창 경향문학이 왕성하였고, 동반자문학이라는 형태까지 있게 되었다. 나빈은 최의순(崔義順)과 연애를 하였으나 기어코 성공을 못하고 소설에 그의 울분을 풀고, 술에 울분을 풀었다. 이때 상화(尙火) 이상화(李相和) 는 대구에서 좋은 시를 써서『개벽』에 나오고, 공초 오상순도 좋은 시를 써서 우리나라의 시단을 형성하는가 하면, 고월(古月) 이장희(李章熙)는 고독하게 돌아다니면서 시를 쓰다가 드디어 자살하고 말았다. 일본에 대한 울분과 동지들의 냉담한 태도를 비관하였다고도 하고 가정불화라고도 하였다. 여하간 시인 이장희가 자살함으로써 세상에서는 그를 가리켜 비투쟁적 인물이라고 하였다. 마치 유도무랑(有島武郎)과 같은 사상적 막다른 골목에 들어선 사람이라고까지 하는 이가 있었다.『조선문단』에 들어와 일하던 춘해는 역시 술을 배우기 시작하였던 것이다. 그래서 역시 주호들과 어울리게 되었다. 이 무렵에 광주에서 시조를 써서 시조시인으로 이름을 날리던 조○(曺○) 이 서울에 올라 온 길에 자기의 누이를 서해에게 주었던 것이다.『조선문단』은 한때 우리나라의 문학하는 사람은 이곳으로 몰리게 되었다.

채만식(蔡萬植)도 이『조선문단』을 통하여 나온 사람이었고, 박○원(朴○遠)도 이『조선문단』을 통해 나온 사람이었던 것이다. 또한 김환태(金煥泰)란 평론가의 등장도 이곳을 통해서 되었던 것이다. 『조선문단』은 제법 원고료를 지불하였고, 신진들의 많은 진출을 받았던 것이다. 이때에 사상적으로 새로운 이지(離誌)가 나왔으니 그것은 일성(一星) 이관용(李灌鎔)을 중심으로하는『현대평론(現代評論)』이었던 것이다.

일정이 납본제로 해준『개벽』, 『신생활』, 『신천지』, 『조선지광』은 다같이 활발히 나가다가 먼저 이야기한 바와 같이 『신생활』이 필화사건으로 없어진 뒤에 그 뒤를 이어『신천지』가 화를 입어 그의 주간 백대진이 영어의 신세가 되고 다만『개벽』과『조선지광』만이 남아 있어『개벽』은 다소 온건하게 나갔으나 역시 압수가 많았고, 『조선지광』은 사회주의적 색채를 띠우고 나갔다. 『조선지광』에는 민촌이 있어 이것을 편집하였던 것이다. 민촌은 이 무렵에 또한 술을 배워 이내 주호가 되어 빙허와 밤낮 술타령을 하고, 민촌은 주후가 나빠 가끔 술주정을 하여 술주정하는 사람으로 지목이 갔다. 『조선문단』은 기어코 수지가 맞지 않아 폐간하게 될 때에 남우훈(南又薰)이 달려들었다.

춘해 다음으로 우훈이 맡아하던 것이다. 그러나 우훈은 폐병을 가진 사람이었던 것이다. 우훈이『조선문단』을 가지고 나가다가 쓸어지게 되었던 것이다. 그 다음으로『조선문단』을 하겠다고 달려든 사람이 이학인(李學仁)이다. 이때부터『조선문단』은 매력을 잃게 되었고 나중에는 폐간하는 지경에 이르렀던 것이다.

해외문학(海外文學)과 극예술(劇藝術)

우리나라의 문학은 국내에서 검열을 통하여 문학운동 이외에도 상해를 중심으로 하는 망명문학이 있어 춘원을 위시하여 송아 주요한이 그곳에서 『아름다운 새벽』을 쓴 것은 유명한 이야기거니와 이와 마찬가지로 일본 동경에서 『학지광(學之光)』과 『女子界』가 나오기 시작하였다. 『학지광』은 일본 유학생의 남자들이 하는가 하면 『여자계』는 여자들이 하였다. 이곳에 재미나는 일은 연애가 벌어지는 일이다. 유학생회의 회장이나 위원장쯤 하게 되면 연애가 벌어지게 된다. 동경 바닥에서 연애쯤 하는 것은 문제가 없다. 때로는 동서생활(同棲生活)을 하는 일이 많다. 그래가지고 우리나라에 나와서 결혼을 하거나 그대로 부부가 되어 사는 일이 많으니 예하면 일찍이 돌아간 춘원과 연학년(延鶴年)이 그러했고, 팔봉도 역시 그리하다. 이곳에서 가장 애닲은 삽화는 박정진(朴貞鎭) 사건이니 이는 모씨와 연애가 열중하다가 실패하여 할복자살한 일이다. 박정진(朴貞鎭)은 김려수(金麗水)라는 아호를 가진 박팔양(朴八陽)의 매(妹)씨이었던 것이다. 한때 동경 바닥에서는 센세이션을 일으켰던 것이다.

『학지광』과 『여자계』는 1년에 네 번이 나오기로 한 것이지마는 그렇게 순조롭게는 나오지 못하였다. 대개 유학생들의 주머니를 털어서 잡지를 내는 터이므로 이것이 얼른 되지 않았다. 그러나 함석훈(咸錫勳)을 비롯하여 김탁(金鐸), 또는 박락종(朴洛種) 등의 유학생이 출자를 하여 '동성사(同聲社)'란 인쇄소를 하호총정(下戶塚町)에다 창설한 후부터는 얼마든지 이런 잡지를 찍어낼 수가 있었다. 그 전에도 몇몇 유학생이 인쇄소를 경영하고 학생신문이니 예술신문이니 하는 것들을 박아내었다.

하기방학에 순회극단을 꾸미어 가지고 나와서 광무대에서 신극을 상연하여 그때 유학생들이 예술운동에 정진하는 것을 보인 것은 좋았지마는 김영만(金榮萬)을 위시하여 몇몇이 작당이 되어 가지고 열빈루사건(悅賓樓事件)을 일으키어 순회극단은 깨어지고만 일이 있다. 열빈루사건은 다른 것이 아니라 설산(雪山) 장덕수(張德秀)가 국제공산당으로부터 자금을 받아 썼다는 풍설을 듣고 이것이 서울청년회계에서 혼자 먹었다고 돌리어 설산은 시끄러운 우리나라에 있기가 싫어 미국 유학을 빙적(憑籍)하고 떠나는 때이었다. 이때 열빈루에서 몇몇 동지들이 송별연을 하는 것을 김영만 등의 좌파 예술인들이 루바쉬카를 입은 채, 또는 사구라 몽둥이를 든 채 달려들어 요리상을 부수고 설산을 패주었던 것이다. 여기에서 순회극단은 깨어지고 영어의 신세를 지는 사람까지 있었다. 이때부터 동경에는 정우영(鄭又影)을 위시하여 극단의 우익분자가 늘어가기 시작하였다. 그래서 이들을 소위 경파(硬派)라하면 문학이나 예술을 이야기하면서 연애를 하는 분자를 연파(軟派)라 하였다. 좌파에서는 '조선총독 폭압정치반대동맹'까지 만들어 가지고 삐라를 살포하는가 하면 일본의 배달부들은 연애편지를 전하기에 바빴다. 나는 이때 하호총정에 방 한 칸을 빌려가지고 있었다.

하루는 유학생회의 운동회가 구택대학(駒澤大學)에서 열린다고 하여 그리로 놀러 갔었다. 이날은 무슨 재수이었던지 경주를 하는 데 한번인가 끼었었고, 그 다음은 점심이어서 여자들과 또는 동지들과 점심을 먹고 있는 데 다만 지면만 있는 유학생 한 사람이 '조선총독 폭압정치반대동맹'의 삐라를 한 뭉치를 나에게다 안기고 달아나는 것이다. 나는 도시락을 먹으면서 이것을 받았다.

뒤에 일본 형사가 와 있는 줄도 모르고 밥을 먹으면서 그 삐라의 문맥을 읽고 있었다. 그 삐라의 문면을 채 읽기도 전에 그 삐라는 뒤에 있던 형사가 홱 집어가고 도시락이 끝이나니 이내 연행이 되고 말았었다. 나중에 그 삐라를 준 사람의 이름을 대라고 하여 땀을 뺏었다. 이름을 알아도 대지 않을 것이어늘 하물며 이름을 모르는 사람이라오. 드디어 나는 1주일이라는 구류를 살았다. 그때 처음에는 남녀 10여 명이 붙들리어 들어와서 벅적벅적하여 2-3일 되면 나가리라 생각하였던 것이 동지들은 모두 나가는 데 나 혼자만이 1주일을 고생 하였다.

일경의 해석은 그 삐라를 준 사람의 이름을 잘 알면서도 대지 않는다는 데 있었다. 그때도 불유쾌한 일이지마는 그때의 법령에 저촉된 나의 죄목은 '경찰처벌령'의 제 2항인가 제 3항인가 하는 부랑자조(浮浪者條)에 걸리어 있었던 것이다. 도장을 찍으라고 하여 아니 찍으니 수장이라도 찍으라고 하여 손을 붙들어다가 찍게 하였다. 그래 그곳 경찰서 유치장에서 1주일을 지내고 나오니 정신이 얼떨떨하여 며칠은 극히 병적인 불유쾌한 날을 보냈다. 이때에 찾아준 동지가 홍양명(洪陽明)이었다.

나는 김한용(金翰容)을 맨 처음 동경에서 사귀었다. 그리고 차츰 안 것이 홍양명, 한식, 조중곤 등을 알게 되었고, 내가 편집 겸 발행인이 되어 가지고 『제3전선(第三戰線)』을 내었다. 이때는 내가 좌파로 지목을 받던 때다. 그러나 나는 언제든지 민족주의에다가 다른 사회주의를 얹는 사람이오, 결코 민족주의가 근간이 되지 않고는 일하기가 싫었다.

이래서 결국 '조선프로레타리아예술동맹'에서 김동환(金東煥), 홍양명(洪陽明), 안석주(安碩柱), 나 4인이 제명을 당하는 일이 있었던 것이다. 『제3전선』의 제 2호를 들고 우리나라에 와서 대구에서 강의를 하고 나의 삼촌집에를 오니 이내 또 형사의 연행과 『제3전선』의 압수를 받았다.

이런 잡지를 내었는가 하면 일보(一步) 함대훈(咸大勳), 이하윤(異河潤) 또는 정인섭(鄭寅燮), 김광섭(金珖燮), 장기제(張起悌), 이헌구(李軒求) 등의 『해외문학』이라는 잡지를 내었다. 이 사람들을 가르치어 해외유학파라 하였다. 당재(瞠齋) 서항석(徐恒錫)은 나중에 참가하였고, 조희순(曹喜淳)도 나중에 참가하였다. 이들은 『해외문학』이라는 잡지를 발행하는 한편으로 유치진(柳致眞)을 넣어 '극예술연구회'를 만들었다.

일보 함대훈은 고골리의 『검찰관』을 번역하여 상연하였다. 여기에서 유치진은 그때 가장 겸손한 사람이었고, 유치진은 다시 동경으로 유학을 가서 지금의 현부인인 심씨(沈氏)와 연애의 꽃을 피웠던 것이다.

지금의 명연출가 또는 명배우의 이름을 듣는 이광래(李光來), 이해랑(李海浪), 박상익(朴商翊), 송재로(宋在魯), 김동원(金東園) 등은 다들 이 '극예술연구회'에서 연마된 연기를 가지고 나온 것이다. 우리나라의 극예운동은 먼저 말한 순회극단의 후신으로 등장한 것이 '토월회(土月會)'이었고, 그 경영자는 박승희(朴勝喜)이었다.

지금도 입에 캬라멜을 씹고 있으면서 입장권을 받던 김을한(金乙漢)의 미남자 청년이 연상되고 있다. 이때 김을한은 토월회에서 일을 보고 있었고, 이때는 끽연당(喫煙黨)이 아니고 감당(甘黨)이었던 것이다. 말하자면 신극은 동경유학생들이 수립시키었다고 보아도 과언이 아니다.

이때 여역(女役)으로는 이월화(李月華), 윤심덕(尹心悳), 김복진(金福鎭)들이었으나 모두 불행히 저 세상으로 가버리고 말았다. 이들의 스켄들은 드디어 김수산과 윤심덕이 바다에 빠져 죽음으로써 세상에서는 모두 여배우의 정조란 믿지 못하는 것으로 알려지게 되었다. 우리나라에서는 극예술이 아직도 여배우난으로 고심되는 일이 많다.

김복진은 언제나 숙련된 연기를 보여주었으나 불행히 저 세상으로 가고만 것이다. 출신도 이화대학으로 모두 장래를 촉망하였던 것이나 기어코 불행하고 말았다.

소파(小波)와 아동문학(兒童文學)의 발전

우리나라의 아동문학은 세상이 다 아는 바와 같이 소파(小波) 방정환(方定煥)으로부터 비롯하였다. 소파는 일찍이 문학을 좋아해서 소년시대부터 육당의 경영한 『소년(少年)』, 또는 『청춘(靑春)』, 『붉은 저고리』 등의 현상에 응모하여 제일 이름이 난 사람이다. 이것이 빌미로 소파는 일본으로 유학을 갔었고, 일본에서 돌아와서는 아동문학 잡지로서 『어린이』를 '개벽사'의 일실(一室)을 빌어 발행하였다.

또한 소년운동, 또는 소년문학운동으로 '색동회'가 조직되었다. 그때의 한 사람으로 참여한 사람이 지금의 마해송(馬海松)이다. 이 외에도 고한승(高漢承)과 이정호(李定鎬), 또는 윤석중

(尹石重)이 나중에 참가하였고, 정순철(鄭淳哲)은 음악가로서 동요작곡만을 하였다.

한 편에 '색동회'가 있는가 하면 일본에서 돌아와서 음악작곡을 하고 있던 윤극영(尹克榮)이 '반달회'를 조직하는가 하면 표한종(表漢鐘)이란 사람은 '가나다회'를 조직하였다. 이 무렵에 저 유명한 『반달노래』가 나왔다.

지금은 '하얀 쪽배가 서쪽으로 간다!'는 노래를 들으면 이때 연상이 된다. 서정희(徐廷禧) 선생의 두 따님은 지금은 모두 점잖은 어머니가 되었지마는 그때는 윤극영 앞에서 노래를 부르던 소녀이었다.

윤석중은 이때 어린이로서 동요작가가 되어 소파에게도 귀염을 받았고, 윤극영에게도 귀염을 받았다. 이때에 표한종의 '가나다회'는 활발히 나와 다같이 방송국에 가서 동요방송을 하였다. 그러나 '가나다회'는 그 작곡이 천편일률이었기 때문에 마치 유행가 만드는 그룹과 같이 지목되었다. '반달회'와 '가나다회'은 서로 반목과 질시가 심한 때도 있었다. '반달회'는 윤극영이 간도(間島) 용정(龍井)으로 이주를 감으로 인하여 없어지고 '색동회'는 소파의 작고로 흐지부지 되어버리고, '가나다회'는 나중까지 있다가 표한종이 작고하니 없어졌다. 『어린이』는 소파가 작고한 후까지도 계속하다가 미소(微笑) 이정호(李定鎬)가 또 작고를 하고나니 그만 없어지게 되었다.

이 무렵에 백철(白鐵)이 천도교인으로 일본에서 유학하고 돌아와서 개벽사에 취직되고, 그때 시천교(侍天敎) 안에 있던 여자상업 출신으로 송계월(宋桂月)이 역시 개벽사에 취직이 되었다. 백철과 송계월은 연애가 되어 남만희(南萬熙)라는 젊은 청년과 송계월의 집에서 서로 각축(角逐)이 되는 것을 보고 웃는 친구가 많았다. 그러나 백철의 순정은 드디어 송계월을 사로잡아 송계월은 죽을 때에 백철의 무릎에서 죽었고, 장비(葬費)는 백철이 의류를 팔아서 지낸 것으로 인정애화(人情哀話)가 함북을 비롯하여 서울까지 유포된 일도 있다.

송계월은 여기자만으로서가 아니라 여류시인으로 한때 이름을 날렸다. 개벽사에서 송계월이 그만두고 나니 그 후임으로 들어 온 사람이 장덕조(張德祚) 소설가다.

장덕조는 대구 사람으로 상당히 재조가 있어 이때부터 소설을 썼었고, 미소 이정환과 연애설이 돌아 이것을 박차고 자진하여 이때 삼천리사의 기자이던 산초(山樵) 박명환(朴明煥)과 결혼하였다. 미소는 『어린이』를 편집하면서 어느 회합에 가던지 가장 얌전하고 수집어하던 참으로 모범소년기자, 또는 청년기자로 지목되더니 실연(失戀)을 정말 하였음인지 이때부터 술을 시작하면 통음(痛飮)을 하였다. 개벽사는 주호들이 많았다.

박달성(朴達成)은 하루도 술을 마시지 않고는 배기지 못하였다. 미소는 어느 듯 박달성과 대작하는 버릇이 생기어 밤새도록 술마시는 일이 많았다. 이 통에 개벽이 일정에게 폐간을 받고 그 다음으로 나온 것이 『별건곤(別乾坤)』이다. 『별건곤』은 순오락잡지이었다. 『별건곤』은 수지가 맞아 소파가 가끔 술도 마시고 희색이 만면하여 단장을 끌고 경운동을 오르나리던 것이 어제와 같다.

하루 아침 소파는 눈이 컴컴하다고 하더니 대학병원에 입원하여 진찰해 본 결과는 신장염(腎臟炎)으로 알려졌다. 벌써 혈액이 나빠 눈이 어두어진 것이다. 소파는 죽을 때 '창피해, 창피해!' 소리를 연발하고 죽었다는 것을 윤석중에게 듣고서 우리는 가슴이 미여지는 듯 하였다. 그 뜻은 나라를 회복(恢復)을 못하고, 또는 못보고 죽으니 창피하다는 것이라고 알려졌다. 지금쯤 소파가 살아 있으면 얼마나 좋아하였을까? 나는 이때 동화를 신동화로 하여 창작동화를 시험하던 때요, 사상은 사회주의적으로 기울어져 있던 때다.

청곡(靑谷) 최규선(崔奎善)이 소년 이프레트잡지 『무궁화』를 발간하자 하여 내가 편집 겸 발행인을 빌려주어 그것이 다달이 나왔다. 그러나 이 잡지는 정홍교(丁洪敎), 윤소성(尹小星) 등의 집필도 있어 소년운동하는 잡지로 지목받는 때가 많았다. 한 번은 청곡이 『꿀떡』이란 동화를 써서 이 『무궁화』에다가 싣고 검열을 넣었다.

이 『꿀떡』이 내용은 별다른 것이 아니었다. 아이들이 처음에는 먹을 달떡을 만든다 하여 둥글게 만들어 주고 조금 있다가 그 떡이 또 먹고 싶으니 별떡을 만들어 준다고, 또 베어 먹어 조그맣게 만들어 놓았다. 조금 있다가는 또 그 떡이 먹고 싶어 목넘어 꿀떡을 만들어 준다고 하였다. 어린아이는 꿀떡이란 말에 그 큰 아이에게 떡을 내맡기었더니 그 큰 아이는 꿀떡 다 먹어 버렸다. 떡이 없어진 작은 아이는 으아하고 울었다는 것이 이 동화의 경개(梗槪)다. 그러나 이때의 신경과민한 일정의 검열관은 이것이 일본이 조선을 먹었다는 것을 어린아이에게 가르치는 것이라고 나는 일정의 경무국 도서과에 불려가서 톡톡히 꾸지람을 들었고, 필자는 며칠의 유치장 신세를 진 일까지 있었다.

그래도 이 『무궁화』는 계속해 하다가 체재를 바꾸어 『신진소년』이라 하여 내었으나, 이때에는 어찌 되었던지 소년잡지가 쏟아져 나와 드디어 수지가 너무 맞지 않아 와짝 많이 나왔던 소년잡지, 예하면『어린이』,『아이생활』,『신소년』,『새 벗』,『어린벗』또는『신진소년』등의 많은 소년잡지가 있었다. 그러나 소파가 죽고, 고한승이 죽고, 정순철이 죽고하고, 미소가 죽고 나니 흐지부지 소년잡지, 또는 아동잡지는 극히 한적해지고 오직 기독교에서 발행하던『아이생활』이 8.15해방의 전에 까지 발행이 된 일이 있다. 호당 연성흠은 소년을 위하여 자진 학원을 부부가 경영하는 한편 문학, 곧 아동문학을 열심히 해 갔다. 그러나 호당도 과도한 피로로 일찍이 소년단체 '명진회(明進會)'를 경영하던 장무쇠(張茂釗)와 같이 쓸어지고 말았다. '명진회'를 경영하면 장무쇠는 20미준(未準)의 소년으로 회사의 사무원 노릇을 하면서 전전분분(錢錢分分)이 모은 사재를 소년회관을 짓는 데 던졌던 것이다. 그러나 불행하게도 그는 우연히 득병하여 병석에 누운지 열흘이 못되어 불귀의 객이 되고 말았던 것이다.

이래서 잡지의『어린이』와 소년회의『명진소년회(明進少年會)』는 한때 서울의 인기이었던 것이『어린이』는 소파와 미소가 죽은 뒤 쇠잔해졌고,『명진소년회관』은 장무쇠가 작고한 후 그의 가족이 그것을 매도해 버렸다. 장무쇠는 결혼도 아니한 20전후의 청년으로 죽어 지금도 그의 착한 모습이 어른거린다.『새벗』은 고병돈(高炳敦)이『조선문예』를 발행하는 일방,『새벗』을 이원규(李元珪)의 편집으로 발행하였다.『새벗』은『어린이』이상으로 수지가 맞았다. 이원규는 상당히 수완있게 편집하였으나 이 사람 역시 나중에 주호가 되어 지금도 통음한다는 소문을 자주 듣고 있다.

소년잡지로서 수지가 맞은 것은 다만『새벗』이었다.『아이생활』은 처음에 한석원(韓錫源) 목사가 이것을 발행하다가 나중에는 최봉칙(崔鳳則) 목사가 받아 발행하였다. 이것은 수지가 맞던가 아니 맞던가를 관계하지 않고 상당히 오랜 세월을 끌고 갔다. 소년잡지와 소년운동은 우리나라에서도 상당히 활발한 진전을 보인 셈이니 그것은 육당의 『소년』이라든가, 『샛별』이 많이 영향하였던 것이라고 보여진다.

조선문단(朝鮮文壇)과 조선문학(朝鮮文學)의 활약

우리나라의 시단은 시지(詩誌) 『장미촌(薔薇村)』이 없어진 후 시인들이 각 잡지에 한 두 편씩 실은 것으로 명맥을 이어가더니 상아탑이란 아호로 시단을 독점하던 황석우(黃錫禹)가 승려와 스캔들을 일으켜 한동안 명예가 떨어졌다가 자기의 전 재산을 『조선시단(朝鮮詩壇)』이란 시 잡지를 내기 시작하여 다시 명예도 회복되고 한동안 시인들이 이곳으로 모이게 되었다. 이때에 나온 시인들이 지금도 많이 시인으로 있게 되었으니 예하면 서정주(徐廷柱), 또는 설창수(薛昌洙), 유치환(柳致環) 같은 시인들이 모두 이 『조선시단』에 기고하는 시인들이었다.

서정주는 이때부터 그의 시재가 남보다 뛰어났고, 남응손(南應孫)도 시재가 뛰어났으나 불행하게도 저 세상으로 갔다. 이때에 나온 천재시인 윤동주(尹東柱)도 이제는 작고한 사람이 되고 있다. 이 『조선시단』은 『조선문단』지와 병행하여 한때는 우리 문단에서 가장 공헌이 있게 된 것이다.

그러나 우리나라에서는 지금도 문학에 대하여 관심이 없는만큼 그때는 더 말할 나위 없이 문학에 대하여 관심이 없었다. 『조선시단』은 상아탑이 결손을 보면서 얼마동안 발행해 갔었다. 그러나 유한한 재산을 무한히 쓸 수 없는 것은 또한 정한 이치이어서『조선시단』은 기어코 발행을 못하고 쓸어졌다.

우리나라는 언제나 깨끗하고, 욕심 없는 청년시인들을 키워줄까? 시인은 지금도 많다. 그러나 자비출판이 아니면 시집 못내는 이 세상이 되고 있다.『무심(無心)』을 낸 김대봉(金大鳳) 시인도 이때에 나온 시인이다. 시인 김대봉은 의학공부를 하여 외과의된 사람이나 언제나 지조있는 시인이었다. 그는 불행하게 처복이 없이 또다시 이 무렵에 결혼을 하게 되었다. 시인 김용호(金容浩)가 한때 이 사람에게 신세를 지고 있을 무렵이다.

나는 그의 결혼청첩을 받고 결혼식에는 늦게 가고 피로연에만 참여하게 되었다. 피로연비는 의례히 신부집에서 무는 것이언마는 어떻게 된 셈인지 신부집에서는 신랑을 찾아가지 않았다. 밤은 깊어 가건마는 첫날밤이 요리집에서 지내게 되는가(?) 하고 모두 놀려대었다.

통행금지 시간은 있지 않았으나 유흥시간이 12시까지 정해진 때다. 곳이 성북동 음벽정(飮碧亭)이어서 12시가 지났으나 아무런 말이 없던 요리집 주인은 12시가 지나 오전 2시가 되니 자주 들락거리며 요리값을 재촉하였다. 신부 집으로 사람이 몇 번 갔는 지 그 수효가 알 수 없었다. 신부집에서 아무런 반응이 없으니 신랑은 드디어 자기가 가지고 있던 결혼반지를 내놓고 나오는 소동을 일으키었다. 이렇게 되니 신랑은 첫 날밤을 치르려 하지 않았고, 친구들은 무색해졌다. 나는 이런 피로연에 참석한 것을 후회했으나 어쩔 수 없는 신세를 한탄하였다.

이제 시인 김대봉이 작고하고 보니 그 일도 한 개의 기념이 되고 기억에 남는 에피소드가 되었다. 그 후에 문학지로는 『조선문학(朝鮮文學)』과 『동방문학(東方文學)』이 나왔다. 『조선문학』은 충북 사람으로 노상 소년을 면한 정영택(鄭英澤)이란 젊은 청년이 맡아 가지고 발행하였다.

소설가 지봉문(池奉文)의 편집으로 발행되었다. 이때는 내가 신혼을 한 때이었다. 이 무렵에 평론가 김문집(金文輯)이 등장하여 함부로 써내던 때다. 김문집은 재조있는 평론가이었다. 그러나 절조(節操)가 너무 없어 친구들이 경이원지(敬而遠之)하였다. 나는 김문집의 너무 기교적인 것을 반박한 일이 있다. 이것을 무엇이라 하였는가 하면 욕교반굴(欲巧反掘)이라 하였더니 '신혼평론(新婚評論)'을 써서 나를 욕한 것이 지금도 기억에 남아 있다.

『조선문학』이 『조선문단』을 이어받아 그리로 문학하는 친구들이 모였으나 고료를 내지 않았고, 또 매월 결손을 보다가 그만 두었다.

『동방문학』은 춘성 노자영이 단독으로 경영하였다. 춘성은 자기 작품을 내어 상당히 수지를 맞추고 이 여잉(餘剩)으로 『동방문학』을 내었으나 그다지 환영받지 않았다. 춘성은 사상이 없다고 하여 이를 백안시할 뿐 아니라 일부에서는 배척까지 하였다. 춘성은 우리 문단에서 상당히 학대를 받았다. 연애문학이란 지탄을 받으면서 센티멘탈리즘을 지키어 갔다. 그러나 나중에 조선일보에 입사하여 『조광(朝光)』을 편집하다가 불행하게도 병마에 붙들리어 작고하고 말았다. 그러나 그의 업적은 우리나라에서 로맨시티즘을 끝까지 고수한 사람으로 모두 알고 있다. 『동방문학』을 통하여 나온 소설가나 시인은 그다지 많지 않다.

이 무렵은 푸로레타리아 문학이 우이를 잡고 민족문학에 대하여 도전이 심하였다. 무애 양주동과 팔봉 김기진의 논전(論戰)도 이때라 생각이 된다.

석송(石松)과 동아일보

문인들이 처음에는 저널리스트로 출발하는 일이 많다. 석송(石松) 김형원(金炯元)은 동아일보 창간호부터 그 사(社)의 기자로 되어 나중에는 편집국장을 지내게 되었다. 이때는 우리나라에 민주주의가 수입이 되어 한창 꽃을 피던 시대이다.

석송은 이때 시인으로 어떤 위치를 점령하고 있었는가 하면 미국의 휘트맨의 시풍을 받아 시를 쓰기 시작하였다. 석송도 역시 『백조』에 글도 쓰고, 『폐허』, 또는 『폐허이후』에도 쓰고 『르네상스』에도 썼다. 그랬는가 하면 『조선문단』에도 시를 썼다.

동아일보를 거쳐 나온 문인이 무려 10여 명이 되고 있다. 첫째로 손을 꼽아지는 사람이 석송이고, 둘째로 손을 꼽아지는 사람이 춘원 이광수다. 춘원은 처음 상해에서 돌아와서 '장백산인'이란 필명으로 『가실(嘉實)』이란 작품을 쓰기 시작하여 『선도자(先導者)』라는 작품이 그때 인기가 있어 드디어 춘원이 귀국하였다는 것을 알게 되었고, 춘원은 나중에 동아일보에 입사하게 되어 역시 편집국장을 지내게 되었던 것이다. 이와 비슷하게 송아 주요한도 상해에서 돌아와 『아름다운 새벽』이란 시집을 내고, 역시 동아일보에 입사하여 편집국장을 지내었다. 동아일보는 우리 문단에 기여함이 많았다. 원고료의 지불도 이곳에서 먼저 시작되었다고들 말하고 있다. 그때의 원고료는 1장 80전, 또는 1원하던 시대이다. 그래서 동아일보를 거쳐나온 문인이 무릇 몇 사람이 되는가 하고 손꼽아 보니 석송을 비롯하여 춘원과 송아, 파인 김동환, 빙허 현진건, 당재 서항석, 임병철, 노산 이은상, 연포 이하윤, 이무영, 이용구, 나까지 하면 벌써 10명이 넘는다.

주요한은 여기자 김자혜(金慈惠)와 연애가 되어 지금도 좋은 가정에 다자녀를 향유하게 되었고, 그 외에 신문에는 원앙기자가 많았던 것으로도 유명하다. 첫째로 춘원 부부가 이곳에 입사하여 원앙기자의 효시를 지으니 그 다음으로 원앙기자가 속출하여 임원근(林元根)과 허정숙(許貞淑)이, 또한 그러하였고, 임봉순(任鳳淳)과 황신덕(黃信德)이 그러하였고, 최승만(崔承萬)과 박승호(朴承浩)가 그러하였다.

동아일보는 2천만 민족의 표현기관으로 자처하면서 전후 명사를 길러 나왔다. 지금에 생각하면 자타가 감개가 무량할 것이라 상상된다.

파인은 이때에 사회부 기자로 그의 감상적인 애수에 잠긴 얼굴로 비각을 내다보면서 시를 생각하였다. 먼저 문인을 드는 중에 한 사람이 또 생각난다. 『상록수(常綠樹)』로 나중에 현상에 당선한 사람으로 심훈(沈薰)이다. 이때의 이름은 심대섭(沈大燮)이다. 술 잘 먹고 익살 잘 부리고 허풍을 잘 떨던 심대섭은 이때의 동아일보의 명기자였다. 그때는 단장을 짚고 다니는 기자가 많았다. 지금은 기자가 단장을 짚는 버릇이 없으나 그때는 모두 단장을 짚고 상당히 거드름을 빼고 지냈다.

심대섭도 단장을 짚고 다니는 축의 한 사람이다. 광복 전에는 기자들이 단장을 짚고 다니는 버릇이 많았다. 심대섭도 천재에 속하는 문인이다. 『상록수』를 익명으로 동아일보에 응모하여 당선하고 보니 심훈이란 심대섭이 들어났다.

심훈은 이때 지방에 있다가 서울로 뛰어 올라 작가생활을 하였더라면 그의 일생이 좀 더 길었을른지 모른다. 그러나 불행하게도 그의 취미는 다방면이었다. 다방면이어도 영화감독만은 말았다면 좀 더 살았을 것을 심훈은 영화감독을 하면서 여인을 좋아하였다.

심훈은 불행하게도 조혼을 하여 나중에 애정에 눈이 뜨게 되었다. 또한 심훈은 생래(生來)로 미남아이었다. 이곳에 모여든 여자는 무용가 최승희(崔承喜)를 비롯하여 여배우들이 많았다. 미모 여인 안정옥(安貞玉)은 드디어 심훈의 숨은 애인으로 3남을 낳았던 것이다.

그러나 심훈은 불행하게 병사하게 된 것이다. 석송은 그 후 광복까지 보고 또다시 신문계로 나와 6.25를 치르고 아무런 소식이 없다. 죽었다 하기도 하고 살았다 하기도 한다.

동명(東明)과 시대일보(時代日報)

육당 최남선은 세상이 다 아는 바와 같이 문학의 선구자요, 문화의 은인이다. 또한 3.1운동의 독립선언서를 작성한 분이어니와 우리는 어렸을 때 『붉은 저고리』, 또는 『샛별』로 친하였고, 『청춘』을 뜯어보기에 노력하였다. 그때는 내 나이가 10세 전후이었던 것이다.

국치가 있은 후 육당은 문화운동에서 떠나 있다가 3.1운동 이후 출옥하여 다시 낸 잡지가 『동명』이란 주간지다. 그때

『동명』은 유일한 주간지로 모든 사람에게 환영을 받았다. 『동명』은 주로 역사론이 많았다. 육당의 장논문인 『민시론(民是論)』은 육당의 필생의 명문이라고 하여도 과언이 아닐 것이다. 이런 평론에 자극되었음인지 춘원은 『개벽』지에 『민족개조론(民族改造論)』을 발표하였다.

그러나 이 평론은 그때의 젊은 청년들에게 자극되고 흥분됨이 많아 춘원을 찾아가서 구론(口論)을 한 사람이 많았다. 춘원은 원래 사심이 있어 이 평론을 쓴 것이 아니므로 누구나 질문을 가면 춘원의 인격과 화기에 접촉하여 돌아와서는 춘원을 도와 말하는 사람이 많았다. 그래서 젊은 청년들은 춘원을 찾아가서 질문을 할 것 없이 뚜드려 패자고 하여 춘원이 한동안 공포 속에 지내었고, 기어코 수삼(數三) 청년에게 습격된 일도 있다. 이 일은 낙양관사건(洛陽館事件)만큼 떠들지는 아니하였지마는 춘원은 한때 인기가 떨어지고 허영숙(許英蕭) 여사의 연애에 떨어져 변절하고 입국한 사람이라는 것까지 알려지게 된 일도 있다.

그러나 춘원을 애끼고 옹호하는 사람은 그렇지 않다고 변명해 주는 사람도 있었다. 결국 춘원은 국내정세를 살피러 들어왔다가 귀순한 것으로 모두 알려졌다. 여하간 춘원을 헐뜯는 사람이 있는가 하면 춘원을 옹호하는 사람도 많았다. 그 중 나는 춘원을 옹호하는 사람의 하나이지마는 춘원은 나 보기에는 사심이 있는 사람이라고 보여지지 않는다. 문학에 있어서 재기와 필치가 뛰어남에 있어, 처세에 있어 그다지 관심하지 않는 것이 들어나고 있다. 춘원을 만나면 누구나 그의 겸손에 감복한다. 육당은 춘원과 같이 역시 겸손한 분이다. 그리고 되도록이면 논전(論戰) 같은 것은 피하는 분이다.

애류(崖柳) 권덕규(權悳奎) 같은 분에게 술 주정을 받기를 몇 번이나 하여도 애류와 싸운 일이 없다. 육당은 『동명』에서 결손을 보면서 그대로 계속하다가 보천교(普天敎) 재단에서 신문을 하자고 하여 이것을 비약시켜 『시대일보』가 나왔다. 보천교 재단에서는 큰 돈이나 벌듯이 떠들어서 『시대일보(時代日報)』가 윤전기를 사들이고 꽤 근사하게 설비를 명동의 동순태(洞順泰) 빌딩에 차리었다. 그러나 창간호를 내기 전에 보천교 재단은 자빠졌다.

육당 보고 나무에 올라가라 하고 나무에 올라 앉히고 그만둔 격이 되었다. 보천교 재단이 돈도 없으면서 추진시키었던 것이다. 그러나 일설에는 보천교주 차천자(車天子)가 일정의 경무국의 헌금을 하여 돈이 없어서 그리 되었다고 전하여졌던 것이다. 이랬든 저랬든 간에 육당은 버린 침이라,『시대일보』를 아니 발행할 수가 없었다. 육당은 자기의 집을 잡혀가지고 창간호를 내었다는 것이다.

이때의 신문은 『동아일보』와 『조선일보』와 『시대일보』의 3개의 민간신문이 다같이 민족적인 입장을 지키는가 하면 죽내록지조(竹內綠之助)의 『반도신문(半島新聞)』을 비롯하여 『매일신보(每日申報)』의 일정기관지가 있고, 친일파 민원식(閔元植)의 신문인 『민중일보(民衆日報)』가 있었다. 3.1운동 이후에 이때같이 신문이 번창한 때는 없었다.

육당은 2개의 큰 신문 틈에서 이 『시대일보』를 끌어가기가 어려웠다. 이 신문은 드디어 1개월 간을 간신히 내고 다시 주인을 바꾸는 일이 있게 되었다. 외국에서 다년 유학을 하고 돌아 온 일성(一星) 이권용(李權鎔)이 경상북도의 재산가라는 강근민(姜槿民)의 도움을 받아 『현대평론』을 하던 터이라 이것을 자기가 맡아 하겠다고 하여 시대일보는 드디어 진용이 새로워지게 되었으니 그때 사회운동선에서 '화요회파(火曜會派)'라는 지목을 받는 평주(平州) 이승복(李承馥)과 벽○(碧○) 홍○○(洪○○) 등이 일성과 합작하여 『시대일보』의 경영을 인수하였다. 이때의 경손 나빈은 『동아일보』에 20세 미만 청년으로 『환희(幻戲)』라는 장편소설을 집필하여 문단의 총아로 있다가 『시대일보』에 학예부장으로 취임이 되고, 팔봉 김기진은 사회부장으로 취임이 되고, 석영(夕影) 안석주는 전속화가로 취임이 되었다.

『동아일보』에서 나빈의 소설에 석영의 삽화는 그때의 한참 인기였던 것이다. 석영은 이때 가장 귀염받는 삽화가로 그의 그림은 가장 진보적이었고, 환영받는 것이었다. 말하자면 우리나라의 신문에 있어서 반드시 있어야 할 소설삽화가 석영으로 해서 개척이 되었다고 하여도 과언이 아니었다. 그러나 이때에 모두 경음(鯨飮)에 가까운 술 타령들을 하였다.

청년작가들인 횡보 염상섭은 이때 『개벽』에 『표본실의 청개구리』라는 소설을 써서 인기를 올리었는가 하면 『동명』에 『E선생』이라는 연재를 써서 역시 나빈과 같이 소설계의 총아이었다. 이때 염상섭은 정치부장이었다. 그때의 이들 4인, 또는 5인 중에 한 사람은 월탄(月灘) 박종화(朴鍾和)다. 모두 술 타령으로 밤을 새는 일이 많았다.

월탄의 단골 요리집은 『춘경원(春景園)』이다. 이 축들은 『시대일보』에서 월급 못받는 풀이를 월탄의 『춘경원』에서 풀었다. 또 한 사람의 멤버가 늘 때에는 객원으로 흑경(黑鷩) 이용우(李用雨)가 끼는가 하면 행인(杏仁) 이승만(李承萬)이 끼는 일이 많았다. 또 한 사람이 있으니 이는 안서 김억이었다.

민우보(閔牛步)와 이하몽(李何夢)

문단에 직접으로 들어서지 않고 측면에서 가장 많이 활약한
사람은 우보(牛步) 민태원(閔泰瑗)과 하몽(何夢) 이상협(李相協)이
다. 하몽 이상협은 육당의 『청춘』 때에 많이 나왔고, 그 이전
의 이인직 시대부터 글을 쓰기 시작하여 『눈물』이란 소설은
낙양의 지가를 올리고, 또는 『무궁화(無窮花)』라는 소설을 써
서 역시 신문소설의 길을 열었다.

하몽은 우리나라에 있어 신문의 길을 열었나니, 현재의 누
구누구하는 예하면 석송 김형원이나 종석(種石) 유광열(柳光烈)
등의 유수한 인물이 그의 신문계통을 받아오고 있다. 그러나
하몽이 종시일관하여 친일파의 위치에 있었기 때문에 모두 그
를 경원(敬遠)하였던 것이다. 한때 동아일보가 창간된 때는 하
몽이 석송과 함께 동아일보에 가담하여 친일파 소리를 아니
듣든가 하였더니 다시 조선일보를 거치어 매일신보로 들어가
동아일보와 조선일보의 폐간을 만들었다는 치의(致疑)를 받아
광복 후에는 극히 적요(寂寥)한 생활로 지내다가 불귀의 객이
되고 말았다.

그러나 그가 남긴 신문계의 공적은 적지 않다. 이와 거의
비슷하게 우보는 하몽과 같이 일정시대에 활약하다가 동아일
보에 들어와 하몽같이 한때 친일파의 때를 세척하였으나 다시
매일신보로 들어갈 때 친일파가 아니던 석송을 끌고 들어간
것은 말할 것 없고 동아일보의 학예부장이던 성해(星海) 이익
상(李益相)과 『조선문단』의 편집자이던 서해(曙海) 최학송(崔鶴

松) 까지도 끌고 들어가고 육당의 매부인 박석윤(朴錫胤)까지 끌고 들어가게 되고 하몽, 우보, 석송은 일시 사회의 타매(打罵)의 적이 된 일이 있다.

　우보는 불행하게도 본처가 하세(下世)하여 후처를 골르게 되었던 것이다. 이곳에 재미 있는 에피소드는 만년처녀의 별명을 듣던 손정규(孫貞圭) 여사와 혼약이 성립이 된 것이다. 하루는 손정규 여사의 우인인 최은희(崔恩姬)가 찾아 왔다. 이 이야기, 저 이야기하던 끝에 우보가 자기와 신문사시대 이전에 내연관계가 있으면서 지금에 이르러서는 다른 여자와 혼약을 한다는 소문이 있으니 남자란 믿을 것이 못된다고 한바탕 넉두리를 하였다. 이때의 손정규 여사의 심정은 어떠하였을까? 손여사는 그 다음 우보를 만나서 드디어 파혼을 해 버리었다. 물론 최은희의 설화를 전제하고 뺨이라도 칠 수 있는 일이지마는 이 다음은 그런 일을 말라고 하여 우보는 멀숫하게 가고 그 혼인은 되지 않아 손정규 여사는 만년처녀로 6.25때에 돌아갔다는 이야기가 있다. 우보는 손 여사에게 툇자를 맞고 그다음 또한 구해 낸 여인이 전지자(全智子) 여사다. 전지자는 그때 진명에 교편을 잡고 있었다. 두 사람이 불행하게 되느라고 전지자는 이때 폐병을 가졌던 것이다. 우보도 역시 폐가 좋은 사람은 아니었던 것이다. 폐가 좋지 않은 사람이 폐병환자를 아내로 맞이 하였으니 우보도 폐병환자가 되고 말았다. 이렇게 되고 보니 최은희는 우보를 중상하고 다니었다.

　폐병환자인 전지자는 그래도 우보의 딸을 하나 생산하였고 우보는 폐를 앓아 다년 병석에 누워 있다가 돌아가고 전지자도 역시 남편의 뒤를 따라 갔다. 그의 딸도 죽었다 한다. 우보는 번역에 손을 대어 『무쇠탈』과 『희무정(噫無情)』 등을 내었다. 전자는 듀마의 『철가면(鐵假面)』이요, 후자는 빅토르 유고의 『레 미제라블』이었던 것이다. 우보는 역사소설에도 손을 대어 『천아성(天鵝聲)』이라는 장조황제(莊祖皇帝)의 불행을 최후로 쓴 일도 있다. 문학에 있어 하몽이니 우보는 상당한 재조를 보이었다. 이때에 같이 나온 사람이 천리구(千里駒) 김동성(金東成)이다.

김동성은 동아일보에 있어 역시 좋은 번역을 내었다. 이때에 작가로 장래가 촉망이 되던 순성(瞬星) 태학문(泰學文)은 『소(少)의 암영(暗影)』을 써서 그때 문단에서 좋은 평판을 받았으나 그 후 아무런 활약이 없고, 역시 친일파라는 지탄을 받아 쓸쓸한 생활을 하였다. 다만 천리구만이 지조를 지켜 지금도 동아일보에 『삼국지연의(三國志演義)』를 쓰고 있다.

우리나라의 다다이즘 형태(形態)

제 1차 구주대전(歐州大戰) 이후에 우리나라에도 다다이즘이 들어왔다. 말하자면 잡박(雜駁)한 문학상의 주의와 류파가 쏟아져 들어오는 중에 역시 반갑지 않은 주의와 류파들도 흘러 들어왔다. 불란서에서 일어난 다다이즘이 일본을 거치어 급속히 우리나라에도 들어왔다. '시를 내 모자속에서도 골라낸다'는 문학상에 있어서 가장 자유분방한 다다이즘이 들어왔다. 이것은 자유시에 있어 가장 큰 장애물이오, 방해하는 그것이었다. 한동안은 활자를 뒤엎어 놓은 소위 다다이즘의 시가 신문 학예면을 뒤덮는가 하면 잡지에도 나타났다.

그래서 이 시에 대하여 많이 활약한 사람은 개성 출신의 고

마부(高馬夫)다. 또한 일본에서도 활약하던 정연규(鄭然圭)도 이런 시를 많이 썼다. 깨끗한 시를 써 그때 문명을 날리던 김여수(金麗水)란 필명을 가진 박팔양(朴八陽)도 이 시를 쓰기 시작하여 드디어 박팔양은 그의 시를 잡치는 데 이르기까지 하였다. 그러나 이런 조류를 받아들이어 성공한 사람은 이상(李箱)이다.

이상은 본명이 김해경(金海卿)이란 이름이언마는 일본에서 여하인(女下人)이 자기를 김씨인 줄 모르고 '이상', '이상'하였다 하여 우리나라에 돌아와서 서상사(書相似)로 '이상'이라 하였다는 것이나 역시 다다이즘의 취미이었던 것이다. 여기 발맞추어 그 이전에 다다이즘으로 출발한 사람은 적구(赤駒) 유완희(柳完熙)다.

유완희는 처음 다다이즘으로 나왔다가 푸로레타리아 시인으로 달아 난 사람이 되고 말았다. 그러나 지금은 푸로레타리아 시인이 아니다. 도로 순수시인이 되었다. 또한 신석정(辛夕汀) 같은 시인도 역시 유완희와 같이 다다이즘에서 푸로레타리아 시인으로 갔다가 도로 순수시인이 되었다. 여기에 한때는 장 콕토에 대하여 그 열이 상당하였으니 신석초(申石艸) 시인도 한때는 자기가 우리나라의 장 콕토라고 생각하고 그런 시를 쓰던 때도 있었다.

그러나 이제는 모두 순수시인으로 돌아왔다. 이때는 모두 사상적으로 분방하는 일이 많아 고월(古月) 이장희(李章熙)는 자살을 한 일도 있다. 이장희는 그때 표면 이유는 가정불화이었으나 그 실은 사상적으로 허무한 느낌을 가지고 자살한 것이다. 이때 허무주의도 들어와서 공초 오상순은 이런 주의에 기울어졌으나 이제는 역시 순수시인으로 돌아왔다.

서정주 시인도 한때는 이런데 기울어졌던 것이다. 우리나라에 있어서 장 콕토는 상당히 해독을 끼치고 이곡토(李谷土)라는 시인도 나오고 이운곡(李雲谷)이란 시인도 나왔다. 이들은 어찌되었든지 지금은 적적무문(寂寂無聞)이다. 그러나 나중에 성공한 사람은 이상 한 사람이었다. 그는 끝까지 다다이즘 풍의 시를 지속하여 '제 1의 아이도 달아나고 있소'하는 데까지 써서 감각적인 줄을 기어코 일어나게 하였다. 이상은 상당히 재조도 있고, 지조도 있어서 지킬 것을 지키었다. 그러나 생래로 병약한 그의 몸은 폐병이란 것을 가지고 잡무와 싸웠다.

이상은 그의 생활비를 얻기 위하여 화가 구본웅(具本雄)이 한동안 맡아서 경영하던 영문사 인쇄소에서 교정계를 보았던 것이다. 그때 나는 개성출신의 평론가 민병휘(閔丙徽)와 시를 배우겠다고 나온 김철웅(金哲雄)이란 사람과 문학이란 잡지를 영문사 인쇄소에서 찍을 때에 이상을 알았다. 이때도 문단에서 박용길(朴龍吉)을 중심으로 한『시문학(詩文學)』이란 잡지가 나와 정지용(鄭芝龍)이 문명을 날리고 있었고, 김환태(金煥泰)는 평론으로 문명을 날리었다.

김환태는 박용길의 매씨 박용자와 결혼하는 무렵이다. 이 결혼의 주례는 춘원이 하였다. 그 다음 나의 결혼의 주례를 역시 춘원이 하였다. 나중에 들은 이야기지마는 작가 김유정(金裕貞)이 박용철 매씨에게 연애편지를 몇 10회 하였다는 것을 알았다.

그러나 지금은 작가 김유정도 가고, 평론가 김환태도 가고, 박용철 시인도 가고, 박용철 매씨도 저 세상으로 가고나니 이제는 역시 예술은 길어『시문학』잡지가 눈에 띠우고 박용철 전집이 보일 때는 감개무량하다.\

슈르 리알리즘의 발전(發展)

다다이즘이 우리나라에 수입됨과 같이 슈르 리알리즘도 수입되어 여기에 나선 사람은 곤강(崑崗) 윤명원(尹明遠) 시인이다. 윤 곤강은 자기가 슈르 리알리즘의 거장으로 행세를 하여 가장 시집을 많이 낸 사람의 하나다. 그는 교원생활을 하면서 시 잡지도 내고 시집을 많이 내었다.

윤 곤강은 시집을 낼 적마다 자기 스스로가 장정(裝幀)까지 해서 정성껏 친구에게 돌리었다. 그러나 윤 곤강은 불행하게도 조혼을 하여 일찍이 자녀를 두었다. 시를 쓰다가 한 학교에서 교원 노릇하는 여인과 연애가 전개되었다. 그래서 그 학교에서 나오는 불행을 가지었으나 그러나 그들은 돈암동에다가 스윗 홈을 마련하고 나를 초대하였다.

나는 그런 내용을 몰랐다가 나중에 그가 서랑(壻郞)을 맞이할 때에 비로소 알았고, 그 이전에는 시인 조벽암(趙碧岩)이 윤 곤강을 몹시 타매(唾罵)하면서 돈암동에서 같이 사는 여인이 자기의 연인이었던 것을 토로하였다. 이때는 웬 일인지 시인이 서로를 좋아하지 않음이 보통이었다. 모두들 그 내용을 캐어보면 여인관계가 많았다.

윤 곤강 시인은 광복이 되자 소학교원에게 고등학교의 교원이 되어 보성고등학교에서 봉전(奉戰)하면서 역시 좋은 시를 많이 썼다. 이때부터 윤 곤강은 국문학에 들어섰다. 또한 자기가 편찬한 교재를 들고 이것을 가지고 돌아다니며 자랑을 하였다. 이래서 윤 곤강의 명예가 떨어지기 시작하였다. 그때 윤 곤강은 일본의 추원삭태랑(萩原朔太郎)을 좋아하였다. 그러나 이때는 벌써 우리 문단은 모더니스트들이 등장하여 채를 잡고 있었다.

윤 곤강이 자기가 낸 교재를 자랑하고 또한 오억(吳億)이 자기의 교재를 잘못 찍었다가 불평과 불만을 퍼뜨리고 다닐 때와 나중에 그가 병석에 누운 것을 알고 방문한 사람이 그의 병적인 것을 알았다. 문단에서 시인으로 처첩을 거느리고 있던 사람은 윤 곤강이다. 자기의 작은 마누라가 죽음으로 인하여 드디어 병적으로 된 것을 친구들은 나중에 알게 되었다.

슈르 리알리즘은 윤 곤강 뿐만이 아니라 한때는 서정주와 오장환도 끼워졌던 것이다. 그러나 오장환은 나중에 모더니스트로 달아나고 말았다. 이때는 시단에 있어서 박용철이나 이산(怡山) 김광섭(金光燮)이나 정지용은 대가연(大家然)하던 때다. 우리 시단을 가장 뿌리깊게 한 사람은 박용철 시인이다. 이때는 모더니스트들은 아직 가장 초창기이었던 것이다. 이때 가장 우습게 감옥살이를 한 사람은 이산 김광섭이다.

김 이산은 이때 중동학교 교원으로 교단에 섰을 때마다 민족주의를 은연히 생도들에게 불어 넣어 주었던 것이다. 그러나 누가 뜻하였으랴? 그곳에는 형사의 아들이 알아가지고 나중에 이 아이가 밀고를 하여 이 일은 드디어 입건이 되고 김 이산은 법정에서도 이런 일을 부정하지 않았다. 그래서 우리 문단에서 시인으로서 감옥생활을 한 사람은 오직 이 한 사람이다. 여기에도 눈물겨운 이야기가 있으니 김 이산의 생활비를 박용철 시인이 대었던 것이다.

영랑 김윤식 시인은 이때 전라도 금만에 있어 역시 슈르 리알리즘 풍의 시를 발표하였던 것이다. 광복이 되자 이산이나 영랑은 상당히 진출하여 대한민국의 관리가 되었다. 그래서 문단에는 일섭 함대훈을 비롯하여 김 이산, 김영랑, 서정주, 설창수 등의 문인관리를 내기에 이른 것이다.

모더니스트들 활약(活躍)

우리나라에는 불란서의 문학류파만 흘러 들어 온 것이 아니라 영국의 문학류파도 흘러 들어왔다. 일찍이 해외문학이란 항에서 이야기한 바도 있지마는 여기에는 그 실(實) 우리나라의 모더니스트들은 참가하지 않았다.

영국의 주지주의문학(主知主義文學)의 류파인 모더니즘은 편석촌(片石村)이란 이름으로 김기림(金起林)이 있는가 하면 임화(林和)이란 이름으로 임○식(林○植)이 등장하였다. 그러나 임은 순수 모더니스트가 아니오, 나중에 푸로레타리아 문학으로 달아나고 말았다.

편석촌 김기림은 영국의 에리을 풍의 모더니즘을 수입하여 시대에 있어 다다이즘과 대립하는 주지주의 문학을 펴기 시작하였다. 이때는 벌써 일본의 춘산행부(春山行夫) 시인의 평론을 통하여 우리나라에 모더니즘이 젊은 제네레이션에 의하여 퍼져가고 있었다. 그 무렵에 완전히 두각을 나타낸 사람이 편석촌이다.

편석촌은 이때 정지용과 함께 문단의 총아로 모더니즘을 얼마든지 불어 넣었다. 그러나 그 시상에 있어 그다지 기발하지 못하였다. 그는 감각을 일부러 내기에 애를 썼다. 그러나 감각이란 낸다고 그렇게 잘 되는 것이 아니다. 역시 모더니즘이란 자연스런 진전이어서 이곳에도 천재는 요구되었다.

편석촌이 시에 있어 감각을 내기에 애쓰는 것을 비웃는 듯이 김광균(金光均)의 『와사등(瓦斯燈)』이란 시집은 이때의 경이가 아니면 아니 되었다. 편석촌의 모더니즘이 김광균의 모더니즘에 이르러 모두 당목(瞠目)하게 되었다. 편석촌 자신도 김광균의 『와사등』을 보고 놀랜 것을 어느 곳에 쓴 일이 있거니와 나는 이 『와사등』을 보고 놀래지 않을 수 없게 되었다. 시단에서 이렇게 모더니즘과 모더니스트들이 활약하는가 하면 평론에 있어 주지주의 문학을 들고 나온 최재서(崔載瑞)가 있다.

최재서는 일본의 서협순삼랑(西協順三郎)의 주지주의 문학을 볼지어지를 잘 소개하고 분석하며 비판하였다. 이에 우리나라의 문단은 한때는 주지주의 문학으로 꽃을 피고 있게 되었으니 지금 생각하면 문단의 성사가 아닐 수 없었다. 이때에 백철은 앙드레 지드의 문학을 좋아하여 최재서가 평론으로 주지주의 문학을 이야기하는가 하면 백철은 앙드레 지드와 아랑을 우리 문단에 소개하고 분석하고 비판하였다. 그래서 백철은 한때 앙드레 지드 통이 된 일이 있었다. 이때에 백철은 『인간묘사론(人間描寫論)』을 발표하였다. 이것에 응주 일보 성대훈은 『집단묘사론(集團描寫論)』을 내어 문학에 있어서는 집단이 묘사되어야 한다고 떠들었다. 필자도 객기를 내어 『사회묘사론(社會描寫論)』을 발표하여 서로 아는 체를 한 일을 생각하면 우습기 한량이 없다. 이때 이무영은 허무주의에 위한 순수소인(純粹小認)을 발표하였고, 그의 작풍은 견실하여 자연주의 문학의 뿌리가 깊었으나 그의 빈궁은 끝이 없어 시인 이흡(李洽)의 집에서 기식(寄食)을 하면서 나중에는 어찌 생활이 궁하던

지 『자살론(自殺論)』을 동아일보에 발표하여 그때 사장 고하(古下) 송진우(宋鎭禹)선생은 '자살을 한 것이 아니라 자살을 하려던 것을 글로 팔아 먹고 있군!'하여 편집국원에게 1석의 해학미(諧謔味)를 던져준 것이 지금도 생각이 난다.

송 고하는 그때 사장과 편집국장을 겸대(兼帶)하고 있던 때다. 이무영은 당재 서항석을 사귀어 그의 추천으로 동아일보에 입사하였다. 이때부터 이무영은 빈궁이 조금 펴이게 되었다. 이무영은 빈궁할 때 울분을 문학과 술에다 풀었다. 지금도 주호축에 끼는 터이지마는 그때는 그렇게 술을 많이 먹는 줄은 몰랐다.

하루는 박석고개에서 만나 밤도 들고 하여 술을 마시러 들어갔다. 나의 주머니는 80전인가 하는 돈이 있어 이무영의 술은 넉넉히 대이리라고 생각이 들었었다. 나도 그때는 주량이 이무영은 당해 내리라고 생각한 것이 들어가 보니 자기는 곱빼기로 마시고 나는 보통으로 마시었지마는 따라갈 수가 없었다. 나는 반잔을 마시는 데 그는 곱빼기를 마시기 시작하다가 나는 주머니 계산을 하니 터무니가 없게 되어 드디어 나는 마시지 않고 있었다. 그때 나는 다섯 잔을 할가 생각되는 데 이영은 자꾸 마시기 시작하였다. 술 먹는 친구에게 그만 두자고 할 수도 없고 나는 망연히 그의 얼굴만 치어다 보고 있었다.

이무영은 그야말로 일배일배복일배(一杯一杯復一杯)로 수경(須傾) 일일 3백 잔식이 나왔다. 그래 나는 기어코 그만 두자고 하니 이무영은 화를 벌컥 내는 것이었다. 할 수 없어 주머니 계산이 그밖에 없다는 것을 눈치보이었으나 짓궂게 더 마시었다. 그러나 다행히 물건은 주지 않고 주머니를 톡톡 털었다. 그래서 그 익일 나는 용돈이 없어 쩔쩔 매었다.

그러나 이무영은 동아일보에 들어오자 별인이 되어 얌전한 사원으로 취급되었다. 이때 이무영도 『신동아(新東亞)』와 『신가정(新家庭)』을 내는 잡지를 충실히 보고 또한 총각이란 핸디캡이 있어 이내 청혼이 들어왔다. 그것은 영업국에 있는 신영균(申榮均) 사원이 자기와 동서하고 싶어 청혼이 되어 이내 혼인이 되게 되었다. 지금에 부인이 그때의 부인으로 고일신(高日新)여사다. 그러나 이영은 모더니스트는 아니었다.

　도리혀 모더니스트를 싫어하는 편이었다. 그것은 모더니스트들은 너무 감상적이라는 데 있었다. 이때에 젊은 시인들은 모더니즘이 아니면 시가 아니라는 데까지 모더니즘을 기호(嗜好)하여 김용호 시인이나 김대봉 시인도 모두 모더니즘 풍의 시를 썼다. 그러나 누구하나 김광균 시인의 「와사등」을 능가하는 것은 없었다.

　『와사등』을 이기지 못하는 젊은 시인들은 푸로레타리아 시로 달아나기 시작하였다. 이때에 시인으로는 이대용(李大容)이란 젊은 시인이 곧잘 동아일보에 기고를 하였고, 장시(長詩) 잘 쓰는 김대준(金大駿) 시인이 지방에서 많이 활약하였다. 김대준은 해강(海剛)이란 아호로 장시를 써서 시단의 독특한 존재가 되는가 하면 임화는 『우산받은 요코하마』를 쓰고 『화로(火爐)와 순이』를 써서 시단에 이채를 발하였다.

　그러나 이런 것은 경향시, 또는 푸로레타리아 시라하여 싫어하는 사람이 많았다. 이때에 그 소위 '신건설사 사건'이란 것이 금산에 터지어 좌파의 문인은 한꺼번에 30여 인이 잡히어 가고 회월(懷月) 박영희(朴英熙)와 전주유치장을 구경하게 되었던 것이다.

문장(文章)지와 문인들

일정 말엽에 문학잡지로는 『문장(文章)』이라는 것이 있었다. 이『문장』지는 현재 월북해 있는 이모(李某)가 창간하였고 그 자금은 김모(金某)가 내었다. 이때는 일정의 말기였으므로 이런 잡지가 하나 나오는 데 있어 매우 힘이 들었다. 출판제도가 검열제이었으므로 원고를 작성하여 제출하면 그것이 검열이 되어 나오는 것이다.

월간 잡지이건, 단행본이건, 자기네 마음대로 붙들어 두는 버릇이 생기었다. 잡지가 불온하다고 하면 한 달을 잡아두는 버르쟁이는 보통이다. 이에 잡지사에서도 꾀를 내어 두 벌을 작성하여 한 벌을 검열에 제출하고 한 벌은 인쇄소에 보내어 인쇄를 시키게 되니 검열이 나온 그 이튿날 잡지가 나오는 데 는 저들도 깜짝 놀래는 일이 많았다.

그러나 그것이 '일부 삭제'니 '전부 삭제'니 하는 따위가 붙게 되어 '전문 삭제'는 오히려 나았다. 그 전문을 뽑아버리면 그만인 까닭이다. 그러나 '일부 삭제'가 된 때에는 잡지를 꺼내놓고 일일이 묵으로 지우거나 다시 인쇄를 하여 복자(伏子)로 만들거나 하지 않으면 안되었다. 이래서 잡지가 발행기일에 나오지 못하는 것은 말할 것 없고, 잡지가 통이 수지가 맞지 아니하여 그만 두는 일이 많았다.

그래서 일정 말엽에는 문학 잡지도는 『문장』이 겨우 이런 애로를 밟아가면서 발행을 하였다. 그러니 잡지가 더욱이 문학잡지는 아주 수지가 맞지를 아니하였다. 그러나 문인들은 이 잡지를 어떻게 열심히 지지하고 응수하여 이 잡지를 통하여 소설가와 시인이 쏟아져 나왔다. 『청진집(靑塵集)』을 낸 소위 청진파 시인인 박목월(朴木月), 조지훈(趙芝薰), 박두진(朴斗鎭)도 이『문장』지를 통하여 등장한 시인이며, 곽하신(郭夏信), 최태응(崔泰應), 임옥인(林玉仁) 같은 쟁쟁한 금일의 소설가들도 모두『문장』지를 통하여 등장하였다. 이때에 혜성과 같이 나타난 평론가 김문집(金文輯)이 있었다.

우리나라에서는 일본에서 유학하고 왔다면 무조건으로 환영하고 그를 출세시키는 풍속이 그대로 계속되어 김문집도 문단에서 그의 집필을 주시해 주었다. 김문집을 대단히 환영한 사람이 이무영이다. 이때 일본에서 유학하고 나온 평론가 이모(李某)가 조선일보 예부장이 되어 가지고 마음대로 평필을 휘두르고 있었다. 조금 전까지도 평론가 김팔봉과 평론가 김환태가 있어 평필을 어느 정도로 공평하게 나가던 것이 이모가 달려들면서 주지주의를 그의 평론의 기준으로 하고 이에 맞지 않는 작품은 마구 내리쳤다. 이때에 김문집이 등장하여 이모를 까기 시작하였다. 이모는 평론가 최재서(崔載瑞)를 추켜 세우기 시작하여 은연 중 김문집과 대립이 되어 싸우기 시작하였다.

평론가 최재서는 원래 영문학자로서 인격자다. 그러나 김문집의 눈에는 인격자가 도리어 가증스러웠다. 눈에 보이는 듯이 최재서의 교만을 친구들 앞에서 타매(唾罵)하고 다니었다. 그러나 김문집의 문장은 역시 매력이 있었다. 김문집이 행동만 난잡히 가지지 아니하였으면 지금도 우리나라 문단에서 대우를 받고 지내었을 것이다.

그러나 김문집은 행동이 난잡한 것으로 문인들 사이에 알려지기 시작하였다. 김문집의 못된 버릇은 길에서 친구를 만나면 의례히 취대(取貸)를 하는 버릇이다. 돈이 없다면 50전도 좋다고 하여 그것이라도 얻어 가지고 가는 버릇이다. 그리고 경음(鯨飮)에 속하는 음주가다. 평론을 암만 잘 써도 행동이 나쁘기 시작하여 친구가 자꾸 없어져 갔다.

김문집은 처음에는 신문사와 잡지사에서 청탁서를 내어 청하던 글이 이제는 글을 청하는 곳이 없었다. 김문집은 글을 써 가지고도 다니면서 이것을 돈과 바꾸기에 바빴다. 그러나 좀처럼 그것은 돈과 바꾸어지지 않았다. 그러니 이때부터 그의 성격이 거칠어지기 시작하여 위협과 공갈을, 툭하면 잡지사와 신문사에 와서 행하였다.

그러나 이때에도 좌파에는 덤비지 못하였다. 좌파의 잡지사도 없으려니와 좌파는 그의 행동을 본체만체 하였다. 오히려 조장하는 편이었다. 이때 최재서가 『인문평론(人文評論)』이란 잡지를 시작하였다. 이 잡지는 은연히 『문장』과 대립하는 성질을 띠우고 나왔다.

최재서는 되도록이면 김문집을 붙들어 주려고 하였다. 그러나 『인문평론』에 원고가 폭주하므로 김문집의 원고를 싣지 못하였다. 이때는 원고가 잡지에 게재되어야 원고료를 지불하는 버릇이었다. 김문집의 원고가 몇 달씩 묵으니 김문집은 최재서를 찾아다니며 졸랐다.

그러나 그대로 최재서는 생각하는 바가 있어서 그랬던지 싣지 않았다. 그것을 분개한 김문집은 수건에다 돌을 싸서 최재서가 다방에 앉아 신문보고 있는 틈을 타서 뒤통수를 때리었다. 이것이 다행히 빗맞아 피를 흘리었으나 졸도는 하지 않았다. 다방은 이에 살풍경이 벌어지고 격투가 일어났다. 이것은 우리 문단이 있은 이래 최고의 추태이었던 것이다.

김문집은 이 일로 인하여 드디어 이 땅에 있기가 거북하였던지 표연히 일본으로 건너가서 적적무문(寂寂無聞)이다.

안석영(安夕影)의 다재다능(多才多能)

석영(夕影) 안석주(安碩柱)는 심훈(沈薰)과 같이 길에 나서면 미남이 행진한다고 모두들 놀려 먹던 일이 어제 같건마는 지금은 보이지 않으니 적막하기 그지없다. 그들이 술을 마시는 모양을 물끄러미 보고, 또는 거나하게 취한 얼굴은 모두 꽃송이 같은 미남들이었다.

그리고 그의 글은 물론 그림은 그때에 있어 첨단을 걸어가는 그림을 그리었다. 이런 또 한사람의 미남 정홍교(丁洪敎)가 끼기나 하면 거리는 등잔이 없어도 환한 듯 하였다. 그러나 모두 술이 고래이었다. 석영의 술은 처음 나빈과 김팔봉과 얼리어 마시던 것이 정홍교와 마시기 시작하였고, 석영도 역시 영화감독에까지 진출하여 그의 좋은 솜씨를 보이어 주었다.

작년에는 씨나리오까지 손을 대어 그림과 소설과 씨나리오, 또는 영화감독까지 하게 된 그의 신체에는 고장이 나기 시작하였으니 그는 다른 병이 아니오, 폐를 앓고 있었다. 그러는 중에 그의 처남이 사업에 실패하여 석영까지 크게 타격을 받게 되어 석영은 한참 활동할 나이에 가고 말았다. 석영은 인격자로서 그는 기생이 술이 취했을 때 몰래 자기 집으로 인력거를 태고 데려다가 누이었으나 술이 깬 석영은 이내 집으로 돌아와 외박이 없던 사람이다. 한번은 이모(李某) 씨가 조선주보를 최호동(崔湖東)에게서 인계해 맞고 일석연(日夕宴)을 베풀었다. 그 주석에서 석영에게 휘호를 청하였다.

먹을 갈고 베루를 공손히 갖다 받치었으나 석영은 발연변색(勃然變色)을 하고 일어났다. 모이었던 문인들은 모두 놀래었다. '이놈, 내가 환쟁인 줄 아느냐?' 하는 소리가 연거푸 쏟아져 나왔다. 그날의 일석연은 석영이 깨뜨리고 말았다. 말하자면 예술가의 푸라이드를 상하였던 것이다.

석영은 이후 그 주보에는 한 번도 글은 물론 쓰지 않았고, 그림도 주지 않았다. 그는 그렇게 화려하던 얼굴이 나중에는 병색이 얼굴에 나타나 집에서 칩거하다가 기어코 병마에 쓸어지고 말았다. 지금도 '이놈, 내가 환쟁인 줄 아느냐?' 하는 말을 되씹어 보면 오늘의 예술가들은 너무나 값싸게 노는 것이 자꾸 생각되고 있다.

김일엽(金一葉) 작가와 불교(佛敎)

우리나라의 여류문학은 누가 먼저 선편(先鞭)을 대었는가 하면 나의 기억에 의하면 김원주(金元周)라는 여인이다. 김원주는 그 필명을 일엽(一葉)이라 하였다. 일엽이란 것은 내 생각에 의하면 일본의 동국일엽(桐國一葉)의 아호를 따다가 쓴 것이라고 생각한다.

암곡소파(巖谷小波)를 따서 방정환이 방소파라는 이름을 짓듯이 그러한 것이 아닌가 생각한다. 그렇다면 동국일엽을 지향한 것이 김원주 여사이었던 듯 하다. 일엽의 작풍도 역시 동국일엽의 그것과 비슷한 점이 많았다. 우리나라의 여류문학은 김일엽으로 시작하여 지금은 거의 여류문학의 전성시대를 이룬 느낌이 있다.

김말봉(金末峰) 여사를 위시하여 박화성(朴花城), 장덕조(張德祚), 최정희(崔貞熙), 임옥인(林玉仁), 석계향(石桂香), 조경희(趙敬姬), 모윤숙(毛允淑), 김자혜(金慈惠), 이명온(李明溫) 등등의 여류문학이 신문이나, 잡지에 아니 실리는 곳이 없다. 일엽 여사는 지금은 집필을 하지 않고 수덕사에서 불교에 정진하고 있다. 완전한 수도사생활을 하고 있다. 여류의 선구로서 이렇게 심경이 변할 줄은 뜻밖이었다.

원래 평북 출신으로 활발한 성격이 신시대에 발을 맞추어 해방적이었었다. 나의 알기로는 일본에서 건너 와서 『영대(靈臺)』지를 내던 임장화(林長和)와 동서생활을 하다가 서울에 와서 동아일보에 글을 쓰던 것이 인연으로 드디어 그곳의 중진인 국기열(鞠琦熱)과 또다시 동서생활을 하다가 또다시 마음이 맞지 아니하였던지 중앙학교 교수 하윤실(河允實)과 동서생활을 하는 중에서 심경의 변화를 일으키어 일엽 여사는 하윤실과 헤어진 후 이내 불교 속에 파묻히게 되었다. 우리들이 가장 유감으로 생각하는 것은 불교에 몸을 숨기더라도 작가생활만은 계속하였더라면 지금쯤은 명작이 더러 있으리라고 생각된다.

여류문학에 있어 일엽 여사만큼 로맨티시즘을 정확히 걸어간 사람도 없다. 지나친 로맨티시즘이 그로 하여금 사생활이 그렇게 되도록 되었는 지는 모르지마는 불교에서 상당한 지위와 조예(造詣)가 있게 된 듯 하다. 지금쯤은 사상이 원숙하여 좀 더 좋은 글을 쓸 수 있으리라고 생각된다. 또 한 사람의 생각나는 여류문인이 있으니 그는 김명순(金明淳)이다.

김명순도 역시 일본에서 돌아와 영어와 불어를 한다고 하여 그를 상당히 우대하였으나 그는 성격이 히스테리칼하여 가지고 문인들과 멀어지기 시작하여 시편이나 쓰던 것도 막히고 나중에는 술을 마시기까지 하여 끝끝내 아파트에서 독신으로 돌아갔다.

스캔들에 있어서도 이렇다할 아무런 그 사건은 없다. 성격이 히스테리칼한 것이 그의 문학과 인격과 나중에는 그의 육신까지 잡아먹고 만 것이다.

임영빈(任英彬) 작가와 기독교(基督敎)

종교문학은 기독교계에서 김동명(金東鳴) 시인이 나오고 임영빈 작가가 나왔다. 김동명은 지금 동아일보에 정치평론을 써서 한 개의 훌륭한 정논객(政論客)이 되었지마는 이때에는 얌전한 시인으로 김동명의 얼굴을 한번 보자고 원한 사람이 많았다. 나도 그 중에 한 사람이다. 그러나 나중에 김동명 시인을 만나고 보니 대머리의 중늙은이인데는 아연하였다.

김 시인은 지금은 이화대학의 노교수로 인기를 집중하고 있다. 그의 시적 역량은 언제보나 청년기질이다. 그리고 그의 시는 언제보나 기독교의 냄새를 풍기고 있다. 그의 정론도 역시 그러하다.

우리나라에 예나 이제나 변함없는 모랄리스트는 김동명 시인이라고 생각된다. 또 한 사람의 종교문학적인 사람은 임영빈 작가다. 그는 『조선문단』지에 소설을 쓰기 시작하여 드디어 한 작가로서 그의 역량을 보이고 한 때는 그의 신랄(辛辣)한 수필이 우리나라의 문인을 자극한 바가 있다. 그는 역시 기독교의 냄새를 풍기는 작가로서 지금쯤은 원숙한 사상 밑에 좋은 작품을 쓰리라고 생각되건마는 그는 작품을 쓰지 않고 종로에서 가끔 만나게 된다.

아직도 종교문학을 지키어 굳건히 나가고 있는 작가는 우리 문단의 초창기에 나온 늘봄 전영택(田榮澤) 작가다. 문단에서 핸썸하기로 유명한 전영택 작가와 임영빈 작가는 빼 놓을 수 없다. 그러나 그들은 한결같이 과작(寡作)이다. 그의 작품이 어느 때나 환영을 받고 있는 기독교계는 말할 것 없고 일반도 좋아하고 있다. 그것은 예나 이제나 변함이 없는 모랄리스트들인 것이다. 또한 문단에 있어 그들과 같이 스캔들을 풍기지 않는 사람도 드물 것이다.

전영택 작가는 그의 매씨가 전유덕(田有德)으로 춘해 방인근 작가의 부인이었던 것이다. 그러나 불행하게 전유덕 여사는 타세의 객이 된 것이다.

전 여사는 아호를 춘강(春江)이라 하였기 때문에 춘해에 춘강이 흘러간다고 놀림을 많이 받은 일도 있다. 그러나 전 여사는 불행히 일찍 별세하였다. 춘해는 지금도 아내의 성실한 간섭을 회상하면서 눈물을 흘릴 때가 많다.

세월은 빨라 춘해가 『조선문단』을 경영하던 것도 30년이 넘었다. 그야말로 물환성이(物換星移)가 그 몇 번이던가 하게 되었다.

정로풍(鄭蘆風)과 권구현(權九玄) 양평론가(兩評論家)

평론을 쓴다고 하면 문예평론은 그다지 연륜의 축적이 많지 못하다. 팔봉이 평필을 들고 적라산인 김영진이 그 뒤를 이었고, 또다시 김환태같은 다재다능한 평론가가 있었는가 하면 서인식(徐寅植) 같은 철학을 섞은 문예평론가가 있었고, 월북하여 없어진 임모(林某), 윤모(尹某) 등이 평필을 들어 한때는 다채한 문예평론 시대가 이루어진 때가 있다. 이때는 역시 백철, 함대훈, 정인섭, 필자 등까지 등장하여 북새를 올린 일이 있다.

여기에 있어 가장 이채를 띠우고 나온 사람이 정로풍과 권구현과 수산(水山) 김우진(金祐鎭)이다. 또 그런가 하면 금화산인(金華山人)이란 익명으로 평필을 든 사람이 있으니 그 사람은 별사람이 아니라 권구현이었던 것이다. 정로풍은 그의 평필이 무엇을 지향하는가? 하는 의혹을 사도록 현황(眩荒)하였다. 그러나 그의 중심조류는 아나키즘이었던 것이다. 여기에 완전히 아나키즘의 문예평론을 들고 나온 사람이 권구현이다.

권구현은 이때 서울청년회계의 인물이었으나 아나키즘이 이들에게 맞지를 않아 그는 문예평론으로 흐르고 그의 생활은 너무 데카당이어서 술과 방탕으로 세월을 보냈다. 그는 축견(蓄犬)을 파는 비애와 아내를 술집에 내돌리는 비참한 생활을 계속하다가 불귀의 객이 되었다. 문인으로서 가장 고독하게 또는 가장 비참한 생활을 하다가 간 사람이 권구현이다. 그런가 하면 가장 유복하고 가장 활동할 수 있는 수산 김우진은 우리의 눈으로 보면 큰 과오를 저질르고 갔다고 보지 않을 수 없으니 그는 성악가 윤심덕(尹心德)과 사연(邪戀)에 빠지었던 것이다. 성악가 윤심덕은 과년하도록 출가를 못하였다. 그러나 그의 타고난 성대는 뛰어나 이때에 소프라노로는 이름을 날리었다. 동촌의 이모(李某) 부호가 이 색시를 안아보고 싶었다.

그래서 동촌의 부호는 트릭을 써서 가정교사로 그를 채용하고 드디어 그의 정조를 유린(蹂躪)하였다. 그러나 윤 양을 작첩은 아니하였다. 이에 윤 양의 일생은 잡쳐졌다. 윤 양은 이 비애를 풀기 위하여 토월회의 무대에 나서게 되었다.

윤 양은 토월회의 무대에 나서니 역시 인기가 있는 여배우이었다. 그러나 그의 이상(理想) 맞는 배우자는 나타나지 않았다. 그는 또한 생활이 이채롭고 호화로웠다. 그는 이 생활을 유지하기 위하여는 유행가로 나서지 않을 수 없었다. 그는 유행가수로 나서니 역시 인기는 있었으나 이때나 예나 문화계 또는 문화적 사업에 수입은 그다지 많지 못하였다. 그는『사(死)의 찬미(讚美)』를 불러 레코드판을 꽤나 팔았다. 그러나 이것이 그의 운명을 저주하는 엘레지(挽歌)가 될 줄은 뜻밖이었다.

『사의 찬미』를 부르고 동경으로 뛰어간 그는 또다시 새로운 생활이 전개되었으니 그는 유혹의 버르쟁이가 생기어 드디어 천재요, 수재이었던 수산 김우진을 사로 잡았다.

김수산은 이때 조도전대학 영문과를 졸업하고 극문학(劇文學)에 조예가 깊게 되어 우리나라의 문학잡지와 신문에 구미의 극계(劇界)의 동향을 알리고 극평론을 얌전히 써 내었다. 그러나 윤 양과의 연애는 역시 사연(邪戀)이었다. 그는 이미 아내가 있고 아들이 있다. 그러면 그의 성격이 대담하여야 아내와 첩을 거느리거나, 그렇지 못하면 아내는 버리고 첩을 아내로 삼거나 하는 것이 옳은 일이언마는 그는 일시적 충동으로 현해탄을 건느면서『사의 찬미』를 합창하고 정사(情死)를 해 버리었다.

이런 일은 그때 얼마 전에 일본의 유수한 문인 유도무랑(有島武郎)이 연인과 정사를 한 것에 쇼크를 받았던 모양이다. 이래 한때는 우리 사회에 센세쇼날한 스캔들을 전파하였던 것이다. 그래 모처럼 극 문학과 극 평론이 기대되던 김 수산은 수장(水葬)이 되어 모두 애닯아 하지 않을 수 없게 되었고, 아직도 극 평론이 권위가 서 있거나 그런 권위자가 없다.

노자영(盧子泳)의 고독(孤獨)한 최후(最後)

『사랑의 불꽃』을 내어 일약 성금(成金)한 춘성 노자영은 불행하게도 폐가 나빴다. 다행히 현숙(賢淑)한 부인 이준숙(李俊淑) 여사를 만나 성북동에 새살림을 하면서 양의(洋醫)는 불치(不治)로 진단하였으나 한의(漢醫)의 탕약으로 고치어 거의 완인(完人)이 되었다. 그러나 춘성은 사교성이 없어 친구가 많지 않았다.

또한 그는 고아라는 점에서 멀리하는 사람이 많았다. 또한 연문학(軟文學)을 한다고 한창 사상에 살려고 하는 청년에게는 배척을 받았다. 이것을 한(恨)하고 있던 춘성은 『신인문학(新人文學)』, 또는 『동방문학(東方文學)』 등의 잡지도 내었으나, 몰려드는 사람은 연파(軟派) 문학청년들 뿐이었다. 『청춘의 광야(曠野)』니, 또 『반월성(半月城)의 애상(哀想)』이니 하는 따위의 감상적인 문학을 내었으나, 역시 『사랑의 불꽃』 시대같이 팔리지 않았다. 그는 한때 이런 출판물이 잘 팔리어 일본에 건너가 유학까지 하였다.

그러나 출판물이 그다지 나가지 않아 드디어 생활에 핍박을 받아 왕십리 교외에 주택을 잡고 조선일보에서 발행하던 『조광(朝光)』이란 잡지의 편집을 맡아 보게 되었다. 그래 그는 다채한 『조광』의 편집을 하면서 한 편으로 소설을 썼다. 그러나 병마는 이내 침범하여 교외에서 병(病)나 눕게 되었다. 이 여사가 시내만 같아도 빨리 병을 고치었을 것이나 춘성은 아무도 없는 쓸쓸한 방에서 운명을 하였던 것이다. 이 여사가 약을 지어가지고 오니 벌써 저 세상으로 갔던 것이다. 폐를 앓는 사람은 언제나 과로가 좋지 않건마는 춘성은 이것을 헤아리지 않고 『조광』을 위하여 심신을 다 바치었던 것이다.

춘성은 고독히 고아원에서 자라나서 연세대학의 전신인 연희전문을 마치었던 것이다. 이때는 일정의 말기로 세상이 어수선하여 누구 하나 문단에서 조문(弔問)이 시원하지 못하였고, 조선일보에서도 잡지부 사람들이 모여 장사를 지냈다. 이때에 동분서주한 사람은 일보 함대훈이었다.

그 후 이 여사는 수절을 하지 않고 이내 평론가 인정식(印貞植)과 동서생활을 하여 사회에서 지탄을 받게 되었다. 일찍이 그의 부군 춘성을 위하여 인력거채를 밀고 병원을 가던 이 여사가 인정식과 산다고 하여 외론(外論)이 상당히 나쁜 때가 있었다. 이때는 코론타이즘이 너무 성행한 죄과라고나 돌릴가. 여하간 유감의 일이었다.

우리나라의 모더니스트들

우리나라의 모더니즘은 편석촌(片石村)에 의하여 그의 극치를 보인 것은 모두 주지의 사실로서 모더니즘은 난해의 시라고까지 하였다. 그러나 이 모더니즘의 시를 알기 시작한 젊은 문학청년은 모두 모더니즘의 시로 몰려들게 되었다. 월북한 오모(吳某)를 비롯하여 총을 맞아 암살을 당한 배인철(裵仁哲),

또는 연전에 작고한 박인환(朴寅煥) 시인들은 모두 모더니스트들이다.

그 중에 가장 뛰어난 시인이 김광균(金光均) 시인이다. 김광균 시인은 『와사등(瓦斯燈)』을 써서 일본의 순수시인 추원역태랑의 『청모(靑貌)』이상으로 문단의 여러 사람의 입에 오르내리게 하였다. 이런 모더니즘은 지금도 여전하여 8.15광복 후에도 계속해 가거니와 이것을 가장 주류적으로 걸어가는 사람이 김광균이언마는 이 사람은 아주 시 문학생활을 단념하였는지 그의 보고 싶은 시가 8.15광복 후에는 이렇다 할 것이 없다.

아직도 이것을 지켜가는 사람은 김경린(金璟麟) 시인을 들 수밖에 없다. 그 외에 몇 사람이 광복 전에 나온 시인이냐 하면 모더니스트는 아니지마는 시에 있어서는 아직도 신석정(辛夕汀)과 신석초(申石艸), 또는 김해강(金海剛)이 이어가고 있다고 보고 싶다. 이들 시인은 우리나라에서 가장 학대받고 있다.

시의 세계는 우리나라에서는 너무나 학대받고 있다. 시인이라고 해서 시만을 쓰고 살 수 없는 세계가 우리나라만 아니겠지마는 우리나라에서는 시에 대하여 우심(尤甚)하게 그 대우가 한심하다. 시대는 비록 산문시대이지마는 시 정신이 없고는 산문도 성립이 될 수 없음은 너무나 잘 아은 사실이 아닌가! 시인이 우리나라 같이 많은 나라도 없다.

어느 때 보면 시의 홍수시대 같이 시가 쏟아져 나오고 있으나 시를 써서 밥을 먹고 산다는 사람은 없다. 시와 생활은 언제까지나 이렇게 멀어 있어야만 하는 것일까! 우리나라의 문학이 아직도 멀었다는 것은 이것으로서도 증좌(證左)되고 있다. 신인으로서 가장 촉망되던 박인환이 가고 보니 모더니즘은, 한풀 꺾이어진 느낌이 있다.

그러나 아직 우리나라의 시단은 모더니즘이 좌우되고 있고, 그 방계(傍系)의 김용호(金容浩), 유치환(柳致環), 또는 양명문(楊明文), 김종문(金宗文), 조영암(趙靈岩), 조병화(趙炳華), 이설주(李雪舟) 등이 있어 다채(多彩)를 보이고 있다. 시단은 모더니즘과 그의 방계가 활약하고 있어 든든한 느낌이 있다.

제 5 부

遺香百世之瓚談

유향백세지찬담(遺香百世之瓚談)

―빙허(憑虛)·노작(露雀)·일보(一步)·천명(天命) 백남(白南)·금동(琴童)의 작품과 인간―

　고인(故人)들이 남긴 자체는 언제나 자녀와 작품에 있다. 이런 글을 쓰고자 하니 감회가 먼저 떠오른 바 많다. 내 그리워하는 한 사람의 호남자 빙허(憑虛) 현진건(玄鎭健)이 떠오르는가 하면, 청초(淸楚) 그대로의 노작(露雀) 홍사용(洪思容)의 선배들이 앞에 가리인다.

　또 그런가 하면 일보(一步) 함대훈(咸大勳), 시인 노천명(盧天命)이 나오고 선배 백남(白南) 윤교중(尹敎重)의 정다운, 언제나 얼싸안고 싶던 고인들이 떠오르기도 한다. 하늘만 치어다 보고 다니던 금동(琴童) 김동인(金東仁)도 나온다.

　이들 여섯 분의 작품과 인간의 좋은 곳만 쓰고자 하여도 소정(所定)의 귀한 지면이 다 차지 않을 수 없다. 사람은 이 세상에 오면 가는 것이라 하지마는 이대도록 허술할가? 이대도록 안타까울까!

　그리운 얼굴이 보고 싶을 때면 나는 그들의 작품을 펴든다. 너무나 인생은 짧고 예술은 무한함을 느낀다. 이제 그들의 작품과 인간을 다시금 음미해 봄으로써 그 허술함과 그 안타까

움과 그 애달픔을 메워 볼가한다. 읽는 이여, 너무 감상적이요,
주정적(主情的)임을 꾸짖지 말아 주기 바란다.

빙허(憑虛) 현진건(玄鎭健)

빙허를 내가 알기는 그의 작품을 통해서였다. 그의 작품
『빈처(貧妻)』는 그것이 지금은 교재에까지 올라있는 작품이지
마는, 그야말로 주옥같은 작품이다.

이 작품을 『개벽(開闢)』에서 읽었을 때 나는 한 번 그 작가
를 보고 싶었다. 그 작품이 너무나 내 생활과 같았다. 그 때
신혼을 한 나의 생활은 그와 비슷한 바가 있었다. 젊은 아내
를 가진 사람의 가난한 생활이 너무나 또렷이 사실화(寫實化)
되었기 때문이다.

이 작품은 빙허의 출세작이라는 데서도 한번 그 작가를 보
고 싶었다. 그러나 만날 기회는 좀처럼 만들어지지 않았다.

대구에 산다는 작가인 줄만 알았고, 또 얼굴이 잘 생겼다는
소문만 들었다. 그야말로 포개(飽開)의 정도이었으나 만나기가
어려웠다. 그 이후 그의 작품 『희생화(犧牲花)』를, 또 개벽지에
서 읽고 그를 한 번 보고 싶은 생각이 더욱 간절하였으나, 내
생활이 이제나 그제나 먹고 살기에 바빠서 한 번도 그를 찾을
용기를 내지 못하였던 것이다.

그 후 그는 동아일보의 사회부장이란 요직에 와 있음을 알
았으나 역시 나는 내 생활을 위하여 일본 동경으로 달려가던
때다.

그 후 또 다시 나는 서울에 나타나게 되고 동아일보에 입사

케 되어 그를 만나서 일면여구(一面如久)가 이 아닌가 하게 되었다. 그의 얼굴은 너무나 희고 잘 생기어 볼수록 좋은 편이었다. 그러나 그는 술이 과하여 병석에 눕는 일이 많았다. 또한 그는 애처가(愛妻家)로 밤늦게 술이 취해가지고도 곧 집으로 돌아가고 그의 부인은 청운동파출소 앞까지 나와 기다리는 것을 알았다. 그는 세상이 말하는 바와 같이 안톤 체홉의 작풍(作風)과 같다고 하거니와 나는 그 이상으로 생각이 든 때도 많다.

그의 작품은 어느 것이나 허술한 데가 없다. 낭만주의적인 작품이란 허술한 데가 많은 법이언마는, 빙허의 작품은 그런 데가 없다.

안톤 체홉은 장편소설에 그 장점이 있고, 장편소설은 그리 좋은 것이 없건마는 빙허는 장편소설도 단편과 조금두 다름이 없는 명랑하고 순수하고 화려하다.

그의 작품『지새는 안개』는 지금도 또 한 번 읽었으면 하여 마지 않는다. 술자리는 그다지 몇 번 하지 않았지마는 부암동(付岩洞)의 그 집을 방문하였을 때 항상 닭을 잡아 주겠다고 하던 그 언약대로 닭을 잡아 주었던 것이다. 그러나 나는 주량이 시원치 않아 그것을 먹고 돌아오는 길에 다 토해 버렸던 것이다.

지금도 이 기억이 남게 되는 것은 이 음식을 먹고 여러 날 고생한 생각이 옛 기억을 나오게 하고 있다. 그러나 그의 생활이 문학으로만 흐르지 않고 투기사업을 한다고 할 때부터 나와는 멀어졌다. 그리고 그는 동아일보를 그만두고 나는 동아일보에 남아 있을 때는 그는 병석에 누웠던 것이다.

다시 병석에서 일어나 월탄(月灘)의 영윤(令胤)을 애서(愛婿)

로 마지할 때는 너무나 야윈 얼굴이었고, 그의 최후의 작품은
『무영탑(無影塔)』이었고, 『흑치상지(黑齒常之)』는 중단 되었던
것이다. 지금도 그가 살아 있다면 그는 대작과 명작을 많이
썼을 것이다. 그리웁다. 진정으로 그리운 선배의 한 사람이다.
그의 작품은 우리 민족의 영원한 문헌이고 보배가 아닐 수 없
다.

노작(露雀) 홍사용(洪思容)

노작은 그다지 나와 친하지는 못하다. 그러나 그의 작품은
『나는 왕이로소이다』를 읽고 얼마나 감명이 깊었는 지 모른
다. 그것은 어떤 왕이냐 하면 울기 잘하는 눈물의 왕이라는
데 있다.

눈물 속에 자라나는 우리 민족의 비애를 자기가 혼자 맡아
울고 있는 것을 표현하였다. 그다지 많지 않은 재산을 문학에
바치고 손을 털고 일어난 사람이라는 데서 언제던지 존경이
가고 있는 것이다. 어느 때 보든지 얌전한 선비로 아무런 주
변머리가 없어 보이냐, 그 실 외유내강(外柔內剛)하여 남에게
굽히지 않았다.

노작과 인사를 처음 나눈 것은 역시 어느 술자리에서 그때
아마 안종화(安鍾和) 형이 소개를 했든가 기억이 된다. 이때만
하여도 벌써 백조지는 걷어 치고 궁해빠진 때이었다. 노작은
그의 사람됨이 극히 청초하지마는 그의 행동은 언제나 경제를
떠난 로맨티스트였다. 경제를 모르니 모든 것이 마음 편한 노
릇이다.

나중에는 흥행각본(興行覺本)까지 써서 생활을 하였으나 세상의 몹쓸 놈이 있어서 이런 분의 원고료를 짤라 먹는 일이 많았다. 벌써 20년 전의 일이므로 백조지 같은 문예잡지가 잘 아니 팔리고 이것이 폐간(廢刊)이 되어도 문단이나 일반이 모두 무관심하였던 것이다.

　　지금쯤이면 이 잡지가 그대로 없어지지는 아니 하였을 것이라고 생각이 든다. 사람은 죽으란 법이 없어 궁핍우궁(窮乏又窮)의 노작이었으나 나중에 한방의약을 연구하여 약방문을 나는 데까지 그의 공부가 갔던 것이다.

　　그의 작품과 작풍은 언제 보나 센티멘탈리즘을 벗지 않고 있었다. 그렇다고 그의 생활의 전부가 센티멘탈리스트냐 하면 그렇지는 않았다. 가난하게 살면서도 지조는 언제까지던지 지키어 갔다.

　　동경 유학생으로 그때의 일정(日政)에 협력하면 무슨 자리라도 하나 얻어 하였을 것이다. 노작의 좋은 점이오, 자랑거리는 일평생에 직업을 문사(文士)로 종사한 사람이다. 주량이 그다지 많지 못하면서도 술은 너무 마시어 결국 위장을 해하여 돌아갔다고 하여도 과언이 아니다.

　　지금 살아 있어도 그의 작품이나 작풍은 변화가 있었을는지 의심이 된다. 극히 소극적인 반항 심리에서 놀던 작가요, 시인이니만치 그다지 스케일은 크지 못하다. 또한 그렇다고 하여 다작인 편도 아니다. 그의 작품은 하나도 단행본으로 나온 일은 없다.

　　노작은 고요히 와서 고요히 살다가 간 사람이라고 하고 싶다. 다만 애달픈 일은 법 없이 살 수 있는 이런 사람을 눈물 속에서 몸부림치는 문학을 하다가 자포자기하여 간 사람의 하나라 생각하던 가슴이 뭉클하다.

깨끗한 사람이란 모두가 이런가하는 느낌을 항상 자아내고 있다. 그래서 그의 작품은 그다지 많지 않으나 지금은 사람의 입에 회자(膾炙)되고 있다.

백남(白南) 윤교중(尹教重)

백남은 서울 귀족의 출신이다. 그러나 구한국(舊韓國) 말엽에 경제에 뜻을 두고 우리나라에서는 가장 오래인 유일의 '상과대학' 출신이다. 동경의 '상과대학' 출신이라면 일본 바닥에서도 중용되건마는 우리나라에서는 그다지 이런 것을 중시하지 않았고, 백남도 역시 문학에 뜻이 있어 은행에 취직은 한 번인가 있었고, 그 후에는 연극을 좋아하여 극문학운동으로 나서게 된 것이다. 지금도 백남이라고 하면 모두 극계(劇界)의 원로로 말하고 있다. 국초(菊初) 이인직(李人稙) 선생이 원각사(圓覺社)를 창립하였을 때 이곳에 참가하여 돌아온 사람도 백남이다.

원각사는 백남과 국초의 두 분이 만들었다고 하여도 과언이 아닐 것이다. 백남이 만약에 친일적으로 돌았다면 상당히 높은 지위도 얻었을 것이다. 백남은 나와 만나기는 동아일보사에서다.

백남은 그때 동아일보에다가 『수호전(水滸傳)』을 쓰던 때다. 그때까지 수호전이 육당(六堂) 최남선(崔南善) 선생의 번역으로 된 것 뿐이어서 극히 딱딱한 것만 대중이 읽다가 백남의 부드러운 문장으로 된 수호전을 보고 모두 즐기어 읽었다. 상당한 인기를 끌어 백남은 이것으로 문단에 서게 되었다. 그러나 모두 대중 작가로 취급되었다.

백남은 일평생을 이 대중 작가가 된 것을 한하다가 돌아간 분이다. 되도록이면 백남을 대중 작가가 아니라고 취급하려고 하여도 가혹한 우리 사회는 백남을 대가(大家)까지도 취급은 하여도 역시 대중 작가로 단편소설 같은 것을 잡지사에서 청탁하는 일이 드물었다.

백남은 언제나 장편의 작가로 알려지고 그의 다음 명성은 극문학(劇文學)이다. 그 실(實) 아는 사람은 아는 일이지마는 백남은 영화감독으로도 진출한 일이 있다. 『해도곡(海島曲)』이란 우리나라에서 거의 최초의 영화는 백남이 각색하고 감독하였다고 하여도 과언은 아니다. 우리나라의 영화는 연쇄극(連鎖劇)이란 연극의 중간에 영화를 올리는 그것이 순(純) 영화로 되어 나오기는 이 해도곡이라고 할 수 있었다.

지금 보면 유치하기 짝이 없는 영화이었지마는 그때쯤은 이것이 대환영을 받아 모두 박수갈채를 하고 보던 것이 어제같이 생각된다. 이월화(李月華)같은 떠부쟁이 주역이었던 것이다. 그만큼 스크린을 무시하고 된 현대 영화이지마는 실패작은 아니었던 것이다.

백남은 사업열(事業熱)이 크고 좋은 분이었으나, 그 소위 전주(錢主)니, 재주(財主)니 하는 자들의 뒤를 대다가는 자빠지는 바람에 해도곡 다음에는 다른 영화가 나오지 못하였다. 백남은 나중에 『월간야담(月刊野談)』이란 것을 창간하여 나도 이곳에 글을 쓰게 된 것이다.

백남에게 있어서 항상 골치 아픈 것이 여난(女難)이다. 백남은 얼굴이 여상(女相)으로 되어 여자가 보면 누구나 따르게 되었다. 백남은 유난히 여자들에게 친절하다. 이런 것이 드디어 백남으로 하여금 크캔들을 있게 하여 만주로 피신하는 일까지 있었다. 그때쯤만 하여도 우리 사회는 너무나 완고하였다. 나만은 이것을 대수롭지 않게 여기었으나 모두들 백남을 공격하고 비난하는 바람에 만주로 피신하는 부득이한 일이 있었던 것이다.

백남은 만주에서 일을 많이 하여 그곳에서 영화를 낸 것이 우리나라에도 흘러 들어온 일이 있다. 백남을 만주로 모시러 간 사람도 있었다. 그러나 백남은 백남대로 노여움이 있어 오지 않았다. 그까짓 스캔들을 문제 삼는 이 사회가 싫었던 것이다. 백남의 사업열은 끝이 없어 만주에서도 영화 몇 개를 찍었던 것이다.

광복 후 귀국하여 또 다시 사업을 벌린 것이 역시 『야사전집(野史全集)』이었으니 백씨와 이씨의 재산을 축만 내고 계속이 되지 못하였다. 불우(不遇)의 일생은 나중에 북한루에 의지하여 수다(數多)의 식솔(食率)을 거느리어 가다가 불청의 객이 되었다.

백남의 작품은 노기(老期)에 들어 예술적 기풍을 높인 것 같다. 『낙조(落照)의 노래』는 나와 만나면 효민(曉民)의 『인조반정(仁祖反正)』을 되풀이 하는 셈이냐, 나는 좀 더 구체적으로 해 본다는 것이 이 모양이지 하면서 파안일소(破顔一笑)가 많았다. 그러나 쓸쓸한 얼굴이 가끔 되었다.

장자(長子)가 아버지의 뜻을 아니 받았던 것이다. 그렇게 일찍이 장서(長逝) 하리라고는 꿈에도 생각지 않았다. 지금 생각하면 좀 더 뫼시고 예술론이라도 전개해 볼 것을 그랬다고 생각이 자꾸 든다.

금동(琴童) 김동인(金東仁)

　금동은 창조(創造)지의 『목숨』이란 작품 때에 한 애독(愛讀)하는 사람으로 친하였고, 어느 때나 한 번 그의 얼굴을 볼까하다가 동아일보에 입사한 후 먼발치로 보았다. 서로 성명을 통하고 인사는 어느 때 하였는 지 기억이 나지 않는다. 그러나 M보(報)에 『백마강(白馬江)』을 실을 때에 내가 원고료를 찾아 드리어야 할 입장에 있을 때부터 아주 숙친(熟親)해 졌다.

　금동은 문학도 자연주의이지마는 사람도 자연주의자이었다. 머리에는 언제나 탈모가 많았다. 모자를 쓸 때는 흔히 동절(冬節)이었다. 그러나 모자는 그대로 쓰고 실내에 들어오는 일이 많다. 우수개하는 사람이 '실내탈모'소리를 내어도 모르는 체하였다. 금동은 좀 더 살았을 것을 6.25동란과 1.4후퇴가 그를 불귀의 객을 만들었다. 이 작가를 집에 혼자 두고 나가 아사(餓死)했다는 소리를 듣고 우리는 울지 않을 수 없었다.

　금동은 고집이 세여 1.4후퇴에 가족이 나가자고 졸라도 모른 척 하였다는 것이다. 그의 고집이 기어코 적적히 운명하는 최후를 가졌던 것이다. 그의 작품과 작풍은 한국 문단에 있어 독특하다.

　스타일리스트의 한 사람인 것은 말할 것 없고, 그의 묘사(描寫)는 모두 입체묘사(立體描寫)라고 하여도 과언이 아니다. 그렇다고 그의 소설이 개념소설(槪念小說)이냐 하면 그렇지가 않다.

금동의 작품은 어느 때나 비약(飛躍)이 많다. 그의 비약은 놀라운 바가 있으나 작품 구성에는 거의 제1인자 격이다. 이 작가의 작품은 붙들고 앉으면 놓기가 싫다. 『젊은 그들』이란 작품은 역사소설이 아니면서 역사소설의 냄새를 풍기고 있다. 묘사는 어느 것이나 그대로 내던지는 것 같으나 척척 들어맞는 묘사가 되고 있다.

금동의 묘사법을 나는 배우려고 애를 무한히 써 보았으나 그렇게 되지 않는다. 내던지듯 하는 묘사가 극히 자연주의에 들어맞는 자연스런 묘사에 다들 경복하지 않을 수 없게 한다. 심리주의까지 건드린 작가는 금동과 횡보(橫步)라고 할 수 밖에 없다. 나와는 사무적인 일로 접촉이 좀 있었다. 동방문화사(東邦文化社)에 입사하여 편집국장 때에 일이다. 역시 예(例)의 탈모한 우푸수수한 금동이 웃는 얼굴로 나타났다.

요건인즉 동방문화사에서 내가 입사하기 전에 『서총대(瑞葱臺)』라는 작품을 출판한다고 그 때의 주간(主幹)인 유자후(柳子厚) 씨가 받았다는 것이다. 출판이야 되던 아니되던 위선 궁한 판이니 원고료를 먼저 얻어 내라는 것이다. 나는 모처럼 한 일이어서 회계로 갔다. 출납관계는 S형이 맡아 하였다.

그런데 이미 5천 원이 선불이 되어 더 낼 수 없다는 것이다. 더 낼 수 없다는 소리를 들은 금동은 유씨와 S형을 찾은 모양이다.

그 후 나는 그 작품을 읽다가 그 사(社)를 그만 두었다. 그 서총대는 아직껏 나오고 있지 않다. 그 소설의 내용은 역시 연산군의 일대기다. 작품으로는 역시 쩍말 없는 작품이나 이것을 누가 알아 줄 것인가! 템포가 느리다는 소리나 하고 이내 발행 못한 듯 하다. 이 서총대는 지금쯤이면 대환영일 것이다. 신심리주의에 해당하는 작품이라고 하고 싶다.

헤밍웨이의 작풍 비슷한 데가 있다고 할 것이다. 하여간 우리나라의 문단의 지보적(至寶的) 존재이었던 금동이 간 것은 애닯기 짝이 없다. 금동도 역시 불우하다면 물우하다고 생각할 수 있다. 금동은 문학에서 살고, 현실에 죽은 사람이라고 말하고 싶다. 금동의 과도한 낭만을 그여코 금동을 사로잡고 만 것이다.

오늘에 있어 금동의 태도를 살피면 나라 없는 울분을 문학과 여인에게 풀었던 것이다. 데카단풍(風)의 행동도 하지 아니치 못하게 된 것은 나라 없는 비애의 몸부림이라고 보지 않을 수 없다. 그러나 남산의 송백(松栢)이 의연하듯이 민족과 민족문화는 의연히 계속해 간 것이다.

금동의 문학은 세월이 감에 따라 그 인식이 깊어가고 있다. 위대한 낭만이 흐르고 있는가 하면 셈세하기 짝이 없다. 사실(寫實)히 흐르고 있다.

서총대에 나타난 윤기묘의 묘사와 푸로로그는 누가 읽어도 그것을 알기가 힘이 들게 하고 있다. 다시금 돌이켜 생각하면 이런 작가가 또 다시 이 나라의 문단에 있었으면 하는 생각이 더욱이 애닯다.

백세(百世) 이전에 이런 작가가 없었고, 또 백세 이후에 이런 작가가 나올른지 의심된다. 나의 독단일른지 모르나 세계문학의 수준을 걸어간 사람이 있다면 금동을 첫 손가락을 꼽고 싶다.

어느 때나 생각되는 일이지마는 좀 더 오래 살아 좀 더 큰 대작(大作)을 내어 주었다면 하는 생각이다. 우리나라에서는 이런 작가를 대우라던가 또는 우대할 줄 몰라 드디어 호젓이

혼자 저 세상으로 가게 한 것이라 보고 싶다. 금동은 고독에서 살다가 고독하게 간 사람이라고 보고 싶다.

일보(一步) 함대훈(咸大勳)

우리나라에서 로문학(露文學)을 전공한 사람은 일보 함대훈 하나다. 일보는 지상적으로는 의연히 구(舊) 로서아(露西亞)를 지키는 사람이었다.

처음에는 모두 로서아 문학을 영위하고 있음으로 새로운 사상을 가졌는가 하였지마는 그 실은 의연히 민족주의적이었다. 그는 로서아 문학에 있어서도 고골리의 문학을 좋아 하였다. 세칭 해외문학파로서 처음에는 문학평론가로 나타났으나 나중에는 소설에도 손을 대어 『순정해협(純情海峽)』에 손을 대었다.

순정해협이란 소설은 영화화하는 데 까지 이르렀으나 나보기에는 그다지 문학적으로는 높은 작품이라고 할 수 없다. 일보와 나와 사귄 것은 역시 어느 때인지 기억에 남아 있지 않다. 그러나 내가 로문학도 좋아하였던 만큼 서로 좋아하였다. 그러나 술자리에는 같이 앉아본 일이 드물다.

아직도 기억에 살아지지 않는 것은 나의 두 개의 작품이었던 『여걸민비(女傑閔妃)』와 『양귀비(楊貴妃)』의 출판기념회이었던 '효민(曉民)의 밤'의 일이다.

정지용(鄭芝溶) 시인의 취태(醉態)에 분개하여 이날 자리를 차고 가던 뒷모양이 인상적이었던 것이다. '이 자식이 기어코 공산당이 되려나, 왜 지랄이야' 한 소리를 남기고 가던 일보도 면금(面今)에는 없다. 이때에는 일보도 경찰전문학교장(警察專門

學校長)이었던 것이다. 문인으로 경찰전문의 교장이란 것은 처음이었다. 이것을 좋아하는 사람보다도 싫어하는 사람이 많았다.

일보는 기어코 그 교장직에서 순직(殉職)을 하고 말았거니와 그는 순정의 사람이었던 것이다. 누구나 미워하는 사람이 없었다. 그는 항상 술을 좋아하였다. 술은 그를 데려가고 만 것이다. 그의 작품과 작풍은 전도가 양양하였던 것이다.

그러나 그는 그의 재조를 다 써보지도 못하고 저 세상으로 갔다. '효민의 밤' 이후 그는 찔차 속에서라도 나를 보면 손들 들고 인사를 보냈다. 분명히 나를 좋아하는 사람의 하나이었다. 일보의 삼형제 분에게는 항상 경의와 미안을 금하지 못한다.

일보의 백씨(伯氏)가 인쇄소를 경영할 때 『대관(大觀)』이란 잡지를 한다고 하여 원고지 만 매를 주문하여 모두 만들어 놓고 못 찾은 일이다. 돈을 댄다는 사람이 자빠지게 되어 나는 중간에서 실직(失職)과 동시에 실없는 사람이 되고 말았던 것이다. 말하자면 일보의 백씨에게 손해를 끼친 모양이다.

일보가 살았다면 정계, 문화계, 또는 그의 문학까지도 볼 만한 것이 많았으리라고 생각되어 애닲기 끝이 없다.

시인(詩人) 노천명(盧天命)

또한 생각나는 사람 시인 노천명(盧天命) 여사다. 다재(多才)하고 다능(多能)하던 그가 요사(夭死)를 한 것이 무한히 슬프다.

천명 시인을 알기는 내가 동아일보 때에 『산호림(珊瑚林)』이란 그의 처녀시집을 가지고 찾아왔던 것이다. 수부(受附)에서 전화가 걸려 와서 내려가 보니 꽃 같은 처녀가 2명이 와 있었다.

아마 노 시인은 그때 이화전문(梨花專門)의 졸업반인 듯 싶었다. 시집을 받는 나는 얼굴이 벌거지었다. 처녀에게서 처음으로 이런 시집을 받았던 것이다. 그때 여류 시인으로는 내가 아는 사람은 장정심(張貞心) 시인이었던 것이다.

이 정심 시인은 살았다 하기도 하고, 죽었다 하기도 하여 이곳에 취급을 못하지마는 실로 노 시인은 내 일생에 살어지지 않는 여인의 한 사람이다.

장정심 시인도 백합화(白合花) 같았고 노 시인도 백합화 같이 청초하였다.

그러나 그 후 노 시인은 이내 다시 못 만나고 그의 스캔들이 내 귀에 들려올 때 아주 선듯하였다.

나중에 M보에 같이 있을 때 은근히 여러 번 충고를 하였건마는 알아 들었는 지 몰랐다. 스캔들이 있는 사람은 대개가 수명이 짧은 것이기 때문이다.

노 시인의 시풍은 언제나 애연(哀然)하였다. 무엇을 잡으려고 하는 그 마음은 항상 공허(空虛)하였다. 그는 화려한 것을 좋아하였다.

여우(女優) 한은진(韓銀珍) 양의 긴치마 입고 멋지게 찍은 사진을 보고 무한히 좋아하면서 자기도 그렇게 찍은 위인이었다. 샘이 눈에 딱딱한 것이 나는 항상 보기 좋았다.

나의 신혼 가정에도 한두 번 왔었던 것이다. 눈치가 나도 한 번 이렇게 살 것이라는 것이 눈에 띄었다. 그러나 똥 싸는 어린 아이와 똥 요강을 보고 숭을 보는 듯하였다. 살림이 거지같이 지낸다는 눈치다. 내 아내는 연년생(連年生)의 자녀 속에서 헤매어 나지 못하였던 때다.

6.25때에는 이 시인이 직업타령을 하는 것을 웃기를 몇 번 하였다. 이 통에 무슨 직업이냐는 생각이 들고 있던 나다. 그는 나와 가장 친한 듯이 세상에서는 소문이 났으나 그렇지도 않다.

노 시인이 항상 내 이야기를 많이 하였던 것이다. 또한 언젠가 꿈에 노 시인과 돈 이야기를 노 시인에게 하였더니 이 이야기를 하고 다니어 결국 노 시인과 나와는 상당히 친한 줄 아는 사람 장(張)이 많다. 그러나 나는 끝까지 그에게 대하여 예의를 잃어버리지 않았다고 생각된다.

자유문학자협회(自由文學者協會)를 조직한 때 너무 노 시인이 발언이 많아 나는 그의 신변을 위하여 충고 비슷이 말한 것이 비위를 몹시 거슬렸던 것이다. 어떻게 꾸지람이 대단한지 나는 그때 무연(憮然)하였다. 그가 가고 보니 이런 것도 기념이 되고 있다. 이런 일이 있은 후 다시는 잘 만나지 못하였다.

노 시인이 한국대학에서 시론(詩論)을 강의하는 것을 시간표에서 보고 나는 어찌 반가운지 몰랐다. 그러나 한 번도 그 대학에서는 만나지 못하였다.

경향(京鄕) 쌀롱에서 빼꿈히 들여다 보고 나가는 것을 보고 따라 나가 인사나 교환할가 한 것이 최후가 되고 만 것이다. 그는 자존심이 강하다고 나는 생각되었다. 그의 시는 모두가 주옥(珠玉) 같은 것이다. 또한 모두가 날카롭다. 다치기 쉬운 주옥들이다.

이 시인도 전도가 유망하더니 그만 가고 만 것이다. 역시 인생은 짧고 예술은 길어 그의 예술은 모든 사람에게 회자(膾

炙)되고 있다.

물고작가(物故作家)를 쓰고자 하니 너무나 많았다. 그래서 나의 가장 관심하는 작가를 추린 것이 이상의 여섯 분이다. 이 외에도 심훈(沈熏) 작가, 또는 김래성(金來成), 김영팔(金永八) 작가 등등의 많은 사람이 있으나 벌써 소정의 스페이스를 넘은 모양이어서 후일을 기약하지 않을 수 없게 되었다. 이런 글이 고인의 누(累)가 되지나 않는가 두려움이 없지 않다.

이것은 평론이 아니니만치 너무 이야기가 많아지지 않기를 바란다. 한 나의 지난날의 술회(述懷)임을 거듭 말하여 둔다.

(1958년 10월호 사조(思潮))

제 6 부

금붕어의 揷話

1931년 창간된 월간지 『비판』

◇ 隨筆 ◇

일거 30년(一去三十年)

내 나히 벌서 30이오, 또 7세(歲)다.

무엇을 하고 30이 넘고, 또 7세가 되었는 지 너무나 지난 과거(過去)가 보잘 것 없고, 또 적료(寂廖)하다.

10여세 전후는 천둥벌거숭이로 밥이 되는 지 죽이 되는 지 몰랐으니 말할 것 없고 그 소위 세상이라고 알게 되자, 내딴은 무슨 원대(遠大)한 이상(理想)이나 가진 듯이 뛰어 든 것이 그 소위 노동운동(勞働運動)이었다.

내 나히 19세에 노동운동에 뛰어 들었으니 조달(早達)은 아니라 하더래도 그렇게 느진 편도 아니었던 것이다.

그때 내가 뛰어든 단체는 노동공제회(勞働共濟會)라는 것으로 제1차 구주대전(歐洲大戰) 이후 조선에서 자연생장적으로 일어난 퍽으나 초기적인 노동운동단체던 것이다.

이때부터 사회를 안답시고 쫓아 다니고, 또 도동(渡東)까지 하게 되고, 그러는 가운데 문학이 나의 소장(素長)이었던 모양으로 나는 이내 문학에 발을 드려노하 그냥저냥 30을 넘겼다.

도잠(陶潛) 씨의 말과 같이 벌서 일거 30년을 했다.

나는 고요한 밤에 가만히 지난 과거를 생각할 때는 지나간 청춘이 아까운 것은 물론이고

"글세 내 나히 무얼 했다고 30년이 넘어!"

하고, 장탄식이 나온다.

문학을 한다고 하면서 이렇다 할 남겨놓은 것 하나 없고, 그렇거들랑 재산이나 누거만(累巨萬)은 못되더래도 조반석죽(朝飯夕粥)이라도 하게 되었다든지 하다 못해 자복(子福)이라도 만허 자녀라도 오륙남매 두었으면 또 몰르겠는데 자녀라고는 연년생(連年生)의 3세, 4세 되는 여아 자매(女兒姉妹) 뿐이다.

그렇다고 해서 문학하는 것을 지금 버리고는 싶지 않다. 되나 안 되나 그저 읽고 싶고, 쓰고 싶다. 그야말로 조지 무어 말맞다나 '만년문학청년(萬年文學靑年)'인지도 모른다. 허나 역시 나에겐 풍부한 경제적 여유와 또 풍부한 시간적 여유란 전혀 없다고 할만치 얼마되지 아니하는 봉급에 매달려 사는 하급 살라리 맨이다.

연명공(淵明公) 모양으로 팽택령(彭澤令)이란 하잘 것 없는 소수령(小守令)으로 오두미(五斗米)에 몸을 팔리어 있듯이나 역시 6~70원이란 소급봉(小給俸)에 매달려 지난 10여 년이라란 세월을 신문사 정리부(整理部) 구석에서 구을러 먹고 나니 하루에도 열 번 그갓놈의 되잖은 직업을 집어 치우고 싶은 때가 많다. 되잖은 일에 모든 사람이 이래라, 저래라 하는 데는 촌토척지(寸土尺地)라도 있으면 연명공의 '귀거래사(歸去來辭)'는 못짓는다 하더래도 해공(該公)이 지워 논 '귀거래사'라도 멋지게 한번 부르고 고만두겠는 데 또한 그렇지도 못하다. 이래가

지고 우울(憂鬱)이 늘 떠나지 않고, 우울의 해소제(解消劑)는 역시 술이다.

그렇다고 나는 연명공 모양으로 두주(斗酒)를 능히 통음(痛飲)하는 주호(酒豪)는 못되는지라 늘 2~3배의 정종과 씨름을 하고 나면 좀 우울이 풀린다.

그래 어찌다 보니 이제는 고인이 되신 호암 문일평(湖岩 文一平)씨 모양으로 애주가가 되었다. 나는 못난 버릇인 지는 모르나 가난한 것을 연명공에게 비해 보고, 또 술은 조하하면서 잘 견듸지 못하는 것으로 호암공에게 비해 보고는 자위(自慰)를 한다.

이 자위는 나의 가장 사랑하는 보배요, 또 가장 자랑하고 싶은 자만(自慢)인 것이다.

어쨌거나, 세월은 흘러 30은 벌서 넘기었고, 또 어쨋거나 문학을 함네하고 벌서 10여 년이 되었으니 무슨 남길 만한 것이 있어야 하겠는 데 아무런 남김이 없다면 진실로 식충(食蟲)이오, 바보라고 몇 번 되씹는 지 모른다.

그러나 나에게는 연명공을 사모하고, 호암공을 배견(拜見)하였음을 가장 다행으로 내 자신도 모르는 가운데 어떤 일관된 정신이 흘르고 있는 것을 내 자신 스스로 발견하고 놀람을 마지 않았다.

여하간 나는 깨끗이 살어 보고 싶고, 또 깨끗한 무엇을 단 하나라도 남긴다면 어생(於生)에 족의(足矣)다.

(문장(文章), 1940. 3)

금붕어 삽화(挿話)

　나는 금붕어(鮒魚)를 사랑한다. 나 뿐 아니라 다소 로맨틱한 생각을 가진 사람이라면 다들 금붕어를 사랑하리라 해서 나는 봄이 되면 어항에다 금붕어를 사서 넣고 책을 보면서, 또는 무엇을 사색할 때면 의례히 한 번씩 쳐다보곤 한다. 그러면 금붕어는 꼬리를 치면서 그럴 듯이 돌아간다.

　나는 얼마 동안 금붕어 노는 것에 넋(魂)을 잃고 본다. 그럴 때면 안해는 "무얼 그렇게 보시오." 하고 말을 건넨다.

　나는 내 싱거움에 취해야 씩- 웃고 말 때도 있고, 때로는 "금붕어 노는 것을 보오." 하면 역시 안해도 어항을 나와 가치 한참 본다.

　그런데 우리 집안에는 어린아이가 생긴 이후로는 이 어항이 그대로 있을 턱이 없다. 어린아이가 두 번이나 어항을 깨어먹었고, 어항에 산고기를 잡아내어 주물럭거려서 못쓰게 맨드는 일이 여러 번이다.

　이제는 우리 집에는 금붕어도 어항도 아무것도 없다. 허나 지금도 금붕어와 어항을 보면 몇 해 전 일이 생각나서 눈물이 핑 돈다.

이야기는 한 7년 전으로 거슬러 올라 간다.

나는 먼저 말한 것과 같이 금붕어를 좋아해서 큰 어항과 금붕어 다섯 마리를 사다 놓았다. 그때 나는 인사정(仁寺町) 근처 하숙에 있었는데 그 금붕어는 내 쓸쓸한 하숙방에 유일한 방직이오, 또 나의 질거운 벗이오, 애인이었다.

그래 밖곁에서 하숙으로 돌아가면 금붕어를 드려다 보고, 또 때로는 아츰이면 맑은 물을 가라주고, 또 창경원에 갔을 때 붕어밥을 사다 넣어 주어 보기도 하였으나 다섯 마리 중에서 큰 놈 한 마리는 여름에 죽고 그 다음 여름이 다가고 가을이 되려할 때 또 한 놈이 죽고-.

이렇게 금붕어가 죽어갈 때는 아주 맘이 좋지 않았다. 해서 처음에는 금붕어에 대하여 관심을 많이 가졌었으나 그 다음에는 다소 금붕어에 대하여 맘이 덜 씨워졌다. 또 나 역시 금붕어에 대하여 맘을 덜 쓰려고 노력하였던 것도 한 원인이겠지만 금붕어가 한 마리 죽은 것을 보고 그것을 건저 버릴 때면 아조 맘이 언짢고, 이 맘이 언짢은 생각은 한 일주일 계속하였다.

그래서 금붕어가 세 마리 남은 후에는 아주 관심을 덜 가졌다. 허나 금붕어를 애끼는 맘은 늘 변치 아니하여 맑은 물을 가려주는 것은 잊지 않았다. 그래서 오래 살았는 지는 모르나 금붕어의 수명으로는 꽤 오래동안 계속되어 범 8개월-곧 4월에서 11월까지 살았던 것이다.

그런데 12월 모일 나는 모 사건으로 멀리 전라도 C주로 압송되어 가는 몸이 되었던 것이다. C주 유치장 속에서도 때때로 이 금붕어가 생각났다. 또한 때로는 금붕어가 있는 내 방을 가끔 꿈 꾼 때도 많았다.

나는 그여히 C주에서 떡국을 먹고 그 다음해 1월에서야 내가 있던 하숙에 돌아오니 어항과 함께 금붕어는 땡땡 얼어있지 아니한가.

주인 아주머니를 책망한들 무슨 소용이 있으랴. 내가 없는 빈 방이라 하여 잠을쇠를 채워두고 두 달 동안을 불을 아니 때었으니 어항속 물이 얼지 않을 수 있으랴.

책상 우에 어항이 있고, 그 속에 금붕어가 있는 줄 까지도 생각은 했지만 그것이 그렇게 땡땡 얼줄은 미처 생각 못했다는 것이 마나님의 변명이다.

그때는 내 몸만이 무사한 것이 다행이어서 나도 여기에 대하여 여러 말 아니 했으나 그 후부터 나는 어항을 대할 때면 그 일이 생각나서 눈물이 핑 돈다.

오늘도 모 사에 갔다가 어항 속에서 금붕어 노는 것을 보고 그 일이 또 생각나서 인해 그 곳을 뛰어 나오고 말았다.

우리 집의 금붕어 아니 놓는 이유는 아이들이 못살게 구는 것도 한 이유이지만 그 실은 그 생각을 아니 일으키고자 해서 안놓는 것이 더 큰 이유인 것이다.

(문장(文章), 1940년 11월 16일)

모촌산방산고(慕村山房散藁) (上)

모촌산방해제(慕村山房解題)

서울에 와서 산지도 어언 40년이 넘으니 촌이 그립다. 1.4후
퇴 때에 전원생활을 하지 아니한 바 아니나 풀 한 포기 만지
지 않은 그 생활은 그다지 그립지 않다. 그러나 전원은 그대
로 또 안한(安閑)한 취미가 있다.

촌에 오래 있으면 서울이 그립고, 서울에 오래 있으면 촌이
그립다. 이제는 촌이 또 그리워 졌다. 그래서 서울 바닥에 있
는 내 집을 모촌산방(慕村山房)이라 하였다. 두 칸을 넘지 못하
는 내 방이 모우장(慕牛莊)도 되고, 모촌산방도 되고 때로는 처
인재(處仁齋)도 되고, 또 때로는 천의각(遷義閣) 도 되고 있다.

모촌산방은 촌을 그리워 하여 우연히 우러나온 당호(堂號)가
되고 말았다. 모촌이란 당호를 가지고 보니 그다지 나쁘지가
않다. 우촌 곽복산(牛村 郭福山) 형이 당호를 우촌이라고 지었
다기에 나도 즉석에서 지은 것이 모촌이다. 이러고 보니 당호
가 가장 많은 사람이 내가 되고 말았다. 좋은 당호는 내가 도

맡아 가진 것 같아서 죄송하기도 하다. 모촌은 인촌 김성수(仁村 金性洙)선생을 사모(思慕)한다고 하여서도 좋다고 그러는 친구도 있다.

도연명(陶淵明)은 오두미(五斗米)의 학대를 「귀거래사(歸去來辭)」로 표현하고 전원으로 돌아갔지마는 나는 오두미의 학대는 받지 않고 있다. 또한 도연명같은 천재 시인도 아니니 말할 것이 없으나 역시 누워서 구름을 보는 풍경은 시골이 가장 좋다. 촌에 가서 게으름이나 피던 자기 고백 같아서 아니되었지마는 청풍이 서래(徐來)하는 정자에 누워 구름을 보는 풍경이란 역시 시골에서만 맛 볼 수 있는 풍경이다.

모촌산방에 누워서 구름이 가는 풍경을 보면 아무래도 시원치 않다. 격이란 이래서 찾는 것이라 생각되었다. 구름이 모처럼 하운(夏雲)의 다기봉(多奇峰)을 그리었다가도 옆집 연돌(煙突)이 연기를 올리면 그 구름은 아무런 가치가 없는 연기가 되고 만다. 구름이 제멋대로 왔다가 제멋대로 가는 것을 무한히 보는 것이 제 격에 맞는 것이라 생각하게 한다.

촌에서 하는 일이란 구름이나 보고 앉았던 것 같아서 아니되었지마는 언제보다 낭만을 주는 것은 구름이다. 시인 석천 탁목(石川啄木)도 구름을 극구(極口)로 떠들었지마는 이 구름이란 무한히 인생을 위로하는 것이라고 보지 않을 수 없다. 구름이 어느 때는 인간의 전(全) 생애와 같이 여기어지는 때도 있다. 「맥(貘)」이란 동물을 밤 하늘에 별을 보고 살듯이 인간은 구름을 보고 살기에 마련되기를 달하였다고 생각된다.

모촌산방은 구름을 보면서 촌을 생각하는 내 적은 안식처다. 그야말로 「고굉이침지(股肱而枕之), 낙역재기중(樂亦在其中)」이 이 모촌산방이다. 모촌산방에서 구름을 보면서 촌을 그리워

하는 생활을 아무래도 얼마 동안은 계속해야만 할 것 같다.

시인(詩人)의 요사(夭死)

시인 박인환(朴寅煥) 군이 심장마비로 저 세상으로 갔다. 그 전날까지도 건재하던 시인 박 군이 갔다. 시인 박 군과 나는 다정한 사이였다.

박 시인이 가려고 그랬던지 죽기 전 전날 저녁 때다. 비가 부실부실 나리는 어둠침침한 황혼 때다. 자꾸 술을 마시자고 하였다. 내 성격은 후배의 것은 얻어먹기가 싫었다. 되도록이면 박 시인의 차 한 잔까지 피하는 편으로 이날은 내 주머니의 자유전(自由錢)이 몇 푼 되지 않았다. 본의 아닌 거절을 하였다. 퍽그나 섭섭한 모양이다. 박 시인의 최후의 인상은 어둠컴컴한 성당(聖堂)쪽으로 올라가는 그 모습이 최후다.

박 시인은 술이 과했다. 어느 출판기념회 날 저녁 자동차를 하나 붙잡아 놓고 자꾸 타라고 하였다. 그때 동반의 한 사람은 소설가 이봉구(李鳳九) 형이었다. 구지 사의하였다. 밤이 조금 깊었던 까닭이다.

그러나 박 시인은 졸랐다. 맛좋은 양주가 있다는 것이다. 박 시인의 정의(情意)를 막을 길이 없어 그의 집을 탐방하였다. 술은 과연 좋은 양주이었다. 화란산(和蘭産)의 양주였다. 초콜렛의 훈향(薰香)이 도는 양주였다. 이 술이 박 시인과 마신 최후의 술이 될 줄이야 누가 꿈엔들 생각하였으랴? 이 술이 박 시인과의 이별주란 웬말이냐. 이곳에 이르러 붓이 나가지 않는다.

박 시인의 장의(葬儀) 날 나는 가지 못하였다. 또한 그 전날 밤의 밤샘도 못했다. 공교롭게도 대학의 입학 시험이 끼웠다. 이런 공교로운 일이 아니더래도 나는 강의날에는 잘 가지 않는다. 첫째로 울기가 싫어서다. 여인적 성격이 있는 지 나는 이런데 가면 울음이 먼저 나온다. 사내다웁지 않은 성격이다. 너무 감성적이어서 내 자신 부끄러움을 느낄 때가 많다.

박 시인의 부인과 또 장인을 붙들고 운들 어떠하랴마는 울어서 소용없는 인세(人世)의 무상이니 결국 한을 남기는 그런 일이 되고 말았다.

시인들은 너무나 학대받는 인간들이다. 역사가 있은 이래 시인같이 깨끗한 인간이 없건마는 인간으로서의 학대받는 사람은 시인이다. 시가 문학의 으뜸이언마는 시를 모르는 속인(俗人)들은 시를 학대하고 시인을 학대한다. 이 세상에서 가장 요사(夭死)의 율이 많은 것이 시인이다. 좋은 시를 한 편을 남기고 가더래도 인류에게 플러스하는 것만은 사실이지마는 그만큼 그 예술을 애끼는 만큼 더욱 더 아까웁다.

시인이 가거들랑 좋은 시나 남겨 놓지 말기를 바란다. 좋은 시를 남기어 놓기 때문에 자꾸 연상(連想)된다. 자꾸 그 시인이 연상된다. 24세에 간 에쎄닌이 생각나고, 21세에 간 왕발(王勃)이 연상이 된다. 이곳에도 예술은 길고 인생은 짧다는 생각이 난다.

박 시인의 시도 좋은 것이 너무 많다. 박 시인은 모더니스트면서 순수한 시혼(詩魂)과 시정(詩情)을 많이 남기어 놓았다. 이 글이라도 쓰니 적이 마음이 약간 풀린다.

(1956년 6월호 현대문학)

모촌산방산고(慕村山房散藁) (下)

다방변(茶房辯)

　친구들은 나의 다방에 가는 것을 말하는 사람이 많다. 무엇하러 그렇게 다방에 가느냐고 품위가 떨어진다고 경고와 충고가 많다.

　그러나 나는 다방에 아니 가고는 견딜 수가 없다. 무슨 내가 불란서 사람처럼 '싸롱 취미'가 있어서가 아니지마는 가지 않고는 배기지 못한다.

　하기는 불란서 사람은 싸롱 취미가 있어 가고 그 나머지는 연료 절약으로 다방에 간다지마는 나는 다른 취미가 있어 간다. 친구를 만나러 간다.

　다방에는 언제던지 친구가 한 두 사람은 그곳에 있다. 더욱이 동방문화회관(東方文化會館)이나 문예 싸롱은 문화인이 가장 많이 모이는 곳이다.

　이곳에를 가야만 비로소 문화인들을 보게 된다. 만나고 싶은 사람은 다방에만 가면 그곳에 대령이나 한 듯이 있다. 다방이란 이래서 가지 아니치 못하게 된다.

우리네의 생활이 빈곤해져서 사랑(舍廊)을 쓰지 못하고 술만을 놓아 먹는 그런 까닭도 있지마는 대개는 다방에 가면 그곳에는 아는 사람이 단 한 사람이라도 있는 것이 발견되는 취미가 여간 좋은 것이 아니다.

다방에 들어섰다가 아는 사람이 하나도 없는 때는 여간 서운하지가 않다.

나는 이래서 우선 다방에 들어서면 휘휘 둘러보는 버릇이 생기게 되었다.

버릇은 덜된 버릇이다.

서울생활 40년에 또 한 가지 덜된 버릇은 커피 맛을 배운 것이다. 집에서는 아무리 커피를 잘 끓이어도 맛이 그다지 없다. 같은 커피를 끓이건마는 다방에 따라서 커피 맛이 다르다.

그래서 커피 잘 끓이는 다방은 이내 번창한다. 세종로 근처의 모 다방은 좌석도 시원치 않건마는 천객만래(千客萬來)의 대 번창이다.

이 다방은 커피가 가장 좋게 잘 끓이는 까닭이다.

서울 커피당(黨)은 거의 이집으로 모이는 것 같다. 구경(究竟) 다방에 가는 버릇은 하나는 친구를 만나러 가는 것이오, 다른 하나는 좋은 커피를 마시러 가는 것이다. 다방이 시장 속 같다고 왜 가느냐고 비난하지 말기를 바란다.

다방에 간다고 학구생활에 방해된다고 경고를 말라! 학자의 길이나 문학의 길이 다방이 아니라고 충고를 말라! 현대인의 문화생활은 다방에 아니 가지 아니치 못하게 됨을 알아야 한다.

더욱이 현대의 한국의 문화인에게는 더 그러하다.

학구생활(學究生活)의 가치(價値)

대학의 교편을 잡은 지도 어언 7, 8년의 세월이 갔다. 나도 모르는 동안에 학구생활이 몸에 배기었다. '선생이 눈 똥은 개도 아니 먹는다!' 는 속언(俗諺)과도 같이 아주 고립보생활이 되고 말았다. 이것이 학구생활인가 하면 기가 막힐 때가 있다. 아무래도 사나이 다웁지 않을 때가 많다.

사나이란 반드시 출장입상(出將入相)을 해야 하는 것은 아니지마는 그렇다고 학구생활이란 것이 호구지책(糊口之策)도 못된다는 데 있다. 연구생활이 없는 학구생활이다. 좋은 출판물이 내외국의 것을 물을 것 없이 산적해 있건마는 만져만 보고놓을 때가 너무나 많다.

대학에서 주는 박봉을 가지고는 이런 것을 사서 볼 수가 전혀 없다. 학구생활이란 학문의 진전을 위하는 것이언마는 도리가 없다.

이런 것을 면해 보려고 이 대학 저 대학을 장돌뱅이 모양으로 돌아다니는 학자들이 있다. 그렇다고 수입이나 변변하냐하면 그렇지 못하다.

노대가(老大家)라고 세칭하는 분이 헐떡이면서 강의를 하고 나오는 것을 보면 미안하기 짝이 없다. 얼마나 저축이 있는지는 모르지마는 건강은 몹시 상하고 있다. 이것은 학구생활이아니라 건강을 팔아 먹고 있다.

우리나라는 무엇이 무엇이 하여도 학자들을 길러야 하겠건마는 학자를 기를 줄 모른다. 이런 학자가 한번 가는 날 그 후계자가 과연 누구인가? 이런 학자가 건강이 여의하지 못하여 허덕이건 말건 모두 모르는 척 한다. 이것은 아무래도 학자의 학대다.

우리 사회가 학자를 대우할 줄 모르는 것은 새삼스러운 일이 아니지마는 학자들 자신까지도 자기의 건강을 돌아다 볼 줄 모르는 사람이 너무 많다. 그야말로 일조와병무상식(一朝臥病無相識)하면 어쩌자는 수작인지 모를 일이다.

학구생활도 건강이 있고서다. 건강이 없는 학구생활은 이것이 나중에 어떻게 될 것인가를 한번 생각할 필요가 있다.

우리 사회가 학자를 대우할 줄 모르거던 학자들 자신이 자기의 노후를 생각하여 무슨 단체던지 가지어야 할 것이다.

학술원과 예술원이 창립된지도 꽤 오래다. 그렇지마는 이 학술원과 예술원이 이렇다할 성적을 못 올리고 있다.

그것은 모두 재정문제다. 모두 경비문제다. 국가에서, 또는 정부에서 만들어 놓았으니 정부에서 상당한 보호와 원조가 있어야 하겠건마는 그렇지 못하다.

정부나 국가가 학술원이나 예술원만을 위하여 있지 않은 이상 이것만을 전적으로 도와 달라고 할 수는 없지마는 기위(旣爲) 창립이 된 이상 어떤 상당한 조치가 있어야 할 것이다.

국가나 정부가 상당한 조치가 없을 때에는 학자 예술가의 상호의 노후를 생각하여 여기에 대한 구체적인 무엇이 있어야 할 것이다.

외국의 예로 보면 불란서의 아카데미란 모두 그곳 학자나 예술가가 상당한 다액(多額)의 기부로 인하여 그것이 기금이 되어 가지고 유지되는 일이다.

우리나라의 학자나 예술가도 이런 아카데미를 유지하려고

하면 사사로이 저축을 꾀하는 것보다도 이런 단체에 다액기부를 하여 이것을 유지해 가는 일이 얼마나 좋을가 생각이 된다.

우리나라의 학자나 예술가들은 학구생활을 가치 있게 하는 데 있어서는 아무래도 학술원이나 예술원을 그릇다운 것으로 만들지 않으면 안될 것이다.

금일에 있어 가장 중요한 문화인의 문제는 이것이 아닐까 생각이 자꾸 든다.

(1957년 1월호 현대문학)

범이형(凡以兄)

범이형(凡以兄)이여! 그대가 죽다니 이것이 참말인가?

인생이 아무리 덧없다한들 그렇게 덧없을 수 있는가.
그대가 가진 병이 다소(多少) 난치병이라고 하드래도 그내도
록 요절할 줄이야 꿈엔들 생각하였겠는가! 올봄에 길가에서
우연히 만났을 때 형은 그리도 나의 건강을 염려하지 않았던
가.

'왜 그리 파리했는가?' 이 물음이 아직도 내 귀에 ○○하건
만 형은 벌써 이 세상 사람이 아니구려. '○○하고 시골 간
것이 병(病) 주머닐세' 하든 형의 흰 얼굴이 또 다시 떠오르오!
형이 병들어 누운 줄도 몰랐고, 저 세상 사람이 된 줄도 몰랐
다가 신문을 보고서 그제서야 알았소이다.

이 얼마나 그대와 내가 정소(情疎?)히 지냈든가 생각하면 생
각할수록 안타깝구나. '왜 파리한가'와 '허-'하는 두 마디가 나

에게 준 사○(辭○)의 말이든가? 신문을 본 그 이튿날 뛰어 올라간들 어디 형을 찾을 수 있으며, 형의 유족을 만날 수 있는가.

삼청동 어디라는 막연한 주소가 내 귀에 알려진 그것이오. 행인(杏仁) 형을 두 번이나 찾아도 못만나고 기어이 어떤 글이라도 써야 배기겠소.

형이여 그대가 참말 죽었는가?

만날 때마다 「조선미술사연구(朝鮮美術史研究)」 한 권을 못 준 것을 내게 말하든 그대가 그 책은 언제 어느 곳에서 주려는가? 또 M사에 있을 때 내 손목을 꼭 쥐고 '여보게 나하고 M사 일을 해 보세' 하든 것을 난 매몰하게도 C사로 가느라고 거절한 것을 생각하면 모든 것이--?--

○○이 쓴 '애사(哀詞)' 속에 자는 듯 돌아갔다 하니 위로 학발자당(鶴髮慈堂)을 뫼시고 아래로 어린 것들을 어떻게 잊고 자는 듯 돌아가시었는가?

미술계의 일과 S사 일은 어찌하라고 자는 듯 돌아가시었는가?

형과 같은 얌전하고 깨끗하고 독실한 문화인이 이 세상을 잘 떠나가니 난마(亂麻)같은 우리사회의 일은 누구더러 하라하는가.

범이(凡以) 형이여! 그대는 과연 죽었는가! 대답이라도 한번 시원하게 하구려. 이 못난 나에게 파리한 것을 근심하든 그대가 어쩌자고 죽는가. 모든 것이 무상하다면 이런 것을 일러서 말하는 것일까…

어제도 서울 올라가서 형의 계씨(季氏)를 찾다가 ---?---
내려오니 무슨 보물을 두고 온 것 같구려.
내 가슴이 답답할 때 형의 자당께서는 오죽하시겠소
모든 것이 무슨 악마의 장난 같구려. 악마의 장난이 아니면
왜 형의 운세나 내 운세가 이다지 기구하겠소

그러나 나는 다시 굳센 힘을 가지고 형이 하라고 하고 간
일을 내가 만분의 일이라도 하려고 하오. 또 형이 얌전하고
깨끗하고 독실한 문화인이었다면 나도 형과 같이 본을 받으려
하오.
내 힘이 자라는 데 까지는 형의 사업을 쫓아가려하오.

이렇게 소리치고 나니 다소 맘이 풀리오. 그러나 모든 것이
무상한 것은 다시금 느끼어지오.

료(了) 5월 31일

(중외신보(中外新報) 1947년 6월 4일 자에서)

* 범이형(凡以兄) : 윤희순씨를 말함. 정진석 저. 「언론조선총람」

白 兄!

　청풍일진(淸風一陳)! 여름의 맑은 바람이란 참으로 깨끗한 그것이외다. 편지를 쓰려고 붓을 드니 맑은 바람이 부는구려.

　형(兄)이여! 이 맑은 바람과 짝지어 완완히 거름거르며, 한강(漢江)이나 청량리(淸凉里)를 가고 싶소이다.

　형이 이 도시 홍진만장(紅塵萬丈)의 도시를 떠나간 지도 어언 4개월이 지나고, 5개월 6개월이 어느 듯 되는구려.

　그래 북국(北國)의 비현(枇峴)이 이곳보다 얼마나 한가(閑暇)롭고 안온(安穩)한가 상상되나이다. 그러고 끈임없이 영위하고 잇는 문학 100년의 사업-요컨대 이 일은 형의 이생(異生)을 두고 끈임없이 할 것이라 하야마지 안커니와 형의 부단한 노력과 공부는 진실로 오제(吾儕)의 중에서 제 1인자라고 생각치나이다.

　형이여! 한데, 제(弟)는 최근에 퍽으나 두뇌가 산만해져서 필연(筆硯)을 보면 벌서 염증부터 나오. 해서 편지를 쓴다고 벼르고 별러서 든 것이 또 이 모양. 너무나 무심한 벗이라고 할 것을 생각하니 난연(赧然)함을 금치 못하겠나이다.

5월 중순이나 하순이나 온다든 형이 여름이 다가도 않이 오니 아마 농촌에서 여름을 나고 올 모양인가. 두되가 산만(散漫)하고 주위가 호젓하니 벗이 그리웁소이다.

가져 간 페누의 「작가론(作家論)」과 과봐링의 「낭만주의심정(浪漫主義心情)」은 다 읽엇는가. 다 읽엇으면 반송해 주엇으면 매우 조켓나이다.

이곳은 지금 무더운 더위가 엄습(掩襲)해오기 시작하야 지금 화씨 92〜3도를 상하하고 있소이다.

오는 7월 4일은 춘원 이광수(春園 李光洙) 씨의 「문단생활 20년 위로회(文壇生活二十年慰勞會)」가 그의 수필 및 시집 「인생의 향기(香氣)」가 나오는 기회에 파인 안서(岸曙), 여수(麗水) 노산(鷺山), 제 문인에 의하야 발기되여 시외 돈암정 신흥사(市外敦岩町新興寺)에서 회합(會合)된다 하오.

한데 형이 참석 못하는 것을 생각하니 매우 섭섭하오. 될 수 있으면 초특급(超特急)이라도 타고 오시오.

바쁜 중에 두서없이 쓴 편지가 이러케 되엿으니 눌러보아 주시오. 그러면 속히 상경할 것과 내내 건강함을 빌면서 그만 붓을 놋나이다.

6월 30일 오전 0시 10분
홍 제 효민(洪弟曉民)은 백철 오형(白鐵吾兄)에게—.

* 「조선문인서간집(朝鮮文人書簡集)」 1936. 삼문사(三文社)

제 7 부

評 說

홍효민(洪曉民)의 삶과 문학의 편린

엄 창 섭

(관동대명예교수, 국제펜클럽한국본부 고문)

1. 새로운 인식과 조명의 타당성

한 작가의 문학작품에 수용된 의식에 관한 연구는 다양하고 폭넓은 양상을 지니고 있으나, 결론적으로는 작가의 의식에 대한 연구와 접목되어야 한다. 일차적으로 한 작가의 정신적 부산물인 문학작품은 장르의 구별됨이 없이 당대의 그물망으로 건져 올려서 시대의 환경 요소와 결부 지어 그 가치를 분석하여야 한다. 논의에 앞서 작가는 몸담고 있는 한 시대의 증언자이며, 정직한 예언자로서의 소임을 엄숙하게 수행하여야 하는 까닭에 모름지기 한 시대를 대변하고 때로는 물음과 해답을 병행하는 건강한 비판정신의 소유자로서의 역할을 담당하여야 한다. 기실 논고의 서술에 앞서 일제강점기와 해방의 감격, 그리고 한국전쟁의 암울한 시간대를 겪은 이들에게 있어, 비단(非但) 평자의 심상의 경우로 단정을 짓지는 아니 할지라도 언젠가 이름 모를 항구에 닻을 내릴 공간의 소중함을 인식하고 확인할 필요성이 따른다.

"작가는 올바른 질문을 제기하는 것 만으로 만족할 지 모르지만 자기 시대의 주인 노릇을 하려면 올바른 해답을 제시해야 한다."[1] 라는 지론도, 바로 이 같은 점이 성숙된 작가의 정신적 표상에 결부되는 것으로 해석되기 때문이다. 일제 강점기를 걸쳐 역사의 격랑기에 몸담으며 사회적으로 불의와 모순, 그리고 갈등과 대립이 심각한 시대를 분망하게 살았던 홍효민(洪曉民, 1904. 1. 21.～1975. 9. 21)의 평론과 역사소설에는 자연의 일부였던 과거의 세계를 추상하며, 보편적으로 그 자신이 품고 있던 본원적인 기대와 갈망, 또 그 세계로 복귀하려는 자연회귀의식(自然回歸意識)이 폭넓게 수용되고 있다. 특히 다소의 긴장미와 민족의식이 결부된 그의 후기 작품에는 비교적 새로운 세계질서의 추구·역사 인식의 정체성이 자리하고 있음은 간과(看過)치 말아야 한다.

이 점에 있어 한국의 근현대문학사에서 특정한 작가나 작품 연구는 정치적 이유로 인하여 구조적 제약을 받아 왔으나, 1988년 7월 19일의 '납·월북 작가에 대한 정부의 해금 조치'가 주어져 본격적으로 연구되기 시작하여 많은 저서들이 발간되었다.[2] 이 같은 연유로 우리문학사를 통시적으로 분할·통합하는 과정에서 남북이 대치된 현상에서의 이데올로기 문제와 연관된 일제강점기의 프로문학론과 해방 직후의 좌익문학운동에 대한 연구는 상대적으로 한계성을 극복할 수 없었다. 그간에 우리문학사에서 작가와 작품론은 문단 사에 있어 영향력을 남긴 공과에 편중되어 다루어졌으며, 기여도가 미미한 군소 문인들에 대한 연구나 평가는 불행하게도 심층적으로 논의되지 못한 실정이다. 까닭에 일제강점기 민족사의 격랑기(激浪期)에 카프문학 운동에 깊이 관계했다가 '문화의 三角波濤'라는 여과의 과정 없이 러시아를 모델로 한 이념의 기계적 도입이나 독단적 차용으로 인한 카프의 경직성과 모순을 비판하면서 극단적인 것을 배격하는 중도적 비평론을 수행한 동반자로서의 역할 분담을 했던 홍효

---

1) A · 하우저, 『문학과 예술의 사회사』, 창작과비평사, 1986, p.165.
2) 권영민, 『해방직후의 민족문학운동연구』, 서울대출판부, 1996.

민의 경우도 예외일 수 없다.

우리 근현대문학사에서 그나마 홍효민의 이름이 거론되기 시작한 것은, 카프(KAPF)가 결성되고 1927년 제 1차 방향전환을 하던 시기이다. 그는 같은 해 여름방학 중에 동경 유학생들 가운데 소위 「第三戰線」파인 조중곤(趙重滾), 김두용(金斗容), 한식(韓植) 등과 귀국하여 서울 종로 YMCA 회관에서 강연을 마친 뒤, '조선프롤레타리아 예술동맹' 일원들과 저녁 식사를 하던 중, 조선에도 문학운동을 강력하게 목적의식적으로 전환할 필요성이 있다는 주장을 접하게 되었고,[3] 그 해 9월 1일에 체재정비와 문호 개방에 의해 새로운 문인들이 대거 동참하였다. 일제강점기 카프의 핵심 인물로서 이 모임의 조직부 책임자로 임명된 그는, 동경의 「第三戰線」파 일행과 「開拓」 동인들과 〈藝術同盟 東京支部〉를 결성하였다. 11월 15일에 『藝術運動』을 간행하고, 창간호에 수필 「日記拔萃」가 수록된 것[4]으로 보아 그의 참여를 확인할 수 있다.

한편, 카프문학이 격렬하던 시기에 정치적 문학단체에 가담하지는 않더라도 그 같은 문학운동에 동조하는 문학의 작가 군으로 '동반작가(同伴作家)'가 있다. 대표적 동반작가에는 〈도시와 유령〉, 〈北國私信〉의 이효석을 비롯하여 〈갑수의 연애〉, 〈여직공〉의 유진오, 〈화물자동차〉의 채만식, 〈지하촌〉의 강경애, 〈하수도공사〉의 박화성, 그리고 홍효민이 있다. 아울러 전술한 신경향파, 카프, 동반작가 문학인들의 문학사적 의의를 조병화 서동철은 그의 저서[5]에서 요약하여 기술하고 있다.

앞서 홍효민은 〈朝鮮文學과 海外文學派의 役割-그의 微溫的 態度를 排擊함〉(삼천리, 4권 5-6호, 1932.5.7)은 2개월 남짓 연재된 해명 성

---

3) 林仁植의 "「藝術運動」前後 文壇의 그 時節을 回想한다"(朝鮮日報,1933.10.8.) 와 簾峰山人의 "朝鮮프로藝術運動小史"(「藝術運動」, 創刊號. 1945. 12)에 이 대목이 기술되어 있음.

4) 金容稷 , 『韓國近代文學史』(學研社, 1991), p.132.

5) 趙炳華 徐東撤『韓國現代文學史』(유림사, 1981), p.84.

격의 평설에서, 현민(玄民)이 해외문학파를 가리켜 "언학적 기술(言學的 技術)의 공통성을 그 표현적 연쇄체로 하여 포함된 소시민 중간층을 대표하는 도색적(挑色的) 예술분자"라는 독설을 비록 차용하였지만, 그 자신의 논지는 어디까지나 비교적 온건한 색채로, 『海外文學』 창간호의 선언문과 정인섭(鄭仁燮)의 외국문학 수입 태도를 빗대어 비판하였다.

특히 농민문학 논의와 해외문학파 비평, 행동주의 문학론 등의 문제가 대두되는 당시의 정황에 비추어, 홍효민은 「新東亞」에 〈조선 농민문학의 근본문제〉(1935년 7월호)를 발표하였다. 그는 문제의 논고에서 "공식주의 반성에 따르는 새로운 문제점을 발 빠르게 제기하면서, 농민 자신의 이데올로기를 기조로 한 농민문학"의 필요성 또한 주창하였다. 당시 카프를 장악했던 강경파들이 농민문학을 계급문학보다 후진적인 것으로 상정함으로써 극좌적인 것으로 치닫게 되어 결국농민문학의 논의는 카프의 외곽에서 형성된 양상을 지닌다. 이 같은 상황에서 최원식(崔元植)은 농민문학의 근본문제에 대한 홍효민의 관점을 높이 평가하고 있다. "프로문학과 農民文學을 연대 속에서 병진하는 독자적 문학운동으로 설정하고 있는 그의 생각은 당시로서는 획기적인 것이다."[6]

다소 뒤늦은 감이 없지 않으나, 그나마 다행스럽다면, [경기문화재단]의 도움에 힘입어 한국현대문학사에 공적을 남긴 그에 대한 연구서가 연천 출신이라는 지연(地緣)의 소중함으로 출간된다는 것은 고맙고 감사할 일이다. 사족(蛇足)이지만, 금년 4월 중순에 평생을 살아온 향리(鄕里)의 산자락에 철늦은 봄눈이 내렸다. 아무도 걷지 않은 순결한 눈밭을 걷노라니, 서산대사의 "아무도 걷지 않은 눈밭길이라도 함부로 걷지 말라. 그대가 남긴 발자국은 뒤에 오는 누군가의 이정표가 되느니라."의 법문이 문득 뇌리를 스쳐갔다. 비열

---

6) 崔元植, "농민문학론을 위하여", 『한구문학의 현단계 Ⅲ』, (창작과비평사, 1984), p.73.

한 이기주의로 치닫는 문화의 지역구심주의라는 변화의 시간대에 몸담으면서 실로 가슴이 따뜻한 감성적 문인(수필가)인 연규석 위원 장(연천향토문학발굴위원회)의 각별한 청으로 그 간에 발표된 몇몇 선행자들의 홍효민에 관한 논고를 분할·통합하여 평자 나름의 소박 한 견해를 피력하기로 한다.

아울러 모두(冒頭)에서 전제(前提)할 바라면, 현실 안주가 문인으로 서의 양심과 기질에 맞지 않음을 인식하고, 해방이후 역사의 와중 (渦中)에서도 민족에 대한 애정과 그 실천궁행의 미진함에 대한 자 성을 통한 건강한 정신작업에 종사했던 홍효민은 심성이 올곧고 순 수한 영혼의 소유자이다. 평론계의 진정한 자유인이었던 그의 삶과 문학의 세계를 다시금 조명하며 통시적으로 검색하는 작업은 실로 가치 있고 유의미한 것이다.

2. 홍효민의 생애와 문학의 족적(足跡)

한국 현대문학사에서 평론가이며, 소설가로 거론되는 홍효민은 일 제 강점기와 한국전쟁의 와중에서 언론출신으로, 한 때는 대학교수 로 폭넓고 다양하게 활동한 인물이다. 본명은 순준(洪淳俊)이며, 필 명에는 안재좌(安在左) · 은성(銀星) · 정복영(鄭復榮) · 홍훈(洪熏) · 효민 학인(曉民學人) · 성북동인(城北洞人)으로 불렸으나, 문단에서는 (홍)효 민이란 필명으로 통용되고 있다. 그는 1904년 1월 21일에 경기도 연천에서 한학자인 고원(稿園) 홍종길(洪鐘佶)의 독자(獨子)로 출생하 였으며, 1922년『매일신보』현상작품 모집에 〈운명〉이란 작품을 투 고하여 입상하였다. 1926년에『개척』지(7월호)에 발표한 〈文藝時 評〉을 기점으로 평론가로서의 독보적 활동을 시작하였다. 1924년 일본 도쿄(東京)의 세이소쿠(正則) 영어학교를 졸업하고 귀국하여 동 아일보사에 입사하였고, 이 시점부터 다량의 평론 물을 발표하였다. 이후「매일신보」,「조선일보」(학예부장),「문학신문사」(주간),「동방문화사」(편집국장)등 주로 언론·출판계를 무대로 활동하였다.

카프(KAPF)가 제1차 방향 전환을 시도하던 당시 1927년에 카프 동경지부는 홍효민 등 유학생들을 중심으로 [제3전선사(戰線社)]를 설립하고, 조중곤(趙重滾)·김두용(金斗容) 등과 문예동인지『제3전선』을 간행하기도 하였으나, 점차 경직된 카프의 정치적 성향에 대하여 반대 입장을 표명한 것이 계기가 되어 1930년 무렵에 그는 홍양명(洪陽明)·안석영(安夕影)·김동환(金東煥) 등과 함께 카프 조직으로부터 제명 처리되었다. 그의 괄목할 문단 행보로는 문단활동은 1927년 『開拓(4)』7월호에 평론〈文藝時評〉을 발표한 뒤, 조명희(趙明熙)의〈洛東江〉(『朝光』, 1927.5)을 과거회상으로 눈물이 나는 애상적(哀想的) 분위기를 그린 것으로 평한〈8月의 文壇〉(조선일보, 1927.8.24.)을 발표하고 그 외에 소년동화(童話)에 관한 시평도 발표하였다.7) 한편, 『朝鮮文學』에〈문학의 사회적 성격〉(1936.8),〈露文學과 콜옹(翁)의 지위〉(1936.9) 등을 통하여 문학의 사회적·문화적 가치의 중요성을 피력하였다.

특히 이중재가『구인회 소설의 문학사적 연구』(국학자료원, 1998)에서 "우선 어떻게 해서 카프파 및 동반작가 출신들에 의해 탈이념적인 순수한 문학단체가 만들어지게 되었는가?"라는 의혹을 밝혀주었듯이 카프계열의 비평가인 홍효민과 김두용(金斗鏞)이〈구인회〉를 '동반작적 그룹, 동반작가 그룹'8)으로 파악한 점은 참조할 필요가 있다. 아울러 "1934년과 조선문단"(동아일보, 1934.1.10)의 그에 관한 간단한 회고와 전망을 "카프계열의 비평가 홍효민은〈구인회〉9)가 만들어진 배경의 하나로 '이「갑프」의 결정된 결합은 三分之二 以上이 동반자적 경향을 가진 작가, 시인들이 모인〈구인회〉를 조직한데 이르게 된 것"으로 기사화하고 있다.

---

7) 朝鮮日報, (1928.10~11.4), "今年 少年文藝槪評", 朝鮮日報, (1929.1.1.), "今年文藝家一言"
8) 김두용, "구인회에 대한 비판", (동아일보, 1935.7.28)
9) "1934년과 조선문단",(동아일보, 1934.1.10)

참고로 카프(KAPF)문학의 특성은, 첫째 유물사관에 의한 계급의식과 계급투쟁을 담은 목적성, 계급성, 정치성의 문학이다. 둘째 사회혁명 수단으로 문학을 이용한 조직성, 선전성의 문학이며, 이에 혐오를 절감한 이들 중 중심인물인 박영희는 카프를 탈퇴하며, "얻은 것은 이데올로기요 상실한 것은 예술이었다."라고 언급하기도 하였다. 비교적 경향파 계통의 시문학의 내용은 적개심·분노·반역·울분·비판·염세 등의 경향을 나타낸다. 일반적으로 소재나 주제는 전선적(戰線的)이며 구성은 공식적으로 사상의 관념성을 탈피하지는 못하였다. 주로 소제는 빈부의 대조였으며, 주제는 가난이 선(善)에 속하는 반면 부는 악(惡)에 속하는 기계적 공식주의였다. 이 시기에 시는 소설에 비해 상대적으로 주목을 받지는 못했으나, 김창술의 〈전개〉나 유적구의 〈가두의 선언〉을 비롯하여 김형원, 박팔양, 이상화 등에 의하여 과거의 센티멘털하고 데카당한 문단풍조와는 상이하게 힘 있고 언어의 직설적 토로와 다분히 목적의식을 지닌 새로운 시풍이 싹트기 시작했음10)은 유념할 일이다.

　홍효민은 카프 해산 후에는, 소설 창작에 관심을 지니게 되었고, 마침내 1936년 그의 대표적 역사소설 「仁祖反正」 등을 발표하였으며, 그는 프로문학운동의 이념에 완전히 동조하지는 않았으나 문학의 사회적 기능을 강조하였으므로 대체로 동반자적 입장에서 평론 활동을 하였다. 까닭에 '해외문학파 대 프로문학진영'의 논전에서는 해외문학파의 무원칙·무사상을 공격함으로써 프로문학 진영에 가담하였다. 카프 해산 후에 그 자신은 백철(白鐵)의 인간론에 대해 "예술지상주의적 상업 부르주아의 인간만 의미하며 모방적이라"는 비판의 목소리를 높이기도 하였으나, 1930년대 중반부터는 역사소설가로 변신하여 문단의 이목을 집중시켰다. 특히 이 같은 정황을 고려할 때, 박정용(朴正鏞)의 "우리 文學史에서 歷史小說에 관한 논의가 드물었던 점을 중시하고 단편적으로나마 발표된 洪曉民의 歷史小說

---

10) 엄창섭, 『韓國現代文學史』, (새문사, 2006), pp.186-187.

批評을 통해 洪曉民의 文學史的 意義를 정리하는 일은 歷史小說에 관한 인식이 매우 저급한 상황을 고려할 때 소홀히 할 수 없는 작업이라 할 수 있다."[11]는 의견 제시는 유효적절하다.

1937년 1월 『朝鮮文學』에 발표한 〈문예평단의 회고와 전망〉에서는 백철(白鐵) · 김문집(金文輯) · 최재서(崔載瑞) · 김남천(金南天) 등에 대해서는 부정적 입장을 취하는 반면, 임화(林和)·안함광(安含光)의 비평에 대해서는 다소 긍정적 입장을 표명하였다.

〈조선문단과 신인군(新人群)〉(1937.2), 〈문학의 생리〉(1937.3), 〈문학·생활·진실〉(1939.4) 등을 지속적으로 발표면서 1930년대의 평론가로서 확고한 위상을 정립하였다. 마침내 평론집 『文學과 自由』(광한서림,1939)를 출간되었으며, 1943년에는 조선문인보국회 평론수필분회 간사를 역임하였다. 그의 평단활동은 광복 후에도 계속되어 [백민문화사] 발행의 백의민족(白衣民族)의 줄임말인 『白民』에 〈신시대의 문학〉(1947.11), 〈순수문학의 비판〉(1948.5) 등을 발표하였다. "계급 없는 민족의 평등과 전 세계 인류의 평화에 보탬이 되는 민족적이고 자주적인 문학에 이바지 할 것"을 모토로 한 이 종합교양지에 발표된 홍효민의 〈문학의 역사적 실천〉(1948.7)은 '조선적 정의'를 내세우며 좌우대립을 극복한 일례일 것이다.

또한, 우리나라는 일제압제로부터 해방은 되었으나, 불행하게도 이 땅의 문단은 치열한 이데올로기의 전장으로 변모하였다. 이 같은 격랑의 시기에 홍효민도 어쩔 수 없는 시대적 상황에 이끌려 좌익계열의 문인들이 주도하는 '조선프롤레타리아 문학동맹'에 참여하게 되었다. 해방 직후의 대립·갈등으로 인한 반목질시는 점차 테러로 옮겨지기까지 하였다. 당시의 문단은 '조선문학건설본부'(1945.8)와 '조선프롤레타리아(proletarian literature)문학동맹'(1945.9)으로 이분화되었다. '조선문학건설본부'(이하 '文建')는 해방 직후 거대한 조직체로 출발했는데, 이는 거의 모든 문화예술인들이 망라된 최초의 범

---

11) 朴正庸, "洪曉民 批評의 研究", (木浦大學校 大學院 碩士學位 論文, 1993.8), p.7.

문단 기구였다.

홍효민은 이 단체에 참여했다가 '문건' 이념의 불확실성에 의구심을 드러내게 된 일부 강경론자들이 '문건'을 탈퇴해 '조선프롤레타리아문학동맹'(이하 '同盟')을 결성했을 때, 그도 이들의 취지에 동조하였다. 이 같은 대립과 혼란의 와중에서도 비교적 심성이 선하고 평화주의자이기도 한 그는 '문건'과 '동맹'의 치열한 갈등의 해소를 위해, 기능분담론을 제시하며 그 나름의 역할을 담당하였다. 그러나 1946년 2월 8일-9일 양일간의 전국문학자대회의 출석자 명단에 그의 이름이 올라 있는 것으로 미루어 그 자리에 참석[12]했으나, 뒷날의 행보를 예견하건데 평단의 몰이해와 무관심에 의해 자존감을 상한 것으로 유추된다.

그 같은 연고는 그 자신이 광복 직후에 조선 프롤레타리아문학동맹에 참여하였으나 조선문학건설 본부와의 통합과정에서 자신의 '기능분담론'이 받아들여지지 않자 조직을 떠났고, 이후 좌우익 중간파적 입장을 지키면서 현실의 모든 부정적인 면을 가차 없이 폭로해야 한다는 '조선적 리얼리즘'을 제창한 점이다. 그러나 이 같은 홍효민의 예견된 문화인식의 전환이나 고정 틀을 깨는 정신작업은 불행하게도 당시 폐쇄적이고 소아적인 우리문단의 상황에서 관심의 대상조차 되지 못했다는 사실이다. 특히 언론 출신의 문인으로서 시적 상상력의 확장을 지닌 그의 그 같은 예견이나 사회 발전의 추이는 1935년 6월 30일 「동아일보」에 기고한 수필 〈다방〉의 기술을 통해 보다 증명되고 있다. "이 다방은 머지않은 장래에 거의 전조선적으로 없는 곳이 없지 않을 것이다.⋯ '아메리카'의 '모더니즘'이 진전해 오듯이 되고 있는 까닭이다."

특히 광복과 한국전쟁 이후에 홍효민의 비평 경향은 올곧은 일념

---

12) 최원식 해제, 『건설기의 조선문학』,(온누리, 1988)를 참조, 이 날의 회의록에서 文學家同盟의 명칭의 논란이 있을 때, 洪曉民은 '家'자를 첨가하지 말아야 한다는 의견을 제시하였다.

으로 문학의 사회적 가치를 중요시하는 쪽으로 점차 강하게 기울었다. 그 실례가 〈민족적 사실주의〉(문예, 1949.5)에서는 사실주의문학론이 수용되었고, 〈애국사상과 애국문학〉(현대문학, 1956.2)에서는 애국주의문학론이 주창되었다. 이처럼 한국전쟁 이후, 그는 국학대학과 이화여대 등에서 강의를 맡는 한편, 홍익대학에서 교수직에 머물면서 젊은 지성들의 교육에 열중하였다. 그 후에 한국문인협회 평론분과위원장과 이사직을 각각 역임한 것은 결코 우연일 수 없다. 그것은 1948년 12월 2일자「京鄕新聞」의 다음과 같은 기사에서 발기인 명단을 보면 그 당시 우리문단에서의 홍효민의 위치와 비중을 충분히 가늠할 수 있다.

「楊貴妃」 出版紀念 洪曉民氏의 「女傑閔妃」

洪曉民氏의 「女傑閔妃」, 「楊貴妃」 등 出版을 契機로 氏의 多年에 亘한 文學業績을 축하하기 爲하여 다음과 같이 「曉民의 밤」을 개최하기로 되어 文壇人의 多數參席을 바라고 있다 한다.
△日時 十二月四日(土) 午後 六時 △장소 다방 풀라워 △회비 三百圓 △發起人 朴鐘和, 鄭寅翼, 鄭飛石, 兪鎭午, 鄭芝溶, 郭夏信, 林學洙, 盧天命, 李鳳九, 金東里, 金松, 崔仁旭, 林肯載, 宋志英, 呂尙玄, 徐廷柱 外 三十名.

평론 활동 외에도 역사소설 창작에 몰두한 나머지 문제의 역사소설을 집필에 열중하였다. 1975년 9월 21일 서울 자택에서 사망할 때까지 그가 남긴 평론집 『문학과 자유』(광한서림, 1939), 저서인 『文學槪論』(일성당, 1949)이 있으며, 그의 사후에 유족들이 엮어 간행한 평론집 『行動知性과 民族文學』(일신출판사, 1980) 등이 있다.

3. 해방 전후, 주목할 활동의 양상(樣相)

홍효민이《新東亞》1935년 7월호에 발표한〈조선농민문학의 근본문제〉에서는 공식주의 반성에 따르는 새로운 모색이 점차 나타나기 시작했으며, 농민문학 논의와 해외문학파 비평, 행동주의 문학론 등의 문제의식이 대두된다. "농민 자신의 이데올로기를 기조로 한 농민문학"의 필요성을 역설하고, 그런 농민문학이 독자적으로 형성된 다음에 노동자문학과 제휴하는 것이 바람직하다고 하였다. 농민 계층을 프롤레타리아 계급의 동맹군으로 인식하고 농민들을 마치 자기네들의 주도권 획득의 지원군쯤으로 파악하려는 프로문학 진영에 대한 경고로 농민이 주도하는 문학이 그들에 의해 생산되어야 한다고 주창한 점은 일면 프로문학운동의 논리에 대한 비판이며 대항적인 농민문학론이다.

이와 같이〈朝鮮文學과 海外文學派의 役割〉(三千里 4권 5~6호, 1932.5.7)은 '그의 미온적 태도를 배격함'이란 부제를 단, 두 달에 걸쳐 연재된 성실한 해명 성격의 글로서, 홍효민은 먼저 현민(玄民)이 해외문학파를 가리켜 '언학적 기술의 공통성을 그 표현적 연쇄체로 하여 포함된 소시민 중간층을 대표하는 도색적(挑色的) 예술분자'라 한 독설을 인용하지만, 그 자신의 견해는 비교적 온건하다. 어디까지나 그는 해외문학파의 체질 자체를 시비하지는 않았다. 그는 해외문학파의 창간호 선언문과 정인섭의 외국문학 수용태도를 중심으로 비판한다. 무릇 신문학의 창설은 해외문학 수입으로 그 기록을 비롯한다. 우리가 외국문학을 연구하는 것은 결코 외국문학 연구 그것만이 아니요, 첫째는 우리문학의 건설, 둘째는 세계문학의 상호 범위를 넓히는 데 있다.

여기서 보는 바와 같이 해외문학파는 한국문학의 건설이라는 다소 당돌하다고 할 주장이 앞섰던 것이다. 이 선언문 속에는 한국문학의 건설이 첫째로 되어 있고, 그 다음에 외국문학의 수입 문제가 따르는 것이다. 이를 홍효민은 어폐가 있다고 보았으며, 어디까지나 비판의 논지는 해외문학파란 소시민적이며, 초보적이고, 어학 중심적이며 무 계통에다가 무질서하기까지 하다는 점이다. 보다 체계적인 이론으로 당시의 반목질시로 치닫는 문단을 통합을 위해 온몸으로 부딪친 홍효민의 도전은 해방기의 문학 활동에 새로운 지평을 열어가는 가능성이 점철(點綴)되었다. 그의 이론적 논리는 우리 문학의 당면과제인 좌·우파문학 또는 중간파문학이라는 이분법적인 고정틀에서 이탈하여 자유주의에 생성된 문학이 진정한 민족문학 정신의 층위와 잇닿아 있음을 해명하였다. 그의 문학론의 핵심은 해방기의 혼란한 현실에서 먼저 민중을 깨우쳐야 한다는 문제의식에서 비롯되어 '민족적 사실주의의 확립'으로 귀결되었다.

이처럼 그의 비평 경향은 문학의 사회적 가치를 중요시하는 쪽으로 강하게 기울고 있으며, 광복 후에는 〈민족적 사실주의〉(문예, 1949.5)에서와 같이 리얼리즘 문학론을 옹호하는 한편, 한국전쟁 후에는 이 땅의 어느 평론가보다 〈애국사상과 애국문학〉(현대문학, 1956.2)을 통하여 애국주의 문학론을 지속적으로 역사의 정체성에 접목시켜 일깨워 주었다. 특히 그 자신이 제기했던 '조선적 리얼리즘'은 지금의 현실에 있어서도 재음미해 유의미한 이론임은 입증되거니와 해방기의 문학운동에 있어서 일관되게 문학적 신념을 펼쳐 보였던 그의 행보는 현재의 시점에서도 체계적이고 타당성이 높은 것으로 해석되어진다.

4. 해결되어야 할 문제

한편, 홍효민에 의하여 1948년에 창작된 「太宗大王」, 「女傑閔妃」는 애국주의 문학론을 주장하는 작가의 인생관이 수용되고 있다. 8·15광복 후에는 한때 순수문학을 비판하는 입장에 서기도 했으나, 한국전쟁 이후에는 애국주의 문학론을 내세우며 사회적 기능을 강조하는 한편, 이듬해인 1949년에는 「仁祖反正」, 「仁顯王后와 張禧嬪」, 「新羅統一」 등의 역사소설을 쓰기도 했던 그는 민족문학의 이념을 일제강점기의 암울했던 국민의 정서를 탈각하는 일이 급선무임을 역설하며, 이 같은 인자(因子)를 극기하기 못한다면 한갓 자주독립은 구호에 머물 수밖에 없음을 경고하였다.

까닭에 「女傑閔妃」에서 민비는 '「春秋」에서 보는 역대(歷代)의 치란(治亂)은 참고(參考)거리'에 지나지 않기에, 직접적인 정치는 자기가 일을 해보지 않고는 알 수 없다는 인식의 소유자'였기에 양 오라버니인 민승호를 불러들인다. 민치구(閔致久)의 차남인 민승호는 왕비 민씨와 고종이 정치에 참여하려는 것을 인지하였을 때의 장면은 교시적 의미를 일깨워 주고 있다. 1980년 4월 〈京鄕新聞〉은 홍효민의 평론집 『行動知性과 民族文學』 간행에 다하여 다음과 같이 보도하고 있다.

……「仁祖反正」 등의 역사소설로 널리 알려진 소설가 故 洪曉民씨의 평론집 「行動知性과 民族文學」이 그의 死後 5년 만에 발간돼 관심을 모으고 있다. 이 책은 고인의 맏아들 洪仁杓씨(37, 大農代表)가 부친 생전의 뜻을 살려 지난 2년 동안 도서관을 뒤지며 글을 모아 自費로 출판한 것. 원래 프로문학에서 출발, 민족문학을 주장하기까지 숱한 사상적 편력을 거친 洪曉民 씨는 많은 평론을 발표해 왔음에도 불구하고 평론집 으로는 「文學과 自由」, 「文學槪論」 등 2권을 남겼을 뿐이다.[13]

한편, 1970년대에 접어들면 그의 열정적인 작품 활동에 의해 『黃鳥의 노래』(서정출판사, 1971), 『太宗大王・仁祖反正・閔妃哀史』(을유문화사, 1975), 『韓國代表野談全集』(선일문화사. 1977) 등이 출간됨 점에 주의 집중할 필요가 따른다. 특히 홍효민은, R. 페르난데스의 '행동의 휴머니즘(humanisme de l'action)'에 심취한 나머지 제1차 세계

---

13) 故 洪曉民씨 評論集 발간, 京鄕新聞, 1980.4.10.

대전의 여파도 가라앉고 문학작품은 중류계급의 안락하고 온화한 생활을 무대로, 심리분석에 의해 인간의 내면의식을 표출한 행동주의 문학론을 하였다. 여기서 이 같은 경향의 흐름은 카프가 쇠퇴한 뒤 조선 문단의 공백을 메우기 위한 특이한 양상으로 지적할 수 있으나, 그의 "문학이 그 본래의 사명을 수행하지 않고, 정치적인 도구로 이것이 이용되고 있는 한 조선의 신문학은 수립되지 않을 것이다. 조선 문학이 새로이 수립되는 데는 우선 문학인이 그 본래 가지고 있는 자유주의에 돌아와야 한다. 이 자유주의에 돌아오지 않고 자유주의를 엽기하고 있는 동안에는 문학다운 길을 갈 수 없다."는 주장을 주시할 때, 영혼이 자유로운 그 자신은 당시 문단의 좌우대립에 의한 문학행위를 정치적 도구로 인 이데올로기 추종자들의 투쟁으로 인식하였음을 간과치 않을 수 없다.

문예사적 측면에서 홍효민의 기질로 보아 그 자신이 사유(思惟)하고, 지향하는 문학행위의 본질적 속성은, 정치적 차원에서의 추구가 아니라, 어디까지나 자유주의 문학의 회귀였다. 혹자에 의해 심성이 맑고 순수한 문인으로 평가 받는 홍효민은, 비평작업에 열중하면서도 소년 동화를 쓰려고 노력한 점은 심성의 밝고 밝은 일면을 단적으로 드러내준 것이다. 당시 문단 흐름의 측면에서 접근할 때, 카프 문학의 추이가 거세던 시간대에 소년동화에 몰두하다가 동료 카프 문인들의 비난에 직면한 사실은, 그의 순수한 성품을 증명해 주는 일면일 것이다. 그의 장남이 선친의 성격을 "부귀와 영예를 모르고 아부와 치부(致富)를 모르시는"으로 기술한 것을 미루어 이처럼 확증된다.

앞서 조동길은 "홍효민의 문학론"(한어문교육, 제3호, 1995)에서 그의 문학론에 대해서 기술한 바 있지만, 朴正庸의 "洪曉民 批評의 硏究"(木浦大學校 大學院 碩士學位 論文, 1993.8)은 그간에 발표된 어느 논문보다도 '홍효민 비평의 이념적 측면을 초기의 동반자적(同伴者的) 비평과 모색적(摸索的) 비평', 그리고 홍효민 비평의 구체적 측면으로 농민문학 비평과 역사소설 비평으로 심도 있게 이론을 체계화한 본격적인 학술논문임에 틀림이 없다. 특히 박정용의 다음과 같은 문제의 제기로 논문의 맺음은, 홍효민의 삶과 문학의 새로운 지평을 열어갈 사고가능성의 계기가 될 것으로 인식된다.

식민지 시대 및 해방기에 관한 자료의 빈곤으로 전체적인 관점을 추론하는데 매우 제한적인 자료에 의존할 수밖에 없었던 점은 이 연구가 갖는 한계라 시인한다. 특히 白鐵, 金八峰에 못지않게 비교적 장수를 누린 洪曉民의 생애를 참작할 때 방대한 그의 글들을 모두 분석하여 조명하는 데는 미흡한 점이 많음을 시인하며 이 부분에 대해서는 장차 좀더 깊이 있는 논의를 시도하고자 한다.14)

우리 평단에서 비교적 심성이 맑고 순수한 문인으로 평가받은 홍효민은, 해방 이후 좌우 문단의 이념적으로 치열한 대립상황 속에서도 곁눈질하지 않고 중간파의 입장을 당당하게 고수하면서 극좌적 경향을 배격하였다. 그 같은 상황에 처하면서도 순수문학 경도의 비역사적 태도는 엄격하게 배격하면서 자유주의 문학론을 결연하게 주장하였다. 이는 도덕이론과 형식이론 간에 변증법적 통일이 이루어져야 한다던 그레이엄 하프(Graham Hough)의 견해나, 언어학자이며 기호학자로서 세계관, 종교, 일시적인 기분 등을 이데올로기 현상이라고 전제한 미하엘 바흐친(Mikhail Bakhtin)의 문학예술에 있어서의 형식주의 비판을 새삼 탐색할 여지를 다행스럽게 남겨주고 있다

다행스럽게도 후학의 입장에서 임영천이 천명한 "효민 홍순준의 삶과 문학"의 결론15)에서 "그의 문학인으로서의 자유주의적인 기질을 우리는 높이 산다. 그때는 탈퇴니 제명이니 하는 것이 거의 목숨

---

14) 朴正庸의 앞의 글, p.85.
15) 임영천, "효민 홍순준의 삶과 문학", (한맥문학, 2005년, 4)

과 맞바꾸는 일이었을 터인데도 그런 결단을 감행한 그의 문학인으로서의 기개는 대단하다고 하지 않을 수 없는 것이다. 그러면서도 문학의 사회성과 현실주의적인 기본원칙을 지켜 나간 그의 문학관은 오늘에 이르러 분명히 재조명될 만한 가치가 있다."라는 긍정적 주장은 타당하다.

일제강점기라는 혼돈과 격랑의 시기, 특히 지구상 유일한 분단국가로서 남북이 대치된 이데올로기로 치닫는 우리네 사회현상에 몸 담았던 문인들의 행적에 대한 평가는 통시적이어야 할 것이다. 특히 경계 허물기라는 관점에서 고정 틀을 깨지 못한 지극히 개인적이고 고정관념을 지니고 한 인물의 삶을 조명하고 고찰하는 과정에서 지극히 단면적인 부분이 미시적인 시각의 이해나 접근에 의해 지나친 모순을 범하는 것은 일제강점기의 치욕과 한국전쟁의 혼란기를 걸친 우리가 공감해야 할 민족적 불행이다.

예견된기우(杞憂)였듯이 「민족문학작가회의, 민족문제연구소, 계간 실천문학, 나라와 문화를 생각하는 국회의원 모임, 민족정기를 세우는 국회의원 모임」에서 공동의 목소리를 담아 발표한 친일문학인 42명의 명단 중 〈평론 부문〉에 '곽종원·김기진·김문집·김용제·박영희·백철·이헌구·정인섭·조연현·최재서·홍효민'16)의 이름이 마지막으로 기술되고 있다. 안타까운 일이지만 그의 친일작품은 「每日新報」의 "감격의 일일"(1940.10.15〜25), 「東洋之光」의 인생의 도"(1942.1), 「每日新報」의 "미소기 연성행"(1943.8.14-17), 「新時代」의 "계와 일본정신"(1943.9), 「朝光」, "미영사상의 본질"(1943.9)이다.

논의를 가름하며, "자유주의를 엽기하고 있는 동안에는 문학다운 길을 갈 수 없다."고 역설하며 이 땅의 정신적 문인으로 바람 속을 질주하며 살다간 홍효민은 민족애를 실천궁행하려고 부단히 고뇌하였던 평단의 자유인으로 순수한 영혼의 소유자였다. 비록 지난한 몸부림으로 직면하는 사회 현상과 문예활동을 통해 깨어지고 부딪쳤

---

16) 연합뉴스, "친일문학인 42명 명단발표", 2002.8.14.

지만, 자신의 꿈과 이상을 꽃피울 수 없는 불행한 시대에도 깨어 있는 역사인식을 지닌 지조 있는 문인으로서 자유주의 문학론을 강조한 실체임에 틀림이 없다. 모쪼록 문학의 사회성과 현실주의적인 기본원칙을 올곧게 수용하면서 격랑의 세기를 당당하게 살다간 그 자신의 삶과 문학이 다시금 조명되어야 할 문학사적 가치와 의의를 충분히 지닌다는 점은 강조되어도 결코 지나치지 않는다.

홍효민(洪曉民) 생각과 깊이 들여다 보기

채 수 영

(문학비평가. 전한국문학비평가협회장)

1. 시대를 건너온 표정

한 사람의 문학에는 그 사람의 정신의 깊이가 들어있고 삶의 모습이 투영되어 뒷사람의 삶에 귀감이 될 때, 비로소 가치로 승화된다. 물론 그 가치는 보편성이라는 기준 자(尺)에 의해 평가를 득하게 될 것이다. 더구나 평화로운 시대를 산 사람의 경우보다는 악착한 사회환경과 시련의 늪을 헤쳐 온 시대적인 배경이 더해진 상황에서 표현미를 나타냈다면 거기엔 승화된 사상의 이름으로 남게 될 것이다.

이른바 민족의 자존(自尊)이 짓밟혔고, 국권이 없는 일치(日治)시대는 한국사에 잔혹한 상징이었고, 이어 동족상잔의 전쟁은 더할 나위없는 비극의 대명사였으니 가난과 고난의 연속이었다. 이런 시대배경하에서도 이상의 추구는 있었고, 생의 이름에는 변함없는 꿈을 표현하는 문학의 땅은 저마다 길을 만들기 위한 노력이 있었음은 물론이다. 그러나 시대의 악착한 조건에 반응하는 양상은 각기 다르게 표현하는 개성 표출이 있기 마련이다. 일제에 굴절하는 문학도 있었고, 때로는 저항의 칼날을 세운 문학도 있었다. 오로지 한국문학의 땅은 그런 풍토에서 오늘의 표정은 과거와 연결되는 통로(通路) 하(下)에서만 근거를 축적할 수 있을 것이다.

작가는 시대 상황에 반응하고 이를 어떤 방법으로든 변용의 모습으로 표현에 일조한다면 미증유의 비극의 와중을 헤쳐 온 근현대사에는 참혹한 시련에 따른 속 깊은 애증이 들어있기 마련이다. 일제 치하에 태어났다는 사실만으로도 비극의 멍에였을 뿐만 아니라, 심한 굴곡의 파도 속에서 자존을 지키면서 살아온 한사람의 작가--그가 혁혁한 공로를 세웠건 평범하게 혹은 갑남을녀의 삶을 살았다하더라도 경외(敬畏)로운 사실 앞에 숙연해야만 한다.

작가는 작품으로 발언한다는 명제는 문학의 땅에서 뿐만 아니라 예술세계에서 통용되는 진리일 것이다. 흔히 에피소드로 명성을 누리는 예술가들의 뒷모습이란 시간의 경과에 따라 초라할 뿐만 아니라 언젠가는 문학의 땅에서 지워지는 결말에 직면하는 증거는 얼마든지 예로 할 수 있기 때문이다.

홍효민의 정신세계를 운위하는--본고는 본격 비평보다는 개괄적인 특징으로 그의 정신적인 추이를 점검하는데 한한다.

2. 시대적인 갈등-- 동반자적인 태도

주지하는 바 홍효민은 1927년 7월《개척》에〈문예시평〉을 발표한 시기는 카프의 득세와 이에 따른 시대적인 현상이 소용돌이로 압축된다. 이런 배경을 설명하기 위해서는 긴 인용과 설명이 필요하다. 다시 말해서 카프와 일제의 지식인들이 모조리 공산(共産)사상에 감염된 이유와 근거를 알아야 제대로 설명할 수 있기 때문이다. 즉 교육의 잘못과 사실을 사실로 깨우치지 못한--정치적인 문제가 개입되었다는 근거가 규명되어야 한다.

일제치하라는 어둠의 공간은 우리민족에게 심대한 정신적 갈등을 유발했고, 이 갈등은 정신가치가 무너지고 피폐화되는 와중(渦中)에 새로운 모색이 탐색했던 시기였다. 이 땅의 모든 기존 질서를 파괴했고, 이 파괴위에서 일본식 제도와 문화를 이식하려 했지만, 결국 끊임없는 저항 속에서 민족의 자존을 지키고 나라를 찾기 위한 민족 세력과, 친일이라는 그늘아래서 신질서를 형성한 두 그룹의 양상으로 갈라지는 분기점이 마련된다.

다시 말해서 전자는 갖지 않는 프로레타리아가 되었고, 후자는 부르주아라는 양상으로 사상의 옷을 입게 되면서 전자는 공산주의라는 곳으로 정신지향을 마련했고, 후자는 가진자의 기득권을 유지하기 위해 일본권력과 더욱 밀착하는 양상을 가진 것이 일제 공간까지의 특징이었다, 이점에서 일제 공간에 프로레타리아는 결국 공산 이데올로기에 젖지 않을 수밖에 없는 시각을 갖게 되었으니 한국토착공산주의 운동은 이런 일치(日治)라는 특수상황과 맞물려 있을 때 이미 사상적인 그 물코가 아니라 민족주의적 신념으로 굳어졌다.

더구나 1917년 볼세비키혁명의 여파는 수탈과 침탈 속에 신음하는 우리민족에겐 더 없는 불빛이었고 희망이었기 때문이다. 이런 사상의 여파는 결국 일제치하의 우리나라 지식인이면 곧 프로레타리아의 의식으로 등식이 연결되는 객관성을 득할 수 있었고, 이런 의식은 곧 민족자립과 독립이라는 정신근간의 중추가 되었다. 이 같은 지식인들의 신념은 이내 일제의 가혹한 탄압을 가중(加重)시켰고, 급기야 KAPF 탄압이라는 미증유의 신음문학을 배태하는 계기로 이어졌고, 공산 이데올로기에 더욱 가까워진다.

졸저:『해금시인의 정신지리』중「사상의 그물코와 현대시」,(느티나무, 1991.) p.11

한국 현대 문학의 비극은 일단 일제치하라는 현상을 외면하고는 설명이 안된다. 1917년 공산주의의 등장--모든 것을 수탈당한 우리 민족에겐 복음의 메시지였지만 이런 사상조차 제국주의는 이 땅에 수입되는 것을 막았지만 지식인에게는 역설적이게도--일본 유학생이나 만주 땅을 유랑하면서 독립운동을 했던 사람들에 의해 수입되는 당시의 공산주의는 신선한 희망이었다. 왜냐하면 국유화해서 똑같이 노동을 제공하고 공동으로 분배하는 분배사상은 일본 제국주의 수탈과는 배치되는 이념이었기에 당시로는 신선한 사상을 받아 들여졌다.

때문에 1945년에서 1950년까지 서울에 문인의 숫자 165명 중에 111명이 북으로 올라 간 것은 공산의 실체를 알지 못한 운명적인 불행--공산주의의 본질을 둘로 나누어 평가해야 한다. 즉 한국토착 공산주의는 올드 컴뮤니즘(Old Communism)--일제로부터 독립을 쟁취하기 위해 노력했던 그룹과 1948년 김일성이 집권함으로써 오늘의 참혹한 공산주의--이를 뉴 컴뮤니즘(New Communism)으로 분류해야 한다. 그러나 상해파가 아니라 미국에서 독립운동을 했던 이승만의 집권은 상해 독립운동파와는 갈등의 요인을 잠복하고 출발했다.

때문에 집권기반이 취약했던 이승만의 10년 집권은 토착공산주의 독립운동을 구분해서 설명했어야 했지만 김일성의 뉴 컴뮤니즘과 구분하는 여지를 두지 않고 모조리 '때려잡자 공산당'이라는 붉은 페인트를 칠했고, 박정희조차 집권의 명분이 취약했던 18년 내내 같은 식--이어 전두환 7년조차 그런 함정--엄연하게 김일성식 공산과 독립운동의 방편이었던 올드 컴뮤니즘과 구분없이 함께 파묻어야하는 사상의 갈등과 혼란이 오늘의 좌우 혼란의 원인을 가져왔다.

앞의 긴 설명은 홍효민이 극도에 지우친 카프(KAPF)에 싫증을 갖고 동반자적인 태도를 선택한 이유가 어쩌면 당연한 것이었고 또 줏대없이 이념의 포로가 된 문인과는 다른 면모를 말하고 싶은 이유이다.

3. 중도 그리고 신념

중간이라는 말에는 회색의 칼라가 명료함을 제거하게 된다. 이런 선입견은 누적된 개념이 쌓아지면서 이것 아니면 저것이라는 극단의 문제가 낳은 아픔일 것이다. 그러나 홍효민의 문학을 중도라는 말로 정리하기도 한다. 이른바 행동과 실존이라는 30년대의 사상적인 흐름을 간파하고 행동주의를 선도한 공로는 아마도 홍효민의 문학정신을 휴머니즘에 근거를 두고 주장하는 정신--그리고 문학은 문학적 가치로 말해야 한다는 극명한 주장으로 정리되어야 할 명분--해방기 중도론적 비평은 곧 자유정신에 바탕을 둔 신념적 비평론으로 대체되어야 할 용어일 것이다.

다시 말해서 문학의 행동은 곧 문학성이라는 영원한 명제 앞에 당당해야 하는 비평의 표정은 자유정신의 구현에 궁극을 두어야할 당위성이기 때문이다. 다시 말해서 홍효민은 자기 신념(信念)에 투철했고, 이를 실천의 덕목으로 삼았던 자유정신이 중심을 가진 작가이자 평자이면서 중심(中心) 잡기를 실천한 비평가라는 의미이다. 비평의 행위는 어디까지나 가치의 중심(中心)을 잡는 일이 본령이기 때문이다.

4. 농민문학과 역사소설

시대마다 거기에 따른 중심명제가 있다. 인류는 원시사회를 지나 농경사회 그리고 산업화시대, 정보화 혹은 IT시대 등 저마다 시대적인 목표가 다른 것은 삶의 양상에 따라 각기 다른 특색이 지배하는 시기로 공간이 정리되는 점이다. 농민문학을 지금 운위(云謂)하면 이미 낡은 레코드판이 된다. 그러나 홍효민이 살았던 시대는 농업이 기반이었고 여기서 농민의 삶과 표현은 자연스레 갈등 문제, 즉 불균형의 문제로 압축된다. 왜냐하면 시대마다 앞선 사람과 뒤떨어진 사람--농업사회의 중추는 생산주체인 농민이었지만 이를 이끄는 계획주체 세력과는 엄격한 갭이 있기 마련이었다.

1930년대 인구의 약 80여 %를 상회하는 숫자가 농민이었다는 점은 무엇을 시사하는가? 점차 도시의 집중화, 그리고 지나친 프로레타리아 문학의 편중은 결국 참된 농민의 문학을 외면하는 결말에 대한 홍효민의 주장은 〈조선농민문학의 근본문제〉속에 요약된다. '농민문학은 적어도 농민자신의 이데올로기를 기조로 한 농민문학이 아니면 아니 되는 것이다'에는 다소 멈칫거리는 판단이 도사리고 있음도 사실이다.

소설은 인간을 해석하고 이 도중에 과거를 돌아보고 또 새로운 가치를 창조하는 일에 리얼리티를 부여하는 조건이 따라온다면 역사소설은 엄격하게 과거추수라는 점에서 흥미의 범주 안에 갇히게 된다. 그렇다면 이를 모를리 없는 홍효민은 왜 역사소설에 매달렸을까, 역사소설은 소재에서 새로운 것이 아니고, 또 흥미위주의 편향성에서 크게 벗어날 수 없다는 선입견에서 쉽게 탈피할 수 없는 데도 불구하고 과연 그 자신이 주장한 '역사소설의 성격과 기준'에 디테일한 '묘사'를 갖추었는가는 의문이 든다. 객관의 거리에서 바라보는 비평의 행위와 직접 창작하는 실제와는 다른 것--가령 비평가가 쓴 시나 소설이 이론과는 달리 수작(秀作)이 못되는 이유를 첨가하면 쉽게 설명이 갈 것이다.

5. 새로운 시선의 필요

시대의 상황은 작가행위에 특징과 함수관계를 갖는다. 일제치하는 엄혹한 수탈과 통제사회의 공간에서 창작행위를 정상적으로 펼칠 수 없는 한계적 모순 앞에 방황과 극복이라는 명제 속에 있었다. 홍효민의 일생은 그런 와중에 자기문학의 중심을 잡았고 또 설명하는 일면 창작이라는 들판을 서성이기도 했다. 그러나 문학은 문학성이 있어야 한다는 신념의 태도는 올바른 평가로 말해야 할 것이다. 물론 비평 행위와 창작의 행위에는 거리가 존재한다. 비평은 정치(精緻)한 판단(判斷)이고, 창작은 상상에 근거를 두기 때문이다. 역사소설 쪽에 경도(傾度)한 문제는 그가 이론에는 밝았을지라도 창작의 깊이에서는 아직이라는 말로 정리되어야 할 것이다. 그러나 혼란과 참담한 시대의 중심을 신념으로 헤쳐 온 그의 문학정신은 새로운 시선으로 바라보아야 할 명분은 충분하다.

상실과 혼돈시대 지식인

─홍효민에 대한 深層分析─

김   경   식

(시인, 한국문인협회 문학사료발굴위원)

1. 들어가며

홍효민(洪曉民)의 본명은 순준(淳俊)이며, 1904(갑신 8)년 1월 21일
∼1975년 9월 21일 경기도 적성군 북면 노곡리 덕고개(1914년 3월
13일 경기도령 3호로 연천군 백학면에 편입, 남면 상수리에서 성장,
당시 면사무소는 매곡리에 있었음)에서 태어났다.

1945년 8월 15일(미군정포고령 제22호에 의하여 일부는 북한지역
으로 편입, 나머지는 동년 11월 3일 파주군 적성면으로 이속되었고,
1946년 2월 5일 양주군에 편입, 한국전쟁 후 1954년 11월 17일 수
복지구임시행정규칙에 의하여 수복됨)에 그의 부친 홍종길(洪鍾佶)
은 1871(신미)년 11월 18일∼1943년 8월 5일, 본관은 남양(南陽), 파
는 남양군파(南陽君派), 자는 사철(士哲), 호는 고원(稿園)으로 한학
자이며, 대한제국(大韓帝國) 내각서기과장(內閣書記課長) 정삼품(正
三品)과 어머니 숙부인 밀양 박씨 사이에 독자다.

홍종길은 33세인 광무 8년 1월 21일, 상수리에서 외아들로 출생
가문에 고하며 대를 잇는다. 본명은 순준(淳俊), 자는 덕재(德載), 호

는 효민(曉民), 모촌(慕村)으로 參奉으로서 19세에 노동공제회(勞働共濟會)란 단체에 가입해 노동운동에 심취하다. 동아일보 정리부(整理部: 교정부) 사원에서 기자, 편집부장, 편집국장, 논설위원, 문학신문 대표, 교사, 대학 강사, 대학 교수, 학과장, 평론가로 한국문인협회 평론분과 회장, 이사로 1975년 9월 21일 절망의 지속과 변의로 양상된 신음시대를 살다가 영면할 때까지 사용한 예명은 홍은성(洪銀星), 안재좌(安在左), 정복영(鄭復榮), 홍훈(洪熏), 안좌(安左), 안검호(安劍虎), 은성(銀星), 강명(姜鳴), 성북동인(城北洞人), 효민학인(曉民學人) 등의 여러 필명을 사용했는데, 홍은성은 아동문학(1929년)에, 효민학인(1931년)은 안재좌(1931년에서 1932년)란 이름으로 프로문학파에서 해외문학파를 비평한 자로 백세철(백철)과 함께 기록되어 있는데, 13개의 이름 중 효민, 은성, 안재좌 3개의 기록은 있고, 그 외 흔적은 발견되지 못했는지 기록이 전해지지 않는다.

2. 홍효민의 생애와 고향

지천명에 들어선 인생이란 풀잎에 매달린 아침 이슬방울 같아서 유년시절에 뛰면서 놀던 고향이 그립고, 바다와 강을 넘나드는 물고기인 연어는 자기가 태어난 물의 냄새를 기억하는 유전자로 고향으로 귀향하는 본능이 있다고 한다. 지천명의 허무와 우수에 젖어 소진된 혈기로 안식을 느끼려는 서울의 집인 모촌산방(慕村山房)에 2칸을 넘지 못하는 방을 처인재(處仁齋)라 부르고, 작업실은 모우장(慕牛莊)도 되고 때로는 천의각(遷義閣)인데 그 곳에서 구름을 보며, 고향을 그리는 작은 안식처가 된다고 지역을 지칭하지 않았으며, 은유적으로 역설했다.

홍효민이 1956년 6월과 1957년 1월에 현대문학에 발표한 수필 「모촌산방산고」上·下에서 살고, 있는 주택의 구조와 고향의 그리움에 젖고 있는데, 문인의 정서와 검소한 생활정취와 개인의 취향이 여과 없이 농익어 있다.

1936년 3월 신동아에 발표한 수필「유벽(幽僻) 상수리(湘水里)의 그 옛날」을 기고한 기록이 작가연보에 있는데 필자가 도서관과 백방으로 노력했으나 확보하지 못하여서, 그 성격의 상세한 내용에 대해서는 수사학적으로 어느 정도 추리는 가능하지만 작품을 확보할 수 없어 탐독하지 못했음이 아쉬움으로 남는다.

필자가「유벽(幽僻: 한가한) 상수리의 그 옛날」을 입수치 못해 풀리지 못한 작가의 고향의 정경에 다소 오류가 발견되겠지만, 홍효민이 영면해서 돌아가 묵힌 곳이 선영의 유택인 양주시 남면 상수리이기에 10여 년간 필자가 연구하며 수집 정리한 자료 속에서 마주 대하지 못하여 필자가 정리한 자료가 그 비중이 크다.

불황과 격동의 강점기 시대를 견디며 2남 3녀의 후손을 남기고서 혼돈의 시대를 머물다 간 지식인의 뒤안길에 여성적인 성격으로 중도노선을 고집하며 1940년부터 그렇게 바랬던 기자생활이 아닌 교육자의 길에 들어선다. '선생의 똥은 개도 안 먹는다'고 하지만 대학도서관에 책이 많이 있고 책 읽는 것을 너무 좋아해서 위안을 받으며 살아갔다고 전한다. 문단의 지인들과 깊은 교류가 많이 있지 않았고, 자의인지 타의인지 홍효민은 수필과 회갑문인 대담의 회고담을 남겼고, 지인을 만나기 위해 다방족이란 놀림 속에서도 굴하지 않았는데, 필자가 문단의 연혁에서 보면 기록된 작품을 수도 없이 많이 읽었는데 흔적으론 성명과 생년월일만 있어 필자와 친분이 있고,「인조반정」을 연출한 박정기 선생과 홍익대학에서 함께 강의한 문덕수 선생과 찍은 사진이(신한국문학전집) 있고, 확인하기 위해서 여러 모로 탐문하면서 물어보았고, 박두진 선생 시 전집에 사진이 들어 있어서 수시로 알아 보았더니 너무나 오래되어서 기억이 잘 나지 않는다며 말꼬리들을 흐린다.

홍효민은 뒤안길에 지나온 발걸음이 인위적으로 누락되어 기록되지 않은 것에 아쉬움이 남는 것은 문학사를 연구하는 후학의 몫으로 돌리고, 홍효민의 작품에 회고된 것과 작품연보와 각 문학지 지면의 기록과 1980년 아들 홍인표 씨가 대농 대표로 재직 당시 발행한 유고 평론집 「행동지성과 민족문학」의 연보에도 어찌된 영문인지 본관과 고향을 명확히 기록하지 않음에 의구심이 발동되었다.

필자는 문학사를 연구하는 학자는 아니지만 시를 공부하는 문인이다. 1988년 7월 29일 정부에서 금기시 되었던 극좌적 카프의 일원, 월북이나 납북되어 금서로 분리되었던 문인이나 작품을 해금하므로 현대문학사에서 金모, 李모를 실명으로 거론한 해금작가의 선집 등이 발행되었지만 어느 계보나 돈이 되는 책과 작가에 한정이 되었다. 그 업적이 근대문학에 크게 기여함이 지을 수 없는데, 너무 빨리 잊어지는 산업시대 풍토에서 소외된 작가를 재조명하는 것이 너무 고맙다는 윤병로 선생이 필자의 다원에서 들려준 이야기와 평론 추천사의 덕담은 현 시점에서 가장 화자되지 않는 비인기 작가를 발굴해 잊혀지기 전에 재조명해야 하는데 그 작업을 하는 후학에게 늘 미안하며 감사하다고 하셨다. 기억의 미로에서 잠자고 있는 자료나 작품을 연구, 지면에 발표하여 잊혀지기 전에 남길 수 있는 것은 지역을 넘어서 더 큰 차원이라고 했다. 그러나 너무 광범위하니 지역에 연고를 둔 소중한 유산 중 가장 비중이 있는 것이 인간의 발상에서 창조되고 시작되었기에 큰 의미가 있다고 생각하게 되었다.

필자가 홍효민을 연구하게 된 것은 1993년 연천에 한국문인협회 연천지부를 창립하려고 연천군, 장단군, 삭령군, 철원군, 마전군의 근대문인을 발굴 조사하던 중 근대문학 신한국문학전집에 수록된 전 장르에 문인의 고향이라는 것에 한 편으로 놀랐고, 자부심 또한 컸다. 필자는 홍효민의 유택과 연천의 중간 거리에서 살고 있고 두 곳이 모두 다 연고가 있다.

필자는 연천에 적을 둔 향토문인, 문학작품을 발굴하는데 그 의미가 크다고 생각되었고, 시대적 배경으로 사장되거나 또는 잊혀져 가는 근대 문인과 작품들을 발굴하는 목표로 근대 문인의 저서 중 희귀본이나, 절판된거나 단행본으로 엮지 못한 유고작 원고를 기증을 받거나, 수집해서 지역 문인의 우수성과 향토문학을 널리 알리고 재평가를 하며, 작품을 재조명 심층 분석한 서평과 인물을 탐구, 심층분석해서 여러 문학잡지와 신문에 발표를 해왔고, 경기문화재단에서 문예예술지원금 수혜를 받아서 제1집「김상용의 시전집」, 제2집은「김오남의 시조전집」에 이어서 제3집「홍효민의 평론선집」을, 재판 또는 번각판을 발행할 시점에서 작품과 사상의 관점이 아닌 비운과 격동, 혼돈시대에 계급문학과 순수문학 사이에서 근대문학에 이바지한 중립적 잣대로 평론을 하면서 강점기 시대의 세상을 바라본다는 것은 지식인의 좌절과 고통을 느끼며 산 인물의 정서, 국권상실의 일본제국주의 치하의 식민지에도 3류에 속하는 총독정치 36년, 해방, 미 군정시대의 분단된 조국에 좌파문학이니 우파문학이니 대립적으로 치닫던 상황에서 극단적 파벌 형성을 염려한 나머지 프로집단문학에 참여하였다가 조직의 강성에 물러나와 자칭 신경향주의 문학론으로 독자적이며, 개미굴 하나가 큰 댐을 무너트린다는 이론과 서양의 혼돈(나비효과 buttefly efeect)적 관점에서 자유주의 문학론으로 파장되는 것을 기본원칙으로 삼으며 기개를 지켰다.

시대상황에 따라 관조하는 시각과 한계점에서도 대립을 일삼는 것은 문학도로서 바라본다. 유엔창설 최초 21개국 유엔군 참전이란 6.25한국동란, 4.19와 5.16군사혁명, 5공화국 반공이념에 억압된 표현의 부자유스러운 유신헌법의 검열이란 언어의 고갈시대 곡필과 직필의 징검다리를 건너며, 열악한 강점기 시대에서 근대문학에 양분으로 이바지한 홍효민의 업적이 지대한 데도 주도권을 쥔 자의 아집과 계보 따지기에 급급한 나머지 특정인 다수에게 한정되어져 금기시 되어왔고, 소외된 채 잊혀져 가는 홍효민의 문학성은 선구적이라는 평가를 받고 있음에도 불구하고 연구가 편중되어지고 있어 그 연보를 재정리하는데 그 중점을 두었다. 인류에 문명의 씨앗은 무언(無言)에서 몸짓으로 소리로 발전되는 의미의 요소가 암각화에서 갑골문자, 죽간에 이어 영롱한 언어의 열매로 맺어져 책으로 진화되어 중심적 유산과 지표로 소통되는 그 뿌리는 인류에 의해 기록된 구전과 설화 또는 정사이며 야사이다.

여성적인 성격에 그립고 보고 싶은 지인과 문우를 만나려고 시간만 나면 드나드는 명동 남대문 2가 7번지의 문예지 4층 건물에 문예사롱(1949년 8월에서 1954년 3월) 정부의 귀속 재산인데 모윤숙이 불하받아 문을 닫으니 빈 털털이 예술인, 물만 마시는 금붕어족과 사념에 빠진 석고상들은 아지트가 없어져서 서성일 때, 다방(동방문화 회관)의 1955년 청년사업가 김동근이 돈을 출자하고 이화룡, 박인환, 이봉구의 자문과 협의하에 내부시설을 끝내고서 문을 연다. 1층 다방, 2층 집필실, 3층은 회의실로 예술인들이 모이는 명소가 되었고, 불독장군격인 예술인은 모나리자, 포엠 다방으로 나누어져 모여 들어서 그 시절에는 문화인이 가장 많이 모이는 장소로 예술계와 문단의 이면사에 자주 등장하게 된다.

지인이 체면도 생각하지 않고 다방에 너무 자주 간다고 눈치를 주어도 외로움을 삭이려는 홍효민의 발걸음의 그 의미는 독자와 근대문학을 사랑, 또는 연구하는 이에게 조금이나마 일조(一助)가 되었으면 하는 바람이며, 풀리지 않은 것은 연구 정리하는 후학들에게 그 몫을 남겨두려고 한다.

3. 등단 이전의 문학 활동

1910년 한일(韓日)합방이란 미명아래 급변하는 세계 정서와 조선의 변화에 연이은 신교육제도에서 고향에서 한학(漢學)을 수학하다가 서울로 유학 온 홍순준(洪淳俊)(효민)은 1913년 10세에 조선교육령에 따른 학교공식 교습 시간 중 용어는 일본어이고 조선어와 한

문은 그 반으로 했던 시기에, 내각서기과장인 부친의 주선인지 내무협판(內務協辦) 구당(矩堂) 유길준(兪吉濬)이 설립한 계산보통학교(현 종로구 계동)에 입학한다. 1914년 4월 동경의 유학생은 문예잡지 「학지광(學之光)」 창간호을 편집한 소월 최승구의 연인 나혜석은 근대적 여성의 권리를 부르짖는 글 〈이상적 부인〉을 발표(1930년 8월 29호로 종간)(2기 편집인 김병로, 최팔용)이 역임했다. 1917년 홍순준은 4년 학제인 서울 계산보통학교(桂山普通學校) 졸업, 1917년 12월 22일 나혜석이 여자 유학생들로만 〈조선여자친목회〉를 조직해 잡지 「女子界」 창간(1918년 9월 3호 발행) 1919년 2월 1일 최초의 문예동인지 「창조」가 김동인, 정영태, 주요한에 의해 일본에서 창간되고, 동경유학생의 순예술지 「삼광」(홍난파가 창간 3호로 종간), 일본 치하의 식민지에도 3류에 속하는 총독부 군부 정치에 반대해 전국의 면 단위에서 3.1운동을 통해 대한민족은 자주독립을 향한 열망을 만방에 알리는 기미년 독립의 해이지만, 일제의 무자비한 감시와 탄압에 유린당하면서 좌절과 절망에서 오는 무기력이 동반되어 회의와 불안으로 몰고 가던 것을 우회하는 형식으로 3.1만세운동 이후 강압통치인 헌병과 경찰제도를 보통경찰로 개편해서 바꾸고 조선인 공무원을 보다 많이 임용했으며, 신문과 잡지의 발행도 어느 정도는 인정하면서 관리하는 이른 바 문화통치 시대로 전환하는 척 조선의 정세와 민심을 수습하려는 기만책의 일환으로 내놓은 대안들이었다.

1920년 1월엔 문예지 「수향」 2월 1일에는 동아일보, 3월 5일에는 조선일보, 「여광」과 4월에는 「근화」와 「시사신문」이 창간, 6월 25일 천도교 월간 종합지 「개벽(開闢)」이 창간이 되고 7월 25일에는 「폐허」가 황석우 외 6인이 창간, 신문학의 향기가 피어오르며, 문학에는 다소 길이 있는 것처럼 보여 진다. 홍범도 장군이 지린성 왕칭현 봉오동(汪淸懸 鳳梧洞) 전투의 대승과 10월은 김좌진 장군이 만주 허룽현 청산리(和龍縣 靑山里) 전투에서 대승으로 인해 일제의 감시와 검열이 강화된 시기였다.

등단 이전의 회고담이 1969년 1월 6일 조연현(趙演鉉) 사회와 박재삼(朴在森) 시인 기록으로 현대문학사 편집실에서 열린 회갑문인 7인 좌담회의 내용 중 홍순준의 기록을 탐독하여 보면,

나는 원래 신문 기자가 소원이었는데 어떻게 해서 돈암정(현 성북구 돈암동) 살 때에 문학하는 친구들이 문학이 뭣인지도 모르고 잡지 장난을 하자고 해서 원고지에다가 모두 모아서 꿰어 가지고 서로 돌려보고 했죠. 延某라고 하는 사람이 주재(主宰)해 가지고「조선소설(朝鮮小說)」이라는 조그마한 등사판(謄寫版)을 냈어요. 조그마한 일각대문(一角大門)집에다 간판(看板)을 커다랗게 붙이고 했는데, 그 때 17·8歲짜리 아이인 내가 검열(檢閱)을 받으러 가니까, '이것이 네가 하는 것이냐?', '내가 하지 누가 하겠소' …… 그때 허가장(許可狀)은 종로경찰서에서 나왔는데 넣을 적마다 놀린단 말이에요. 그런대로 재미 있었어요. 그러다가 어떤 생각이 들어서 일본으로 도망을 쳤죠. 전모군 하고, 백모 하고 문학 소년생활(文學少年生活)을 하다가 달아나니 집에서 만촌서어(萬寸書語)가 왔어요. 막 도착하니까 운화(震災)지진이 나가지고 죽을 뻔 했는데 집에서 마침 여비(旅費)를 보내고 해서 돌아와 살았고, 그 뒤에 동화(童話) 하나가, 당선되나 안 되나 해서 내 보았더니 매일신보(每日申報)에 하나 떡 당선(當選)이 되었고, 그러다가 「동심(童心)」이 나오질 않아서 집어치워 버리고 그 즈음「별나라」, 「새 少年」,「새벗」이라 하는 어린이 잡지가 있어 그 곳에서 일하다가 돈을 벌어야겠다 해서 인쇄소(印刷所)에 들어가서 일을 했었고, 사회주의운동(社會主義運動)인가 청년운동(靑年運動)에 또 심취(心醉)해서 다니다가 그때 동아일보 기자 시험을 쳐서 들어가서는 교정을 보고 하다가 기자가 되었죠. 거기 있으면서 매일신보에「운명(運命)」을 응모를 했는데…

(홍순준은 18세에 효민으로 1922년 매일신보(每日申報) 현상작품 모집에 작품을 응모해서 단편소설 운명「운명(運命)」이 2등으로 당선되어 문단에 이름을 올린다.)

홍효민이 현대문학 특집에서 대담하여 근무했다고 한 곳을 문단 사에 기록된 아동문학 사를 대조해서 내려가면, 아동문학 기관지격인 월간「별나라」1926년 6월에서 1935년 2월까지 주간 염근수, 안준식(安俊植)이 통권 80호가 발행되었는데, 광복 후 집필진 다수가 월북했고, 염근수 씨는 1989년 은평구 갈현동 227-27 거주하며 시집「서낭굿」을 상재했다. 중간자적 경향을 띤 월간「새벗」1925년 11월 4×6배판, 문예지 발행인 고병교, 정현국(鄭鉉國), 염근수 주간으로 소년, 소녀잡지라 표지와 표기가 가로 쓰기로 되어 있고, 1933년 3월에 폐간, 통권이 몇 호인지 알 수 없다.

월간「새 소년」1925년 8월 15일 편집장 朴炫在 4×6배판의 잡지, 최남선이 발행했던「어린이」, 소년 잡지인「소년」,「새별」,「붉은 저고리」,「아이들 보이」의 맥을 이었으며, 대한교과서에서 발행된 기록은 있으나 통권은 몇 호인지 알 수 없고, 6.25로 중단.

1945년 12월 15일 110쪽으로 창간된「무궁화」는 계림서관에서 발행되었다. 1921년 경 연성흠(1902-1945) 아동문학, 번역가, 방정환과 소년소녀 문학운동에 앞장서서 서기를 보면서 1929년「세계명작 동화보옥집」이문당 발행 외 다수를 변역해 이바지한다.

홍효민이 주재해 원고지 등사판으로 조그마한「조선 소설」3, 4회가 발행되었다 하고, 종로경찰서에 허가장이 있는데 조선소설과 延星欽, 홍효민, 白모가 발행한「문학소년생활」, 소년 잡지는 발견되지 않았지만, 조연현 사회, 박재삼 기록으로 현대문학에서 특집으로 마련한 회갑 문인 15인 중 참석한 7인과의 대담과 소파와 아동문학의 발전에 기록되어 있어 단순히 넘길 수는 없고, 이는 이재철의「아동문학의 이론」86페이지에 1930년 홍은성이란 필명으로 아동문학가로 활동했음이 확인되었다.

1926년 4월 26일 대한제국의 마지막 왕 순종(純宗)이 승하하고, 장례식 날 모여든 군중이 6월 10일 만세운동으로 이어지고, 7월에 홍순준은 첫 평론을 「개척(開拓)」 7월호에 평론 「문예시평」을 발표 이후 홍효민이 한국문학사에 이름을 알리며 등장하기 시작한 해이 며, 1926년 10월 1일 오전 11시는 경북궁의 광화문을 헐고 세운 조선총독부가 완공된 날이며, 사이토 총독은 기념식에서 완전한 조선 통치를 호언장담했다. 이날 오후 6시 의정부 조선키네마 촬영소에서 제작한 나운규(羅雲奎) 감독, 각본 주연으로 제작한 국내 최초의 영화 「아리랑」이 종로3가 단성사에서 개봉되어 사이토 기념사를 비웃기라도 하듯 상영되었는데 그 인기는 밀려드는 관객에 수가 대단해서 예고편 미국 활극 〈삼원사〉를 취소하고 연장 상영에 들어갔는데 400석이 넘쳐나서 총독부가 놀라서 임석 순사가 변사 감시에 들어간다. 일본 경찰 앞잡이를 찔러 죽이고 오랏줄에 묶여 아리랑 고개를 넘어가는 모습으로 잠자는 민족의식을 깨울 때 그때라는 듯이 프로문학 제 1기로 1923년에 창단 국내의 사회참여의 집단 文學同人 파스큐라(PASKYULA) 백조동인에서 탈퇴한 이상화, 이익상, 김복진 등이 서울 경운동 천도교기념관에서 소위 파스큐라 강연, 박영희 외 6명, 1922년 9월(무산계급 해방을 위해 문화를 가지고 싸운다는 슬로건 아래)로 창단 염군(焰群) 동인지 미발행, 염군사(焰群社), 이호, 이적효, 송영 등으로 프로문학 1기 金永八 외 4명, 두 단체 외 경로는 명확하지 않으나 홍효민이 일본에서 발행된 「제3전선」 1, 2권을 들고 들어와서 대구에서 강연을 마치고 삼촌 집에서 형사에게 「제3전선」을 압수당한다.

국내에서 유일한 문학단체 가칭 예술동맹이 1925년 7월에 결성된 카프(KAPF). 조선프롤레타리아예술가동맹(Kroea Proleta Artista Federatio)이 창립된다.

카프는 1927년 9월 1일에 제 1차 방향전환을 하던 시기에 조직개편에 홍효민이 관여했던 시기이다. 이 무렵에 일본에서 활동하며 살고 있는 帝日계로 1920년대 이전은 유학생이 주류이고, 1920년 초 20만 명, 말에는 30만 명이 되었다. 해외파로 「제3전선」 사 전원이 카프의 창립회원으로 활동을 시작한다. 동경에서 남자 유학생이 발행하는 반 년간지 「학지광(學之光)」과 여자유학생이 발행하는 「여자계(女子界)」가 계간지로 발간되었는데, 함석훈, 김택, 박낙종 등 유학생이 출연해 동성사(同聲社)란 인쇄소를 창설한 이후라 학생신문, 예술신문 발행, 여름방학엔 순회극단을 꾸미어 예술운동을 하며 힘들고 외로움 때문인지 수많은 연애사건을 일으켰다.

1927년 1월에 월간 평론지 「현대평론」 창간을, 여름 일본 유학 중 동경에서 여름방학을 맞아 동경 유학생들 중 「제3전선」파로 알려진 고경흠(高景欽), 조중곤(趙重滾), 한식(韓植), 김두용(金斗容), 이북만(李北滿) 등과 함께 서울로 와서 종로 YMCA회관에서 강연을 마치고 「조선프롤레타리아예술동맹」의 일행들과 저녁을 먹고 술잔이 오고가던 중 조선에도 신경향파 문학이라는 문학운동의 꽃을 피워서 목적의식을 일깨우자는 목청이 높았고, 그 해 9월 1일 1차 방향전환은 카프조직을 조직적으로 결성한 역사적인 맹원총회를 개최하여 조직을 확대하고 재정비해서 문호를 개방하고, 새 문우를 많이 참여시키는데 성공을 거둔다. 새로운 기구를 개편해서 편성했는데, 서울에 중앙위원회를 두고, 계급성을 중시한 연극부, 영화부 중심이던 「山下」 기구를 서무부, 조직부, 교양부, 기술부, 출판부로 5개 부서와 지부 설치로 개편되었다.

홍효민은 임원 개선에서 帝日계 해외파로 조직부 부장으로 임명되었고, 여름 방학이 끝나자 일본 동경으로 돌아가서 「제3전선」 동인과 「개척」 동인들을 통합하여 예술동맹동경지부(藝術同盟 東京支部)로 재정비 한다. 국내에서 조선일보에서, '아는 것이 힘이다 배워야 산다'라는 표어를 내 걸고 문맹퇴치 운동을 시작하였고, 1929년 일본 거주학생과 직업인이 40만 명이 넘어섰다. 1929년 11월 3일 광주학생항일운동과 맞물려진 시점이라, 「조선프롤레타리아예술동맹」에서는 사정이 여의치 않은 국내에서 카프(KAPF) 기관지 발간이 어렵다고 판단하고, 그 해 9월 말 동경지부와 의견을 모아 교섭

한 후 원고를 모은 것을 동경으로 가져가서 11월 15일 金斗容이 주간으로 인쇄되어 창간호를 출판하게 되니, 제2의「예술운동(藝術運動)」이 탄생한다.

창간호 목차에 실려 있는 권환의「무산계급 예술운동에 관한 논강」이 있고, 홍효민의 수필「일기발졸(日記拔箤)(해가 반대로 간다면)」이 게재되어 있는 것으로 보아서 깊이 참여 한 것으로 사료된다. 예술운동 2호까지 동경에서 발행, 3호는 무산자(無産者)로 제호를 바꾸나 종간된다. 또한「제3전선」에「프로문학의 제문제(諸問題)」,「문학과 자유」등 문학평론을 발표(發表) 후 1928년 3호로 종간, 국내의 카프 기관지 예술운동은 1925년 8월 23일, 1926년 1월과 6월에 3호로 종간, 1929년 4월 준기관지「조선문예(朝鮮文藝)」를 2호 박영희 주간 종간, 9월부터 프로연맹의 방향 전환기에 박영희에 의해 명명된 계획으로 총회에서 홍효민의 동경정칙영어학교 선학인 박영희가 회장으로 당선되긴 했으나, 그 주동 세력은「제3전선」파 동인 중에서 강경파로 20대 소장파들이 지도부를 장악하게 된다.

점차 분리되는「문건」(조선문학건설사의 약칭, 홍효민의 발언)이 프로문학의 대중화에 대해 이론적 기반이 부족하고 언론인 견해로 조선적 리얼리즘을 해부하고 자유와 순수문학의 선회라는 큰 견해 차이로 반대를 한다. 카프에 참여해서 맹원으로 있다가 카프의 성향이 극좌적으로 치닫자 문학이 국민 앞에 선동적 리얼리즘으로 다가서면 마약처럼 중독이 된다는 것을 알기에 이에 반발하고서 빠져나와 문학의 중간자적 입지에서 비평활동을 전개해 나가니 좌우대립과 월북이나 부역 등의 굴레에서 벗어날 수 있었다.

카프는 그 후 권환, 안막, 김남천, 임화 외 뜻이 맞아 동조하는 이복만, 김두영이 앞장 서서 주도적으로 이끌어 간다. 그 후 1930년 권환, 염흥섭, 안막 등 3인이 중앙위원에 선출되고 홍효민은 밀려난다. 이들이 카프의 조직을 장악하고 난 후 카프의 2차 방향 전환을 주장한 이들과 카프 조직의 위상에 대한 견해 차이로 야기된 마찰로 홍효민, 홍양명, 김동환, 안석영 등이 탈퇴하지만, 조직을 장악한 권환 등은 제명 처리하는 형식을 취한다. 그 후 홍효민은 1932년 3월 「문학」이란 잡지를 민병철, 김철웅과 창간호를 내며 순수문학을 지향하다 선회해 민족적 문학으로 방향 전환하지만, 통권 5호로 1936년 1월 폐간 된다. 모든 문화활동에 엄격한 통제를 설정해서 놓고 日帝는 카프에 1차로 검거하기 시작되는 1931년 2월에서 8월 사이에 주요 카프 맹원이 70여 명이 치안유지법으로 종로경찰서에 검거되고(그 뒤에 모두 불기소 처분), 1934년 2월에서 12월까지 2차 검거사건 일명 〈신건설사건〉 전주(全州)를 시작으로 80명이 다시 검거를 당하고 홍효민도 서울에서 채포되어 전라도 전주로 압송되어져 유치장에 구금, 영아신세가 되었다가 1935년 12월 9일 전주지방법원 판사인 우에노는 검사의 구형대로 판결해 수형생활 2개월 후에 출소를 한다. 카프 맹원들은 탈퇴 또는 전향자가 늘어나면서 조직이 와해되는 과정을 겪으며, 총독부의 학정과 강한 검열로 인한 삭제, 복자(覆字), 게재금지에 시달리던 회원의 전향과 탈퇴로 와해되며 소멸의 길을 걸으며, 1935년 5월 21일 해산계를 내고 소멸된다.

1936년 이후 허탈상태에 빠진 舊 카프파들도 공백기를 거치면서 사상성을 벗어나 순수문학에 이바지한다.

카프의 해산 당시 해산에 반대했던 이기영, 한효, 송영, 윤정기 등은 이동규, 박세영, 홍구, 홍효민 등과 야소빌딩에 모여 1945년 9월 17일 미군이 들어오기 전에, 조선프롤레타리아문학동맹이라는 새로운 단체를 발족시킨다. 결국은 해방 정국에서 좌익계열 2단체와 우익계열 1단체가 탄생한다.

홍효민의 동경정칙영어학교 동문으로 카프의 핵심 중 박영희(1901~1950?)는 카프 1차 검거 때 전향, 1933년 카프에 탈퇴원서를 제출하며 전향선언을 하고 친일활동을 하다 해방 후 반민족자 명단에 올랐고, 1950년 6.25전쟁 중 납북되었는데 종적이 묘연하고 생사는 전해지지 않았지만 월북 작가로 분리되어 1988년 7월 19일 해금 초치된 문학사에 기록된다.

8년 연배 이기영(1896.5～1984)이 1943년 8월 일본 천황에 대한 불경혐의와 문인(文人)압박으로 인해 경기도 검찰부에 검거 2개월간 수감된다. 1943년 8월 카프 2차 단속에 검거되어 2년간 투옥되어 출소 후 문학동맹의 위원장이 되었으나 임화 중심의 조선문학가동맹에 헤게모니를 빼앗기고 일찍 월북, 북한 문단의 원로로 1932년 12월「문학건설」창간호에 소설을 발표, 문학예술동맹 위원장, 조소문화협회, 조소친선협회 위원장으로 있으면서「두만강」을 썼다고 한다.

우익으로 동갑인 계용묵(桂鎔黙)은 1904년 9월 8일에 태어나 1961년 8월 9일 오전 6시 40분에 사망한 동문이다.

홍효민은 일본에 유학 생활 중 처음 만난 동인은 김한용(金翰容)이었고 그 뒤에 알게 된 사람이 홍양명, 한식, 조중곤 등을 알게 되었고, 홍효민이 편집(編輯) 겸 발행인이 되어 가지고「제3전선」을 낼 이 시기는 홍효민이 좌파로 지목을 받던 때다. 1929년 25세에 도쿄세이소쿠(東京正則) 영어학교(영어단기 강습소인데 고등과 2개월 본과 6개월 혹은 10개월이라는 학제가 있었다 함)를 수료, 그 해 고국으로 귀국해 1929년 동아일보 입사, 1937년 퇴사, 1940년 매일신보에 입사해 기자로 언론계에 종사하면서 문학 활동을 했으며, 홍효민은 왕성한 필치로 수필, 소설, 동화, 꽁트, 신간평, 월평, 시사(時事)평론, 사회, 정치 평론을 발표했으며 활동 중인 1936년에는 동아일보 편집국장, 조선일보 부사장인 춘원(春園) 이광수의 주례와 박영희 외 하객으로 경기고등여학교(현 경기여고) 교사인 최양희(崔良熹)와 백천온천에서 간소한 결혼식을 올리고 경성 효제정(孝悌町),(현 종로구 효제동 종로5가) 247-1번지에 신접살림을 차리고 2남 3녀를 두었다. 이 때는 총독부에서 황민정책과 독일 백림(伯林)올림픽 금메달 딴 손기정 선수의 일장기 말살사건으로 운동부 기자 이

길용, 화가 이상범, 사회부장 현진건 외 5명이 구속되어 1년의 실형을 받고, 8월 29일 4차 무기발행정지 되고, 잡지의 검열의 강화로 복간되지 못하고 신동아, 신가정, 동아일보 폐간(廢刊)으로 직장을 잃고 실직 생활을 하게 된다. 캄캄한 자기상실에서 글을 쓰는 것이 유일한 돌파구이기에 1937년 5월「풍림」에 수필「수필과 잉크」외 1편을 발표, 평론(조선문학)에「문학평단의 회고와 전망」외 8편을 발표했다. 1938년 일제는 조선에 한글 교육을 폐지하고 문화 말살 정책으로 5년간의 실직상태가 있었고, 육군지원병 입소를 독려하려는 선전을 하던 시기이기도 했다.

1939년 9월 조선문인협회의 간사장이며 정칙학원 선배인 박영희의 권고로 1939년 10월 12일 토요일 오전 8시 30분 성동역(현 제기동)에서 문인 50명(일본, 만주, 북간도, 조선 팔도 문인은 129명)과 경기도 양주군 연촌면 공덕리 묵동역에서 내려 육군지원병 제1훈련소를 둘러보고 견학기「감격의 1일」을 매일신보, 1940년 10월 15〜25일에 발표 후 3년의 방황 끝에 매일신보 기자로 입사하니, 백철은 학예부장으로 근무했고, 조연현은 해화전문학교 학생으로 교정일을 보고 있었다. 1945년 조선일보 학예부장을 거쳐 해방 직후 1945년 8월 16일 조선문학건설본부(朝鮮文學建設本部)를 창립했다. 이를 총칭하여 '문건'이라 한다.

이어서 8월 18일 미술, 음악, 영화부문과 연합하여「조선문화건설중앙협의회」를 발족한다.「조선문학건설본부」는 해방 이후 문화예술인들이 망라하는 국내에서 범문단, 범예술의 최대의 조직인 셈이었다. 여기에는 해외문학파나 모더니즘 시인들을 위시하여 민족주의 진영의 예술인과 문사들이 대거 동참한다.「문건」은 남북 단일 민족의 연합전선이 되어 자리를 잡는다는 이념아래 참여 인사들의 성향과 사상에 문제를 제기하지 않았고, 문호를 개방했는데, 1935년 카프의 해체를 반대했던 한설야(韓雪野), 이기영(李基永), 한효(韓曉), 윤소정(본명 尹基鼎), 송영(宋影) 등의 행위와 추구하려는 거리와 가

는 길에 사상성이 불투명하다고 동조하지 않고「문건」에서 탈퇴한
다.

홍효민이 주간해 발행하거나 깊이 참여한 잡지를 보면「무궁화」
소년잡지, 최규선 씨가 발행하고 편집 겸 발행인으로 홍효민의 이름
을 빌려주었다고 하나, 필자가 조사한 바 기록이 없다,

1936년 1월「문학(文學)」은 국판 82면으로 논문, 수필, 잡문으로
서 홍효민 평론으로 김철웅, 홍효민 창간 기성문인의 타락과 경향적
인 작가에 대해 비판적 태도를 취한 신진들이 문단을 정상화한다는
명목으로 창간했지만 1호로 종간된다.

「문원(文圓)」1937년 4월, 5월(2호로 종간) 대구지역 순 예술 동인
지 신삼수(申三洙) 편집 대구문원사 발행, 김동환, 홍효민이 기고했
는데 그 작품은 알 수 없다.

1939년 10월 10일「문학(文學)과 자유(自由)」홍효민의 첫 단행본
7편의 평론, 시평, 수필을 포함해서 '광한서림'에서 간행, 근대문학
명필을 재조명했다.

1940년부터 여러 대학을 두루 다니면서 강의를 하면서 집필 활동
을 하면서 해방을 맞는다.

4. 해방이후의 문단활동

희망과 좌절의 한반도에 1945년 8월 25일 미군이 인천에 상륙해
또 다른 외세의 조선분할 점령을 발표한 후 맥아더 사령관은 조선
인민에 고함, 포고령 제1호를 발표한 후 미 군정청에서 일본에게 행
정을 인수인계와 무기를 반납 받지만, 혼란의 시국이라서 상실로 오
는 무질서한 정국, 1945년 해방 직후 9월 17일 홍효민은 조선프롤
레타리아문학동맹이 결성되자 문학동맹 일원의 자격으로 가입하였
다. 또한 조선문화건설중앙협의회와 문학동맹이 통합되어 단일화를
이루었다.

1946년 2월 8일은 우익에선 조선대한독립촉성국민회의가 결성, 총재에 이승만(李承晩), 부총재에 김구(金九)가 선출되고 좌익에선 임시인민위원회를 창건, 위원장에 김일성, 부위원장에 김두봉이 선출된다.

　서울 종로 이정목(二丁目) 기독교청년회관에서 열린 제 1회 전국문학자대회에 1946년 2월 8일 오전 11시 출석자 입장 순을 보면, 91명 문인 중 홍효민은 30번째로 입장했다.

　그 규모를 보면 소련 총영사, 김원봉 외 262명, 방청자 제1정치학교생 150명 외 387명이다. 홍명희의 개회인사를 이태준(李泰俊)이 대리 낭독으로 진행되어 의장 5인, 이태준 외 4명, 서기 홍구(洪九) 외 4인을 박수로 선출, 2일째 동일 장소에서 출석자 입장순은 8일과 달리 의원자격으로 84명 중 홍효민이 81번째로 입장했다. 초청 참석자는 여운형(呂運亨), 김평(金平), 재미한민족연합회 대표) 외 204명이었으며, 방청자는 제1정치학교생 150명 외 398명이었고, 필자는 그 장소가 의문이 간다.

　8~9일 양일 간 전국문학자대회를 개최했을 때 홍효민의 질의응답을 살펴보면 다음 같다.

　9일 명칭에 대한 논의를 보면,

　　　오장환: 1. 낭독자로부터 명칭 자구(字句) 중 가(家)자를 인쇄 오식한 것으로 하여 지금까지 문학동맹이라 불러왔지만 문학동맹이라 하면 너무 막연하니 인쇄된 대로 문학가동맹이라고 했으면 좋겠습니다하고 동의.
　　　홍효민: 2. 문학동맹은 이미 작년 12월 13일 문학동맹결성대회에서 결정되었으므로 문학자대회에서 논의될 것이 아닙니다라고 이의.
　　　김오성: 3. 오장환 안에 동의.
　　　박찬막: 4. 어느 나라에 있어서나 문학자의 단체가 작가동맹이니

문학가동맹이니 하지 그냥 문학동맹이라고 하는 데는 없습니다.

홍효민: 5. 김오성 씨의 말은 그냥 법규적으로 보아서 잘못이라고 생각합니다. 문학자대회에서 동맹의 명칭은 운위될 바 아닌 줄 압니다.

박아지: 6. 명칭에 대하여 논의되는 것보다 문학자대회의 소집을 문학동맹에서 소집하는 것이냐 문학자대회 대회준비위원회에서 소집한 것이냐가 명백해져야 할 것으로 압니다.

홍효민: 7. 물론 준비위원에서 소집되었을 것이라 믿습니다. 그러므로 나는 이 대회에서는 명칭을 운운할 바 아니라고 합니다.

홍효민: 8. 문학가동맹이라고 하면 너무 전문가의 모임같은 인상을 주므로 대중을 토대로 할 우리문학운동에 장애가 있게되므로 문학가동맹이라고 하는 것은 좋지 못하다고 생각합니다.

홍효민: 18. 문학가동맹이란 문제가 왜 나왔는지 그것을 반성하는 동시에 그것을 고집말기로 합시다.

한 효: 19. 준비위원회로써 가자(家字)을 붙인 것을 잘못으로 사과합니다. 감정적으로 나가지 말고 중요한 것을 토의하기로 합시다.

이원조: 20. 민주주의적으로 가부 종다수 의결을 취함, 옳다고 생각하니 의장이 동의 묻자 일동 찬성.

(84명 거수결과 문학동맹이 28명, 문학가동맹이 43명, 기권이 13명으로 홍효민이 5번이나 주장하지만 관찰되지 못했다.)

홍효민은 1946년 3월 13일 민족진영 전 조선문필가협회 결성준비위원으로 윤석중(尹石重)과 나란히 참석(총 문인 474명) 4월 6일 문학신문 창간 대표, 1947년 미군정청(美軍政廳) 하에 동방문화사 편집부장과, 1947년 새한민보사 편집국장, 1949년 배제중학 교사로 6

월 8일 〈배재〉 제18호에 소설 「현처(賢妻)」(48-54) 배재중학문예반에서 발행, 동년 7월 25일 공업신문(工業新聞)(商工日報 전신1945년 10월 24일 창간)에 「영생의 밀사(이준)」 연제 중 폐간되니 치형협회서 단행본 발행, 11월 30일 제2평론집 「문학개론」을 일성당서점에서 발행했다. 동국대학교 강사, 1951년 동란으로 대전으로 피난 중에 충남 전시연합대학에 근무하며 대전일보 논설위원을 역임한 후 1951년 홍익대학교 교수, 국학대학, 정치대학, 이화여대에서 강의, 1954년 홍익대학교 국문과 학과장, 1962년 한국문인협회 평론분과 회장과 문인협회 이사를 각각 역임 후 1975년 9월 21일 서울 성동구 능동 자택에서 71세에 영면하여 선산인 경기도 양주시 남면 상수리 선영에 묻히었다고 아들 인표(仁杓) 씨가 아버지 유고집 「행동 지성과 민족문학」 후기에 적고 있다. 서문은 조연현 선생이 서를 대신해 했고, 序를 이주홍 선생이 했다. 큰 아들 홍인표 씨가 1978년 쓴 후기인데 1980년 3월 15일 출판된 것을 미루어 보면, 원고 정리한 후 2년 뒤 발행된 유고집은 그 사연이 많이 숨어있는 것 같다. 인쇄공, 교정원, 사원, 기자, 교사, 강사, 출판사 주간, 홍익대학 국문과 학과장으로 문학의 전 장르들을 거쳤다. 문학평론과 시(詩), 수필, 역사소설, 번역을 남긴 작가이며, 언론인, 교육자로 생을 마감했다.

5. 나오며

1969년 특집으로 현대문학 1월 6일 문학과 함께 平生을 주제로 사회 조연현, 기록 박재삼, 좌담회를 주최하고 3월호 33페이지에 13명의 회갑 문인 중 7명이 참석, 홍효민의 끝머리에 문우들이 마련해 준 아름다운 회고, 「효민의 밤」 이야기를 듣는다.

--중략

나는 문단에서 귀여움을 받은 셈이 되어서… 제일 기뻤던 것이 맨손으로 문학신문이라고 하는 것을 소공동에다가 차리고 창간호를 내놓을 때에 느끼지 않았나 싶어요. 문학에다 신문이라고 이름붙인 것은 내가 처음이다 하는 프라이드를 가졌지요. 그 후에 「효민(曉民)의 밤」이라고 해서 문단 친구들이 열어 준 것이 기뻤지요.

(문학신문은 1946년 4월 6일 특수 주간지로 홍효민 대표로 창간 발행하다가 재정난을 이기지 못하고 문을 닫았다.)

요즈음은 사라진 풍경이고 그 고마움에 보답하려는지 아들 인표씨가 낸 유고집 앞장에 참석자의 방명록 육필을 실었다.

1923년 「백범(白帆) 동인」으로 순문학 잡지 발행, 동인은 운주(囊舟) 이규흔(李圭昕), 호당(皓堂) 연성흠(延星欽), 박장운(朴章雲), 홍은성, 전창환(全昌煥) 나중에 김영팔(金永八)이 참여한다. 백범 동인지는 잔존하지 못해 전해지지 않아 기록이 없어 문학사에 누락되었다.

홍효민이 1924년 동경에 유학생 인쇄소 〈동성사(同聲社)〉가 있는 하호총정(下戶塚町)에 방 한 칸을 얻어 살면서 세이소쿠정칙영어학교 재학 중 「第3戰線」을 창간, 주간으로 2호를 발간했고, 잠시 귀국해 카프를 창립한 후 일본에 돌아가 수료했다.

1925년에는 조경흠, 한식, 조중곤, 김두용, 이복만 등과 함께 문예동인지 「제3전선」을 창립 발행하고, 재일(帝日)계로 해외문학파와 가칭 조선프롤레타리아예술가동맹의 한 축을 이룬 「제3전선」파를 형성해 남 북문학사에 지울 수 없는 족적을 남겼다. 홍효민은 1925년 카프 창립 성원의 핵심이었으나, 문학의 사회적 가치와 기능을 중시하는 일관된 관점에 불합리한 사상, 우상을 탈피한 것으로 간주되어 동반자적 작가로 분류되었지만 「제3전선」사 나머지 동인들이 깊이 간여했다.

긴 겨울 서릿발에 동결되어 무수한 악천후를 이겨낸 여린 풀씨라도 반드시 꽃을 피우기 마련이며, 그 여건과 기후가 여의치 않으면,

밀 납을 만들어 쓰고, 수 만년 동안 잠을 자다 눈을 뜬다고 한다. 불꽃은 자기를 모두 소진해 태우며 사그러들어 재를 만들 줄 알고, 가난한 예술가는 천성이며, 그의 아내는 하늘에서 내린다 했지만 홍효민은 부부가 교직이란 안정된 직장이 있는 다소 부유한 분류에 속하였다.

1927년 귀국하여 「동아일보」와 1946년 「매일신보」 등에 기자를 지내면서 1927년 《개척》 7월호 「문예시평(文藝時評)」에 평론으로 등단했으며, 문단에서 새로운 비평이론을 모색하며 비평 활동을 시작, 1930년대 이후 신문학의 대표적인 문학평론가 1기 A그룹에 속하던 1 김팔봉(金八峰), 2 방승극(朴勝極), 3 안함광(安含光) 4 백철(白鐵), 5 박영희(朴英熙), 6 한설야(韓雪野), 7 염상섭(廉想涉), 8 임화(林和), 9 송강(宋江), 10 홍효민은(번호는 월평한 순위임) 사람으로 평단에서 같은 길을 가다가 각자가 나누어진다. 그 후 1930년 4월 수필 「다음의 순간(瞬間)」을 「신동아」와 「신가정」에 4편을 발표하고, 1932년 「삼천리」 4호에 프로문학파에서 해외문학파를 비평한 자는, 안재좌라는 익명의 홍효민과 백철(白世哲)을 들 수 있지만, 1932년 3월 21-22일 안재좌라는 필명으로 「중앙일보」에 「문제의 소재와 논쟁의 요점」 —백균(백철)의 소론을 읽고.

1933년 백철의 「인간론」의 인간론에 선편(先鞭)을 쥔 홍효민은 「인간묘사(人間描寫)와 사회묘사」를 인정하고, 프로문학의 처지에서 볼 때 백철의 인간론이 「예술공상주의적 상업(藝術空上主義的 商業)부르조아의 인간(人間)만 의미(意味)하며 모방적(模倣的)」이란 비판을 「문단의 기근(饑饉)」을 1933년 9월 14일 동아일보에 기고, 그 외 「형상(形象)의 성질(性質)과 그 표현(表現) —인간묘사(人間描寫)와 사회묘사재고(社會描寫再考)」, 1934년 2월 27일에서 29일 동아일보에 기고하며, 백철과 거리감이 있는 것 같다. 1937년 1월 같은 조선문학에 발표한 〈문예평단의 회고와 전망〉에서 백철, 김문집, 최재서, 김남천 등을 비판했다.

1933년 인사동 근처에서 하숙생활을 하며 3월에「삼천리」3호에「신 구문인의 언퍼레드」를 기고하고 효민학인이란 필명으로 초당(草堂) 강용흘(姜鏞訖), 1898년 5월 10일-1972년 12월 2일 재미교포 소설가 광복 직후 미 군정청(美軍政廳) 출판부장으로 귀국, 1948년 까지 서울 문리대 교수, 1931년 12월「신동아」2호에『초당(草堂)(grass roof)』크로스 노트 읽고 비평 발표.

1936년 4월에서 12월 월간「야담」에 10회 걸쳐 연제, 소설「인조반정」을 연재 집필한 이래 명성황후를 소재로 한「민비애사」・「영생의 밀사(이준)」반일적인 은유로서 16편의 역사소설도 꾸준히 발표하며 소설가로 더 알려진다.

일제 강점기 말기에「미영사상의 본질」(1943) 등 총 5편의 논설과 수필을 발표하고, 조선문인보국회 평론수필분회 간사를 맡았고, 1945년 12월 해방 후「시건설(詩建設) 문학(文學)의 혁명(革命)과 예술(藝術)」지에「조선문단(朝鮮文壇)」의 현단계(現段階)」평론활동을 재게 하고, 6.25동란 이후에는「애국사상과 애국문학」,「문학과 윤리문제」등에서 애국주의 문학론을 내세웠으며, 1946년 3월 10일 우리문학 2호에「삼일운동과 조선문학」(72∼77) 안재좌로(93∼99)「건설에의 열의횡익(熱意橫溢)ー신춘문예창작 개평(槪評)」발표하며, 홍익대학교 국문과 학과장으로 후진을 양성 후 물러나와, 1975년 1월까지 서울 동대문구 면목동 433-24번지에 전화 97-2001번 교환 3813번을 사용한 사무실을 유지하다가, 9월 성동구 능동(현 광진구 어린대공원 옆)에 자리 잡고 있는 자택에서 돌연히 생을 마감해, 고향인 경기도 양주시 남면 상수리 선영에 묻힌다.

1976년「월간문학」2월호(84호)에 홍효민의 영면 후 한국문인협회에서 유고특집으로, 1938년 발표한 작품「황후의 최후」116에서 132페이지를 게재 했다. 왕성한 필체로 1950∼60년대에「현대문학」,「자유문학」에 1963년까지 발표했고, 1976년「월간문학」에 글이 실린 후 잊혀진 작가가 되었다.

우리나라 정서와 편 가르기는 중도적 입장이 사람을 이도 저도 아닌 것인지.

홍효민이 광복 후에는 좌익계열의 조선프롤레타리아문학동맹에 참가했다가 이 단체가 조선문학건설본부와 통합하는 과정에서 의견 차이를 드러내며 탈퇴한 뒤로는 좌우익문학 운동에 참여하지 않고 중간노선을 지향하는 논조의 카오스 이론적 입장을 내 세웠다. 6.25 전쟁 후로는 「애국사상과 애국문학」(1956) 등을 통하여 애국주의 문학론을 주창하였고, 다방 맨으로 외로움을 달래는 로멘티스트였다. 1955년 10월 15일 박인환 「선시집」 출판기념식 축사와 5개월 후 청진동 하천변 박인환의 한옥 집에 가서 네델란드 양주(洋酒)을 마신 것이 마지막 술자리의 회고를, 「현대문학」에 「모촌산방의 산고」를 회고하며 문우들이 열어준 「효민의 밤」의 추억으로 방명록을 보관한 점과, 한국문단의 25대 이사장 후보의 공약이며, 현재에 화두가 되어진 문화예술인의 문인복지법에 대해, 56년 전에 안을 내 놓은 것으로 보면 시대를 앞서서 산 홍효민은 조국과 고향은 너무나 닮은꼴이다. 대한제국, 한일합방, 일제강점기, 미군정, 분단조국과 1, 2, 3, 4공화국, 고향은 적성군, 연천군, 파주군, 양주군에 분단되어진 南面 상수리란 고향의 혼돈과 상실로 유랑과 비탄도 할 수 없게 닮은 점은 어찌 설명할 수 있을까. 홍효민은 수시로 도일(渡日)해서 6년여 동안 동경에서 활동하다 귀국하지만 학교는 길어야 1년이고, 혼돈인지 고집인지 고향을 연천이라 고집함과 우리나라 정서인 좌, 우, 여, 야의 편 가르기 놀음이 중도적 입장이며, 그었던 성향을 동화되지 않는 경향과 힘 있는 자의 그늘에서 아부하지 못하는 천성을 감안하면서. 공초 선생의 문학적 철학을 되새겨 본다. '사상과 이즘정신적 압박 없이 즉흥적인 생각을 글로 푸는 자유로움이 문학이지 문학이 별거인가' 덕담을 하며, 정치와 사상은 흐르는 물과 바람에 맡기고 문인들만이라도 순수함 그 순수함으로 노래하자고 했다. 귀한 책을 「페누」의 「작가론」과 「과봐링」의 「낭만주의 심정」

을 백철이 빌려갔는데 반 년 이상 지나가도 책을 돌려주지 않으니, 1936년 7월 4일 돈암정 신흥사에서 열리는 춘원의 「인생의 향기」 출판기념식날 꼭 참석하라는 핑계로 책 돌려달라는 절절한 서간문이 「조선문인서간집(朝鮮文人書簡集)」 1936년 삼문사에 발행되어 전한다.

학력이 계산보통학교와 영어정칙학교 수료, 중(5년제)와 대학을 못했음에도 불구하고 다양한 직책과 장르를 달통함 때문에 받은 시기로 인해, 문학상을 거부해서인지, 상 하나 수상하지 못하고, 그 때문에 많은 오해와 모함, 푸대접을 받은 것으로 사료된다.

근대문학에 미친 면면을 카오스 이론(chaos theory)적으로 살펴볼 필요를 느끼며, 홍효민의 삶을 역 추적하여 보다 심도있게 다루려고 노력에도, 끝내 가족들과 연락이 되지 않아서 아쉬움을 남기고 평론가로서 업적과 삶에 자취 간추려 보았지만 미진한 부분은 훗날 보완하여 재점검하는 노력이 있기를 바란다.

홍효민의 작품이 발표된 지면들은 대부분 희귀본이 된 문학지이고, 70%가 희귀본 잡지이고, 20%는 발견되지 못해 기록이 없고, 5%는 현재 발행되고 있다. 1923년 말 부터 「어린이」·「아이생활」·「새벗」, 순문학 잡지 「백범」(白帆) 등사판, 인쇄판에 발표했다고 문단측면사에서 회고하는 동화는 발견되지 못하였다. 1947년 6월 4일 윤희순(화가) 추모시 「중외신보」 그 외 연보는 작가 연보로 돌리고, 인간사고로 하는 개념의 정립과 자료부족과 직계가족과 후손의 연락단절로 다소 오류가 있음은 따스한 叱正을 바라며 갈무리하고자 한다.

참고 문헌

김기진 지음,「조선문학의 수진」, 신동아, 1934년 1월.

서상경 편저,「조선문인서간집」, 34-35 (백형), 삼광사, 1936년.

「문장」, 2권 1호, 243, 「문인주소록」, 1938년 1월 1일.

「문장」 2권 3호, 162-163, 「一去三十年」, 1940년 3월 1일.

「문장」 2권 10호, 124-126, 「금붕어의 揷話」, 1941년 12월1일.

「제1회 전국문학자대회 자료집 및 인명록」, 조선문학가 동맹, 1946년 2월
        8-9일

「알란포의 문학」, 서울신문, 1949년 10월 22일.

「금서벽」, 문예, 1953년 6월.

「문학」, 문예 1954년 3월 5일.

「민족문학의 중심과제: 윤리적 실천 후에 대하여」

남양홍씨 남양군파세보

경향신문, 1954년.

「모촌산방산고」 (상), 현대문학, 1956년 6월.

「모촌산방산고」 (하), 현대문학, 1957년 1월.

권오순 지음,「역사소설과 노인」, 사상계, 1961년 4월.

장백일 지음,「관수장에 나타난 애정사상」, 1967년.

「회갑문인 좌담회」, 현대문학, 1969년 3월.

김우종 지음,「현대소설사」 1집, 선명문화사, 1973년 10월.

「시문학」 42호, 1975년 1월호

「작가 홍효민씨 별세」, 한국일보, 1975년 9월 23일, 7면.

김윤식 지음,「한국근대문예비평사 연구」, 일지사, 1976년 12월.

정한숙 지음,「현대한국문화사」, 고대출판부, 1982년 3월 5일.

김병익,김규동 지음,「친일문학작품선(2)」, 실천문학사, 1986년 8월 15일.

김성수 옮김,「카프대표소설전(1)」, 사계절출판사, 1988년 6월 30일.

역사문제연구소 · 문학사연구모임,「카프문학운동연구」, 역사비평사, 1989
        년 5월 1일.

권영민 지음,「한국근대문인사전」, 아시아문화사, 1990년 7월 31일.

이어령 지음,「한국문학연구사전」, 우석, 1990년.

김재용 지음,「친일문학 작품목록」, 실천문학사, 2002년8월, 67호 123-148쪽.

홍문표 지음,「한국현대문학사」, 창조문화사, 2003년.

권영민 지음,「한국현대문학대사전」, 서울대학교 출판부, 1088쪽, 2004년 2월 25일.

상수종중회,「남양홍씨 상수세장지」, 2008년.

모촌산방산고, 이담문학 26-30, 27집 2011.

효민(曉民) 홍순준의 삶과 문학(文學)

임 영 천

(문학평론가. 문학박사. 조선대 명예교수)

1. 머리말

역사적 격랑의 시기를 그 조류에 맞추어 살아보려고 노력하다가 도저히 자신의 문인으로서의 양심과 기질에 맞지 않는다는 사실을 알아차리고 중도 빠져 나왔었으나, 해방 이후 다시 한 번 역사의 대열에 몸을 맡기며 민족에 대한 사랑과 그 실천의 미진함에 대한 자기반성을 통해 또다시 문예활동을 통한 민족애를 실현해 보려고 부단히 노력했던, 매우 순수하고도 순진한 영혼의 소유자―비평계의 자유인― "효민(曉民) 홍순준의 삶과 문학"[1]의 세계를 점검해 보는 시간을 마련해 보기로 하였다. 2004년은 바로 그의 탄생 1백주년이 되는 해이기도 하기 때문이다.

그러나 필자 자신이 홍효민(1904-75)의 문학세계에 대해 앞서 따로(독자적으로) 연구한 바가 별로 없으므로 이 글에서는 그리 많지 않은 다른 이들의 홍효민론 가운데서 특히 눈에 띄는 업적(요약)들

---

* 조선대학교(인문대 국문학과) 명예교수.
1) 본고는 한국문학비평가협회가 주관한, 탄생 100주년 기념 문학세미나(2004.11)에서 발표된 것임.

을 소개하는 것으로 대신함으로써 그의 문학에 대한 보편적인 이해
에 이르도록 이끌어 보려고 하며, 마지막으로 결론(마무리) 부분을
통해서 필자 나름의 소박한 견해를 다소 피력하고자 할 따름이다.

2. 홍효민의 생애

지금 우리가 홍효민(洪曉民)의 약력이나 전기적 사실에 대해 살펴
볼 수 있는 것은 그의 사후(死後) 유족에 의해 간행된『행동지성과
민족문학』2)에 실린 연보가 거의 유일한 자료인 것으로 보인다. 이
연보에 의하면 홍효민은 1904년 경기도 연천에서 한학자인 귤원(橘
園) 홍종길(洪鍾吉)의 외아들로 출생하였는데, 그의 본명은 홍순준(洪
淳俊)이다. 그러나 후에 문단에서는 '홍효민'이란 이름[필명]으로 통
용되었으며, 그 외에도 안재좌(安在左)나 은성(銀星), 또는 성북동인
(城北洞人) 등의 필명들을 사용했던 것으로 알려져 있다.3) 홍효민은
그의 나이 열여덟 살이던 1922년 매일신보 현상 작품 모집에「운
명」이란 작품을 투고해 입상했으며, 1926년「개척」지(7월호)에 발표
한「문예시평」을 필두로 본격적인 평론 활동을 시작하였다.4)

그는 1929년 일본 도쿄(東京) 세이소쿠(正則)학교를 졸업하고 귀국
해 동아일보사에 입사하였다. 이때부터 언론계에 종사하면서 많은
평론을 발표하였다. 이후로 매일신보, 조선일보(학예부장), 문학신문
사(주간), 동방문화사(편집국장) 등 주로 언론·출판계에서 활동하였다.

---

2) 이는 1980년 고인의 장남 홍인표(洪仁杓) 씨에 의해 일신출판사에서 간행되었
   다.

3) 임규찬·한기형이 함께 엮은『카프비평자료총서3』(태학사, 1989)에 의하면, 홍순준
   [효민]의 필명이 무려 두 자릿수(10개 이상)에 이르고 있음이 보이는데, '효민(曉
   民)'은 이들 다수 별명들 중의 하나로서 때로는 효민학인(曉民學人) 등으로도 쓰
   였음이 확인된다(p.620).

4) 이후로(1928-29년경) 홍효민은 소년 동화의 창작에도 관여하며, 다른 이들의 소년
   동화에 관한 평론도 발표하곤 했는데, 이 일이 못마땅하다 하여 이북만의, 비난
   이 섞인 충고의 글이 발표되는 계기를 만들 기도 하였다. 박정용, "홍효민 비평
   의 연구"(목포대 문학석사 논문, 1993. 8), p.10참조.

카프(KAPF)가 제1차 방향전환을 시도하던 당시에 〈제3전선〉파[5] 의 한 사람으로 귀국해, 등단하여 활동하다가 점차 경직된 카프의 정치적 성향에 반대 입장을 표명한 것이 한 계기가 되어 1930년 무렵 그는 안석영, 김동환, 홍양명 등과 함께 카프 조직으로부터 제명 되었다 한다.

해방이 되자 다시 좌익 계열의 문인들이 주도하는 〈조선프롤레타 리아문학동맹〉에 가입했지만 얼마 못 가 중간파의 입장을 취하게 되었다. 해방 직후에 문단에서는 「조선문학건설본부」(1945.8)와 「조 선프롤레타리아문학동맹」(1945.9)등의 단체들이 결성된다. 「조선문학건 설본부」(이하 「문건」)는 해방직후 처음 보는 큰 문학 단체로 출발 했는데, 거의 모든 문화예술인들이 망라된 최초의 범문단적인 기구 였었다. 홍효민도 여기에 참가했다가 「문건」이념의 불확실성에 의 구심을 드러내게 된 일부 강경론자들이 「문건」을 탈퇴해 「조선프롤 레타리아문학동맹」(이하 「동맹」)을 결성했을 때 홍효민도 같은 행동 을 취하게 된 것으로 짐작된다.

이 무렵 「문건」과 「동맹」 두 단체가 서로 대립되자 홍효민은 이 의 해소를 위해 기능을 서로 분담할 것을 제의한 바 있었으나 이에 대해서는 아무런 반응도 일어나지 않았던 것 같다. 결국 1946년 2 월 8일과 9일 양일간 전국문학자대회를 개최했을 때, 이 날의 출석 자 명단에 그의 이름이 올라 있는 것으로 미루어 볼 때 그가 그 대 회에는 참석했었던 것으로 보인다.

6·25사변 이후로 홍효민은 국학대학과 이화여대 등에서 강의를 맡는 한편, 홍익대의 교수를 역임하였다. 말년에는 한국문인협회 평 론분과위원장과 이사 직을 각각 역임하였다. 그는 비평 활동 이외에 역사소설 창작에도 관심을 보여 여러 편의 역사소설들을 남겨 놓았 다.[6] 1975년 서울 자택에서 사망할 때까지 그가 남긴 저서로는 평

5) 이에 대해서는; 임규찬한기형 편, op. cit., pp.14-21 참조.
6) 그의 역사소설로 대표적인 것은 『인조반정』(성문당, 1941)이다. 그 외에도 『태종

론집『문학과 자유』(광한서림, 1939), 그리고『문학개론』(일성당, 1949)이 있으며, 그의 사후에 유족들이 엮어 내놓은 평론집『행동지성과 민족문학』(일신출판사, 1980) 등이 있다.[7]

3. 해방 이전의 활동

여기에는 농민문학 논의와 해외문학파 비평, 행동주의 문학론 등의 문제가 대두된다.

홍효민이 〈신동아〉지 1935년 7월호에 발표한 〈조선 농민문학의 근본문제〉에서는 공식주의 반성에 따르는 새로운 모색이 나타나기 시작했다.「농민 자신의 이데올로기를 기조로 한 농민문학」의 필요성을 역설하고, 그런 농민문학이 독자적으로 형성된 다음에 노동자 문학과 제휴하는 것이 바람직하다고 하였다.[8]

농민 계층을 프롤레타리아 계급의 동맹군으로 인식하고 농민들을 마치 자기네들의 주도권 획득의 지원군쯤으로 파악하려는 프로문학 진영에 대하여, 그게 아니라 농민들 자신이 주도하는 문학이 농민들 자신 속에서 나와야 한다고 생각한 점은 일면 프로문학운동의 논리에 대한 비판[9]이면서 또한 대항적인 농민문학론이라고 할 수 있겠다.

프로문학파에서 해외문학파를 비평한 자로 안재좌(安在左)라는 익명의 홍효민(과 백철)을 들 수 있다.

홍효민의「조선 문학과 해외 문학파의 역할」(「삼천리」4권 5-6호)은 '그의 미온적 태도를 배격함'이란 부제를 단, 두 달에 걸쳐 연재된 성실한 해명 성격의 글로서 홍효민은, 먼저 여기서 현민(玄民: 유진오)이 해외문학파를 가리켜 "言學的 技術의 공통성을 그 표현적

대왕』(1948),『여걸 민비』(1948),『양귀비』(1949) 등이 더 있다.
7) 이상의 약력 소개는; 박정용, op. cit., pp.9-11의 틀에 많이 의지하였다.
8) 조동일,『한국문학통사 5』(제2판: 지식산업사, 1989), p.238.
9) 박정용, op. cit., p.84.

연쇄체로 하여 포함된 소시민 중간층을 대표하는 桃色的 예술분자"
라고 한 독설을 인용하기는 하지만, 홍효민 그 자신의 견해는 누구
보다도 온건한 편이다. 홍효민은 해외문학파의 체질 자체를 시비하
지는 않았다. 그는 해외문학파의 창간호 선언문과 정인섭의 외국 문
학 수입 태도를 중심으로 비판한다.

> 무릇 신문학의 창설은 해외문학 수입으로 그 기록을 비롯한다. 우
> 리 가 외국문학을 연구하는 것은 결코 외국문학연구 그것만이 아니요,
> 첫째는 우리 문학의 건설, 둘째는 세계문학의 상호 범위를 넓히는 데
> 있다.[10]

여기서 보는 바와 같이 해외문학파는 한국문학 건설이라는 당돌
한 주장이 앞선 것이다. 이 선언 속엔 한국문학 건설이 첫째로 되어
있고, 그 다음에 외국문학 수입 문제가 따르는 것이다.[11]

이를 홍효민은 어폐가 있다고 보는 것이다. 홍효민 등의 비판의
요지는 해외문학파란 소시민적이며, 초보적이고, 어학중심이며 무계
통무질서하다는 것이다.[12]

홍효민은 프랑스의 페르난데스의 이론을 추종해 행동주의 문학론
을 제창하기도 하였다. 이는 카프가 쇠퇴하고 난 조선문단에서 그것
의 공백을 메우기 위한 문학이론으로 나타난 것이다. 행동주의란 불
안한 세기말적 정세 속에서 인간중심의 사상으로서 등장한 신휴머
니즘이란 점을 중시하고 이를 소개하는 데 주력하여 우리 문단에
논의의 폭을 넓혔고, 문학이론의 공백기에 대두된 불안한 위기상황
을 타개해 나가려는 하나의 모색비평으로 이 행동주의론에 대한 한
국적 확산을 도모했던 것이다.[13]

---

10) 『해외문학』 창간호 권두언.
11) 김윤식, 『한국근대문예비평사연구』(일지사, 1984), pp.147-49.
12) 홍문표, 『한국문학과 이데올로기』(양문각, 1995), p.44.
13) 박정용, op. cit., pp.33-34 참조

4. 해방 이후 활동

홍효민은 「문건」이 카프의 〈비해소파〉이던 윤기정, 홍 구, 박아지, 박세영 등 〈지하적 혁명세력〉을 제외시켰기 때문에(그들의 진영에) 분열이 초래되었다고 적고 있는데, 카프 비해소파의 처지에서 보면 「문건」이란 중간파, 기회주의적 정치노선, 종파적 투쟁 방식으로 나아간 유파로 규정되어, 마르크스주의에 입각한 당파성·계급성·인민성의 원칙·노선에 입각한 자기들과는 상용되지 않는 것이다. 곧 프롤레타리아문학의 정통파가 자기들이라는 주장으로 요약된다.[14]

그러나 (「동맹」의) 「문건」과의 공존을 모색한 타협론이 아주 없었던 것은 아니다. 홍효민의 소론이 그것이었다.

홍효민은 「문건」과 「동맹」이 서로 맞서는 것으로서가 아니라 기능을 분담한 상호보완적 관계에 서기를 제안했다. 즉 전자가 "부르조아 문화운동자의 진보적 분자와 소시민 문화운동자를 포함한 범인민 문화단체"라면 후자는 프롤레타리아 문화운동 단체가 된다는 가름이었다. 「동맹」은 오직 프롤레타리아만을 영도할 권리를 행사한다고 말함으로써 그는 진보적 중간층의 탈득이라는 과제를 「문건」 측에 할당하고 있다.

이는 나름대로 부르조아민주주의 혁명단계의 과도적 성격을 간파하고, 또 받아들인 주장이었다. 다시 말해서 그는 현단계가 정치적으로 부르조아 혁명단계인 만큼 문화의 혁명도 이에 발맞춰야 할 것임을 인정하였던 것이다. 물론 그에게 역시 부르조아적 문화혁명이란 프롤레타리아에 의해 조종되어야 할 전술적 단계에 불과했다. 때문에 그는 「문건」을 "과도 단체"로, 반면 「동맹」을 "기본 단체"로 보았고, 후자는 전자가 반동화 되지 않도록 '감시'해야 할 의무를 갖는다고 말했던 것이다.

홍효민의 기능 분담론은 다른 「동맹」 논자들의 비판에 대해서는

---

14) 김윤식, 『한국현대문학사상사론』(일지사, 1992), p.201.

유연한 것이었지만, 그 또한 프롤레타리아를 영도하는「동맹」이 주가 되어야 한다는 것이었다. 더구나 동일한 부문에서 두 단체가 기능적으로 분립한다는 것은 당의 외곽 구성의 통례상 허용될 수 없었다.「동맹」측의 다른 논자들 가운데서도 홍효민의 이같은 제안에 공명한 사람은 없었으며「문건」측 역시 아무런 회신을 보내지 않았다.15)

이 시기에 비평가로서 중간파를 대표한 논자의 한 사람이 홍효민이었다. 한때「동맹」측에 가담하기도 했던 것이나,「동맹」이「문건」에 흡수되고부터 홍효민은 한동안 침묵을 유지했고 이내 중간파의 입장을 취하게 되었다. 이런 전환의 동기가 분명하지는 않지만 그의 저널리스트로서의 정치 감각 때문이었거나, 또는 조직의 구속을 꺼려하는 그의 자유로운 기질이 한 요인으로 작용하지 않았을까 짐작해 볼 수 있을 뿐이다.

홍효민에게 역시 문단의 좌우대립이란, 외래의 이데올로기 추종자들이 벌이는 한바탕의 싸움일 뿐이었다. 오늘날의 문학이 과연 정치적 도구로서의 이용물이 아니고 무엇이겠느냐는 한탄일 것이었다. 그래서 홍효민은 다음과 같이 주장하였다.

> 적어도 문학이란 (……) 조선 현실을 비판하고 해부해서 조선인이 가질 바 태도와 방향을 지시, 제시해야 하지 않는가. 문학이 그 본래의 사명을 수행하지 않고, 정치적인 도구로 이것이 이용되고 있는 한 조선의 신문학 은 수립되지 않을 것이다. 조선문학이 새로이 수립되는 데는 우선 문학인이 그 본래 가지고 있는 자유주의에 돌아와야 한다. 이 자유주의에 돌아오지 않고 자유주의를 엽기하고 있는 동안에는 문학다운 길을 갈 수 없다.16)

자유주의로 돌아옴으로써야 현실을 보는 객관적인 시각을 확보할

---

15) 신형기, 『해방직후의 문학운동론』(제3문학사, 1989), p.54.
16) 홍효민,「신세대의 문학」.『백민』1947. 11, pp.12-13.

수 있고 또 자기 자신을 비판적으로 성찰할 수 있다는 이야기였다. 그가 말하는 자유주의란 가까이는 이데올로기로부터의 초연함을 가리키는 것이었고, 나아가서는 조직적 구속을 거부하는 성향일 수 있었다. 이러한 자유주의를 그는 문학행위의 본질적 속성, 혹은 문학인의 기질로 본 것이다. 백철처럼 직설적이지는 않았지만 홍효민 또한 「동맹」과 「전문협」의 해체를 간접적으로 요구한 셈이었다.

홍효민이 현실에 대해 갖고 있던 생각은 분명했다. 그가 보기에 무엇보다 선행되어야 할 현실적 과제는 친일파의 처단과 토지개혁이었다. 이로써 그는 이데올로기 상의 분열을 극복할 수 있다고 생각했던 것이며, 나아가 진정한 자주독립이 가능하다고 보았던 것이다. 그러나 그가 생각하는 문학은 이와 같은 생각을 정치적 차원에서 부르짖는 것이 아니었다. 결국 '자유주의' 문학으로 돌아와야 한다고 생각했을 때 그 역시 실제적인 창작의 방법을 이야기하지 않을 수 없었다.[17]

이론적 기반이 취약하기로는 그의 '조선적 리얼리즘' 역시 마찬가지였다. 그러나 그것은 구체적인 현실인식을 강조한 점에서 백철의 신윤리 문학과 구별된다. 홍효민은 민족문학의 사명을 "조선 현실을 비판하고 해부해서 조선인이 가질 바 태도와 방향을 지시, 제시해야" 하는 것으로 보고, 이를 수행하려면 문학인이 "정치적인 도구로 이용"당하지 말고 "본래 가지고 있는 자유주의에 돌아와야 한다."[18]고 주장했다.

그가 말한 조선적 리얼리즘은 궁극적으로 민족의 단합을 목표로 하는 것인데, 그 방법은 "조선적 정의, 조선적 모랄"에 근거하여 그것에 위배되는 현실의 모든 부정적인 면을 가차 없이 폭로한다는 것이었다.[19] 이것은 조선의 당면한 현실을 조선적 윤리 기준과 역

---

17) 신형기, op. cit., pp.184-85.
18) 홍효민, 「신세대의 문학」, 『백민』 1947. 11, pp.12-13.
19) 홍효민, 「문학의 역사적 실천-조선적 리얼리즘의 제창」. 『백민』 1948. 7, pp. 13-14.

사적 판단 위에서 구체화시켜야 한다는 점에서 주목할 만한 논리였다. 그러나 그의 이러한 주장은 너무 고립적이고 분산적이어서 설득력을 갖기에는 한계를 지니고 있었다.[20]

그러나 홍효민은 당시의 좌우파의 이념적 대립의 원인이 사대주의에서 기인된 것으로 파악했던 것으로 보인다. 홍효민은 백철이 지닌 한계를 어느 정도 극복하고 있다. 보다 깊이 있는 이론으로써 좌우파를 통합하려고 모색했던 그의 시도는 해방기의 문학활동에 있어 어느 정도 중요한 위치를 점하고 있다. 홍효민의 논리는 우리 문학이 좌파문학이니 우파문학이니, 또는 중간파 문학이니 하는 문학정치에서 벗어나 문학의 자유주의에 의거한 문학이 진정한 민족문학의 길임을 강조하였다.

그의 문학론의 핵심은 해방기의 혼란한 현실에서 먼저 민중을 깨우쳐야 한다는 문제의식에서 시작하여 '민족적 사실주의의 확립'으로 귀결되고 있음이 드러났다.[21] 특히 홍효민이 제안했던 '조선적 리얼리즘'은 작금의 현실에 있어서 재음미해 볼 필요성이 있는 이론이라고 생각된다. 해방기의 문학운동에 있어서 일관된 문학적 신념을 펼쳐 보였던 홍효민의 문학 이론은 당시 좌우파 모든 문학자들에게는 물론이거니와, 현재의 시점에서도 어느 면 귀 기울일 만한 가치가 있는 논리가 아닌가 여겨진다.[22]

5. 마무리

홍효민은 심성이 맑고 순수한 문인이었다. 그가 비평행위를 하면서도 소년 동화를 쓰려고 했다는 점은 그 면을 단적으로 드러내 준

---

20) 배경열, 「해방공간의 민족문학론과 그 이념적 실체」. 『국어국문학』 제112호 (1994. 12), p.266.
21) 김영진, 『해방기의 문학비평 연구』(우석대 문학박사 논문, 1993), p. 168 참조.
22) Ibid., pp.180-81.

다고 본다. 카프 문학이 성행하던 때 소년 동화에 빠지다가 동료 카프 문인들의 비난에 직면했다는 것은 그의 순진성을 역으로 증명해 주는 일이다. 그의 장남이 그의 선친을 가리켜 "부귀와 영예를 모르고 아부와 치부(致富)를 모르시는 아버님 성격"[23]이란 표현을 쓴 것에서도 그 점을 확연히 느낄 수 있겠다.

홍효민은 시대의 조류를 거역할 수 없었고, 또한 자신의 문학관역시 현실주의적이었기 때문에 카프 맹원들과 함께 하려 했었으나 문학이 너무도 교조주의적으로 흐르는 풍조에는 동의할 수 없었던 것으로 보인다. 그 기계적인 문학관으로부터 벗어나 그의 다소 자유주의적인 문학관을 살리려고 하다가 맹원들과 의견 충돌을 일으켜 결국 거기서 이탈하게 되었던 것 같다. 본인은 거기서 탈퇴했다고 하고, 김기진은 카프 쪽에서 그를 제명했다고 하지만, 양자에 별 큰 차이점은 없는 것으로 보인다. 본인이 탈퇴를 결심하고 함께 행동하지 않으려는 기미를 보이자, 단체에서는 발 빠르게 그를 제명하는 형식을 취하지 않았을까 판단되기 때문이다.

해방 이후 좌우 문단의 이념적 대립 상황 속에서 극단적 파벌 조성을 우려한 홍효민은 과감하게 중간파의 위치를 선택, 고수함으로써 문학 활동의 극좌적 경향을 배격하였고, 한편으로는 순수문학 경도[편향]의 비역사적 태도를 함께(同時에) 배격하면서 자유주의 문학론을 내세웠던 것이다. 이는 도덕이론과 형식이론 간에는 변증법적 통일이 이루어져야 한다고 하던 그레이엄 하프[24]의 견해를 생각나게 하며, 한편 마르크스주의 문학론과 형식주의 문학론은 결국 변증법적으로 통일되어 다성론적인 세계를 지향해야 한다고 주창하던 미하일 바흐친[25]의 대화주의적 태도를 떠올리게 한다.

시대가 바뀐 오늘, 그를 다시 평가하는 일을 하면서, 그의 문학인

---

23) 홍인표, "책을 펴내면서". 홍효민, 『행동지성과 민족문학』(일신출판사, 1980), p.404
24) 『비평론』(고정자 역; 이화여대 출판부, 1982)의 저자.
25) 『도스토예프스키 시학』(김근식 역; 정음사, 1988)의 저자.

으로서의 자유주의적인 기질을 우리는 높이 사지 않을 수 없다. 그 때는 탈퇴니 제명이니 하는 것이 거의 목숨과 맞바꾸는 일이었을 터인데도 그런 결단을 감행한 그의 문학인으로서의 기개는 대단하다고 하지 않을 수 없는 것이다. 그러면서도 문학의 사회성과 현실주의적인 원칙을 지켜나간, 기본적으로 역사주의적인 터전 위에 세워진 그의 문학관은 오늘에 이르러 분명히 재조명될 만한 충분한 가치가 있다고 하겠다.

참고 문헌

권영민, 『한국 민족문학론 연구』. 민음사, 1988.

김영진, 해방기의 문학비평 연구. 우석대 문학박사 학위 논문, 1993.

김윤식, 『한국근대문예비평사연구』. 일지사, 1984.

      『한국현대문학사상사론』. 일지사, 1992.

박정용, 홍효민 비평의 연구. 목포대 문학석사 학위 논문, 1993.

배경열, 「해방공간의 민족문학론과 그 이념적 실체」. 『국어국문학』
      제112호(1994. 12).

신형기, 『해방직후의 문학운동론』. 제3문학사, 1989.

이우용, 『해방공간의 민족문학사론』. 태학사, 1992.

임규찬·한기형 편, 『제1차 방향전환론과 대중화론』. 태학사, 1989.

임영천, 『한국 현대소설과 기독교 정신』. 국학자료원, 1988.

      『현대소설의 비평적 성찰』. 창조문학사, 2001.

조동일, 『한국문학통사 5(제2판)』. 지식산업사, 1990.

홍문표, 『한국문학과 이데올로기』. 양문각, 1995.

홍효민, 『행동지성과 민족문학』. 일신출판사, 1980.

◇ 작가 연보 ◇

1904년 1월 경기도 연천군 백학면 노곡리에서 부 홍종길(洪鐘佶)과 모
　　　　박씨(朴氏)의 사이에서 외아들로 태어남. 본명 순준(淳俊).

1917년 서울 계산보통학교 졸업.

1922년 매일신보 현상작품 모집에 「운명(運命)」 입상.

1926년 첫 평론 「문예시평」 개척(開拓)을 7월호에 발표.

1927년 첫 문예동인지 「제3전선」을 일본 동경에서 발간.

1929년 일본 도오교세이소꾸(東京正則)학교 졸업.

　　　　동아일보 입사.

1936년 정신여고 교사인 최양희(崔良熹)와 춘원 이광수 주례로 결혼.

1937년 동아일보 폐간으로 동사 퇴직.

1940년 매일신보 입사.

1944년 첫 아들 인표(仁杓) 출생.

1945년 조선일보 학예부장.

1946년 문학신문사 주간.

1947년 둘째 아들 형표(亨杓) 출생.

1947년 동방문화사 편집국장.

1948년 새한민보사 편집국장.

1949년 배재고등학교 교사.

　　　　동국대학교 강사.

1951년 충남 전시연합대학 근무.

　　　　대전일보 논설위원.

1952년 홍익대학교 교수.

국학대학·정치대학·근화여대에서 강의.
1954년 홍익대학교 국문학과 과장.
1962년 한국문인협회 평론분과 회장.
1963년 한국문인협회 이사.
1975년 9월 21일 자택에서 별세.
　　　향년 71세.
　　　유택은 경기도 양주시 남면 상수리 선영.

◇ 작품 연보 ◇

◇ 小說

運命	每日申報	1922
仁祖反正	月刊野談	1936.4-12
長恨의 霖雨	月刊野談	1937.1.
白雲의 際厚	月刊野談	1937.4.
女傑閔妃	文化春秋	1948.
仁顯王后와 張禧嬪	文化春秋	1949.
新羅統一	文化春秋	1949.
新羅統一	창인사	1952.
變치 않는 心情	文化春秋	1953.10.
奇計殺人	文化春秋	1954.1.

◇ 小說集

太宗大王	大成出版	1948.
女傑閔妃	三中堂	1948.
仁祖反正	廣文書林	1948.
血書	三中堂	1949.
楊貴妃	三中堂	1949.
구리개 奇談	三中堂	1949.

仁顯王后와 張禧嬪	三中堂	1949.
조웅전	乙酉文化	1965.
仁祖反正	三中堂	1965.
黃鳥의 노래	서정出版	1971.
太宗大王·仁祖反正·閔妃哀史	乙酉文化	1975.
仁祖反正	希望出版	1986.

◇ 隨筆

다음 순간	新東亞	1935.4.
松賴嘲鳴의 月尾島	新家庭	1935.8.
三防의 秋色	新東亞	1935.10.
外套	新東亞	1935.11.
幽僻 湘水里의 그 옛날	新東亞	1936.2.
昌慶苑의 夜櫻	新東亞	1936.3.
四月의 郊外風景	新東亞	1936.4.
初夏에는 車窓을 기대어	新東亞	1936.6.
綠陰 아래에서 부른 노래	四海公論	1936.6.
隨筆의 잉크	風林	1937.5.
女人의 스포츠	四海公論	1938.10.
一去三十年	文章	1940.3.
川獵	人文評論	1940.8.
금붕어 揷話	文章	1941.12
朝鮮 映畵界의 回顧	映畵時代	1947.11.
眞理의 象牙塔	韓國公論	1949.12.
나의 辨	民聲	1950.3.

근본 명제

露西亞文學史	東方文化	1947.
創作月評	開闢	1948.3.
純粹文學 批判	白民	1948.4.
女傑閔妃	婦人	1948.4.
文學과 根本問題	靑年藝術	1948.5.
永生의 빌사	治刑協會	1948.
文學의 歷史的 實踐: 朝鮮的 리알 리즘의 제창	白民	1948.7.
小說의 映畵: 연극화 문제	白民	1948.9.
文化政策에 대한 建議 : 적극적인 施策을 企望함	白民	1948.10.
朝鮮的 性格의 創造: 오늘의 文學 의 課題	京鄕新聞	1948.10.
民族文學과 그 내용	自由文學	1948.10.
新聞小說論	新聞評論	1948.12.
金東里 著: 文學과 人間	서울新聞	1948.12.
自由詩의 確立	朝鮮日報	1949.1.27.
民族文化理論의 樹立: 현 단계의 根本問題	朝鮮日報	1949.1.
民族文學의 當面課題: 우리문학 이론수립에 대한 재론	聯合新聞	1949.2.
退溪思想과 有德社會: 陶山書院을 拜觀하고	民聲	1949.2.
民族文化의 源流: 그 기본적 性格 에 대하여	民族文化	1949.2.

民族解放과 民族文學	平和日報	1949.3.
圓熟해 가는 作家의 世界	太陽新聞	1949.3.
女流作家를 중심으로 한 3분간 世界文學史	婦人	1949.2.
신시대의 戀愛觀	新女苑	1949.3.
文學과 平和	四海公論	1949.3.
李 博士에게 드리는 片紙: 親日派 處斷과 土地改革	대조	1949.3.
民族的 寫實主義	文藝	1949.5.
結婚의 原理: 한개의 단편적 고찰	民聲	1949.6.
푸쉬킨과 民族文學	白民	1949.6.
賢妻	培材	1949.6.
露西亞文學과 푸쉬킨	學風	1949.7.
民族的 寫實主義의 樹立	文藝	1949.7.
創作 方法과 寫實主義	新天地	1949.9.
알란포의 文學	서울新聞	1949.10.
詩의 憤怒: 詩에 있어서의 時代性을 말함	文藝	1949.11.
新文學의 現段階	서울新聞	1949.11.
野薔薇	새살림	1949.12.
궁희 10인의 詩	新京鄉	1950.1.
文學評論의 回顧와 展望: 朝鮮的 性格의 確立	聯合新聞	1950.1.
文化의 理論과 使命: 新聞 文化面에 관련하여	漢城圖書	1950.1
민족문화의 源流: 그 기본적 性格	民族文化	1950.2.

에 대하여

民族主義의 新世界: 3.1精神과 精神再武裝	自由春秋	1957.3.
文學傳統과 小說傳統: 小說의 本道를 위하여	現代文學	1957.8.
民族과 鄕土文學	領文	1957.11.
小說修業의 길	自由文學	1958.7.
歷史小說의 近代文學的 位置	現代文學	1958.8.
韓國文壇側面史(1)	現代文學	1958.9.
遺香百世之瓚談: 憑虛·露雀·一涉·天命·白南·琴童의 作品과 人間	思潮	1958.10.
韓國文壇側面史(2)	現代文學	1958.10.
多讀多作之辨	自由文學	1958.11.
韓國文壇側面史(3)	現代文學	1958.11.
韓國文壇側面史(4)	現代文學	1958.12.
韓國文壇側面史(5)	現代文學	1959.1.
韓國文壇側面史(6)	現代文學	1959.2.
文學上의 思想과 現實	自由文學	1959.2.
菊初 李人稙論: 人物近代文學史	現代文學	1959.5.
六堂 崔南善論: 人物近代文學史	現代文學	1959.6.
春園 李光洙論: 人物近代文學史	現代文學	1959.7.
小說家와 評論家	自由公論	1959.8.
萬海 韓龍雲論: 人物近代文學史	現代文學	1959.8.
素月의 藝術的 限界: 그의 文學을 말함	新文藝	1959.8.
琴童 金東仁論: 人物近代文學史	現代文學	1959.10.
小說의 生涯와 批判의 生涯	弘益	1959.12.

舊園 鄭寅普論: 人物近代文學史	現代文學	1959.12.
文學의 倫理問題: 人間과 藝術은 倫理에 살고 있다	自由文學	1960.1.
憑虛 玄鎭健論: 人物近代文學史	現代文學	1960.2.
3.1運動의 文學史的 位置	自由文學	1960.3.
六堂의 人間的 面貌	現代文學	1960.10.
어머니날에 즈음하여: 三國史記와 孝道思想	새길	1961.
法官은 날카롭다: 犯罪와 法官의 頭腦作用	새길	1961.
比較文學의 現代的 意義	自由文學	1961.4.
歷史와 歷史小說의 基本理念: 권 오돈씨의 소론에 해답함	現代文學	1963.3.
常綠樹와 沈熏과	現代文學	1963.9.
行動知性과 民族文學: 나의 人生 과 나의 文學	現代文學	1965.11.
관휴장에 나타난 愛情思想	現代文學	1967.1.
回甲文人 座談會	現代文學	1969.9.
3.1運動과 朝鮮文學	우리文學	1972.
建設에의 熱意橫逸: 新春文藝 創作 槪評	우리文學	1973.
皇后의 最後	月刊文學	1976.2.

◇ 論文

洪曉民 批評의 硏究: 목포대학교 석사논문 박정용	대학원	1993.8.

◇ 참고 자료

載瑞의 和譯과 洪曉民氏의 新婚	朝鮮文學	1937.2
評論 : 金文輯 著		
洪曉民 評論集: 文學과 自由 讀後	東亞日報	1939.12.
感: 丁來東 著		
韓國歷史小說全集(7권)	을유문화사	1960.
태조대왕 외 2편		
韓國野談史話全集(11권)	동국문화사	1960.
韓國代表野史全集(4권)	서정출판사	1972.
新韓國文學全(평론48권) : 문화적		1973.
사회적 성격외 10편		
韓國代表野談全集(12권)	선일문화사	1979.10.
國文學全史 : 백철·이동산 공저	신구문화사	1985.3.10

홍효민 평론선집

失鄉의 그 意味

2011년 8월 10일 첫 번째 인쇄
2011년 8월 20일 첫 번째 발행

엮은이 : 편집위원
펴낸이 : 연 규 석
펴낸데 : 연천향토문학발굴위원회
되박은데 : 도서출판 고글
등록일 : 1990년 11월 7일(제302-000049호)
전화 : (02) 794-4490

경기문화재단 문예지원금 일부받았음.

값 15,000원